콜럼버스 항해일지

나남
nanam

한국연구재단 학술명저번역총서
서양편 430

콜럼버스 항해일지

2022년 10월 5일 발행
2022년 10월 5일 1쇄

지은이   크리스토퍼 콜럼버스
편저자   바르톨로메 데라스카사스
옮긴이   정승희
발행자   趙相浩
발행처   (주) 나남
주소   10881 경기도 파주시 회동길 193
전화   (031) 955-4601 (代)
FAX   (031) 955-4555
등록   제 1-71호 (1979. 5. 12)
홈페이지   http://www.nanam.net
전자우편   post@nanam.net
인쇄인   유성근 (삼화인쇄주식회사)

ISBN 978-89-300-4105-8
ISBN 978-89-300-8215-0 (세트)

책값은 뒤표지에 있습니다.

'한국연구재단 학술명저번역총서'는 우리 시대 기초학문의 부흥을 위해
한국연구재단과 (주)나남이 공동으로 펼치는 서양명저 번역간행사업입니다.

한국연구재단
학술명저번역총서
430

콜럼버스 항해일지

크리스토퍼 콜럼버스 지음
바르톨로메 데라스카사스 편저
정승희 옮김

나남
nanam

Diario de a bordo

by

Christopher Columbus

콜럼버스의 《항해일지》를 요약하여 편집한 라스카사스의 필사 원고 첫 페이지 (folio 1r). 여백에 본인의 생각이나 필요한 정보, 판독하기 힘든 글자에 대한 견해를 적어두기도 했다. 원고는 현재 스페인 마드리드의 국립도서관 (Biblioteca Nacional de Madrid)에 소장되어 있다.

[출처: 스페인 국립도서관 디지털 자료관]

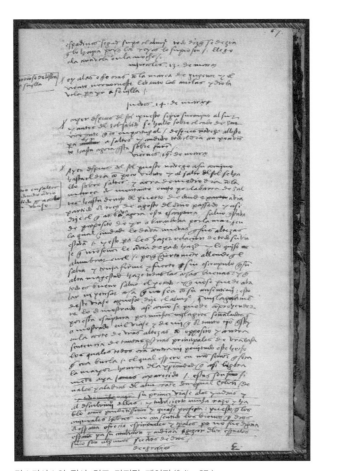

라스카사스의 필사 원고 마지막 페이지 (folio 67r).

〈루이스 데산탄헬에게 보내는 발견을 알리는 편지〉 필사본. 유일하게 남은 이 필사본은 현재 스페인 바야돌리드의 시만카스 문서보관소 (Archivo General de Simancas)에 보관중이다.
[출처: 위키미디어 공용]

콜럼버스의 1차 항해 경로 (1492. 8. 3~1493. 3. 15)

옮긴이 머리말

《항해일지》(*Diario de a bordo*)는 크리스토퍼 콜럼버스(Christopher Columbus)가 1492년 8월 스페인 남부를 떠나 서쪽으로 항해하여 지금의 쿠바, 에스파뇰라섬 등 카리브해 섬 지역 일대를 탐사한 뒤 이듬해 3월 스페인으로 돌아오기까지의 기록이자 보고서이다. 그는 대칸국(몽골제국), 지팡구(일본) 등 부유한 아시아의 지역에 간다는 구체적인 목표를 세웠지만 실제 도착한 곳은 유럽인들이 가본 적이 없는 카리브해의 섬 지역이었다. 항해와 탐사가 있는 날이면 거의 빠짐없이 적어나간 콜럼버스의 기록은 일차적으로는 왕실에 바치기 위한 보고서로 자신의 계획과 성과를 정당화하기 위한 수사로 가득하지만, 한편으로는 타이노인들이 살던 그곳의 자연, 사람, 언어, 산물들에 대한 내용도 많이 담고 있어 매우 흥미롭다.

항해를 무사히 마치고 돌아온 콜럼버스는 이 기록을 이사벨 여왕에게 바쳤고, 여왕은 콜럼버스의 요청에 따라 원본 《항해일지》의 필사본 한 부를 그에게 만들어주나 이 원본과 필사본은 모두 분실된다. 다행히 콜럼버스 가족과 친분이 있고 인디아스와 스페인을 오가며 활동하던 라스카사스(las Casas) 신부가 콜럼버스 소유의 필사본을 편집적으로 요약한 원고를 남기게 되고, 19세기 초 마르틴 페르난데스 데나바레테(Martín Fernández de Navarrete)가 이를 발견하면서 콜럼버스 1차 항해의 가장 중요한 기록은 다시 세상에 나왔다. 나바레테가 이 문서를 19세기 스페인어로 다듬어 출판한 이후 이를 저본으로 삼아 여러 스페인어 판본과 타 언어로 된 번역들도 나오기 시작한 것이다.

한국어로는 2개의 번역본이 있으나 모두 중역된 것이어서 이 텍스트의 중요성과 무게를 감안할 때 원어 번역이 꼭 필요한 실정이었다. 이 번역에는 스페인 역사학자 루이스 아란스(Luis Arranz)가 《항해일지》를 현대 스페인어로 다듬은 것을 원본으로 삼았고(스페인 Edaf출판사, 2006년 재판), 고어체 스페인어를 살린 콘수엘로 바렐라(Consuelo Varela)의 판본도 참조하였다. 영어 번역본은 올리버 던(Oliver Dunn)과 제임스 켈리(James E. Kelly)가 공동 작업한 것을 주로 참조했는데, 책의 왼 페이지에는 라스카사스의 원문이, 오른 페이지에는 영어 번역이 나란히 배치되어 여러 판본들에 차이가 있을 때 기준점으로 삼을 수 있었다. 번역의 어투에 있어서는 라스카사스가 《항해일지》를 다시 쓰는 과정에서 자신의 목소리를 넣기도 하고, 필요한 경우 콜럼버스의 말을 직접 인용하기 때문에 이 두 목소리를 구분할 필요가 있어 라스카사스의 글은 평어로, 콜럼버스 글을 직접 인용한 부분은 경어로 대별되게 하였다. 라스카사스가 원고를 써나가면서 주어를 혼란스럽게 둔 경우에는 쓴 원문을 임의로 고치지 않고 〔 〕괄호를 써서 의미를 밝혔다.

〈항해일지〉 다음에 배치한 〈루이스 데산탄헬(Luis de Santángel)에게 보내는 발견을 알리는 편지〉는 콜럼버스가 귀항 항해의 막바지에 폭풍우를 만나 위기를 겪을 때 쓴 것으로, 수신인 산탄헬은 이사벨 여왕과 페르난도 왕의 재무대신으로서 두 왕을 설득해 항해를 추진하고, 항해에 필요한 자금의 많은 부분을 투자하는 등 항해가 성사되는 데 상당한 역할을 한 인물이다. 편지는 〈항해일지〉의 내용을 짧고 매끄럽게 잘 요약하고 있으며, 〈항해일지〉와는 별도의 문서이나 연장선상에서 둘을 비교해볼 만하므로 번역에 포함시켰다. 편지의 원문은 루이스 아란스의 판본에 수록된 것을 사용하였으며, 이는 편지의 최초 인쇄본(1493년 4월 바르셀로나)을 기본으로 하여 유일하게 남은 필사본과 라틴어 번역을 참조해 현대 스페인어로 다듬은 것이다.

콜럼버스는 자신이 도달한 곳이 아시아의 섬 지역, 즉 인디아스(Indias)라는 것을 의심치 않았으므로 아시아에 대한 불완전한 지식을 계속 엉뚱하게 투사해가며 자기가 어디에 있는지 파악하고자 애쓴다. 하지만 그가 도착한 곳은 카리브해의 섬 지역이었으므로 텍스트를 읽는 내내 그의 믿음과 실제 사이 생기는 괴리가 도드라진다. 이러한 불일치에서 오는 괴리에도 불구하고 《항해일지》는 이후 인디아스에서 전개될 상황과 원주민들이 겪게 될 일들을 상당 부분 예고하고 있기도 하다. 텍스트 전반에서 콜럼버스는 원주민들이 갑자기 나타난 이방인들의 존재에 동요하지 않도록 조심스레 행동하는 편이지만 종종 이들을 잔혹하게 납치하고, 우월한 힘을 과시하며 이들을 노예로 만들 수 있다고 말한다. 실제로 그는 2차 항해 이후 인디아스의 폭압적인 통치자가 되었으며, 스페인의 정복과 식민 사업은 폭력과 종족살해로 점철되어 타이노인들은 절멸의 길로 내몰렸고, 정도의 차이는 있지만 아메리카 대륙의 많은 원주민들도 그러한 비극을 피해갈 수 없었다.

2022년 가을
정 승 희

차 례

일러두기

1. 이 책은 크리스토퍼 콜럼버스(Christopher Columbus)가 1492년 8월 3일에서 1493년 3월 15일까지 스페인 남부 우엘바의 팔로스 항구를 떠나 에스파뇰라섬, 쿠바 등 카리브해의 섬 지역을 탐사하고 스페인으로 돌아오기까지의 기록이다.

2. 본 번역은 루이스 아란스(Luis Arranz)의 *Diario de a bordo*(Madrid, Editorial Edaf, 2006)를 저본으로 삼았다.

3. 아란스 외에 콘수엘로 바렐라(Consuelo Varela), 크리스티안 뒤베르제(Christian Duverger), 올리버 던(Oliver Dunn)과 제임스 켈리(James E. Kelly) 등 여러 판본과 번역본의 주석을 참조하였으며, 〔 〕 안에 이름을 넣은 것은 주석을 그대로 인용한 것이고, 그 외에 부분적으로 인용한 것은 주석 내용에 이름을 밝혔다. 나머지는 모두 역자의 주석이다.

4. 라스카사스가 저술한 《인디아스의 역사》 1권은 《항해일지》를 광범위하게 인용하고 설명을 덧붙이고 있으므로 《항해일지》 이해에 도움이 되는 부분은 각주로 보충하였다.

5. 원문에는 인명, 지명 등 고유명사가 모두 스페인어로 되어 있으나 스페인과 리스본 등 통례화된 것을 제외하고 최대한 원어 지명과 인명으로 바꿔 주었다. 인디아스에서 접한 지명을 표기하는 데 나타나는 혼선은 통일하지 않고 원문 그대로 두었다(예, 바베케, 바네케).

1

콜럼버스 1차 항해 연대기

1492년 4월 17일

가톨릭 양왕과 콜럼버스 사이에 대양 항해의 일반 사항과 콜럼버스의 권리
에 대해 명시한 산타페 협정 체결

1492년 8월 3일

산타마리아, 핀타, 니냐 3척의 배가 스페인 팔로스 항구 출발

1492년 8월 9일

핀타호 수리를 위해 카나리아 제도에 도착하여 배를 수리하고 항해 재개
준비

1492년 9월 9일

3척의 배가 카나리아 제도 고메라섬에서 출발

1492년 10월 12일

새벽 2시경 로드리고 데트리아나가 육지를 발견

1492년 10월 12일

오전에 과나아니섬으로 가서 루카요인들을 만나고, 그곳을 산살바도르섬
으로 명명

1492년 10월 15일

산타마리아섬, 페르난디나섬 명명

1492년 10월 16일

페르난디나섬 도착

1492년 10월 20일

이사벨라섬 명명, 도착

1492년 10월 21일

콜바(쿠바)섬과 보이오(에스파뇰라)섬에 대한 이야기를 전해 들음

1492년 10월 24일

이사벨라섬을 떠나 쿠바섬으로 항해 시작

1492년 10월 28일
쿠바섬 도착

1492년 11월 21일
핀타호 이탈하여 독자 행동

1492년 12월 6일
토르투가섬, 에스파뇰라섬 도착

1492년 12월 9일
에스파뇰라섬 명명

1492년 12월 25일
산타마리아호 난파. 산타마리아호의 목재를 사용해 요새 겸 작은 마을 나비다드를 만들어 39명의 인원을 남기고 스페인으로 귀환 준비

1493년 1월 4일
니냐호, 나비다드 요새를 떠나 스페인 귀환 준비

1493년 1월 6일
이탈했던 핀타호가 니냐호에 합류

1493년 1월 16일
인디아스를 완전히 떠나 본격적으로 귀환 항해 시작

1493년 2월 14일
폭풍 속에서 핀타호와 니냐호가 헤어지게 됨

1493년 2월 18일
니냐호가 포르투갈 아소르스 제도의 산타마리아섬에 도착

1493년 2월 20일
니냐호, 아소르스 제도 산타마리아섬에서 출발

1493년 3월 1일
핀타호, 스페인 갈리시아 바이요나로 귀환

1493년 3월 4일
니냐호, 포르투갈 리스본강으로 귀항

1493년 3월 9일
콜럼버스, 포르투갈 왕 주앙 2세 알현

1493년 3월 13일
니냐호, 리스본에서 스페인으로 항해 시작

1493년 3월 15일
니냐호가 스페인 팔로스 항구로 귀항한 후 핀타호도 팔로스 항구로 귀항

1493년 4월 중순

콜럼버스, 바르셀로나에서 이사벨 여왕과 페르난도 왕을 알현하고 《항해일지》 원본을 기록이자 증언으로서 제출

2

|

항해일지

이것은 돈 크리스토발 콜론(Cristóbal Colón)[1] 제독이 인디아스를 발견한 첫 번째 항해, 그 항로와 여정에 대한 기록이며, 요약된 형태이다. 왕과 여왕에게 바친 서문은 원문 그대로이며, 다음과 같이 시작한다.[2]

1　콜럼버스의 스페인식 이름이다. 이탈리아식 이름은 크리스토포로 콜롬보(Chris-toforo Colombo)이며, 한국어로 통용되는 콜럼버스(Columbus)는 콜롬보(콜론)의 라틴어식 표기이다.
2　왕에게 바친 콜럼버스 《항해일지》의 원본과 콜럼버스가 갖고 있던 필사본은 분실되었고, 이 책은 라스카사스(Bartolomé de las Casas)가 요약해서 쓴 원고이므로 원고 전반에 이 첫 문단처럼 그의 개입이 명백히 드러나 있다.

우리 주 예수 그리스도의 이름으로

지극히 신심이 강한 그리스도인이시고 매우 고귀하고 훌륭하며 강력하신 국왕들, 스페인의 왕국들과 바다 너머 섬들의 왕과 여왕이신 우리의 주군들이시여. 올 1492년에 두 폐하께서 유럽을 통치하던 무어인들과의 전쟁을 마무리하며 1월 2일 매우 위대한 그라나다시에서 군사를 동원해 전쟁을 끝낸 뒤 저는 그라나다시의 요새인 알람브라(Alhambra)의 탑들에 두 폐하의 왕실 깃발이 꽂히는 것을 보았으며, 무어인 왕이 도시의 문으로 나가는 것과 두 국왕 폐하들과 왕자 전하의 고귀한 손에 입을 맞추는 것을 보았습니다. 저는 그 1월에 인디아3의 땅들과 대칸(Gran Can)이라고 불리는 왕에 대한 정보를 두 분 전하께 주었는데, 대칸을 우리 로망스어로 풀어 보면 왕 중의 왕이라는 뜻입니다. 대칸과 그의 선대왕(先大王)들은 로마에 여러 차례 우리의 성스러운 믿음에 정통한 이들을 사절로 파견하여 자신들에게 믿음을 가르쳐 줄 것을 요

---

3 13세기 몽골 침입 이후 서유럽인들의 중국 여행이 본격적으로 이루어졌으나 그 자료들에 총체적으로 접근하기 힘들었으므로 콜럼버스가 가진 지리적 구분이나 용어, 지식은 여전히 매우 제한적이고 모호하다. 그는 동방, 아시아, 인도, 중국의 의미가 혼재된 의미로 인디아(India) 혹은 복수형 인디아스(Indias)를 쓰고 있다. 콜럼버스는 이 어휘를 새로 발견한 땅을 지칭하기 위해 사용했고, 스페인은 콜럼버스가 탐사한 땅이 아시아가 아니라 새로운 대륙임을 알게 된 이후에도 인디아라는 이름을 폐기하지 않았고 식민지의 이름을 서방의 인디아스(Indias Occidentales)라고 명명했다. 이후 아메리고 베스푸치(Amerigo Vespucci)의 이름을 따서 대륙 전체는 아메리카(America)라는 이름을 갖게 되지만 인디아스는 이와는 또 다른 층위의 이름으로서 스페인의 식민지 통치 300년 이상 널리 사용되었다.

청했으나 교황께서는 한 번도 사람을 보낸 적이 없었기에 너무 많은 민족들이 우상숭배에 빠지고, 타락한 종파를 수용하게 되었습니다. 4 그래서 가톨릭 기독교인이고 기독교의 성스러운 믿음을 사랑하고 확장해 나가는 군주이자 무함마드 종파와 모든 우상숭배와 이단의 적이신 우리의 두 국왕 폐하께서는 저 크리스토발 콜론을 언급한 인디아의 지역들로 보내 그곳의 군주들과 민족, 땅과 그들의 성향 등 모든 것을 파악하고, 그들이 우리의 신성한 믿음으로 개종하도록 만들 방법을 찾아보고자 했습니다. 주군들은 지금까지 통상적인 방법이었던 육로를 통해 동방(Oriente)으로 가는 것이 아니라 오늘날까지 아무도 지나간 적이 없는 것이 확실한 서쪽으로 갈 것을 명했습니다. 두 폐하께서는 당신들의 모든 왕국과 영토에서 유대인들을 전부 추방한 뒤 바로 1월에 제게 충분한 선단을 지휘하여 인디아의 지역들로 갈 것을 명했고, 이를 위해

---

4   관행화된 수사적 표현일지언정 콜럼버스는 여기서 사실을 왜곡하고 있다. 13세기 몽골인들의 침입과 그 기세에 놀란 교황 인노켄티우스 4세(Innocentius Ⅳ)는 몽골로 네 차례나 사절을 보냈고, 그중 카르피니(Pian del Carpine)는 몽골 제국의 수도까지 도달하여 교황의 서신을 전달하고, 귀위크칸(Güyük Khan)의 친서를 받아서 무사히 귀환하였다. 한편, 콜럼버스가 여기서 언급하는 내용은 원나라 마지막 황제인 토곤 테무르(Toghon Temür, 원 혜종)가 교황에게 사절단과 편지를 보낸 정황을 말하는 듯하다. 수도 칸발리크(Khanbaliq)의 주교로 일하던 몬테코르비노(Montecorvino)가 1328년 사망한 뒤 그를 이을 사람이 없었으므로 1336년 토곤 테무르는 교황에게 알란(Alan)인들의 편지도 함께 보내 이 직능을 수행할 성직자를 보내줄 것을 요청하였다. 알란인들은 황제의 근위대를 구성하고 있던 색목인들이었고, 기독교 의례를 지속하기 위해 성직자를 필요로 하였다. 이에 교황 베네딕투스 12세(Benedictus XII)는 1338년 마리뇰리(Giovanni de' Marignolli) 등이 포함된 일행을 파견하였고, 이들은 1342년 칸발리크에 도착하게 된다.

제게 큰 하사를 하시고 귀족 작위도 내려 주었습니다. 그때부터 저는 돈(Don)이라는 칭호로 불리고, 대양5의 대제독이자 제가 발견하고 획득하게 되는 모든 섬과 육지의 부왕이자 종신 총독이 될 것이며, 그 순간부터 앞으로 대양에서 발견하고 획득하게 될 것들은 제 장남이 계승하여 대대로 영원히 이어받게 될 것입니다. 6 저는 그해 1492년 5월 12일 토요일에 그라나다시를 떠났고, 항구마을인 팔로스(Palos)7에 도착해 이 일에 매우 적합한 배 3척을 마련했으며, 아주 많은 식량을 싣고 많은 뱃사람을 데리고 그해 8월 3일 금요일, 해가 뜨기 30분 전에 팔로스 항구를 떠났습니다. 그런 뒤 저는 대양에 있는 두 폐하의 땅인 카나리아 제도(Las Islas Canarias)8로 향했으며, 거기서 항로를 취해 멀리

---

5   유럽인들이 아직 아메리카와 대서양의 실체를 알지 못했기 때문에 대서양(Atlantic Ocean)이라는 표현 대신 대양(la mar Océana, 라틴어로 *Mare Oceanum*)이라는 표현을 쓰고 있다. 그리스인들이 세상을 둘러싼 커다란 강인 오케아노스(Okeanos)를 상상했고, 여기에서 기원해 오션이라는 단어는 큰 바다를 뜻하게 되었다.

6   1492년 4월 17일 콜럼버스와 두 국왕 사이에 맺어진 〈산타페 협약〉(Las Capitulaciones de Santa Fe)의 내용인데, 일지에 1월이라고 기술된 점은 많은 의문을 자아냈다. 〈산타페 협약〉은 짧은 문서로서 콜럼버스의 항해에서의 권리를 명시해 둔 것이다. 협약의 구체적인 내용은 해제를 참고.

7   현재 정식 이름은 팔로스데라프론테라(Palos de la Frontera)이다. 스페인 남부 우엘바(Huelva)의 조그만 항구도시로 핀손(Pinzón) 형제의 고향이다. 핀손 형제의 집을 박물관으로 꾸몄으며 콜럼버스가 항해를 시작하기 전에 기도를 드린 성당과 물을 떠간 우물이 보존되어 있는 등 콜럼버스 항해의 출발지로서 여러 유적과 기념물들을 찾아볼 수 있다.

8   7개의 주요한 섬과 여러 작은 섬으로 이루어졌다. 카스티야(Castilla)는 15세기 초 카나리아 제도의 정복을 시작했고, 포르투갈과 1479년 맺은 〈알카소바스 조약〉(Treaty of Alcáçovas)에 의해 스페인의 영토가 되었다. 콜럼버스 항해 이후 카나리아 제도는 스페인의 대서양 진출의 중간기착지로서 수세기간 스페인 본토와 아메

항해하여 인디아스로 가 그곳 군주들께 두 분의 서신을 전하고 당신들께서 제게 명하신 것을 수행하고자 했습니다. 이를 위해 저는 매일매일 아주 정확히 항해의 모든 것, 제가 행하고, 보고, 겪게 될 일들을 기록하리라 생각했고, 앞으로 그것을 읽어보시게 될 것입니다. 두 국왕 폐하시여, 또한 저는 매일 밤에는 그날 낮에 일어난 일을 적고 낮에는 전날 밤 항해를 기록하는 것 외에도 새로운 항해 지도를 만든다는 목적을 가지고 있어서 그 안에 대양의 모든 바다와 땅을 풍향 표시와 함께 제대로 그려 넣을 것이고, 또한 주야평분선의 위도와 서쪽의 경도를 활용해 모든 것을 그림으로 그려 세밀하게 기록한 책도 한 권 쓰고자 합니다. 무엇보다도 잠자는 것도 잊고 항해에 매우 주의를 기울여야 할 것이며, 그렇게 하려면 많은 노력이 필요할 것입니다. [9]

8월 3일 금요일

우리는 1492년 8월 3일 팔로스의 살테스(Saltés) 섬[10]의 어귀에서 오전 8시에 출발했다. 우리는 해가 질 때까지 강한 해풍을 받으며 남쪽

리카를 잇는 문화적, 인적, 생태적 교류의 장이 되었다.

[9] 아란스(Luis Arranz)에 의하면 역사가들은 이 서문을 두고 많은 논쟁을 해왔으나 아직 결론이 내려지지 않았다. 논쟁의 이유는 콜럼버스가 매우 최근에 일어난 일들을 기술함에도 시간과 공간에 있어서 부정확성이 드러나기 때문이었다. 예를 들어, 콜럼버스와 두 국왕 사이에 맺어진 〈산타페 협약〉은 본문에서처럼 1월이 아니라 4월 17일에 체결되었다.

[10] 팔로스 항구에 있는 틴토(Tinto) 강과 오디엘(Odiel) 강이 만나는 곳에 형성된 작은 섬이다.

으로 60미야를 나아갔는데, 이는 15레구아에 해당된다.[11] 이후 남서쪽과 남미서쪽[12]으로 움직여 카나리아 제도로 향했다.

8월 4일 토요일

그들은 남서쪽에서 약간 남쪽 방향을 잡아 항해했다.

8월 5일 일요일

그들은 아침부터 밤까지 항해하여 40레구아 넘게 전진했다.

8월 6일 월요일

마르틴 알론소 핀손(Martín Alonso Pinzón)이 타고 있던 카라벨선

---

11 당시는 도량형이 통일되지 않았기 때문에 지금 마일(mile)과는 길이가 다르며, 콜럼버스는 이탈리아 마일(milla, 미야)을 적용했다. 본문에서 4미야는 1레구아(legua)에 해당한다. 던(Oliver Dunn)과 켈리(James E. Kelly)에 의하면 많은 학자들이 콜럼버스가 사용한 미야의 길이를 두고 다른 주장을 했는데, 모리슨(Samuel E. Morison)은 그것이 이탈리아 마일로서 4,850피트(feet)라 했으며, 콜럼버스가 사용한 마일이 더 짧아서 5천 팜(palm), 즉 4,060피트에 해당한다고 본 학자도 있다.

12 〔아란스〕당시 항해는 각도를 사용하지 않고 풍향을 사용했다. 풍향은 8개로 분류되었고, 그 사이를 또 나누어 16개의 방향을 구분했다. 원문에서 "남서쪽에서 콰르타(cuarta)만큼 남쪽으로 간 방향"이라고 적혀 있는데, 콰르타는 방위 바람장미에서 32개 방향구분의 하나만큼을 의미한다.

(carabela)인 핀타(Pinta)호의 키가 빠졌고, 그는 이를 고메스 라스콘 (Gómez Rascón)과 핀타호의 소유주인 크리스토발 킨테로(Cristóbal Quintero)의 수작이라고 믿거나 적어도 그렇다고 의심했다.[13] 킨테로 는 이 항해를 내켜하지 않았고, 제독이 말하길 항해를 떠나기 전 그들 이 이 같은 내용으로 불화와 다툼을 겪었다는 사람들의 말을 들었다 고 했다. 제독은 핀타호에 개입하게 되면 위험을 무릅쓰게 될 것이므 로 매우 난감해 했지만 마르틴 알론소 핀손이 용감하고 기지가 있는 사람임을 알기에 큰 걱정을 하지는 않는다고 했다. 그들은 아침부터 밤까지 항해하여 총 29레구아를 나아갔다.

8월 7일 화요일

핀타호의 키가 다시 빠져서 수리한 뒤 그들은 카나리아 제도의 섬 중 하나인 란사로테(Lanzarote)섬으로 항해했으며, 아침부터 밤까지 25 레구아를 전진했다.

---

13 〔바렐라(Consuelo Varela)〕가톨릭 양왕은 팔로스 마을에 콜럼버스 항해를 위한 배 3척을 마련하라고 요구했다(1492년 4월 30일 명령). 이 배들의 소유주에 의한 방해 공작(工作)의 가능성을 생각해 볼 수 있다.

8월 8일 수요일

세 카라벨선의[14] 조타수들 사이에서 현재 위치가 어딘지를 두고 여러 의견이 오갔고, 제독의 견해가 가장 사실에 가깝다는 것이 드러났다. 그는 핀타호의 키 상태가 좋지 않고 물이 샜기 때문에 그란카나리아 (Gran Canaria) 섬으로 가서 그곳에 배를 두고, 만일 그곳에서 다른 배를 구할 수 있다면 그 배로 교체하고자 했다. 하지만 이날 그들은 섬에 도착하지 못했다.

8월 9일 목요일

일요일 밤이 되어서야 제독은 고메라(Gomera) 섬에 도착할 수 있었고, 핀타호는 항해가 불가능했기 때문에 마르틴 알론소는 제독의 명령으로 그란카나리아섬의 해안에 머물렀다. 이후 제독은 그란카나리아섬으로 갔고, 제독과 마르틴 알론소, 나머지 사람들이 매우 열심히 부지런하게 작업하여 핀타호를 잘 수리한 뒤 드디어 그들은 고메라섬에 갈 수 있었다. 그들은 테네리페(Tenerife) 섬의 아주 높게 솟은 산

---

14 산타마리아(Santa María), 니냐(Niña), 핀타호 중 산타마리아호가 어떤 종류의 선박이었는지에 대해 정확한 결론이 내려지지 않았다. 이곳에서는 세 카라벨선이라고 언급하는데, 항해가 진행되면 콜럼버스는 산타마리아를 나오선이라고 지칭한다. 나오(nao)는 배를 뜻하는 보통명사이기도 하고, 캐럭(carrack) 선을 지칭하기도 했으므로 산타마리아호는 카라벨선, 혹은 캐럭선이었을 것이다. 니냐호와 핀타호는 카라벨선이었다. 원문에서 산타마리아호를 나오라고 지칭하면 그대로 '나오'로 번역하고자 한다.

맥에서 큰 불이 분출되는 것을 보았다. 핀타호는 삼각형 돛을 달고 있다가 사변형 돛으로 바꾸었고, 수리한 핀타호와 함께 제독은 9월 2일 일요일에 고메라섬으로 돌아갔다.

제독이 말하길, 훗날 고메라섬의 첫 번째 백작이 되었던 기엔 페라사[15]의 어머니 이네스 페라사[16] 부인과 함께 고메라섬에서 살던 많은 훌륭한 스페인 사람들은 지금은 이에로(Hierro) 섬의 주민인데, 그들이 매년 카나리아 제도의 서쪽, 즉 해가 지는 쪽에서 육지를 보았다고 맹세했으며,[17] 고메라섬의 다른 주민들 역시 확신하며 맹세했다고 했다. 이 부분에서 제독은 자신이 1484년 포르투갈에 있을 때 마데이라(Madeira) 섬에서 온 한 사람이 왕에게 자신이 보았던 땅으로 가는 데 쓸 카라벨선 1척을 요구하며 매년 항상 같은 모습의 땅을 보았음을 맹세했다고 쓰고 있다. 제독은 또한 아소르스(Azores) 제도의 섬들에서도 사람들이 같은 이야기를 했으며, 그들이 말한 땅의 방향, 특징, 크

---

15 〔바렐라〕기엔 페라사(Guillén Peraza)는 1516년 고메라섬의 공작(公爵) 지위를 받았다. 라스카사스의 설명이 덧붙여진 글로 보인다.

16 〔던・켈리〕이네스 페라사(Inés Peraza)는 기엔의 어머니가 아니라 누이다.

17 아란스에 의하면 당시 이 지역의 선원들은 서쪽 바다에서 전설의 섬이 나타났다가 사라지기를 반복했다고 증언했는데, 7개의 도시 혹은 안티야(Antilla)에 속한다고 여겨진 그 섬은 성 브렌던섬으로 불렸다. 성 브렌던(Saint Brendan)은 6세기 아일랜드의 성직자로 14명의 사제들과 약속의 땅을 찾아 떠난 뒤 대서양의 섬들을 7년간 여행한 끝에 이 섬에 도착했다고 전해진다. 중세 동안 이 섬들이 카나리아 제도라고 생각했고, 13세기부터 여러 지도에 그렇게 나타났다. 18세기까지도 성 브렌던섬에 대한 이야기는 상당한 힘을 갖고 있어서 그 섬을 찾기 위한 원정이 꾸려지기도 했다. 잃어버린 섬을 향한 탐사가 지속되었고, 마지막 항해는 1721년 카나리아 제도의 총독 후안 무르이아기레(Juan Mur y Aguirre)의 탐사였다.

기가 동일했다고 썼다. 물, 땔감, 고기를 구하고, 제독이 핀타호를 수리하러 그란카나리아섬으로 갔을 때 고메라섬에 머물렀던 이들이 가지고 있던 물건들을 싣고 마침내 9월 6일 목요일 3척의 카라벨선은 돛을 올리고 고메라섬을 떠났다.

9월 6일 목요일

제독은 이날 아침 고메라섬의 항구18를 출발했고 항로를 나아가다 이에로섬에서 온 한 카라벨선 사람들로부터 제독을 붙잡기 위해 이에로섬 근처에 포르투갈 카라벨선 3척이 머무르고 있다는 말을 전해 들었다. 제독이 카스티야 왕국으로 가 버린 것 때문에 포르투갈 왕이 시기해서 그랬을 것이다. 19 제독이 낮과 밤 내내 항해하는 동안 바다는 잠잠했고, 다음 날 아침에는 고메라섬과 테네리페섬 중간 지점에 도착했다.

9월 7일 금요일

금요일 하루 종일, 토요일 새벽 3시까지 바다는 잔잔했다.

---

18 산세바스티안(San Sebastián) 항구.
19 〔아란스〕카스티야와 포르투갈 사이에 맺어진 〈알카소바스 조약〉에 의해 카나리아 제도 아래 위도로는 모든 카스티야 선박의 항해가 금지되었다. 이런 맥락에서 스페인의 두 왕은 콜럼버스에게 이를 엄격히 지키라는 지시를 내린 것이다.

9월 8일 토요일

토요일 새벽 3시에 북동풍이 불기 시작했고, 제독은 항로를 서쪽으로 잡고 나아갔다. 뱃머리 쪽으로 파도가 너무 많이 쳐서 배가 나아가기가 힘들었다. 이날 밤 항해까지 포함해 그들은 9레구아를 나아갔다.

9월 9일 일요일

제독은 그날 낮 동안 15레구아를 항해했고, 항해한 것보다 줄여서 알리기로 했다. 항해가 길어지는 것을 보고 선원들이 공포심에 사로잡히거나 낙담하지 않도록 하기 위해서였다. 밤에는 시간당 10미야 속도로 120미야를 나아갔으며, 이는 30레구아에 해당한다. 선원들이 키를 잘 조종하지 못해서 서미북쪽으로 가기도 하고 심지어 서북서쪽으로 가기도 해서 제독은 이를 여러 차례 질책했다.

9월 10일 월요일

이날 밤까지 항해해서 제독은 60레구아를 나아갔고, 시간당 10미야, 즉 2레구아 반을 나아갔다. 하지만 항해거리가 길다고 선원들이 놀라지 않도록 48레구아라고 알렸다.

9월 11일 화요일

이날 그들은 항로를 따라 서쪽으로 20레구아 이상 나아갔으며, 120 토넬(tonel)[20] 크기 정도의 배에서 나온 커다란 돛대 조각 하나를 보았으나 건져 올리지는 못했다. 밤사이 그들은 20레구아가량을 항해했고, 상술한 이유로 제독은 단지 16레구아로만 알렸다.

9월 12일 수요일

이날 항로를 따라 그들은 밤낮으로 33레구아를 나아갔고, 상술한 이유로 줄여서 보고했다.

9월 13일 목요일

이날은 서쪽 항로를 따라 밤까지 항해해서 33레구아를 나아갔으며, 3~4레구아 더 적게 보고했다. 해류는 역조(逆潮)였다. 이날 밤이 되었을 때 나침반은 북서쪽을 가리키고 있었고, 다음 날 아침에는 약간 북동쪽을 가리켰다.[21]

---

20 선박 적재량을 재는 옛 단위. 1토넬은 포도주 통(barril) 2개의 분량이다. 던과 켈리가 참조한 학자들 연구에 따르면 콜럼버스가 선호한 세비야(Sevilla) 토넬은 1.405세제곱미터(㎥), 비스카야(Vizcaya) 토넬은 1.683세제곱미터이다.
21 〔아란스〕 이는 콜럼버스가 나침반 바늘의 변동을 최초로 기록한 것이다. 그는 북극성의 낮의 회전을 막 발견하였고, 자장의 북쪽과 지리적 북극의 차이를 발견하였

9월 14일 금요일

이날 그들은 서쪽으로 밤까지 항해해서 20레구아를 나아갔다. 제독은 몇 레구아 줄여서 보고했다. 여기에 제독은 니냐호의 선원들이 제비갈매기(garjao) 1마리와 열대새(rabo de junco)[22] 1마리를 봤다고 말했다고 적었고, 이 새들은 절대로 땅에서 25레구아 이상 멀리 떨어지지 않는다고 했다.

9월 15일 토요일

이날 제독은 밤에도 항해해서 27레구아를 나아갔다. 이날 초저녁에 그들은 4~5레구아 떨어진 곳 하늘에서 신기한 불이 바다로 떨어지는 것을 보았다.

다. 중세 동안 북극성은 고정된 것이며 진짜 북극이라고 믿어졌다. 많은 이들이 이 현상을 최초로 관찰한 사람으로 1497년 항해를 시작해서 1534년 그리뇽(Grignon)으로 항해한 세바스티아노 카보토(Sebastiano Caboto)를 언급하지만 이는 잘못된 것이다. 새뮤얼 모리슨은 이 작은 변동이 당시 선원들이 지니고 있던 방위반(方位盤)으로 관찰되었다는 것이 매우 놀라운 점이라고 했다.

22 열대새속(*Phaethon*)의 새. 뒤베르제(Duverger)에 의하면 주로 카보베르데(Cabo Verde) 제도 근처에 사는 열대새로, rabo de junco는 포르투갈어 이름이다. 콜럼버스는 포르투갈에서 10년가량 생활하였으므로 일지 전반에 포르투갈어 어휘를 많이 쓰고 있다.

9월 16일 일요일

이날 제독은 밤낮으로 서쪽으로 항해했다. 그들은 39레구아 정도를 나아갔을 것인데, 제독은 36레구아만 알렸다. 이날은 구름이 약간 끼었고, 보슬비가 내렸다. 제독이 말하기를 오늘부터 그 이후로는 공기가 지극히 온화하였고, 오전의 상쾌함은 종달새 지저귀는 소리만 들려온다면 더할 나위가 없을 것이라고 했다. 제독의 말이다. "흡사 안달루시아(Andalucía)의 4월 날씨와도 같았습니다." 이곳에서 제독이 보기에 육지에서 떨어져 나온 지 얼마 되지 않은 것 같은 짙푸른 풀 더미들이 무더기로 있는 것이 보이기 시작했고,23 그 때문에 모두가 자신들이 어느 섬 근처에 있다고 판단했지만 본토24가 가까이에 있다고 여기지 않았다. 제독은 다음과 같이 말했다. "왜냐하면 본토는 좀 더 가야 나타날 것이기 때문입니다."

---

23 사르가소(Sargasso) 해에 대한 묘사이다. 북대서양에 거대하게 펼쳐져 있는 해초의 영역으로 모자반속(*Sargassum*)의 해조가 다량으로 자라고 덩어리져서 부유한다. 콜럼버스 이전에 아프리카로 진출한 포르투갈 선원들에 의해서 먼저 기록되었다.

24 스페인어로 '섬'(isla)과 대별해서 육지 혹은 대륙을 뜻하는 티에라 피르메(tierra firme)를 '본토'로 번역하였다. 이 단어는 텍스트에서 지속적으로 반복되는데, 콜럼버스가 생각한 본토는 대칸이 있고 대칸이 머무는 카타이(Catay)가 위치한 땅이다.

9월 17일 월요일

제독은 서쪽으로 길을 나아갔고, 선원들은 밤낮으로 50레구아보다 조금 더 항해했지만 제독은 단지 47레구아만 적어 넣었다. 조류가 순조로웠다.

선원들은 자주 다량의 풀을 보았고, 그것은 바위에 붙어 있던 것으로 서쪽 방향에서 흘러왔다. 그들은 육지가 근처에 있다고 판단했다. 조타수들은 북쪽으로 방향을 잡아 나아갔는데 바늘이 온전히 한 점만큼(11. 25도) 북서쪽으로 움직이자 선원들이 두려워하며 걱정에 빠졌지만 왜 그런지 이유를 말하지 않았다. 제독은 이를 알아차리고 새벽이 될 때 북쪽으로 방향을 잡으라고 명령했고, 그러자 북극성이 움직인 것이지 나침반이 고장 난 것이 아님을 알게 되었다. 월요일 새벽이 되자 더 많은 풀을 보았고, 강에서 온 것 같았다. 풀들 사이에 살아 있는 게 1마리가 있어서 제독은 이를 잘 간수해 두었다. 제독이 기록하기를 그 식물들은 육지에서 80레구아 이상 떨어진 곳에는 발견되지 않기 때문에 육지가 있다는 확실한 징조였다. 카나리아 제도를 떠나온 이후부터 바닷물은 덜 짰고, 25 공기는 항상 더 부드러웠다. 모두들 매우 즐거워했고, 처음으로 육지를 발견하기 위해 배들은 가능한 한 최대의 속도를 냈다. 그들은 많은 돌고래26를 보았고, 니냐호

---

25 〔아란스〕 콜럼버스의 공상에서 나온 이 단언은 그가 점점 지상천국에 가까워지고 있다는 확신과 연관이 있을 것이다.

26 원문의 tonina. 던과 켈리는 콜럼버스가 다랑어는 tuna라는 단어를 사용했다며 이를 돌고래로 보았다. 아란스는 다랑어로 해석했다.

의 선원들이 1마리 잡았다. 이 대목에서 제독은 그 징조들이 서쪽에서 오는 것이며, "저는 저 지고한 하느님이, 그의 손안에 모든 승리가 존재하며, 매우 신속히 우리에게 육지를 보여줄 것이라고 믿습니다"라고 적었다. 제독이 말하기를 이날 아침 흰 색의 열대새 1마리를 보았고, 이 새는 통상 바다에서는 잠을 자지 않는다고 했다.

9월 18일 화요일

제독은 이날 밤에도 항해했고, 선원들은 55레구아 이상을 나아갔으나 단지 48레구아만을 기입했다. 며칠 동안 바다가 매우 잔잔해서 마치 세비야의 강을 항해하는 것 같았다. 이날 마르틴 알론소는 속도가 빠른 핀타호를 이끌고 다른 배보다 앞서 나갔으며, 제독이 말하길 그가 카라벨선에서 수많은 새들이 서쪽으로 가는 것을 보고 그날 밤 육지를 볼 수 있을 것이라는 기대에 속도를 낸 것이라고 했다. 북쪽 지역에서 매우 큰 먹구름이 나타났고, 이는 육지가 근처에 있다는 징후이다.

9월 19일 수요일

제독은 정해진 항로를 따라 나아갔고, 바람이 많이 불지 않아 밤낮으로 25레구아밖에 나아가지 못했으며 제독은 22레구아를 적어 넣었다. 이날 10시에 나오선으로 가넷(gannet) 1마리가 다가왔고, 오후에는 선원들이 1마리를 더 보았는데, 가넷은 육지에서 20레구아 이상 잘 멀어지지 않는 새이다. 그들은 바람은 없이 보슬비가 내리는 것을 보았고, 이것도 육지가 있다는 확실한 신호이다. 육지가 있는지 알아보기 위해 바람이 불어오는 방향으로 항해해서 지체되는 것을 원치 않았지만 제독은 북쪽과 남쪽에 몇몇 섬들이 있다는 것을 확신했고, 실제로 섬들이 있어서 제독은 그 섬들 사이를 지나갔다. "날씨는 좋았습니다. 주님을 기쁘게 해드린다면 돌아오는 길에 모든 것을 다 볼 수 있을 것입니다." 이것은 제독의 말이다.

이 대목에서 조타수들이 계산한 배의 위치가 언급된다. 니냐호의 조타수는 카나리아 제도에서 440레구아, 핀타호의 조타수는 420레구아, 제독이 탄 배의 조타수는 정확히 400레구아 떨어져 있다고 보았다. [27]

9월 20일 목요일

바다는 잔잔했지만 바람의 방향이 많이 바뀌어서 이날은 서미북쪽과 서북서쪽으로 항해했다. 7~8레구아밖에 나아가지 못했다. 나오선으로 가넷 2마리가 다가왔고, 나중에 1마리가 더 왔는데, 이는 육지와 가까이 있다는 신호이다. 어제는 해초가 하나도 없었는데 이날은 해초를 많이 보았다. 그들은 손으로 새 1마리를 잡았는데, 제비갈매기와 비슷했다. 제비갈매기는 바다가 아니라 강에 사는 새이며, 발은

---

27 〔바렐라〕 산타마리아호의 조타수는 페드로 알론소 니뇨(Pedro Alonso Niño), 핀타호는 크리스토발 가르시아 사르미엔토(Critóbal García Sarmiento), 니냐호 는 산초 루이스(Sancho Ruiz)였다.

갈매기처럼 생겼다. 새벽에 육지에서 사는 새 2마리가 지저귀며 배로 다가왔고, 해가 뜨기 전에 날아갔다. 이후 가넷 1마리가 서북서쪽에서 다가왔다가 남동쪽으로 날아갔는데 이는 새가 서북서쪽에 있는 육지에서 날아왔다는 말이다. 왜냐하면 이 새들은 육지에서 잠을 자고 아침이 되면 먹이를 찾아 바다로 가며, 육지에서 20레구아 이상 멀어지지 않기 때문이다.

9월 21일 금요일

이날은 바다가 아주 잔잔했고 이후에 바람이 약간 불었다. 아침부터 밤까지 항로를 따라가기도 하고 벗어나기도 하면서 13레구아를 항해했다. 새벽에 그들은 엄청나게 많은 해초를 보았는데, 지금까지 본 것 중 가장 빽빽이 엉켜 있었고 서쪽에서 온 것이었다. 그들은 가넷 1마리를 보았다. 바다는 강처럼 매우 잔잔했고, 공기는 지상 최고였다. 그들은 고래 1마리를 보았고, 고래는 항상 육지 근처를 다니므로 이는 그들이 육지 근처에 있다는 신호였다.

9월 22일 토요일

제독은 대략 서북서쪽으로 침로(針路)를 잡고 이리저리 뱃머리를 돌려가며 30레구아 정도를 나아갔다. 해초는 거의 보지 못했다. 슴새 몇 마리와 다른 종류의 새를 보았다. 이 지점에서 제독이 말했다. "제게는 이 역풍이 꼭 필요했습니다. 이 해역에서 스페인으로 돌아가는

데 필요한 바람이 불지 않는 것이라 생각한 선원들이 매우 동요했기 때문입니다."**28**

잠시 동안 해초가 보이지 않다가 이후에 아주 빽빽이 나타났다.

9월 23일 일요일

제독은 북서쪽으로 항해했고, 가끔은 거기서 약간 더 북쪽으로 뱃머리를 돌려서 항해하거나 원래 항로인 서쪽으로 나아가며 22레구아**29** 정도를 항해했다. 그들은 멧비둘기 1마리, 가넷 1마리를 보았고, 강에서 온 다른 작은 새 1마리와 다른 종류의 흰 새 여러 마리를 보았다. 해초가 매우 많았고, 거기에는 게들이 있었다.

바다가 고요하고 파도가 없었기 때문에 사람들은 이 해역에는 큰 바다가 없어서 스페인으로 돌아갈 수 있을 정도의 바람이 절대 불지 않을 것이라고 수군댔다. 하지만 이후 바람이 불지 않았는데도 파도가 매우 거세져서 선원들이 놀랐고, 이를 두고 제독은 다음과 같이 썼다. "그 상황에서 저는 파도가 높게 일기를 바랐지만 그렇게 되지 않았습니다. 그것은 모세가 이집트에 잡혀 있던 유대인들을 데리고 떠

---

28 아란스에 의하면 카보베르데 제도와 평행한 북위 15도에서 20도 사이는 무역풍 지대로, 이곳에서 바람을 타면 어떤 범선도 아메리카의 해안에 도착할 수 있다. 카나리아 제도의 위도는 북위 28도로 무풍지대이나 1492년 여름 동안 무역풍이 상당히 북쪽으로 불었기 때문에 운 좋게도 콜럼버스는 성공할 수 있었다.

29 원문 판독이 어려워 아란스, 뒤베르제는 22레구아, 던과 켈리는 27레구아로 다르게 본다.

날 때 그들이 반기를 들었을 때에만 일어났던 일입니다."30

9월 24일 월요일

제독은 서쪽 항로로 밤낮으로 항해했고, 14레구아 반을 나아갔지만 12레구아만을 보고했다. 가넷 1마리가 배로 다가왔고, 그들은 슴새 여러 마리를 보았다.

9월 25일 화요일

이날은 바다가 매우 잔잔했고, 나중에 바람이 불었다. 그들은 밤이 될 때까지 서쪽 항로로 항해했다. 제독은 핀타호의 선장 마르틴 알론소 핀손과 함께 3일 전에 그의 카라벨선으로 보낸 지도 한 장에 대해 이야기를 나누었고, 지도에는 제독이 그 해역에 있는 섬 몇 개를 표시해 둔 듯하다. 마르틴 알론소는 자신들이 그 해역에 있다고 말했고, 제독도 그렇게 생각하지만 그 섬들을 찾을 수가 없어 언제나처럼 해류가 배를 북동쪽으로 밀리게 한 것이 틀림없으며, 조타수들이 말한 만큼 그렇게 많이 항해해 온 것이 아니라고 대답했다. 그런 뒤 제독은 그 지도를 자신에게 보내라고 했고, 줄을 이용해서 지도를 보내자 제

---

30 바렐라에 의하면 콜럼버스가 항해를 떠난 1492년 8월 3일은 스페인에서 유대인의 추방이 시작되었던 날이고, 콜럼버스의 선단에는 유대인 선원들이 많이 있었다고 한다. 콜럼버스는 자신을 모세에 빗대고 있다.

독은 자기 배의 조타수와 선원들과 함께 지도상에 위치를 그리기 시작했다. 해가 진 뒤 마르틴 알론소는 자기 배의 선미로 가더니 매우 기뻐하며 제독을 불러 육지를 보았다는 소식을 전하고 포상을 해달라고 했다. 그가 확신에 차서 말하는 것을 듣고 제독은 무릎을 꿇고 하느님께 감사를 드렸고, 마르틴 알론소는 자기 배의 사람들과 함께 "하느님께 최고의 영광을"(Gloria in excelsis Deo) 이라고 말했다. 제독의 배와 니냐호에 타고 있던 사람들 역시 똑같이 했다. 모두 돛대와 삭구(索具)를 타고 올라가더니 육지라고 확언했다. 제독에게도 그렇게 보였고, 육지까지는 25레구아 정도 거리였다. 모든 이들은 밤까지 육지가 확실하다고 믿었다. 제독은 서쪽 항로로 가던 것을 멈추고 모두 육지가 나타났던 남서쪽으로 향하라고 명했다.

이날 낮에는 서쪽으로 4레구아 반을 항해했고, 밤에는 남동쪽[31]으로 17레구아를 나아가 총 21레구아를 항해했지만 제독은 선원들에게 13레구아를 갔다고 말했다. 그는 선원들이 항해가 너무 길다고 여기지 않도록 하기 위해 항상 항해를 적게 한 것처럼 말하기 때문에 이날도 항해거리를 두 가지로 적었다. 숫자가 작은 것이 가짜였고, 큰 것이 진짜였다.

이날 바다는 매우 고요해서 많은 선원들이 바다에 뛰어들어 수영을 했다. 물속에 도미가 많았고, 다른 물고기들도 있었다.

---

31 남서쪽의 오기.

9월 26일 수요일

제독은 정오가 넘어서까지 서쪽으로 항해한 뒤 그 지점에서 남서쪽으로 가서 육지라고 생각했던 곳이 땅이 아니라 하늘이었음을 확인했다. 그들은 낮부터 밤까지 31레구아를 항해했으며, 제독은 선원들에게 24레구아로 말했다. 바다는 강처럼 잔잔했고, 공기는 달콤하고 아주 부드러웠다.

9월 27일 목요일

제독은 항로를 따라 서쪽으로 갔다. 낮부터 밤까지 24레구아를 항해했고, 선원들에게는 20레구아라고 알렸다. 도미가 많았고 선원들이 1마리를 잡았다. 열대새도 1마리 보였다.

9월 28일 금요일

제독은 서쪽 항로로 나아갔다. 바람이 잔잔해서 그들은 낮과 밤 동안 14레구아 나아갔고, 제독은 13레구아라고 알렸다. 해초는 거의 없었다. 본선에서는 도미 2마리를 잡았고, 나머지 두 배에서는 더 많이 잡았다.

9월 29일 토요일

제독은 서쪽 항로로 나아갔다. 그들은 24레구아를 항해했고, 제독은 21레구아라고 알렸다. 바람이 잔잔했기 때문에 낮과 밤 동안 많이 나아가지 못했다. 군함조 1마리를 보았는데, 이 새는 가넷이 먹은 것을 토해 내도록 해서 그것만 먹고 살며, 다른 것은 섭취하지 않는다. 바다에 사는 새지만 바다 위에 내려앉지도 않고, 육지에서 20레구아 이상 떨어지지도 않는다. 카보베르데 제도에 이 새들이 매우 많이 있다. 이후 가넷 2마리가 보였다. 공기가 매우 부드럽고 쾌적하여 제독은 나이팅게일(ruisenõr)이 지저귀는 소리만 있으면 더할 나위가 없을 것이라고 했고, 바다는 강처럼 잔잔했다. 이후 가넷 3마리와 군함조 1마리가 세 차례 나타났다. 해초가 많았다.

9월 30일 일요일

제독은 서쪽 항로로 항해했다. 바람이 잔잔하여 낮부터 밤까지 14레구아밖에 가지 못했고, 제독은 11레구아로 말했다. 열대새 4마리가 배로 다가왔고, 이는 육지가 있다는 중요한 신호다. 같은 종의 새 여러 마리가 함께 움직인다는 것은 무리에서 흩어져 나온 것도 아니고 길을 잃고 헤매는 것도 아니기 때문이다. 가넷 4마리가 두 번 나타났고, 해초도 많이 보였다. 제독은 여기서 호위성[32]이라고 불리는 별들

---

32 원문의 las guardias. 북극성이 위치한 작은곰자리를 이루는 베타별과 감마별, 즉

이 밤이 되면 서쪽으로 뻗은 팔 옆에 있는데 새벽에는 북동쪽으로 난 팔 아래의 선에 있어서 밤새 세 선, 즉 9시간 정도만 움직인 것처럼 보였고, 이런 일이 매일 밤 되풀이 되었다고 기록하고 있다. 해 질 녘에는 나침반 바늘이 북서쪽으로 한 점〔11.25도〕기울어졌는데 새벽에는 북극성과 완전히 일치하고 있었다. 이를 보면 북극성이 다른 별들처럼 움직이는 것처럼 보이며, 나침반 바늘은 항상 진실〔진북(眞北)〕을 가리키는 듯하다.

10월 1일 월요일

제독은 서쪽 항로로 나아갔다. 그들은 25레구아를 항해했고, 제독은 선원들에게 20레구아라고 말했다. 엄청난 소나기가 내렸다. 새벽에 제독의 조타수가 카나리아 제도의 이에로섬에서 이곳까지 서쪽으로 578레구아를 항해했다고 말했다. 제독이 사람들에게 줄여서 제시한

코카브(Kochab)와 페르카드(Pherkad)를 말한다. 북반구에서는 항상 이 두 별을 관찰할 수 있고 지구의 자전으로 인해 두 별은 북극성을 중심으로 반시계 방향으로 도는 듯 보이므로 뱃사람들은 이 두 별을 마치 시곗바늘처럼 시간을 측정하는 기준으로 삼았다. 일지에서 세 선이 9시간이라고 한 것처럼 하루는 3시간 단위로 8개의 시간으로 나뉘어졌으며, 특별한 도구 없이도 시간을 측정할 수 있도록 사람이 다리를 벌리고 팔을 편 상상의 모습을 북극성 위에 겹쳐보았다. 이 가상의 인물은 '북극성의 남자'라고 불렸으며, 시간은 머리, 왼쪽 어깨, 왼팔, 왼팔 아래, 두 발, 오른팔 아래, 오른팔, 오른쪽 어깨로 구분되었다. 일지에 '팔 옆'이나 '팔 아래'라는 표현이 나오는 것이 이 가상의 사람의 신체를 통해 시간을 측정하기 때문이다. Santiago Higuera de Frutos(2019), "Aspectos científicos del viaje del Descubrimiento", *Pensamiento Matemático*, Vol. 9, No. 2, pp. 83~84.

거리는 584레구아였지만 제독이 측정해서 간직하고 있던 진짜 거리는 707레구아였다.

10월 2일 화요일

제독은 서쪽 항로로 밤낮으로 39레구아를 나아갔고, 선원들에게는 30레구아라고 말했다. 언제나처럼 바다는 잔잔했고, 상태가 좋았다. 이 지점에서 제독이 "신에게 정말 감사드린다"라고 적었다. 보통 때와는 반대로 이날은 해초가 동쪽에서 서쪽으로 이동했다. 물고기들이 많이 나타났고, 1마리를 잡았다. 갈매기를 닮은 흰 새 1마리가 보였다.

10월 3일 수요일

제독은 항로를 유지하며 나아갔다. 47레구아를 항해했지만 선원들에게는 40레구아라고 말했다. 슴새들이 나타났고, 해초가 많았는데 오래된 것도 있었고 매우 신선한 것도 있었으며 열매 같은 것도 달려있었다. 새가 전혀 보이지 않아서 제독은 자신이 지도에 표시해 두었던 섬들을 완전히 지나온 것이라고 생각했다.

　이 부분에서 제독은 지난주에 바람을 맞으며 나아가야 해서 시간을 지체하고 싶지 않았다는 것, 최근 며칠간은 육지가 있다는 신호를 너무 많이 보았다는 것을 언급하고 있다. 이 지역에 몇몇 섬이 있다는 것을 알았지만 이를 지나친 것은 자신의 목표가 인디아스에 가는 것이었기 때문에 지체하기를 원치 않았고, 만일 지체했다면 좋은 판단이 아니었을 것이라고 말했다.

10월 4일 목요일

제독은 서쪽 항로로 나아갔다. 그들은 낮과 밤 동안 63레구아를 항해했고, 제독은 선원들에게는 46레구아라고 말했다. 배로 40마리가 넘는 슴새 무리와 가넷 2마리가 다가왔고, 카라벨선의 한 견습선원이 가넷 1마리에 돌을 던졌다. 배로 군함조 1마리와 갈매기를 닮은 흰새 1마리가 다가왔다.

10월 5일 금요일

제독은 항로를 유지했다. 시간당 11미야를 나아갔다. 밤에 바람이 약간 약해져서 밤과 낮 동안 총 57레구아를 항해했고, 선원들에게는 45레구아라고 말했다. 바다는 잔잔하고 평온해서 제독은 "신에게 정말 감사드린다"고 말했다. 공기는 매우 달콤하고 온화했다. 해초는 전혀 보이지 않았고, 슴새가 매우 많았다. 날치들이 나오선으로 많이 날아올랐다.

10월 6일 토요일

제독은 부에스테(Vueste) 혹은 우에스테(Oueste) 쪽으로 항로를 잡았는데, 이 두 단어는 동일하게 서쪽을 의미한다. 그들은 낮과 밤 동안 40레구아를 항해했고, 제독은 선원들에게 33레구아라고 말했다. 이날 밤 마르틴 알론소는 항로를 남서쪽에서 약간 더 서쪽으로 잡는 것이 좋겠다고 말했고, 제독은 수긍하지 않았다. 마르틴 알론소가 시팡고(Cipango) [33]섬을 염두에 두고 이렇게 말했을 것이고, 제독은 시팡고섬을 찾지 못하면 육지에 도착하는 것이 지체될 것이니 우선 본토로 가서 그 다음에 섬들을 찾아가는 것이 낫다고 보았다.

10월 7일 일요일

제독은 서쪽으로 계속 나아갔다. 그들은 시속 12미야로 2시간 동안 항해했고, 이후 시속 8미야를 유지했다. 해가 뜬 뒤 1시간 이후까지 23레구아를 항해했고, 제독은 사람들에게 18레구아라고 말했다. 이

---

33 지팡구(Zipangu). 마르코 폴로(Marco Polo)가 《동방견문록》에서 일본을 지칭하며 쓴 이름이다. 콜럼버스는 유품으로 《동방견문록》 라틴어 번역본을 남겼으나 책의 구매에 대한 편지를 1497~1498년 사이에 받은 기록이 있어 1차 항해 이전에 이를 완독했는지에 대해서는 단정 짓기 어렵다[John Larner (1999), *Marco Polo and the Discovery of the World*, New Haven: Yale University Press, p. 155]. 하지만 《동방견문록》에 담긴 기본 정보들은 지중해 세계에 살며 동방으로 가고자 하는 이에게는 상식이었을 것이다.

날 해가 떴을 때 더 가벼웠던 카라벨선 니냐호가 앞서 나가고 있었고, 두 국왕이 육지를 처음 보는 자에게 주기로 한 포상을 받기 위해 다들 최대한 속도를 내고 있었다. 이때 니냐호는 제독이 육지를 발견할 경우 그렇게 하라고 명령해 둔 대로 돛대의 꼭대기에 깃발을 꽂고, 육지를 보았다는 신호로 롬바르다 포34 한 발을 쏘았다. 또한 제독은 해가 뜰 때와 질 때 모든 배가 제독의 배 근처로 모일 것을 명해 두었는데, 이때 대기가 가장 멀리 볼 수 있는 상태가 되기 때문이다.

니냐호의 사람들이 보았다고 생각한 육지가 오후가 되어도 보이지 않았고, 북쪽에서 남서쪽으로 엄청나게 많은 새 무리가 지나갔기 때문에 이를 보고 제독은 새들이 육지로 밤을 보내러 가는 것이거나 어쩌면 겨울을 피해 이동 중으로, 새들이 원래 떠나왔던 곳으로 돌아가는 중이라고 생각했다. 그래서 제독은 서쪽 항로를 접고 뱃머리를 서남동쪽35으로 돌리고 그 방향으로 이틀 동안 항해하기로 결정했다. 36 해가 지기 1시간 전에 항로를 바꾸었다.

그들은 밤새 5레구아를 항해했고, 낮에는 23레구아를 항해해서 밤

---

34 원문의 lombarda. 봄바드(bombard) 포, 즉 중세의 대형 사석포(射石砲)를 말한다.

35 원문은 서남동쪽(guesueste)으로 되어 있으나 던과 켈리에 의하면(p. 55) 나바레테(Martín Fernández de Navarrete)가 처음으로 이를 서남서쪽으로 정정하였다.

36 〔바렐라〕콜럼버스 소송문건을 보면 항해 방향을 바꾼 것은 마르틴 알론소 핀손의 조정 때문인 듯하다. 이렇게 방향을 바꾸지 않았다면 선단은 플로리다에 도착했을 것이다. 후안 만사노의 글《콜럼버스와 그의 비밀》(Colón y su secreto, 1976)에 의하면 전날 항해 도중 처음으로 산타마리아호의 비스카야인들에 의한 반란이 있었고, 이는 마르틴 알론소가 개입하여 진압될 수 있었다.

낮으로 총 28레구아를 나아갔다.

10월 8일 월요일

제독은 서남서쪽 항로로 밤낮으로 11레구아 반 혹은 12레구아를 항해했으며, 글자를 잘못 읽은 것이 아니라면 밤 동안 때때로 시속 15미야의 속도로 항해한 것 같다. 바다는 세비야의 강과 같아서 제독은 "하느님께 감사드립니다"라고 말했다. 마치 세비야의 4월처럼 공기가 매우 달콤했고, 그토록 향긋한 공기를 느끼는 것은 즐거움이다. 해초가 매우 신선했으며 많은 육지의 새들이 나타났고, 선원들이 1마리를 잡았다. 새들은 남서쪽으로 향하고 있었고, 까마귀37와 오리가 많았고, 가넷도 1마리 있었다.

10월 9일 화요일

제독은 남서쪽으로 5레구아를 나아갔다. 풍향이 바뀌어 항로를 서미북쪽으로 잡고 4레구아를 나갔다. 낮 동안 총 11레구아를 항해했고, 밤에는 20레구아 반을 항해했다. 선원들에게는 17레구아라고 말했다. 밤새 새가 날아가는 소리가 들렸다.

---

37 원문에 그라하오(grajao)라고 표기되어 있는데, 가르하오(garjao, 제비갈매기)의 오기일 수도 있다. 스페인어로 그라호(grajo)가 까마귀의 일종이다. 던과 켈리는 까마귀로 번역하였다.

10월 10일 수요일

제독은 서남서쪽으로 항해했다. 그들은 시간당 10미야로 항해했고, 때로는 12미야 혹은 7미야의 속도로 항해해 아침부터 밤까지 59레구아를 나아갔는데 선원들에게는 44레구아로만 말했다. 여기서 제독은 선원들이 더 이상 참지 못하고 항해가 길어지는 것에 대해 불평했다고 적었다. 38 하지만 제독은 할 수 있는 최선을 다해 그들을 독려했고, 그들이 누릴 수 있는 대가에 대한 희망을 불어넣었다. 그리고 자신은 인디아스를 찾아서 왔고, 주님의 도움으로 인디아스를 찾을 때까지 계속 나아갈 것이므로 불평해 보았자 소용이 없다고 했다.

10월 11일 목요일

제독은 서남서쪽으로 항해했다. 지금까지 항해에서 본 것보다 더 넓은 바다가 눈앞에 펼쳐졌다. 그들은 배 근처에서 습새들과 녹색 골풀한 줄기를 보았다. 핀타호의 선원들은 갈대 한 줄기와 막대기 하나를 보았고, 철로 다듬은 것처럼 보이는 또 다른 작은 막대기 1개와 갈대

---

38 〔아란스〕 이때가 항해 전체를 통틀어 가장 위기의 순간이었다. 10월 6일과 7일 사이 산타마리아호에서 반란이 있었고, 이날은 핀손 형제를 포함해 선단 전체로 반란의 기운이 퍼졌다. 육지를 발견할 수 있다는 약속이 계속 지켜지지 않아서 제독의 권위는 실추된 상태였고, 그의 입지는 매우 약해졌다. 콜럼버스의 상속자들이 왕실을 대상으로 행한 재판에 제출한 증언들을 참조하면 핀손 형제는 육지를 발견하기까지 3일의 기한을 제시했고 그렇지 않을 경우 카스티야로 돌아가겠다고 했다.

조각 하나, 육지에서 자라는 풀 하나, 작은 판자 하나를 건져 올렸다. 니냐호의 선원들 또한 육지가 있음을 보여 주는 다른 흔적들과 따개비가 가득한 작은 가지 하나를 보았다. 이러한 흔적들을 보고 모두가 안도하고 기뻐했다. 이날 그들은 해가 질 때까지 27레구아를 항해했다.

해가 진 뒤 제독은 원래 항로인 서쪽으로 항해했다. 그들은 시간당 12미야를 나아갔으며, 자정 넘어 새벽 2시까지 90미야를 항해했고, 이는 22레구아 반에 해당한다. 카라벨선인 핀타호의 속도가 더 빠르고 제독이 탄 배보다 앞서갔기 때문에 육지를 먼저 발견했고, 제독이 지시해 두었던 신호를 보내왔다. 로드리고 데트리아나(Rodrigo de Triana)[39]라는 이름의 한 선원이 처음으로 육지를 보았다. 제독은 밤 10시에 뱃머리의 망루에 머물면서 불빛을 보았지만 너무 희미했기 때문에 그것이 육지라고 단언하기를 망설였지만 왕의 가구를 담당하던 신하인 페드로 구티에레스(Pedro Gutiérrez)를 불러 불빛처럼 보인다고 말하며 한번 보라고 했고, 그는 제독의 말을 듣고 불빛을 찾아냈다. 제독은 또한 왕과 여왕이 선단에 시찰관으로 보낸 로드리고 산체스 데세고비아(Rodrigo Sánchez de Segovia)에게도 이야기를 했지만

---

39 그의 본명은 후안 로드리게스 베르메호(Juan Rodríguez Bermejo)로 레페(Lepe) 출신으로 추정된다. 그는 탐사대원 중 육지를 처음 발견하고 소리쳤으나 여왕이 약속한 1만 마라베디(maravedí)의 상금은 일지에 상술된 대로 불빛을 먼저 보았다는 이유로 콜럼버스가 받게 된다. 이후 그의 행적에 대해서는 전설에 가까운 이야기들이 내려오는데, 하나는 배신감 때문에 스페인을 등지고 북아프리카로 가서 무슬림이 되었다는 것이며, 다른 하나는 그가 1525년 로아이사(Loaísa)가 이끈 말루쿠(Maluku) 제도로 가는 탐사대에 참여해서 사망했다는 것이다.

불빛을 볼 수 있는 위치에 있지 않아서 아무것도 보지 못했다. 제독이 그 이야기를 한 뒤 한두 번 불빛이 보였으나 밀랍으로 만든 작은 양초의 불길이 타오르고 움직이는 것 같아서40 그것을 육지가 있다는 표시로 여긴 사람들은 거의 없었다. 하지만 제독은 육지가 가까이 있다는 확신을 가졌다. 선원이라면 전부 성모찬송을 읊거나 자기 식으로 노래할 줄 알았고, 이때도 성모찬양기도를 하며 모두 모여들자 제독은 모두에게 뱃머리의 망루를 잘 지키고 육지가 있는지 잘 살펴볼 것을 명령했고, 왕과 여왕이 처음 육지를 보는 사람에게 주기로 약속한 연금 1만 마라베디와 다른 하사품 외에도 처음으로 육지를 보았다고 말하는 자에게 비단 윗도리를 주겠다고 했다.41 자정이 지나고 2시간 후에 육지가 나타났고, 2레구아 정도 거리에 있었다. 선원들은 돛을 크게 만들기 위해 덧댄 천을 떼어 낸 뒤 가장 큰 돛만 남겨 두고 모든 돛을 내렸고, 배가 움직이지 않도록 조치한 뒤 금요일까지 기다려 루카요인들(Lucayo)의42 작은 섬에 도착했는데, 인디오들(Indio)의43

---

40 〔아란스〕밤 10시에 육지에서 최소 35~40미야, 즉 50~60킬로미터 떨어진 거리에서 콜럼버스는 불을 피운 것이나 불빛, 양초 그 어떤 것도 볼 수 없다. 그의 환상 속에서나 가능한 일이었다.

41 이 종신 연금은 콜럼버스가 받았으며, 이후 정식으로 결혼하지 않은 채 콜럼버스의 둘째 아들 에르난도(Hernando)를 낳았던 여인 베아트리스 엔리케스 데아라나(Beatriz Enríquez de Arana)에게 양도되었다.

42 콜럼버스가 접촉하고 기록으로 남긴 최초의 아메리카 원주민 종족의 이름이다. 현재의 바하마 제도(the Bahamas)에 살았던 원주민으로, 넓게는 타이노(taíno) 족의 일부로 볼 수 있다.

43 '인디아의 사람들'이라는 뜻의 단어 인디오(indio)가 복수형으로 처음 등장하였다.

말로 과나아니(Guanahani) 44라고 불리는 섬이었다. 곧 그들은 벌거 벗은 사람들을 보았고, 제독이 무장한 보트를 타고 육지로 가고 마르 틴 알론소 핀손 선장과 그의 동생이자 니냐호의 선장인 비센테 야네 스(Vicente Yáñez)도 그 뒤를 따랐다. 제독은 왕실 깃발을 꺼냈고 두 선장은 녹색 십자가가 새겨진 깃발 2개를 가지고 있었는데, 이 깃발 들은 제독이 표식으로서 모든 배에 달도록 한 것으로 중간에 있는 십 자가 양쪽으로 F와 Y 자가 쓰여 있었고, 45 각 글자 위에는 왕관이 그 려져 있었다. 그들이 육지에 상륙해서 보니 나무들이 매우 푸르고 물 이 풍부했으며 다양한 종류의 과일이 있었다. 제독은 육지에 도착한 두 선장과 나머지 선원들, 그리고 전체 선단의 서기인 로드리고 데에 스코베도(Rodrigo de Escobedo)와 로드리고 데세고비아를 불러 자신 이 사실상 이 섬을 소유하기는 했지만 모든 이들이 보는 앞에서 군주 인 왕과 여왕을 대신해 자신이 절차상 필요한 선언들을 하면서 섬을 소유하는 것에 대한 충실한 증인이 되어 달라고 했다. 글로 남길 증서 에는 더 길게 내용이 들어갈 것이라고 했다. 46

---

44 콜럼버스는 이 섬을 산살바도르(San Salvador, 구세주)로 명명했다. 현재 바하 마 제도에 위치한 캣섬(Cat Island)을 오랫동안 이곳으로 여겨 산살바도르섬이라 고 불러왔으나, 와틀링섬(Watling's Island)이 콜럼버스가 처음 도착한 과나아니 섬과 더 일치한다고 여겨져 1925년 와틀링섬을 산살바도르섬으로 명명하였다.

45 아라곤의 페르난도 2세(Fernando Ⅱ)와 카스티야의 여왕 이사벨(Ysabel)의 첫 글자를 각각 딴 것.

46 〔아란스〕땅을 소유하는 의식은 모든 발견자들에게 매우 중요한 행위였으며, 해당 서기가 이를 기록하였다. 그 의식에는 사실을 고지하고 왕실 깃발을 펼치는 행위 가 빠지지 않으며, 얼마만큼의 땅을 소유하는지에 대한 세부적이고 도도한 형식,

이후 섬사람들이 다가와서 모였다. 47 다음 내용은 제독이 이 인디 아스를 향한 첫 번째 항해와 발견에 대해 기록한 자신의 책에 공식적 으로 적은 말이다. "저는 그들이 우리를 아주 친근하게 느끼도록 하 고 그들이 무력이 아니라 사랑을 통해 〔실수에서〕 잘 벗어나48 우리의 신성한 믿음으로 개종하게 될 것을 알았기 때문에 그들 중 몇 명에게 붉은 모자, 목걸이로 꿸 수 있는 유리구슬 몇 개, 값이 별로 안 나가 는 다른 물건들을 많이 주었고, 그들은 그것을 정말 좋아하며 우리와 매우 친해져서 경이로웠습니다. 우리가 본선의 보트에 있을 때 그곳 으로 헤엄쳐서 온 이들은 우리에게 앵무새와 면사 꾸러미, 짧은 투창 과 여러 물건들을 많이 가져와서 작은 유리구슬과 방울 등 우리가 그 들에게 주었던 다른 물건들과 교환했습니다. 요컨대 그들은 무엇이 든 받았고 그들이 가진 것을 기꺼이 내주었으나 모든 면에서 매우 가 난한 이들로 보였습니다. 그들은 어머니가 자신들을 낳았을 때처럼 모두 벌거벗은 채였고, 여자들도 마찬가지였습니다. 여자는 아주 어

칼로 나무와 가지를 베어서 이를 다시 심는 행위, 땅과 나무껍질 더미에 십자가를 묻는 행위가 포함된다. 스페인에서 아직 유효했던 로마제국의 원칙들에 의해 소유 를 정당화하기 위한 이런 행위들이 필요했다.

47 《인디아스의 역사》(*Historia de las Indias I*, 1986) 1권 40장. "모여든 인디오들은 그 수가 많았고, 기독교인들의 수염과 흰 피부, 옷을 보고 너무 놀랐다. 그들은 수 염 난 사람들, 특히 제독에게 다가갔는데, 이는 그에게서 드러나는 품위와 권위 때문이기도 했고, 제독이 붉은색 옷을 입고 있어서 인디오들이 그를 대장이라고 생각했기 때문이다. 그들은 아무도 수염이 없었기 때문에 스페인인들의 수염에 놀 라 손을 대보았고, 손과 얼굴의 흰 피부를 유심히 관찰하였다."

48 인디오들이 기독교의 신을 알지 못한 채 사는 것을 말하는 듯하다.

54

린 소녀 1명밖에 보지 못했고 제가 본 이들은 모두 젊은 청년들이었으며 30살이 넘어 보이는 이는 1명도 없었습니다. 그들은 몸이 아름답고 체격이 좋았으며, 얼굴이 매우 잘생기고 머리카락은 말 꼬리털처럼 굵고 길이는 짧았습니다. 머리칼은 눈썹 위까지 내려져 있었고, 일부는 길러서 뒤로 길게 늘어뜨리고 절대 자르지 않습니다. 그들은 몸을 검은색으로 칠하는데 피부는 검지도 희지도 않고 카나리아 제도 사람들의 피부색과 같으며, 몸을 흰색이나 붉은색으로 칠한 사람도 있고, 구할 수 있는 아무 색이나 칠한 이들도 있습니다. 칠은 얼굴에 하기도 하고 전신에 하기도 하며, 눈에만 칠한 사람, 코에만 칠한 사람도 있습니다. 그들은 무기가 없고 그것이 무엇인지 알지도 못해서 제가 칼을 보여 주자 아무것도 모른 채 날 쪽을 잡아서 손을 베었습니다. 그들은 철로 된 것을 갖고 있지 않으며, 투창은 철을 사용하지 않은 막대기로 한쪽 끝에 물고기 이빨을 단 것도 있고, 다른 것을 달기도 했습니다. 그들은 모두 키가 컸으며, 자세와 몸이 좋았습니다. 몇몇 사람들 몸에 상흔이 있는 것을 보고 몸짓으로 그것이 무엇인지를 물었더니 근처의 다른 섬들에서 사람들이 와서 그들을 잡아가려고 했을 때 방어하느라 생긴 것이라고 했습니다. 저는 본토에서 이 섬으로 사람들이 와서 그들을 포로로 잡으려 한 것이라고 생각했고, 지금도 그렇게 믿습니다.[49] 제가 그들에게 한 모든 말을 곧장 따라 하는 것을 보니 그들은 좋은 하인이 될 것이며 매우 영리한 것이 틀림없습니다. 그들은 어떤 종교도 가지고 있지 않아 보였기 때문에 쉽게 기독교인

---

[49] 카리브(Carib) 인들에 대한 첫 번째 언급.

이 될 수 있을 것이라 생각합니다. 주님을 기쁘게 하기 위해 저는 이 곳을 떠날 때 여기서 6명을 전하께 데려가 그들이 말하는 것을 배울 수 있도록 할 것입니다.50 이 섬에서 저는 앵무새 외에는 어떤 종류 의 동물도 보지 못했습니다." 이 모든 것이 제독의 말이다.

10월 13일 토요일

"해가 뜬 뒤 많은 남자들이 해변으로 왔고, 이미 말한 것처럼 그들은 전부 청년들이었고 키가 크고 매우 잘생긴 사람들이었습니다. 머리 카락은 곱슬머리가 아니라 말총처럼 매끄럽고 두꺼웠으며, 제가 지 금까지 보았던 어떤 사람들보다 모두 이마와 머리가 넓적했습니다. 그들의 눈은 매우 아름답고 작지 않았으며, 피부는 검지 않고 카나리 아 제도 사람들의 피부색 같았는데 카나리아 제도의 이에로섬과 동서 로 일직선에 놓여 있었기 때문에 당연히 그럴 수밖에 없습니다. 그들 의 다리는 한결같이 매우 곧았고, 배가 나오지 않았으며 몸이 좋았습 니다. 그들은 통나무배51를 타고 카라벨선으로 다가왔는데, 그 배는

---

50 콜럼버스는 과나아니섬의 인디오 1명, 과카나가리(Guacanagari) 족장의 아들 둘, 에스파뇰라섬(La Española)의 인디오 7명, 총 10명의 인디오를 데리고 스페 인으로 돌아가게 되고, 과나아니섬에서 데려온 인디오에게 장남의 이름인 디에고 콜론(Diego Colón)이라는 이름을 그대로 붙여 주었다. Esteban Mira Caballos (2004), "Caciques guatiaos en los inicios de la colonización: el caso del indio Diego Colón", *IBEROAMERICANA*, Vol. 4, No. 16, p. 9.

51 원주민들의 고유한 통나무배를 아랍어에서 기원한 스페인어 알마디아(almadía)로 부르고 있다. 통나무배를 뜻하는 타이노어(taíno)인 카노아(canoa)는 10월 26일

나무 몸통 하나를 사용해 만든 길쭉한 소형 배로 한 덩어리로 만들어졌으며, 그곳의 수준을 고려하면 매우 멋지게 만들어졌습니다. 40명에서 45명의 남자들이 탄 큰 배들도 있었고, 단지 한 사람만 탈 정도로 작은 배들도 있었습니다. 그들이 빵 굽는 오븐용 삽같이 생긴 노를 저으면 배가 멋지게 움직였고, 배가 뒤집히면 모두가 수영을 해서 배를 바로 잡고 배 안에 있던 호리병박으로 물을 퍼냈습니다. 그들은 면사 뭉치, 앵무새, 짧은 투창, 그리고 여기에 다 쓰면 지루할 다른 소소한 물건들을 가져왔으며, 우리가 무엇을 주든지 가진 것을 전부 내놓았습니다. 저는 주의를 기울여 그곳에 금이 있는지 알아내고자 했고, 그들 중 몇 명이 작은 황금 조각을 코에 낸 구멍에 걸고 있는 것을 보았습니다. 손짓을 통해 저는 남쪽으로 가거나 섬을 돌아서 남쪽으로 가게 되면 거기에 커다란 금잔들과 금을 아주 많이 가진 한 왕이 있다는 것을 이해할 수 있었습니다. 저는 그들이 그곳으로 가도록 유도했으나 가는 도중에 보니 그들이 내 말을 이해하지 못한 것을 알았습니다. 저는 내일 오후까지 기다린 뒤 남서쪽으로 가기로 결정했고, 그들 중 많은 이들이 말하길 남쪽, 남서쪽, 북서쪽으로 육지가 있는데 북서쪽의 사람들이 자주 그들에게 와서 싸움을 벌이기 때문에 금과 보석을 찾기 위해서는 남서쪽으로 가야 한다고 했습니다. 이 섬은 상당히 크고 매우 평평하며 나무는 짙푸르고 물이 많습니다. 섬 가운

일지에 처음으로 언급된다. 이는 네브리하(Antonio de Nebrija)의 《스페인어-라틴어 어휘집》(1495?)에 수록되어 스페인어에 공식적으로 들어온 첫 아메리카 원주민어가 되었다. 네브리하는 카노아의 뜻을 "하나의 통나무로 만든 배(nave de un madero)"로 기록하였다.

데에는 매우 큰 호수가 하나 있고 산은 전혀 없으며, 섬 전체가 푸르러서 바라보고 있으면 즐겁습니다. 이 사람들은 매우 유순하며, 우리 물건들을 갖고 싶어 하지만 자신들이 우리한테 뭔가를 주지 않으면 우리가 물건을 주지 않는다고 생각하고, 줄 것이 없는 경우에는 취할 수 있는 것만 가지고 헤엄쳐서 갑니다. 우리가 그들에게 무엇을 주더라도, 심지어 깨진 그릇이나 깨진 유리그릇 조각이라고 해도 그들은 물건을 내줍니다. 심지어 저는 그들이 카스티야의 1블랑카(blanca)[52]에 해당하는 포르투갈의 3세이치우(ceitil)[53]를 받고 면사 16뭉치를 내주는 것을 보았는데, 그 실타래를 만드는 데 목화솜 잣은 것을 1아로바(arroba)[54] 이상 사용했을 것입니다. 저는 그러한 거래를 막고 어느 누구도 물건을 받지 못하게 했으며, 물건의 양이 많을 경우에만 전부 두 폐하의 것으로 취하도록 했습니다. 이곳에서는 목화[55]가 자라지

---

52 〔아란스〕구리로 만든 카스티야의 동전으로 그 가치가 매우 낮아서 "블랑카 한 닢도 없다"라는 표현이 있을 정도이다. 2블랑카는 1마라베디에 해당한다.

53 1415년 주앙 1세(João I)가 북아프리카의 세우타(Ceuta)를 점령한 것을 기념해서 구리로 만든 포르투갈의 동전. 세우타 점령은 포르투갈의 해상진출의 기점이 되었던 사건이다.

54 스페인의 과거 무게 단위로 던과 켈리에 의하면(p. 73) 1아로바는 0.25킨탈에 해당하며 11~12킬로그램이다. 세비야에서 사용한 아로바는 1아로바에 0.1킨탈로 기름을 사고파는 데 사용되었다.

55 콜럼버스가 부단히 관찰하고 있듯 유럽인들과 접촉하기 이전에도 아메리카에서는 목화 농사와 직조가 발달했다. 아메리카 원산의 주요한 두 면은 해도면(海島綿, *Gossypium barbadense*)과 육지면(陸地綿, *Gossypium hirsutum*)으로, 해도면의 원산지는 페루 안데스 지역으로 추정되며, 육지면은 멕시코, 서인도 제도, 중앙아메리카 지역을 원산으로 하고 멕시코면이라고도 한다. 아메리카 원산의 두 면화는 널리 보급되었으며, 특히 육지면은 오늘날 세계 면화생산의 90퍼센트 이상을 차지

만 제가 짧은 시간만 있었기 때문에 이를 완전히 확신할 수 없습니다. 또한 이곳에는 그들이 코에 걸고 있는 것으로 보아 금도 있지만 시간을 허비하지 않기 위해 저는 시팡고섬에 갈 수 있는지 알아보고자 합니다. 지금은 밤이 되었기 때문에 그들 모두는 통나무배를 타고 육지로 되돌아갔습니다."

10월 14일 일요일

"해가 뜨자 저는 나오선의 바텔(batel)56과 두 카라벨선의 보트들을 준비하도록 명령했고, 섬의 반대편인 동쪽에 무엇이 있는지 보기 위해 북북동쪽으로 항해했습니다. 탐사는 마을을 보기 위한 목적도 있어서 이후 마을 2~3개를 찾았고 사람들이 모두 해안으로 나와 우리를 부르고 신에게 감사를 드렸습니다. 물을 가져온 이들도 있었고, 먹을 것을 가져온 이들도 있었습니다. 제가 육지로 가지 않는 것을 본 몇몇은 바다로 뛰어들어 헤엄쳐 왔고, 우리는 그들이 우리가 하늘에서 온 것인지를 묻고 있는 것이라고 이해했습니다. 한 노인이 바텔 안으로 들어왔고, 다른 이들은 큰 목소리로 모든 남자와 여자들을 부르며 이렇게 외쳤습니다. "하늘에서 온 사람들을 보러오시오. 그들에게 먹을 것과 마실 것을 가져오시오." 많은 남자와 여자들이 왔는데 각각은 무엇이라도 들고 왔으며 바닥에 엎드려 신에게 감사를 드리고

한다.

56 〔아란스〕 큰 배에서 육지로 가기 위한 용도로 쓰는 작은 보트.

하늘로 손을 치켜든 뒤 큰 소리로 우리에게 육지로 가자고 했습니다. 하지만 저는 커다란 암초가 섬 전체를 둘러싸고 있는 것을 보고 염려가 되었고, 암초와 해안 사이의 수심이 깊어서 기독교 세계의 배 전부를 정박시킬 수 있는 항구로 쓸 수 있기는 했지만 그 입구가 매우 좁았습니다. 암초와 해안 사이 띠처럼 뻗어있는 지역에는 바닥이 돌출한 곳이 몇 군데 있었지만 바다는 우물 안보다도 더 움직임 없이 고요했습니다. 이 모든 것을 보기 위해 이날 아침 저는 부지런히 움직였고, 이는 두 폐하께 모든 것을 보고하고 어디에 요새를 만들지 파악하기 위해서였습니다. 섬은 아닌데 섬처럼 생긴 작은 땅을 보았는데 거기에는 집이 여섯 채가 있었고, 이틀이면 그곳을 섬으로 만들 수 있을 것 같았지만 이 사람들의 무기가 너무 단순해서 그럴 필요는 없다고 생각합니다. 스페인으로 데려가 우리의 언어를 배운 뒤 다시 이곳으로 되돌려 보낼 요량으로 제가 붙잡으라고 명한 7명을 두 분께서 보면 알게 될 것입니다. 부하 50명만 동원하면 그들 전부를 장악할 수 있고, 원하는 모든 것을 그들에게 시킬 수도 있기 때문에 명령을 내려주실 수만 있다면 그들 전부를 카스티야로 데려갈 수도, 그 섬에 포로로 붙잡아 둘 수도 있습니다. 앞서 언급한 작은 섬 옆에는 나무가 울창한 숲이 있는데 제가 이제껏 본 숲 중에 가장 아름다웠으며 매우 짙푸르고 그 잎사귀들은 마치 카스티야의 4월과 5월의 모습 같으며 물도 풍부했습니다. 저는 그 항구 전체를 둘러본 뒤 나오선으로 돌아와 돛을 올렸는데 가장 먼저 어디로 갈지 정할 수 없을 정도로 섬이 많았습니다. 제가 붙잡아 두었던 이들이 몸짓으로 섬이 너무 많아서 셀 수가 없다고 하며, 100개가 넘는 섬의 이름을 언급했습니다. 결국 저는 가장 큰 섬을 고려했고 그곳에 가기로 결정하고 실행에 옮겼습니다. 그곳은 산살바도르섬에서 5레구아 정도 거리일 것이며, 그곳보다 더 먼 섬들도 있고 더 가까운 섬들도 있습니다. 모든 섬들은 산이 없이 매우 평평하며 아주 비옥하고 전부 사람이 살고 있으며, 이들은 매우 단순하고 남자들은 몸이 아름답지만 각 섬들끼리 전쟁을 치릅니다."

10월 15일 월요일

"해안 바닥이 돌출된 부분 없이 평평한지 알 수 없었기 때문에 아침이 되기 전에 배를 정박할 곳을 찾지 못할 수도 있어서 이날 밤은 배를 움직이지 않도록 조치하고 새벽이 되어 돛을 펼쳤습니다. 가고자 한 섬57은 5레구아보다 더 멀리, 거의 7레구아 정도 떨어져 있었고 파도 때문에 지체되어 섬에 도착했을 때는 정오쯤이었습니다. 우리가 도착한 지점은 산살바도르섬을 마주 보고 있었고 남북으로 5레구아 정도로 뻗어 있었으며, 다음에 도착한 지점은 동서 방향으로 10레구아가 넘게 펼쳐져 있었습니다. 이 섬에서 서쪽으로 더 큰 다른 섬이 있는 것을 보았고, 그날 낮과 밤을 온전히 항해할 심산으로 돛을 올렸습니다. 저는 이 섬의 서쪽 끝까지 가지 못했지만 이 섬에 산타마리아데라콘셉시온이라는 이름을 붙였고, 황금이 있는지 알아보기 위해 해가 거의

---

57 〔바렐라〕 모리슨은 오늘날 바하마 제도의 럼케이(Rum Cay) 섬으로 보았고, 콜럼버스는 이곳을 산타마리아데라콘셉시온(Santa María de la Concepción)이라고 이름 붙였다. 와틀링섬(과나아니섬, 산살바도르섬)에서 남서쪽으로 6레구아 거리에 있다.

질 무렵 섬의 서쪽 끝 근처에 배를 정박시켰는데, 산살바도르섬에서 붙잡은 이들이 이곳 사람들은 다리와 팔에 매우 큰 황금 고리를 차고 있다고 말해 주었기 때문입니다. 저는 그들 말 전부가 도망치기 위한 거짓말이었다고 확신했습니다. 섬 하나를 소유하면 다른 모든 섬들도 소유하게 되는 것이라고 할 수 있지만, 하나의 섬도 점유하지 않은 채 지나치지 않는 것이 제 의지였습니다. 저는 배를 정박하고 오늘 화요일이 될 때까지 기다렸으며, 해가 밝아오자 무장한 보트를 타고 육지로 향했고 배에서 내렸습니다. 그곳 사람들은 수가 많았고 벌거벗은 채였으며 산살바도르섬과 동일한 상태의 사람들로서 우리가 섬에 들어갈 수 있도록 해주고 제가 그들에게 요구한 것도 내주었습니다. 바람이 남동쪽에서 강하게 불었기 때문에 더 이상 머무르고 싶지 않아서 나오선으로 돌아가니 큰 통나무배 1척이 니냐호 옆에 와있었고, 산살바도르섬에서 데려온 사람 중 1명이 니냐호에서 바다로 뛰어들어 통나무배로 갔습니다. 그 전날 밤에도 다른 사람 1명이 바다에 뛰어들어〔원문 공백〕보트가 통나무배를 뒤따라갔는데 배는 도망쳤고 거리가 너무 멀어서 보트가 따라잡을 수 없었습니다. 어쨌든 통나무배는 육지에 도착해서 그들은 배에서 내렸습니다. 제 부하 몇 명이 그들을 쫓아 육지에 가니 그들 모두는 암탉처럼 도망쳤습니다. 우리는 그들이 내버려 둔 통나무배를 니냐호 옆으로 가져다 놓았고, 다른 곳에서 작은 통나무배를 타고 한 남자가 면사 한 꾸러미를 교환하러 다가왔습니다. 그가 카라벨선으로 들어가고 싶어 하지 않았기 때문에 몇몇 선원들이 바다로 뛰어들어 그를 붙잡았습니다. 저는 나오선의 뱃머리에서 모든 것을 다 지켜보았는데, 그를 불러오라고 한 뒤 붉은색 모자 1개를 주며 작은 녹색 유리구슬을 줄에 꿴 것을 그의 팔에 걸어 주었고, 방울 2개도 귀에 걸어준 뒤 보트에 실어 두었던 통나무배를 타고 육지로 돌아가도록 했습니다. 그런 뒤 저는 서쪽에서 보았던 다른 큰 섬으로 가기 위해 돛을 올렸고, 니냐호의 선미에 두었던 다른 통나무배도 내려보내라고 명했습니다. 제가 위에 언급한 물건을 준 그 사람은 제게 면사 꾸러미를 주고 싶어 했으나 저는 그것을 받으려 하지 않았고, 얼마 후 그가 육지에 도착한 것을 보았습니다. 그러자 모든 이들이 그에게 다가갔고 그는 매우 놀라워하며 우리가 선량한 사람들이고 도망친 다른 이는 우리한테 어떤 손해를 입혔기 때문에 우리가 그를 붙잡아 두고 있었던 것이라고 여기는 듯했습니다. 이러한 이유로 저는 그를 풀어 주고, 위에 언급한 물건을 주는 방법을 썼던 것입니다. 그가 우리를 존경하게 만들고 두 폐하께서 이곳에 다시 배를 보냈을 때 그들이 적대적이지 않도록 하기 위한 것이었으며, 제가 그에게 준 모든 것은 4마라베디도 되지 않습니다. 저는 10시쯤 떠났으며 남동풍이 불었습니다. 남쪽을 거쳐 다른 섬으로 갔는데 그 섬은 매우 컸고, 제가 산살바도르에서 데려온 모든 이들이 손짓으로 그곳에는 금이 엄청나게 많으며, 그곳 사람들은 팔, 다리, 귀, 코, 목에도 금으로 된 고리를 걸고 있다고 했습니다. 그 섬은 산타마리아섬에서 동서방향으로 9레구아 정도 거리에 있으며, 산타마리아섬의 북서쪽에서 남동쪽 방향으로 뻗어 있습니다. 그렇게 뻗은 해안은 28레구아 넘게 펼쳐져 있는 것 같습니다. 이 섬은 산살바도르섬과 산타마리아섬처럼 산이 전혀 없이 매우 평평하며 모든 해안에는 바위가 없으나, 육지 근처의 물속에는 암초가 있기도 해서 물이 항상 매우 맑고 바닥이 다 보이지만 배를 정박하거나 정박하지 않은 경우에도 주의를 할 필요가 있습니다. 이 섬들에서 롬바르다 포의 사정거리58 두 배쯤 되는 곳은 수심이 너무 깊어서 가늠할 수가 없습니다. 이 섬들은 짙푸르고 땅이 비옥하며 공기는 매우 감미롭고 제가 알지 못하는 것들이 많이 있을 것이지만 더 지체하고 싶지는 않은데, 금을 찾기 위해 여러 섬들을 조사하고 다녀야 하기 때문입니다. 산살바도르섬에서 데려온 이들에게 제가 가지고 있는 금붙이를 보여 주었더니 손짓으로 섬사람들이 팔과 다리에 금을 차고 있다는 것을 알려 주었습니다. 주님의 가호로 제가 금이 어디 있는지 찾아내지 못할 일은 없을 것입니다. 이 두 섬들, 즉 산타마리아섬과 제가 페르난디나(Fernandina)59라고 이름 붙인 더 큰 섬의 중간 지점에서 저는 혼자 통나무배를 타고 산타마리아섬에서 페르난디나섬으로 가는 한 남자를 발견했습니다. 그는 주먹 크기의 그들이 먹는 빵 약간, 물을 담는 호리병박 1개, 가루로 부서져 버린 적갈색 흙덩어리60 하나와 말린 잎61 몇 장을 가지고 있었는데, 그들이 그 잎을

---

58 〔던·켈리〕 롬바르다 포의 사정거리는 300야드 정도이다. 모리슨은 800~1000야드로 보았다.

59 〔아란스〕 페르난디나섬은 페르난도 왕의 이름을 딴 것으로 현재의 롱(Long) 섬에 해당한다. 길고 좁은 섬의 형태 때문에 그런 이름이 붙었다.

60 원주민들이 몸에 붉은색으로 칠을 하고 있다는 것으로 보아 아나토(Annatto) 열매로 만든 염료일 가능성이 있다. 빅사 오렐라나(Bixa orellana)라는 학명이 붙은 이 열매는 아나토, 혹은 아쵸테(Achiote)로 불리며 카리브(Caribe)해 지역뿐 아니라 남아메리카의 여러 원주민들 사이에서 음식의 재료와 붉은색을 내는 보디 페인팅의 주요한 재료로 쓰인다. 지금도 카리브해에서는 색과 맛을 내는 주요한 식재료이다.

61 말린 담뱃잎일 가능성이 높다. 11월 6일 일지에 담배를 연기를 내는 막대기로 처

매우 귀하게 여기는 것이 틀림없습니다. 왜냐하면 산살바도르섬에서도 제게 그 잎을 선물로 가져온 적이 있기 때문입니다. 남자는 그곳 방식으로 만들어진 작은 바구니 하나를 갖고 있었는데 거기에 유리구슬을 꿴 작은 줄 하나와 2블랑카가 담겨 있는 것을 보고 저는 그가 산살바도르섬에서 왔으며 산타마리아섬을 거쳐 페르난디나섬으로 가는 중임을 알았습니다.[62] 그는 나오선으로 다가왔고, 그가 요구한 대로 저는 그를 배로 올라오게 했습니다. 저는 그의 통나무배를 나오선에 싣고 그가 가져온 모든 것을 배에 보관하도록 했고, 그에게 먹을 것으로 빵과 꿀을 주고 마실 것도 내주도록 명했습니다. 그렇게 저는 그를 페르난디나섬에 데려다 주고 그의 물건도 전부 내줄 것인데, 그렇게 하는 이유는 그가 우리에 대해 좋게 이야기하도록 하고 그것이 주님을 기쁘게 하기 위한 것이며, 두 폐하께서 여기에 다시 사람을 보낼 때 그때 온 사람들이 정중한 대접을 받고 섬사람들이 가지고 있는 모든 것을 우리한테 내줄 수 있도록 하기 위해서입니다."

10월 16일 화요일

"저는 거의 정오가 다 되어 산타마리아섬을 떠나 페르난디나섬으로 향했습니다. 서쪽에 있던 페르난디나섬은 매우 커 보였고, 바람이 약했

음 묘사하고 있다.

62 콜럼버스가 선물한 물건들이 이렇게 빨리 유통되는 모습은 타이노인들이 통나무배를 타고 섬과 섬 사이를 다니며 활발히 물물교환을 했음을 잘 보여준다.

던 그날 저는 하루 종일 항해했습니다. 안전한 곳에 정박하려면 바닥을 살펴보아야 하는데 그럴 수 있는 시간에 도착하지 못했습니다. 닻을 잃어버리지 않기 위해서는 매우 세심한 작업이 필요하기 때문에 해가 뜰 때까지 밤새 기다리다 한 마을로 가서 그곳에 정박했습니다. 어제 만(灣) 한가운데서 마주친 통나무배에 타고 있던 그 남자가 온 곳이었고, 그가 우리에 대해 매우 좋은 이야기를 많이 했기 때문에 전날 밤 많은 통나무배들이 나오선 옆으로 와서 물과 그들이 가진 것을 주었습니다. 저는 그 사람들 각각에게 선물을 주라고 명령했고, 예컨대 유리구슬 10개나 12개를 펜 줄 몇 개, 카스티야에서는 하나당 1마라베디 가격인 황동방울 몇 개, 장식끈 몇 개였는데 장식끈은 그들 모두가 가장 탐낸 것이었습니다. 또한 저는 그들이 나오선으로 왔을 때 먹을 것과 당밀(糖蜜)63을 내주라고 명했습니다. 3시과(時課)64에는 물을 구하기 위해 나오선의 바텔을 육지로 보냈는데 섬사람들은 기꺼이 부하들에게 물이 어디에 있는지 가르쳐 주고 직접 물이 담긴 통을 바텔로 가져다주기도 하며 우리가 기뻐하는 것을 보고 좋아했습니다. 이 섬은 매우 크고 저는 섬을 둘러볼 결심을 했는데 제가 이해한 바로는 이 섬이나 그 근처에 금광이 있다고 보았기 때문입니다. 이 섬은 산타마리아섬에서 거의 동서 방향으로 8레구아 떨어져 있으며, 제가 도착한 섬의 곶과 이 해안은 거의 북북서쪽과 남남서쪽으로 펼쳐져 있으

---

63 사탕수수를 착즙하여 설탕을 만들 때 설탕으로 결정화되지 않고 남은 것으로 갈색의 끈적한 시럽형태이며, 조미료나 설탕 대용으로 쓸 수 있다.

64 기도 시간에 따른 시간 구분이다. 3시과는 오전 9시 기도 시간.

며, 해안의 길이는 20레구아 이상인 듯하지만 끝이 보이지 않습니다. 지금 이 글을 쓰며 남풍을 타고 출범했는데 섬 전체를 돌아보고 사마에트(Samaet)를 찾으러 나서기 위한 것으로, 그곳은 황금이 있는 섬, 혹은 도시이며, 나오선에 다가온 이들이 그렇게 말하고 있고 산살바도르와 산타마리아섬 사람들도 마찬가지였습니다. 이 섬사람들은 말과 풍습에서 이전 섬의 사람들과 비슷하지만 약간 더 다듬어져 있고, 사람들을 대할 줄 알며 더 섬세한데, 그렇게 생각하는 이유는 이들이 나오선으로 면직물과 다른 소소한 물건들을 가져왔을 때 이전 섬의 사람들보다 흥정을 더 잘했기 때문입니다. 또한 저는 이 섬에서 면으로 된 작은 망토 같은 천들을 보았고, 사람들은 더 활기가 있으며, 여자들은 간신히 성기를 덮을 면천이라도 몸 앞에 대고 있습니다.65 이 섬은 녹음이 매우 푸르고 평지이며 아주 비옥해서 저는 이들이 1년 내내 기장66을 심고 수확할 것이라 생각하며, 다른 작물들도 마찬가지일 것입니다. 우리 나무들과 매우 다른 나무들을 많이 보았고, 이곳의 많은 나무들은 한 가지에서 갈라져 나온 작은 가지의 모양이 다양해서 한 가지와 다른 가지의 모습이 다르고, 형태에 너무 일관성이 없어서 그 모습은 세상에서 가장 경이롭습니다. 예를 들면, 한 가지에 갈대 같은 잎이 났는데 다른 가지는 유향나무처럼 잎이 나는 식으로 한 나

---

65 타이노인들의 유일한 옷으로 이후 자주 언급된다. 나구아(nagua)라고 하며, 끈으로 허리에 고정시킨 사각의 천 조각이다.

66 원문에 기장(panizo)이라고 되어 있지만 기장은 구대륙의 곡물로 아메리카에는 자생하지 않았다. 카리브해 섬 지역에 옥수수가 재배되고 있었으므로 콜럼버스는 긴 줄기와 잎 등 형태상으로 유사한 옥수수의 모습을 보고 기장으로 묘사했을 것이다.

무의 이파리 모양이 대여섯 가지가 되며, 가지가 전부 너무 달라서 접붙이기한 것이라고 생각할 수 있지만 그것도 아닙니다. 모든 나무들은 야생이고, 이들이 식물을 가꾸는 것도 아니기 때문입니다. 제가 보기에 이 사람들은 어떤 종파도 갖고 있지 않고 이해력이 무척 좋기 때문에 빨리 기독교인이 될 수 있을 거라 생각합니다. 이곳에서는 물고기들도 우리가 보아오던 것들과 너무 형태가 달라서 경이롭습니다. 넙치 같은 것도 있는데 색이 매우 아름다우며, 아주 다채로운 색을 띠는 물고기들도 있는데 그 색이 너무 아름다워서 누구라도 물고기들을 바라보면 경탄하며 즐거워하지 않을 수 없습니다. 또한 고래들도 있습니다. 육지에서는 어떤 형태의 네발짐승도 보지 못했고, 단지 앵무새와 도마뱀들만 있습니다. 한 견습선원이 아주 큰 뱀을 보았다고 했습니다. 제가 이곳에 반나절 정도 아주 짧게 머물렀지만 양이나 염소, 다른 네발짐승을 보지 못했습니다. 그런 짐승들이 있었다면 못 보고 지나치는 일은 없었을 것입니다. 이 섬의 주변에 대해서는 섬 전체를 한 바퀴 돌아본 뒤에 쓰고자 합니다."

10월 17일 수요일

"저는 배를 정박해 둔 마을에서 페르난디나섬을 돌아보기 위해 물을 뜨고 정오에 출발했으며, 바람은 남서쪽과 남쪽에서 불어왔습니다. 남동쪽으로 있던 이 섬의 해안을 계속 돌아보고자 하는 의욕이 있었고, 섬은 북북서쪽과 남남동쪽으로 뻗어 있었기 때문에 남쪽과 남동쪽으로 가고자 했습니다. 왜냐하면 제가 데려온 이 모든 인디오들과 저와 손짓으로 대화한 섬의 남쪽에서 만난 다른 인디오가 그 지역에 사마에트라는 섬이 있으며, 그곳에 금이 있다고 했기 때문입니다. 마르틴 알론소 핀손 선장이 이끄는 카라벨선 핀타호에 저는 이 인디오 3명을 보냈는데, 선장이 제게 와서 그들 중 1명이 북북서쪽으로 간다면 제가 훨씬 빨리 섬을 돌아볼 수 있다는 것을 매우 확실히 말해 주었다고 했습니다. 제가 가고자 했던 방향으로는 바람이 불지 않고 다른 방향으로 바람이 순조로워서 닻을 올려 북북서로 향했고, 2레구아 떨어진 섬의 끝에 거의 도달했을 때는 입구가 하나 있는 매우 경이로운 한 항구를 발견했습니다. 입구의 가운데에 작은 섬이 하나 있어서 입구가 2개라고 말할 수도 있었는데, 두 입구는 매우 좁지만 안은 매우 넓어서 입구의 바닥이 깊고 깨끗하다면 100척의 배를 정박하는 것도 가능해 보였습니다. 항구를 잘 살펴보고 수심을 측정할 필요가 있을 듯해서 저는 항구 바깥에 닻을 내렸고, 모든 보트를 내려 그곳으로 들어가서 수심이 깊지 않음을 알게 되었습니다. 그곳을 보았을 때 강의 어귀라고 생각했기 때문에 통을 가져가서 물을 담아오라고 명령했고, 육지에서는 8명 혹은 10명 정도의 사람들이 우리한테 와서 인근의 마을을 가리켰습니다. 저는 물을 떠오라고 그곳에 사람들을 보낸 상태였고, 일부는 무기를, 일부는 통을 들고 그곳으로 가서 물을 확보했습니다. 그곳은 약간 멀었기 때문에 저는 2시간 정도 기다렸습니다. 그동안 저는 숲을 걸었고 이때까지 본 것 중에서 가장 아름다운 광경이었습니다. 마치 안달루시아의 5월처럼 그렇게 숲이 우거진 것을 보았고, 모든 나무들은 낮과 밤의 차이만큼이나 우리의 나무들과는 너무나 달랐으며, 과일, 풀, 돌, 어떠한 사물들이라도 마찬가지였습니다.

차이는 매우 컸고, 다른 형태를 한 나무들이 너무 많아서 그것들을 두고 누구라도 카스티야의 것과 닮았다고 말할 수가 없었습니다. 사람들은 전부 하나같이 지금까지 언급한 사람들과 동일했습니다. 똑같이 벌거벗은 상태였고, 키도 동일했으며, 우리가 그들에게 어떤 물건을 주더라도 자신들이 가진 것을 내주었습니다. 이곳에서 저는 배에 탄 몇몇 청년들이 깨진 넓적한 그릇과 유리 조각을 짧은 투창과 교환하는 것을 보았고, 물을 구하러 갔던 이들이 돌아와서 그들의 집이 어떠했는지 말해 주었습니다. 집 안이 매우 잘 소제(掃除)되어 있고 깨끗하며 그들의 침대와 장식품들이 면사를 엮어서 만든 것 같았다고 했습니다.67 집들은 모두 무어인의 천막(alfaneque)과 같이 매우 높고 굴뚝이 훌륭했으며, 마을이 많았지만 각 마을당 12~15채의 집이 모여 있었고 그 이상인 곳은 없었습니다. 결혼한 이곳 여자들은 면으로 된 속바지를 입고 있었고, 18세 이상의 몇몇 여자들 외에 젊은 여자들은 입지 않았다고 합니다. 그곳에는 마스티프(mastín)와 작은 애완용 개(branchete)들이 있었고,68 1카스테야노(castellano)69의 절반의 가치가 될 정도의 금 조각을 코에 걸고 있는 사람을 발견했는데 조각에는

---

67 '해먹'에 대한 묘사이다. 이후 11월 3일 일지에 '아마카'(hamaca)라는 단어로 지칭된다. 카노아와 더불어 《항해일지》를 통해 기록된 타이노 원주민어 어휘의 하나이며, 이 타이노어가 영어로 'hammock'이 되고, 한글로 해먹이 되었다.

68 아메리카 대륙에 여러 종류의 개가 있었던 것은 사실이나 이러한 유럽종 개는 존재하지 않았다. 이후 콜럼버스는 10월 28일과 29일 일지에 짖지 않는 개의 존재에 대해서 언급한다. 10월 28일 주석 참조할 것.

69 〔아란스〕금화의 단위. 1카스테야노는 435마라베디의 가치를 지녔다.

글씨가 새겨져 있었다고 합니다. 저는 원하는 가격을 쳐주고 물건을 가져오지 않은 데 대해 부하들을 야단쳤는데 금 조각을 보고, 또 그들의 화폐가 무엇인지를 알고 싶었기 때문이었고, 선원들은 그것을 함부로 거래하기가 난감했다고 대답했습니다. 물을 구한 뒤 저는 나오선으로 돌아갔고, 돛을 올리고 북서쪽으로 나가 동서로 난 섬의 해변 전체를 돌아보았습니다. 모든 인디오들이 이 섬은 사마에트섬보다 더 작다고 말하며 그곳으로 빨리 가기 위해서는 되돌아가는 것이 좋을 것이라고 했습니다. 그곳에서 바람이 잦아들었고, 서북서쪽에서 역풍이 불기 시작해서 동남동쪽으로 항로를 잡고 밤새 항해했습니다. 완전히 동쪽으로 가기도 하고 남동쪽으로 가기도 했는데, 이는 먹구름이 심하게 끼고 날씨가 매우 좋지 않았기 때문에 배를 육지에서 멀리 두기 위한 것이었습니다. 〔시간이〕**70** 많지 않아서 육지에 가서 정박할 수 없었습니다. 이날 자정부터 거의 정오가 될 때까지 비가 아주 많이 내렸고, 아직도 비가 올 것처럼 구름이 끼었습니다. 우리는 섬의 남서쪽 끝으로 가서 닻을 내린 뒤 날씨가 좋아질 때까지 머무르고 앞으로 가야 할 섬들도 보고자 합니다. 이 인디아스에 온 이후에 많든 적든 비가 계속 내렸습니다. 두 전하께서는 이곳이 지상에 존재하는 땅 중에 가장 비옥하고, 기후가 온화하며 평탄하고 좋은 땅이라는 사실을 믿어 주십시오."

---

70 원문에 "그것"으로만 되어 있다. 많은 연구자들이 시간 혹은 바람으로 해석하였다.

10월 18일 목요일

"날이 갠 뒤 저는 바람을 타고 가능한 한 섬 주변을 많이 돌았습니다. 더 이상 항해할 수가 없는 시간이 되어 정박했으나 육지로 가지는 않았고, 새벽이 되어서 돛을 올렸습니다."

10월 19일 금요일

"동이 트자 닻을 올린 뒤 카라벨선 핀타호를 동쪽과 남동쪽으로, 카라벨선 니냐호를 남남동쪽으로 보냈고, 저는 나오선을 타고 남동쪽으로 갔습니다. 정오까지만 지시한 방향으로 돌아보고 이후에는 항로를 바꾸어서 본선 쪽으로 돌아오라고 명했습니다. 그런 뒤 3시간도 채 항해하기 전에 동쪽으로 섬 하나가 보였고, 모두 그곳으로 향했습니다. 배 3척은 모두 다 정오가 되기 전에 섬의 북쪽 곶에 도달했습니다. 그곳은 작은 섬 형태를 이루고 있었으며, 섬 바깥에는 북쪽으로 암초가 있고 작은 섬과 큰 섬 사이에 암초가 또 하나 더 있었는데, 제가 산살바도르에서 데려온 인디오들이 그 큰 섬을 사오메테(Saomete)라고 불렀고 저는 그 섬에 이슬라벨라(Islabela)[71]라는 이름을 붙였습니다. 바람은 북풍이었고, 언급한 작은 섬은 제가 떠나온 페르난디나섬과 동서로 이어진 지점에 있었으며, 해안은 작은 섬에서 서쪽으로 뻗어 있고 해안에서 한 곳까지 12레구아 거리였습니다. 이곳을 저는 카보에르모

---

71 원문에는 이슬라벨라라고 표기되어 있지만 이사벨라(Isabela)의 오기이다.

72

소(Cabo Hermoso)[72]라 이름 붙였으며, 서쪽에 있습니다. 곶은 이름처럼 아름답고 둥글며 수심이 매우 깊었고, 곶 바깥으로 모래톱이 없으며, 곶이 시작되는 곳은 암초가 있고 수심이 얕으며 더 안으로 들어가면 이곳 해안처럼 모래 바닥입니다. 거기서 저는 금요일 밤부터 다음 날 아침까지 정박했습니다. 이 해안 전체와 제가 본 섬의 거의 대부분은 해변이며, 다른 섬들도 매우 아름다웠지만 제가 본 이 섬은 특히 가장 아름다웠습니다. 아주 푸르고 큰 나무들이 매우 많았으며, 이 섬은 지금까지 발견한 다른 섬들보다 더 지대가 높았는데, 산이라고 부를 수는 없는 정도인 낮은 구릉이 형성되어 있어서 다른 섬들보다 더 아름다워 보였고 물이 많은 듯했습니다. 섬 한가운데에는 북동쪽으로 큰 만이 있었고, 그 뒤로 매우 큰 나무들이 빽빽하게 숲을 형성하고 있었습니다. 저는 거기에 정박해 육지로 가서 아름다운 풍경을 보고 싶었으나 수심이 얕아서 육지에서 멀리 떨어진 곳에 정박했고, 이 곳으로 오기에 바람이 적절히 불어 주어 지금 이곳에 정박하고 카보에르모소라고 이름을 붙인 것입니다. 말 그대로 아름다웠기 때문입니다. 저는 만에 정박하지는 않았고 그곳에 있는 곶이 매우 푸르고 아름다운 것을 보았고, 이 섬들의 다른 것들과 땅들도 전부 그러했기 때문에 어디에 가장 먼저 가야할지 몰랐습니다. 지극히 아름답고 우리의 땅과는 너무나 다른 푸른 경관을 보느라 눈은 지칠 겨를이 없었습니다. 이 곳에는 스페인에서 염료와 약재로 쓰일 만한 많은 풀과 나무들이 있을 거라 생각하지만 그에 대한 지식이 제게 없어서 매우 안타깝습니다.

---

72 아름다운 곳이라는 뜻이다.

이 곳에 도착하자 육지에서 꽃인지 나무인지 모를 너무 좋고 부드러운 향기가 났고, 그것은 세상에서 가장 달콤한 것이었습니다. 여기를 떠나기 전 아침에 저는 이곳이 어떤지 보기 위해 육지로 갈 것이며, 제가 데려온 사람들이 말하는 바에 의하면 이 곳의 더 안쪽으로 들어가야 마을이 있고, 거기 사는 왕은 몸에 금을 많이 걸치고 있다고 합니다. 오전이 되면 저는 마을이 있는 곳으로 들어가서 왕을 만나거나 말을 해볼 것입니다. 이들이 몸짓으로 알려준 바에 의하면 왕은 근처 섬들을 모두 지배하고, 옷을 입으며 몸에 금붙이를 많이 걸치고 있다고 합니다. 저는 이 말을 크게 믿지는 않는데 제가 그들의 말을 잘 이해하지 못하기 때문이고, 이들이 금을 별로 갖고 있지 않아서 왕이 적게 가지고 있다고 하더라도 이들에겐 많아 보일 것임을 알기 때문입니다. 제가 아름다운 곳이라고 부르는 이곳은 사오메토(Saometo) 섬과 별개인 곳이며, 그 사이에 작은 섬 하나가 더 있는 듯합니다. 저는 세밀하게 다 둘러보기 위해 너무 애쓰지 않을 것인데, 이는 제가 50년 동안에도 다 하지 못할 것이므로 제가 할 수 있는 만큼 최대한 보고 발견해서 4월에는 두 폐하에게 돌아가고 주님을 기쁘게 하고자 합니다. 사실은 제가 금이나 향신료가 많이 있는 곳을 찾게 된다면 그것을 최대한 확보할 때까지 머무를 것입니다. 그래서 오로지 금과 향신료를 찾아다니는 일에 집중하고 있습니다."

10월 20일 토요일

"오늘 해가 뜨자 이사벨라섬73이라고 이름 붙인 이 사오메토섬 남서쪽 곶, 즉 제가 라구나(Laguna) 곶이라고 이름 붙인 곳에 정박해 둔 나오선에 닻을 올리고 남동쪽과 남쪽에서 북동쪽과 동쪽을 향해 갔고, 제가 데려온 이 사람들이 그곳에는 마을과 왕이 있다고 한 것을 이해했습니다. 수심이 매우 얕았기 때문에 그쪽으로 들어가거나 항해하지 못했고, 남서쪽으로 가면 많이 우회하게 될 것 같아 서쪽에서 북북동쪽으로 온 길로 되돌아가서 그쪽 방향으로 섬을 우회하기로 결정했습니다. 바람이 거의 불지 않아서 밤 시간 외에는 해변을 따라 항해할 수 없었습니다. 낮 시간 동안 어디에 닻을 내릴지 직접 확인하는 것이 아니면 이 섬들에 정박하는 것은 위험했고, 한쪽은 암초가 없는데 한쪽은 있는 등 바다 상태가 다 다르기 때문에 저는 일요일 내내 돛을 내리고 있었습니다. 두 카라벨선은 육지에 좀 더 일찍 도착했기 때문에 정박을 했고, 그쪽에서 평소에도 보내는 신호를 보니 저도 정박할 것이라고 생각하는 듯했습니다. 하지만 저는 그러고 싶지 않았습니다."

---

73 콜럼버스는 처음 발견한 섬을 구세주(예수)의 섬이라고 이름 붙인 후 성모 마리아, 페르난도 왕, 이사벨라 여왕, 후안(Juan) 왕자의 순으로 이름을 붙여 나가고 있다. 순서대로 산살바도르섬, 산타마리아데라콘셉시온섬, 페르난디나섬, 이사벨라섬, 후아나(Juana) 섬이다. 이는 콜럼버스의 세계를 지배하고 있는 가장 큰 두 권력인 기독교와 군주제의 위계를 잘 보여준다.

10월 21일 일요일

"10시에 저는 이곳 작은 섬의 곶에 도착해 정박했고, 두 카라벨선도 마찬가지였습니다. 식사를 한 뒤 육지에 가자 마을은 없고 집만 한 채 있었는데, 거기에는 아무도 없었습니다. 집에 그들이 쓰는 가재도구가 그대로 있어서 두려움 때문에 모두 도망간 것이라 생각했습니다. 저는 아무것도 손대지 못하게 한 뒤 선장들, 선원들과 함께 섬을 보러 나갔습니다. 지금까지 보았던 다른 섬들도 매우 아름답고 초록이 무성하고 비옥했지만, 이 섬은 더욱 아름답고 숲이 크고 초록이 무성했습니다. 이곳에는 몇 개의 큰 호수들이 있었고, 그 주변의 나무들이 경이로웠습니다. 이곳과 섬 전체는 온통 녹색이며, 풀들은 안달루시아의 4월과 같습니다. 새들의 노랫소리를 들으면 이곳에서 영원히 떠나고 싶지 않으며, 앵무새 무리가 너무 많아서 햇빛을 가릴 정도이고 새들은 너무나 다채롭고 우리의 새들과 달라 경이롭습니다. 나무들도 정말 다양하며 모두가 고유한 방식으로 열매를 맺고, 향기도 좋아서 경이롭지만 제가 그것들을 잘 알지 못해 매우 안타깝습니다. 모든 것이 값어치가 있는 것이라고 매우 확신하기 때문에 나무들의 견본을 가져갈 것이고 풀도 마찬가지입니다. 그렇게 한 호수를 걷다가 아주 큰 뱀74 1마리를 보았고, 우리는 그 뱀을 죽여서 가죽을 폐하께 가져

---

74 원문에 시에르페(sierpe, 큰 뱀)라는 단어를 쓴다. 라스카사스는 여백에 "이것은 이구아나일 것이다"라고 적었다. 바렐라에 의하면 아메리카 초기 기록들에서 이구아나를 흔히 시에르페로 적었다고 한다.

갑니다. 그 뱀은 우리를 보자 호수로 뛰어들었는데 호수의 수심이 깊지 않았기 때문에 우리는 뱀을 쫓아 호수 안으로 들어가서 창으로 뱀을 죽였습니다. 뱀의 길이는 7팔모(palmo)[75]였고, 이것과 비슷한 뱀들이 여기 호수에는 많은 듯합니다. 여기에서 저는 침향나무[76]를 보았고, 선원들이 매우 가치가 있다고 하기에 내일 나오선으로 10킨탈(quintal)[77]을 가져가려고 합니다. 매우 깨끗한 물을 찾아다니다가 근처의 한 마을에 도달했는데, 우리가 정박한 곳에서 반 레구아 떨어진 곳이었습니다. 그곳 사람들은 우리를 보고서 물건들을 그대로 둔 채 도망쳤고, 옷과 지니고 있던 물건들을 덤불 속에 숨겼습니다. 저는 핀 1개만큼의 가치도 없는 것이라 해도 아무것도 손대지 말라고 이야기했습니다. 나중에 그들 중 몇몇 남자들이 우리한테 다가왔고, 1명이 가까이 왔습니다. 방울 몇 개와 유리구슬 꿰어 둔 것들을 주자 그는 매우 만족하고 즐거워했습니다. 친근함이 생겨날수록 그들에게 더 많은 것을 요청할 수 있을 것이고, 그에게 물을 부탁하니 제가 나오선으로 돌아간 뒤에야 그들은 호리병박에 물을 가득 채워 해안으로

---

75 보통은 손을 펼쳤을 때 엄지손가락 끝에서 새끼손가락 끝까지의 길이를 말하며, 던에 의하면 남부 유럽에서는 천 길이를 재는 카나(cana)라는 단위의 8분의 1로서 대략 24.75센티미터가 된다.

76 원문의 리그날로에(lignaloe). 단어의 어원이 되는 라틴어 *lignum aloes*는 알로에 나무라는 뜻으로 침향나무(agarwood)를 말한다. 나무의 진액은 향과 약재로 사용되어 왔다. 이 단어의 '알로에'는 알로에속 식물(알로에 베라 등)과는 전혀 다르다. 이 부분을 던과 켈리는 알로에로 해석하였고, 바렐라와 뒤베르제는 원문 그대로 리그날로에로 두었다.

77 무게의 단위. 1킨탈은 100파운드, 즉 46킬로그램 정도이다.

와서 우리에게 주며 매우 기뻐했습니다. 저는 그들에게 유리구슬을
꿴 줄을 주라고 명했고, 그들은 내일 이곳으로 오겠다고 말했습니다.
저는 이곳에서 배에 있는 모든 항아리에 물을 채우고 싶었고, 그래서
시간이 된다면 이 섬을 돌아보고 섬의 왕과 이야기를 나누고 그가 갖
고 있다고 들은 금을 찾을 수 있을지 본 뒤 훨씬 더 큰 섬으로 떠날 것
입니다. 그 큰 섬은 제가 데리고 온 이 인디오들의 손짓에 의하면 시
팡고가 틀림없다고 생각되는데, 이들은 그 섬을 콜바(Colba)[78]라고
부릅니다. 이들에 의하면 그 섬에는 배들과 큰 상인[79]들이 많으며,
그 섬에서 떨어진 곳에 보이오(bohío)[80]라고 불리는 다른 섬이 있는
데 역시 매우 크다고 합니다. 이들 사이에 있는 다른 섬들도 지나가게
될 것인데, 제가 금이나 향료를 얼마나 많이 구하게 되는지에 따라서
어떻게 할지 결정할 것입니다. 하지만 저는 본토와 키사이(Quisay)[81]
시에 가고자 하며, 전하들께서 보내신 편지들을 대칸에게 드리고 그

---

78 오늘날 쿠바(Cuba) 섬.

79 원문에는 mareante라는 판독 불가능한 단어를 쓰고 있다. 상인, 혹은 선원으로
해석할 수 있을 것이다.

80 타이노어로 보이오(bohío)라는 단어는 나무, 가지, 풀 등으로 만든 오두막집을
말한다. 인디오들의 말을 알아듣지 못했던 콜럼버스가 착각을 하고 섬 이름을 보
이오라고 여긴 듯하다. 원주민들이 이 섬을 부르던 이름은 아이티(Haiti)였다. 콜
럼버스는 12월 9일 이곳을 에스파뇰라섬이라고 명명했으며, 현재 에스파뇰라섬에
는 도미니카 공화국과 아이티 공화국 두 나라가 있으며, 흑인들의 혁명으로 세워
진 아이티 공화국에서 섬을 부르던 타이노 이름 아이티를 다시 가져오게 되었다.

81 중국 항저우를 말한다. 킨사이라고도 불렸다. 《동방견문록》 152장에 키사이의 부
유하고 발달된 모습에 대해 잘 묘사되어 있다. 시팡고의 황금과 키사이의 부유함은
콜럼버스의 항해에서 중요한 목표점이 되었다.

에게 회신을 요청해서 받아올 것입니다.”

10월 22일 월요일

“전날 밤과 오늘 내내 저는 이곳의 왕이나 다른 사람들이 금이나 중요
한 물건을 가져오기를 기다리고 있었고 섬사람들이 많이 왔습니다.
그들은 다른 섬사람들처럼 벌거벗었고 몸에 칠을 했으며, 흰색을 칠
한 사람, 붉은색을 칠한 사람, 검은색을 칠한 사람 등 그 방식이 매우
다양했습니다. 그들은 물물교환을 위해 짧은 투창과 면사 뭉치를 가
져왔고, 몇몇 선원들의 유리 조각, 깨진 그릇, 넓적한 질그릇 조각과
교환했습니다. 그들 중 몇몇은 코에 금붙이를 걸고 있었고, 거의 아
무런 값어치가 나가지 않는 새매(gavilán)의 발에 거는 방울82 하나와
유리구슬 꿴 것들과 금붙이를 기꺼이 교환했습니다. 우리가 가치가
없는 물건을 주더라도 그들은 우리가 방문한 것을 경탄스럽게 받아들
였고, 우리가 하늘에서 왔다고 믿은 것이 사실입니다. 우리는 제가
이슬레오(Isleo) 곶이라고 이름 붙인 곳 근처의 한 호수에서 3척의 배
에 필요한 물을 수급했고, 그 호수에서 핀타호의 선장인 마르틴 알론
소 핀손이 뱀 1마리를 죽였는데 어제와 같은 7팔모 길이의 그 뱀이었
습니다. 그리고 저는 이곳에 있는 모든 침향나무를 다 채취하도록 명
령했습니다.”

---

82 〔바렐라〕 매를 잃어버렸을 때 찾기 위해서 다는 방울.

10월 23일 화요일

"오늘 저는 쿠바섬으로 떠나고자 했고, 이 사람들이 그 섬의 크기와 부유함에 대해 손짓으로 표현한 것에 의하면 시팡고섬이 틀림없다고 생각했습니다. 저는 이곳에 더 이상 머무르지 않을 것이며, 이 섬을 둘러보고 마을에 가서 이곳의 왕이나 군주와 말을 해보기로 결심했지만 그러지 않을 것입니다. 이곳에는 황금 광산이 없기 때문에 지체하는 것을 원치 않습니다. 이 섬들을 둘러보기 위해서는 바람이 여러 방향으로 불어야 하는데 우리가 원하는 방향으로 바람이 불지 않기 때문이기도 합니다. 그래서 저는 큰 거래를 할 수 있는 곳으로 가야만 하며, 지체할 이유가 없으므로 길을 떠나서 이익이 아주 많은 곳을 발견할 때까지 여러 곳을 찾아다녀야만 합니다. 제가 보기에 이 땅은 향신료가 매우 풍부한 것 같지만 제가 향신료에 대해서 잘 모른다는 점이 너무나 안타깝습니다. 수많은 종류의 나무들이 각기 다른 열매를 맺고 있고 스페인의 5월, 6월처럼 녹음이 짙으며, 수많은 풀들이 있고 꽃이 피었지만 이것들 중에서 침향나무만 알아볼 수 있습니다. 오늘 나오선으로 많은 침향나무를 싣도록 명해서 두 분께 가져가도록 했습니다. 바다가 죽은 듯이 고요하고 바람이 불지 않아 저는 쿠바로 가기 위한 돛을 올리지 못했으며, 비가 많이 내리고 있고 어제도 비가 많이 왔지만 전혀 춥지는 않았습니다. 오히려 낮에는 덥고 밤은 스페인 안달루시아의 5월처럼 온화합니다."

10월 24일 수요일

"어제 한밤중에 저는 정박해 있던, 이사벨라섬 북쪽에 있는 이슬레오 곶에서 닻을 올리고 쿠바섬으로 향했습니다. 이 사람들이 하는 말에 의하면 쿠바섬은 매우 크고, 교역이 활발하며, 금과 향신료들, 큰 배들과 상인들이 있으며, 서남서쪽으로 가면 섬에 도달할 수 있다는데, 저도 그렇게 생각합니다. 저는 이 사람들의 말을 이해하지는 못하지만 이 섬들의 모든 인디오들과 제가 배에 데리고 있는 이들이 손짓으로 알려준 바에 의하면 그 섬은 경이로운 이야기들이 많이 전해지는 시팡고섬이며, 제가 본 지구의(地球儀)와 세계 지도 그림에 의하면 이 지역에 있습니다. 그래서 저는 해가 뜰 때까지 서남서쪽으로 항해했으며, 새벽이 되어서 보니 바람이 잦아들고 비가 내리고 있었고 이런 상태가 거의 밤새 이어졌던 것입니다. 정오까지는 거의 바람이 불지 않다가 이후 매우 부드러운 바람이 불기 시작해서 나오선의 모든 돛, 즉 주돛, 2개의 확장돛, 앞돛, 사형범(斜桁帆), 뒷돛대, 큰 돛대의 중간돛 등을 다 올리고, 바텔도 선미로 옮겼습니다. 그렇게 저는 밤이 될 때까지 항해했고, 페르난디나섬의 베르데(Verde) 곶이 보였습니다. 이 곳은 섬의 남서부에 있으며, 제 위치에서 북서쪽으로 7레구아 거리에 있습니다. 바람이 강하게 불었고 쿠바라는 섬까지 얼마만큼 남았는지 알지 못해서 늦은 시간까지 섬을 찾아 항해하고 싶지는 않았습니다. 이 섬들 주변 수심이 매우 깊어서 롬바르다 포 사정거리 두 배되는 지점 외에는 바닥이 보이지 않았고, 섬 주변은 모두 매끈하지 못했습니다. 어떤 부분은 바위로 되어 있었고 어떤 부분은 모래로 되어 있어서 눈으로 직접 보지 않고는 안전하게 정박할 수가 없었습니다. 그래서 저는 앞돛을 제외한 모든 돛들을 내리고 그 돛만으로 항해하기로 결정했습니다. 조금 지나자 바람이 강해져서 많이 나아갔지만 어떤 항로인지 알 수가 없었고, 먹구름이 많이 끼고 비가 왔습니다. 저는 앞돛도 내리라고 명했고, 이날 밤 우리는 2레구아도 나아가지 못했습니다." 기타 등등.

10월 25일 목요일

제독은 해가 뜬 뒤 서쪽과 서남쪽으로 항로를 잡고 9시간 동안 항해해서 5레구아를 나아갔다. 이후에는 항로를 서쪽으로 조정했다. 그들은 오후 1시까지는 시속 8미야로 항해했으며, 그때부터 3시까지 44미야를 나아갔다. 그때 그들은 육지를 보았고, 7~8개의 섬이 모두 북쪽에서 남쪽으로 뻗어 있었으며, 섬까지는 5레구아 거리였다. 기타 등등.

10월 26일 금요일

섬들은 남쪽으로 5~6레구아 정도 거리에 있었고, 온통 모래톱이어서 주변에 정박했다. 배에 데리고 있던 인디오들이 말하기를 이 섬들에서 쿠바까지는 자기들 통나무배를 타고 하루 반이 걸리는 거리라고 했다. 이 배는 통나무로 만든 작은 배로, 돛이 없으며 카노아라고 한다. 제독은 거기서 쿠바로 떠났고, 인디오들이 손짓으로 섬이 크며 황금과 진주가 있다고 말하는 것을 보고 바로 그곳, 즉 시팡고라고 생각했기 때문이다.

10월 27일 토요일

해가 뜨자 제독은 닻을 올려서 그곳을 떠났는데, 남쪽으로 6레구아까지 매우 수심이 얕았기 때문에 그 섬들을 모래섬들이라고 불렀다. 그는 오후 1시까지는 남남서쪽으로 시간당 8미야로 항해해서, 40미야를 나아갔고, 해가 지기 전까지 같은 항로로 28미야를 더 항해해 밤이 되기 전에 육지에 도착했다. 비가 너무 많이 와서 돛을 내린 채 밤을 보냈다. 토요일은 해가 지기 전까지 남남서쪽으로 17레구아를 항해했다.

10월 28일 일요일

그곳에서 제독은 쿠바섬의 가장 가까운 곳을 찾아 남남서쪽으로 나아가기 시작했고, 매우 아름답고 모래톱의 위험이나 다른 장애물이 없던 한 강으로 들어갔다. 그곳 해안을 따라 항해했는데 모두 수심이 매우 깊고 육지에 이르기까지 장애물이 하나도 없었다. 강어귀의 너비는 12브라사(*braza*)[83]였고, 바람을 맞으며 지그재그로 항해해 나가기에 충분히 넓었다. 제독은 안쪽으로 정박했고, 어귀에서 롬바르다 포

---

[83] 바다에서 주로 사용되는 단위로 길이를 잴 때는 1.6718미터, 해도에서 깊이를 잴 때는 1.829미터이다.

의 사정거리만큼 떨어진 곳이었다고 했다. 제독이 말하길, 아름답고 녹색이며 우리의 것들과는 다른 나무들이 강 주변을 무성하게 둘러싸고 있으며 그 꽃과 열매는 가지각색이어서 이처럼 아름다운 광경은 본 적이 없다고 했다. 새들이 많았고 작은 새들은 매우 아름답게 노래했다. 야자나무도 엄청나게 많았는데 기니(Guinea)와 우리 땅에서 자라는 것과 달라서 높이가 중간 정도이고 나무 몸통에는 겉껍질이 없으며, 잎은 매우 커서 이들이 지붕을 만드는 데 사용한다. 땅도 매우 평평했다. 제독은 보트에서 내려서 육지로 갔고 어부들이 사는 듯 보이는 두 집으로 다가갔으나 그들은 무서워서 도망쳤다. 제독은 그 중 한 집에서 짖지 않는 개 1마리를 보았고, **84** 두 집에서 야자나무 섬유로 만든 그물과 밧줄, 뿔로 만든 낚시 바늘, 뼈로 만든 작살 등 여러 낚시 도구들을 보았다. 집 안에는 불을 많이 지펴두었다. 제독은 각 집에 많은 사람들이 살고 있다고 믿었다. 그는 집에 있는 어떤 물건도 만지지 못하게 했고, 다들 명령에 따랐다. 풀은 안달루시아의 4

---

84 인간이 아시아에서 베링(Bering)해를 통해 아메리카 대륙으로 이주할 때 그와 함께 개도 함께 들어왔다. 아메리카의 환경 속에서 여러 종류의 개들이 생겨났고, 현재도 멕시코의 솔로이츠쿠인틀레(Xoloitzcuintle) 등 토착 개들이 살고 있다. 라스 카사스는 《인디아스의 역사》 1권 42장에 "(제독이 말하길) 개들이 있고 마스티프 종과 작은 애완견 종이 있었다고 하지만 물을 구하러 갔던 선원들의 보고를 들은 것이었고, 그가 직접 개를 보았다면 그 이름으로 부르지 않았을 것이다. 그 개들은 포덴코(Podenco)〔카나리아 제도의 개 종류〕처럼 보이는데, 이 개들과 작은 개들은 절대로 짖지 않으며 목구멍에서 그르렁거리는 소리를 낸다. 어쨌든 그 개들은 스페인의 개들과 비슷하다"라고 적었다. 이후 유럽 식민자들이 데려온 개에 밀려서 아메리카 대륙의 여러 토착 개들이 사라지거나 유럽 개들과 섞이기도 했다.

월과 5월처럼 무성했다. 쇠비름과 개비름이 많이 나있었다. 제독은
보트로 돌아가 강의 상류로 꽤 거슬러 올라갔으며, 그러한 초록과 나
무들을 보는 것이 너무 즐겁고 새들은 아름다워 발길을 돌리기가 힘
들 정도라고 했다. 그는 그 섬은 눈으로 본 것 중에 가장 아름다운 섬
이며, 매우 훌륭한 항구와 깊은 강들이 많으며, 결코 파도가 세지 않
은 듯했는데 파도가 거친 곳이라면 해변의 풀이 거의 바닷물까지 자
라는 것이 불가능하기 때문이라고 했다. 그때까지는 그 어떤 섬에서
도 파도가 거친 것을 경험하지 못했다. 그는 몇몇 산들을 빼고는 높지
않지만 매우 아름다운 산이 섬에 많으며, 나머지 평지들은 시칠리아
(Sicilia) 정도의 높이라고 했다. 과나아니섬에서 잡아서 데려온 인디
오들의 말을 알아들은 바에 의하면 섬에는 물이 매우 많았고, 그들은
제독에게 손짓으로 큰 강이 10개가 있으며, 자신들의 카노아를 타고
서 20일 동안에도 다 둘러볼 수 없다고 말했다. 제독이 배를 이끌고
육지로 갔을 때 2척의 알마디아 혹은 카노아가 나타났고, 선원들이
배를 어디에 정박할지 정하기 위해 강의 수심을 측정하러 보트에 올
라타서 노를 젓자 카노아선들은 도망쳐 버렸다. 인디오들은 그 섬에
금광들과 진주가 있다고 말했으며, 제독은 진주와 진주조개가 있을
법한 장소와 흔적들을 보았다. 제독은 거기에 대칸의 커다란 배들이
들어오고, 거기에서 본토로 가기 위해서는 10일이 걸릴 것이라고 보
았다. 제독은 그 강과 항구에 산살바도르라고 이름 붙였다. **85**

---

85 〔아란스〕 10월 27일에 쿠바를 보고 28일 쿠바섬의 북동쪽 해안〔오늘날 바리아이
(Bariay) 만〕에 도착한 장면이다. 콜럼버스는 이 섬에 후안 왕자의 이름을 따서 후

10월 29일 월요일

제독은 그 항구에서 닻을 올리고 인디오들이 왕이 있다고 말해준 도시로 추정되는 곳을 향해 서쪽으로 항해했다. 섬의 한쪽 곶은 서쪽으로 6레구아 거리에 있었고, 반대쪽 곶은 동쪽으로 10레구아 거리였다. 1레구아 정도를 나아가니 입구가 그렇게 크지 않은 강이 있어서 제독은 루나(Luna) 강이라고 이름을 붙였다. 저녁기도 시간이 될 때까지 항해했다. 제독은 다른 강들보다 훨씬 더 큰 강 하나를 보았는데 인디오들도 역시 손짓으로 그렇게 말했다. 강 주변에는 잘 가꾸어진 마을들이 있었고, 제독은 그 강에 마레스(Mares)라는 이름을 붙였다.[86] 그곳 사람들과 말을 해보기 위해 한 마을에 보트 2척과 데리고 있던 인디오 1명을 보냈다. 배에 데리고 있던 인디오들은 이제 스페인 말을 어느 정도 이해하고 기독교인들과 있는 것에 만족해했다. 마을에서는 모든 남자와 여자, 아이들이 도망쳤고, 집 안의 물건들을 그대로 두고 갔다. 제독은 물건에 손을 대지 말라고 명했다. 제독은 집들이 지금까지 보았던 집들보다 더 아름다웠다고 했으며, 본토에 더 가까워질수록 집들은 더 좋아질 것이라고 생각했다. 집들은 아주 큰 무어인들의 천막처럼 만들어졌으며, 길이 없었으므로 질서 있게 세워진 것이 아니라 실제 천막처럼 이곳에 하나 저곳에 하나 있는 식

아나섬이라는 이름을 붙였고, 이후 이 섬에는 산티아고(Santiago), 페르난디나라는 이름이 주어졌지만 쿠바라는 이름이 최종적으로 살아남았다.

86 〔아란스〕지금의 히바라(Gibara) 항구. 라스카사스는 이곳을 바라코아(Baracoa) 항구로 보고 있다. 마레스강에서 콜럼버스는 거의 2주간을 머무르게 된다.

이었다. 집 안은 잘 소제되어 깨끗했으며, 가재도구들이 잘 갖춰져 있었다. 모든 집은 매우 아름다운 야자나무 줄기로 만들어졌다. 그들은 여자 모양의 상(像)들과 아주 잘 만들어진 가면 형태의 두상(頭像)이 많이 있는 것을 보았다. 이런 물건들이 장식용인지 숭배의 대상인지 나는 알 수가 없다. 87 전혀 짖지 않는 개들도 있었다. 집 근처에는 야생의 작고 온순한 새들이 있었다. 놀랄 정도로 잘 만든 낚시 그물과 바늘, 도구들이 있었지만 선원들은 그들의 물건을 만지지 않았다. 제독은 해안에 사는 이들이 생선을 내륙으로 들고 가는 어부들이라고 생각했고, 그 섬은 매우 크고 아름다워서 그 섬에 대해서는 끝없이 칭찬할 수 있었다. 제독은 나무들과 매우 맛 좋은 과일들을 발견했다고 했으며, 소머리처럼 보이는 뼈들을 발견했기 때문에 섬에는 소와 다른 가축들이 있을 것이라고 말했다. 88 크고 작은 여러 새들의 모습과 밤새 들리는 귀뚜라미 소리에 모두들 즐거워했다. 밤 동안 공기는 향긋하고 달콤했고 춥지도 덥지도 않았지만 다른 섬들에서 이 섬으로 오는 동안에는 매우 더웠고, 이 섬만 마치 5월인 것처럼 기후가 온화

---

87 라스카사스가 콜럼버스의 기술을 제독을 주어로 한 문장으로 바꾸지 않아서 의미상의 혼선이 생기고 있다. 그러나 라스카사스가 이 사안에 대해 자신의 생각을 적은 것일 수도 있어서 원문을 자의적으로 바꾸지 않고 있는 그대로 옮겼다.

88 아메리카 대륙에는 소, 돼지, 양, 말 등 구대륙의 가축이 없었다. 《인디아스의 역사》 44장에서 라스카사스는 이것이 매너티(manatí)의 뼈일 것이라고 보고 있다. "이 머리뼈들은 매너티의 것일 테다. 그것은 양처럼 아주 큰 바다 동물로서 그 표면은 고래처럼 비늘이 없으며, 머리는 거의 소처럼 생겼다. 이 동물은 양보다 훨씬 맛있으며, 특히 작은 양처럼 어릴 때 잡아서 양념해서 익히면 그러하다. 이것을 모르는 사람이 먹으면 누구도 바다 생물이라고 보지 않고 육고기라 여길 것이다."

하고 덥지 않았다고 했다. 다른 섬들이 더웠던 것은 땅이 아주 평평했고, 바람이 동쪽에서 불어왔기 때문에 매우 뜨거웠던 것이다. 이 섬의 강물을 맛보면 소금기가 있는데 인디오들의 집에는 민물이 있어서 이들이 어디서 식수를 구하는지 알 수 없었다. 배들은 바람을 타며 이 강을 순조롭게 드나들 수 있었고, 강에는 알아보기 좋은 표식들이 있었다. 강 입구는 수심이 7이나 8브라사였고, 강 안쪽으로는 5브라사였다. 제독이 말하기를 그 바다 전체는 세비야의 강처럼 항상 고요하며, 물은 진주를 키우기에 적합해 보인다고 했다. 그는 커다란 고둥들을 발견했으나 스페인의 것처럼 맛있지는 않았다. 제독은 산살바도르라 이름 붙인 강과 항구의 특징에 대해 설명하며, 이곳의 산들은 페냐데로스에나모라도스(Peña de los Enamorados)[89]처럼 아름답고 높으며 그중 한 산은 그 위에 아름다운 모스크처럼 또 다른 작은 산이 있다고 했다. 지금 제독이 머무르고 있는 다른 강과 항구의 남동쪽에는 둥그런 모양의 산 2개가 있으며, 서북서쪽으로 평평하고 아름다운 곳이 돌출되어 있다.

10월 30일 화요일

제독은 마레스강에서 나와 북서쪽으로 나아갔고, 15레구아를 항해한 뒤 야자나무가 가득한 곳을 발견하고는 팔마스(Palmas) 곶이라 이름 붙였다. 핀타호에 머무르던 인디오들은 그 곳 뒤에 강이 하나 있으

---

89 연인들의 바위라는 뜻으로, 스페인 말라가(Málaga)에 있는 바위산의 명칭이다.

며, 그 강에서 쿠바까지 4일이 걸린다고 했다. 핀타호의 선장은 다음과 같이 이해했다고 말했다. 쿠바는 도시이며 쿠바가 있는 땅은 매우 큰 본토로서 북쪽으로 많이 가야 나오고, 그곳의 왕은 대칸과 전쟁을 치르고 있으며, 그곳 사람들은 대칸을 카미(Camy)라 부르고 그의 영토, 혹은 도시를 파바(Faba)를 비롯한 여러 다른 이름으로 부른다는 것이다. 제독은 그 강에 도착해서 그 땅의 왕에게 선물과 두 폐하의 편지를 보내기로 했고, 그 일을 맡길 만한 선원이 1명 있었다. 그는 기니에서도 같은 임무를 수행했고, 과나아니섬에서 데려온 인디오 몇 명도 나중에 자신들을 고향에 되돌려 보내준다면 그 선원과 동행하려고 했다. 내가 옮겨 적고 있는 원본의 글자가 잘못된 것이 아니라면 제독은 주야평분선에서 북쪽으로 42도 떨어져 있다고 보았고, 그곳 어딘가에 있을 대칸에게, 혹은 카타이시에 가기 위해 애를 써야만 한다고 했으며, 제독이 스페인을 떠나오기 전에 들은 바에 의하면 그곳은 매우 크다고 했다. 또한 제독은 이 땅 전체가 지대가 낮고 아름다우며 바다가 깊다고 말했다.

10월 31일 수요일

화요일 밤 내내 제독은 역풍을 받으며 항해했다. 그는 강을 보았는데 입구의 수심이 얕아서 들어갈 수가 없었고, 인디오들은 자신들의 카노아가 들어가듯 배들도 그곳에 들어갈 수 있다고 생각했다. 계속 항해해 나가다 제독은 많이 돌출되어 있고 모래톱으로 둘러싸인 곳을 보았고, 작은 배들이 들어갈 수 있는 작은 만이 있었지만 바람이 갑자기 북쪽으로 불고 해안 전체가 북북서에서 남동쪽으로 뻗어 있어서 그 곳으로 돌 수가 없었다. 앞쪽으로 보이는 다른 곳은 더 많이 돌출되어 있었다. 이러한 지형 때문이기도 하고 하늘을 보니 바람이 거칠어질 것 같아 마레스강으로 돌아가야만 했다.

11월 1일 목요일

해가 뜨자 제독은 섬에 있던 집들을 살펴보기 위해 보트를 보냈고, 모든 사람들이 도망친 것을 확인했다. 한참 후 한 남자가 나타났으며 제독은 그를 안심시키라고 명했고 보트는 되돌아왔다. 식사를 한 뒤 그는 배에 데리고 있던 인디오 1명을 섬으로 보냈고, 그 인디오는 멀리서 이들이 좋은 사람이고 아무에게도 해를 끼치지 않으며, 대칸의 부하들도 아니고 이전에 이들은 머물렀던 여러 섬에서 가진 것을 나누어 주었다고 외쳤다. 그런 뒤 그 인디오는 물에 뛰어들어 수영을 해서 육지로 갔고, 그 섬에 있던 두 사람이 그의 팔을 잡아 한 집으로 데려가서 그에게서 정보를 얻었다. 그들은 자신들에게 해를 끼치지 않을 것을 확신했기 때문에 안심하고 배로 다가왔다. 16척이 넘는 알마디아, 즉 카노아를 타고 왔으며 면사 뭉치와 다른 자질구레한 물건들을 가져왔으나 제독은 이것에 손대지 말 것을 명했는데, 제독이 찾고 있는 것은 그들 말로 누카이라고 부르는 금뿐이라는 것을 알게 하기 위해서였다. 90 그렇게 그들은 하루 종일 섬에서 배로 오고 갔으며, 기독교인

---

90 〔아란스〕 라스카사스는 스페인인들이 인디오의 말을 이해하지 못했다고 본다. 인

들도 섬으로 매우 안전하게 들어갈 수 있었다. 제독은 그들 중 금을 가진 사람을 보지 못했지만 한 사람이 세공한 은 조각을 코에 걸고 있는 것을 보았다고 말하며 그것이 섬에 은이 있다는 신호라고 했다. 섬 사람들은 손짓으로 3일이면 내륙에서 많은 상인들이 와서 기독교인들이 가지고 있는 물건들을 사고자 할 것이며, 그 땅의 왕에 대한 소식들도 전해줄 것이라고 했다. 그들의 손짓을 통해 이해한 바에 의하면 왕은 4일쯤 가면 나오는 곳에 살고 있으며, 제독에 대해 알리기 위해 그들은 섬 전역에 많은 사람들을 보냈다고 했다. 제독이 말한다. "이 사람들은 이곳에서 이때까지 접한 다른 사람들과 동일한 특징과 관습을 가지고 있으며, 제가 알고 있는 어떤 종교도 가지고 있지 않습니다. 제가 데리고 있는 인디오들 중 오늘까지 아무도 기도하는 것을 본 적이 없기 때문입니다. 오히려 이들은 가르쳐 준 대로 두 손을 하늘로 향하게 한 뒤 성모찬미기도와 아베마리아를 따라하며 십자가를 긋습니다. 이곳의 언어는 다 동일하며 모든 이들이 서로 친구이고, 모든 섬의 사람들이 대칸과 전쟁을 치르고 있다고 생각하는데, 이들은 대칸을 카빌라(Cavila)라고 부르며 그의 영토를 바산(Basan)[91]이라고 합니다. 이들 또한 다른 이들처럼 벌거벗은 채 다닙니다." 제독의 말에 의하면 그곳은 강이 매우 깊으며 강어귀에 배들이 여유롭게 진입해서 육지에 도달할 수 있고, 1레구아도 못 가서 민물이 흐르며 전혀 짠

디오들은 금을 누카이(nucay)가 아니라 카오나(caona)라고 불렀기 때문이다.

91 라스카사스의 필체가 정확하지 않아서 여러 판본과 번역본에 바산(Basan) 혹은 바판(Bafan)이라고 되어 있다.

맛이 안 난다고 한다. 다음은 그의 말이다. "이 땅은 본토이며 저 멀리 사이토(Zayto)[92]와 키사이가 있는데, 두 곳은 서로 대략 100레구아 떨어져 있습니다. 이는 파도가 지금까지와는 다른 양상으로 밀려오는 것을 보면 알 수 있으며, 어제는 북서쪽으로 향하다 날씨가 추워졌습니다."

11월 2일 금요일

제독은 2명의 스페인 사람들을 보내기로 결정했다. 1명은 로드리고 데헤레스(Rodrigo de Xerez)라는 사람으로 아야몬테(Ayamonte) 출신이며, 다른 이는 개종한 유대인 루이스 데토레스(Luis de Torres)로 무르시아(Murcia)의 총사령관과 함께 산 적이 있으며 히브리어, 칼데아어(caldeo)를 말하고 아랍어도 조금 알았다. 이 사람들과 함께 2명의 인디오도 함께 보냈다. 한 인디오는 과나아니섬에서 데려온 이였고, 다른 이는 강가의 마을에서 차출한 이였다. 그들에게 먹을 것이 부족하다면 살 수 있도록 구슬 꿰어 둔 것 몇 개를 주었고, 6일 안으로 돌아오라고 했다. 그들에게 향신료 견본을 보여 주며 그중 어떤 것이 있는지 잘 살펴보라고 했다. 그들에게 그 땅의 왕에 대해서 어떻게 질문할지, 카스티야의 두 왕이 전하는 이야기가 무엇인지에 대해 알려 주었

---

92 중국의 취안저우(泉州)를 말한다. 이탈리아인들과 아랍인들은 자이툰(Zaitun)이라고 불렀으며, 마르코 폴로와 이븐바투타(Ibn Battūtah)는 이곳이 세계 최대의 항구라고 생각했다. 재닛 아부-루고드(2006), 《유럽 패권 이전》, 박흥식·이은정 옮김, 서울: 까치, pp. 366~369.

다. 두 왕이 제독을 보내 편지와 선물을 전달하고, 그 나라에 대해서 알아보고 어떻게 그 나라와 관계를 맺을지, 또 그들이 필요한 것이 무엇인지 살펴보도록 했음을 숙지시켰다. 그리고 제독이 정보를 갖고 있던 지역과 항구, 강에 대해서 알아보고, 지금 있는 곳에서 거리가 얼마나 되는지 알아볼 것 등도 지시했다. 이곳에서 제독은 이날 밤 사분의(四分儀)를 사용해 고도를 측정했고, 주야평분선에서 42도에 있음을 알아냈다. 그는 자신의 계산으로 이에로섬으로부터 1,142레구아 항해했다고 말하며, 여전히 이 땅이 본토라고 확신하고 있다.

11월 3일 토요일

제독은 오전에 보트를 탔다. 강어귀에 큰 호수가 있었는데 이곳은 아주 깊고 암초가 없어서 훌륭한 항구였으며, 배를 손보고 청소하기에 매우 좋은 해안인 데다 땔감도 많았다. 제독은 대략 2레구아 강을 거슬러 올라가 민물이 흐르는 지점까지 갔고, 육지에 무엇이 있는지 보러 작은 언덕에 올라갔지만 나무숲이 울창해서 아무것도 볼 수 없었다. 나무들은 아주 생생하고 향기가 좋았으며, 분명 향기가 좋은 풀들이 있을 것이라고 했다. 그가 보는 것 전부가 너무 아름다워서 그토록 아름다운 것들을 보고 여러 새들의 노래를 듣는 것이 전혀 지루하지가 않다고 했다. 이날 많은 알마디아, 즉 카노아가 배에 다가와서 면사로 만든 것들과 그들이 잠잘 때 쓰는 그물인 해먹을 다른 물건들과 교환했다.

11월 4일 일요일

날이 밝자 제독은 보트를 타고 전날 보았던 새들을 사냥하기 위해 육지로 들어갔다. 제독이 돌아온 뒤 마르틴 알론소 핀손이 계피 두 조각을 가지고 와서 말하길, 그의 배에 타고 있던 포르투갈 선원이 한 인디오가 계피 두 묶음을 가지고 있는 것을 보았지만 제독이 물물교환을 하면 처벌한다고 했기 때문에 감히 그러지 못했다고 했다. 또한 그 인디오는 호두 같이 생긴 붉은색 열매93도 가지고 있었다고 덧붙였다. 핀타호의 갑판장은 계피나무를 찾았다고 말했다. 제독이 그곳에 가 보고는 그것이 계피나무가 아닌 것을 확인했다. 제독은 그곳의 몇몇 인디오들에게 계피와 후추를 보여 주었고 — 견본으로 쓰기 위해서 카스티야에서 가져온 듯하다 — 제독이 말하길 그들이 이를 알아보고 손짓으로 근처에 남동쪽으로 가는 길에 많이 있다고 알려 주었다고 했다. 제독은 그들에게 금과 진주도 보여 주었고 몇몇 노인들이 보이오라는 곳에 그것들이 셀 수 없이 많이 있으며, 그곳 사람들은 목과 귀, 팔, 다리에 금을 두르고 있으며 진주 또한 마찬가지라고 했다. 또 제독은 그들이 큰 배와 물건들이 모두 남동쪽 방향으로 가면 있다고 말한 것을 이해했다. 그곳에서 먼 곳에는 외눈박이에 개코 모습을 하고 사람을 잡아먹는 이들이 있는데, 그들은 사람을 잡아서 목을 자른 뒤 그 피를 마시고 성기를 자른다고 했다.94 제독은 나오선으로 돌

---

93 원주민들이 식용으로도 쓰고 몸에 붉은 칠을 하는 데 쓰는 아나토일 것이다. 각주 60 참조.

아가 그가 보낸 두 사람이 돌아오기를 기다린 뒤 고대하던 좋은 소식을 가져오지 않을 경우 그 땅으로 탐사를 갈지 말지 여부를 결정하기로 했다. 제독은 또 이렇게 덧붙이고 있다. "이 사람들은 이미 제가 말한 것처럼 매우 유순하고 겁이 많으며, 벌거벗고 살며 무기도 법도 없습니다. 이 땅들은 매우 비옥하며, 맘95이 가득 심어져 있는데 이는 당근 같이 생겼고 밤 맛이 납니다. 우리보다 훨씬 다양한 종류의 콩이 있고,96 목화가 많은데 이는 심은 것이 아니라 산에 큰 나무처럼 자생하고 있습니다. 목화는 1년 내내 수확이 가능한 것 같은데, 목화 꼬투리가 열린 것, 막 벌어지는 상태이거나 꽃이 피는 것 등이 전부 한 나무에 함께 있기 때문입니다. 1천 가지 종류의 과일이 있어 글로 다 쓸 수가 없을 정도이며, 이 모든 것은 유용할 것입니다." 이 모든 것이 제독의 말이다.

---

94 〔아란스〕이는 《맨더빌 여행기》를 통해 널리 알려진 일련의 중세 전설이다. 〈루이스 데산탄헬에게 보내는 발견을 알리는 편지〉에도 이 내용이 들어가 있다.

95 원문에 복수형으로 마메스(mames)라고 되어 있다. 던과 켈리는 니암(niam)을 옮겨 적으며 맘(mam)으로 오기한 것으로 보고 있다. 콜럼버스는 아프리카의 덩이뿌리인 니암(얌)을 알고 있으며, 12월 21일 일지에서 인디오들이 니암을 아헤(aje)라고 부른다고 쓰고 있다. 그러나 겉으로 유사해 보여도 얌과 아헤는 다른 작물이며 지구상의 덩이뿌리 대부분이 아메리카 원산으로 매우 다양한데, 이에 대한 지식이 없었던 콜럼버스가 지칭하는 니암(얌)이 어떤 것인지 정확히 알기는 힘들다. 카리브해에서 가장 흔한 덩이뿌리로는 유카(yuca), 말랑가(malanga) 등이 있으며, 아헤는 껍질과 속이 흰색에 가까운 고구마 품종으로 추정된다.

96 아메리카 대륙과 카리브해는 모든 강낭콩의 원산지로 매우 다양한 종류가 존재한다.

11월 5일 월요일

새벽에 제독은 나오선과 두 배를 뭍으로 가져가라고 명령했지만 한꺼번에는 안 되고 안전을 위해서 2척은 원래 있던 곳에 두어야 한다고 했다. 물론 인디오들이 매우 믿을 만하기 때문에 걱정 없이 배 세척을 전부 뭍으로 옮길 수도 있을 것이라고 말했다. 그런 와중에 니냐호의 갑판장이 와서 제독에게 유향나무를 발견했다며 포상을 요구했는데 견본을 잃어버렸다며 가져오지는 않았다. 제독이 포상을 약속했고, 로드리고 산체스와 사무장 디에고에게 그 나무들을 가져오라고 했더니 유향을 조금 가져왔다. 제독은 두 왕에게 가져가기 위해서 유향과 나무를 보관하도록 했다. 제독은 아직 수확철이 아니기는 하지만 그것이 유향이 맞다고 확인했으며, 그 지역에는 매년 1천 킨탈을 수확할 정도의 양이 있었다고 했다. 또한 제독은 그곳에 침향나무처럼 보이는 식물이 많다고 했다. 마레스 항구는 세상에서 가장 좋은 항구이며, 공기는 최상이며 사람들은 온순하다고 했다. 또한 그곳에는 바위로 된 약간 높은 곳이 있기 때문에 요새를 만들 수 있고, 그곳이 부유해지고 무역이 왕성해진다면 그곳의 거주자들은 어떤 다른 나라들로부터도 안전하게 지낼 수 있을 것이라고 했다. 다음은 제독의 말이다. "주님, 모든 승리가 당신의 손에 달려 있으며, 모든 것이 당신을 위한 봉사가 되도록 인도하소서." 그가 말하길 한 인디오가 손짓으로 유향이 위통에 도움이 된다고 했다고 한다.

11월 6일 화요일

제독이 말하길, 내륙을 조사하라고 보낸 두 사람이 돌아왔고 그들은 12레구아를 걸어서 집이 50채 있는 마을에 도착했으며 한 집에 많은 이들이 살고 있었기 때문에 1천 명 정도가 될 것이라고 했다. 이 집들은 아주 큰 무어인 천막처럼 만들어졌다. 두 사람에 의하면 이들은 관습에 따라 매우 장엄하게 자신들을 맞아 주었으며, 남자들뿐 아니라 여자들도 그들을 보러왔고 가장 좋은 집에 그들을 묵게 했다고 한다. 이들은 방문자들을 만지고 경탄하며 손과 발에 입을 맞추었으며, 그들이 하늘에서 왔다고 믿었고 스페인인들은 그렇게 생각하도록 내버려 두었다. 그들은 스페인인들에게 그들이 가진 음식을 내주었다. 마을에서 가장 존경받는 이들이 그들의 팔을 이끌어서 큰 집으로 데려간 뒤 의자97 2개를 내주어서 거기에 앉았고, 그들 모두는 스페인 사람들 주변의 바닥에 앉았다. 스페인인들과 함께 간 인디오는 마을 사람들에게 기독교인들이 사는 방식을 알려 주고, 그들이 얼마나 좋은 사람들인지를 말해 주었다. 그런 뒤 남자들이 나갔고, 여자들이 들어와서 남자들과 같은 방식으로 그들 주변에 앉았고 손과 발에 입을 맞추고 만져보면서 그들이 자신들처럼 살과 뼈로 되어 있는지 알아보았다. 그들은 스페인인들에게 적어도 그곳에 5일은 머물러 줄 것을 요청했다. 그들은 제독이 그들에게 준 계피와 후추, 다른 향신료들을 보여 주었고, 그들은 몸짓으로 남동쪽으로 가면 그것이 많지만 자기

---

97 타이노인들이 사용하던 돌이나 나무로 만든 낮은 의자인 두호(duho)를 말한다.

들이 사는 곳에 있는지는 알 수 없다고 했다. 그들이 도시에 대해 전혀 모르는 듯해서 스페인 일행은 돌아왔고, 자신들과 함께 가기를 원하는 사람들을 받아 주었다면 남녀 합해서 500명이 넘었을 것이며 이는 그들은 스페인 사람들이 하늘로 돌아간다고 생각했기 때문이라고 했다. 마을의 유력 인사와 그의 아들 1명, 수하 1명이 스페인 일행을 따라왔다. 제독은 그들과 이야기했고, 그들을 존중하는 태도를 갖추었으며, 유력 인사는 그 지역에 있는 많은 땅과 섬들을 가리켜 보였다. 제독은 그를 두 국왕에게 데려가려고 생각했는데, 그가 어떤 생각을 했는지 모르지만 아마 두려움 때문에 밤이 어둑해지자 섬으로 돌아가고 싶어 했다. 제독이 말하길 나오선을 육지에 끌어올려 두었고 그를 화나게 하고 싶지 않아서 가게 해주었고, 그는 해가 뜨면 다시 오겠다고 말하고는 돌아오지 않았다고 했다. 2명의 기독교인들은 돌아오는 길에서 많은 사람들을 만났는데, 남자와 여자들이 마을을 다니고 있었고 손에는 타고 있는 나뭇조각을 들고 있었는데 이는 그들이 향을 피우곤 하던 풀이었다.[98] 그들은 길을 가면서 집이 5채 이

---

98 담배에 대한 묘사이다. 라스카사스의 《인디아스의 역사》 1권 46장에서 다음과 같이 더 자세히 설명하고 있다. "이 두 기독교인은 길에서 마을을 가로지르고 있던 많은 여자와 남자들을 만났다. 남자들은 항상 손에 타고 있는 막대기와 풀을 약간 가지고 있으면서 향을 피웠다. 그것은 특정한 마른 잎에 말린 풀을 넣은 것으로 부활절 기간에 소년들이 만드는 종이 화승총처럼 보인다. 그들은 막대기 한쪽에 불을 붙이고 다른 쪽으로는 숨을 들이쉬고 내쉬기를 통해서 막대기로 그 연기를 흡입한다. 그렇게 하면 몸이 나른해지고 거의 술에 취한 것처럼 되며, 그들이 말하길 피곤함을 느끼지 않는다고 한다. 우리가 화승총 같은 막대기라고 부르는 이것을 그들은 타바코(tabaco)라고 한다. 내가 이 에스파뇰라섬에서 알게 된 스페인인들

상인 마을을 발견하지 못했으며, 모든 이들이 그들에게 동일한 존경심을 표했다. 그들은 여러 종류의 나무와 풀, 향기 나는 꽃들을 보았다. 그들이 본 새들 중에서 자고새와 지저귀는 종달새, 거위는 스페인과 동일했고 그 수가 매우 많았지만 그 외의 새들은 스페인의 것들과 종류가 달랐다. 네발짐승은 짖지 않는 개를 제외하고는 볼 수 없었다. 땅은 매우 비옥했고, 맘과 스페인과는 다른 콩류가 심어져 있었고, 스페인과 같은 기장이 있었으며 다량의 목면을 수확해 실을 만들어 물건을 제작하고 있었다. 한 집에서만 500아로바 분량의 목면을 보았고, 그곳 전체에서 매년 4,500아로바를 생산할 수 있을 정도였다. 제독이 말하길 그곳 목화는 심는 것이 아니라 자연적으로 자라며 1년 내내 수확이 가능한 것 같다고 했다. 목화가 매우 질이 좋으며, 꼬투리가 크다. 그들은 자신들이 가지고 있는 것 전부를 매우 헐값에 내주었다. 큰 광주리에 든 목화를 장식끈 끄트머리 하나, 혹은 그 무엇을 주든 내주었다. 제독이 말하길 그들은 악함이 없고, 전쟁도 모르며, 남자든 여자든 전부 어머니가 그들을 낳았을 때처럼 벌거벗고 있다고 했다. 여자들은 매우 큰 면 조각으로 그들의 성기를 덮고 있을 뿐이다. 여자들은 순종적이었고, 피부가 아주 검지 않았으며 카나리아섬 여성들보다도 덜 검었다. 제독이 말한다. "현명한 군주들이시여, 그들의 언어를 아는 독실한 종교인들만 있다면 그들 모두는 기독

은 그것을 피우는 습관을 들였으며, 그것이 악덕한 것이라는 비난을 들으면 그들은 절대 손에서 그것을 놓는 일은 없을 것이라고 대답하곤 했다. 나로서는 어떤 맛이 있는지, 거기에 어떤 효용이 있는지 알 수 없었다."

교인으로 개종할 것이며, 신에게 바라기를 두 분이 성부, 성자, 성령에게 참회하기를 원치 않았던 이들을 멸망시켰던 것처럼 신속히 결정을 내려 큰 민족들을 교회로 향하게 하여 그들이 개종하게 되기를 바랍니다. 우리는 모두 다 죽는 존재이고, 두 분이 생을 마치면 영토를 이단과 악 없이 깨끗한 상태로 남기게 되어 영원한 창조주 앞에서 환영받을 것입니다. 하느님께서 지금까지 해오신대로 기꺼이 두 분께 긴 수명을 주시고 주요한 영토와 봉토를 늘려 주시며 성스러운 기독교를 확장하기 위한 의지와 마음을 갖게 해주소서, 아멘. 저는 오늘 해변에서 나오선을 끌어냈고, 신의 이름으로 목요일에 남동쪽으로 출발해 황금과 향신료를 찾고 땅을 발견하기 위한 항해를 할 준비를 했습니다." 이 모든 것이 제독의 말이며, 그는 목요일에 출발할 생각이었으나 역풍이 불어 11월 12일이 되어서야 출발할 수 있었다.

11월 12일 월요일

제독은 새벽 당직시간 후 마레스강과 항구를 떠나 함께 있던 인디오들이 확신하며 알려준 바베케(Babeque)[99]라 불리는 섬으로 떠났다. 그들이 몸짓으로 알려준 바에 의하면 그곳 사람들은 밤에 해변에 등불을

---

[99] 바베케, 바네케(Baneque)라는 이름으로 등장하는 지명이 어디였는지 밝혀내기 힘들다. 라스카사스는 12월 17일 일지 여백에 "이 바네케는 모습을 드러내지 않았다. 어쩌면 자메이카(Jamaica) 섬일 것이다"라고 적었다(바렐라, p. 85). 푸에르토리코(Puerto Rico) 섬을 부르던 타이노식 이름인 보링켄(Borinquen) 혹은 보리켄(Boriquén)이 음성적으로 희미하게 연상된다.

켜놓고 황금을 채취하며, 그것을 망치로 두들겨 막대기 모양으로 만든다고 했다. 그곳에 가기 위해서는 뱃머리를 동미남쪽으로 돌려야 한다고 했다. 해안선을 따라 8레구아를 나아가자 앞쪽으로 강이 하나 있었고, 다시 4레구아를 더 가서 다른 강을 발견했는데 매우 수량이 많고 지금까지 본 그 어떤 강보다도 큰 것 같았다. 하지만 그는 두 가지 점 때문에 두 곳 중 어디에서도 멈추거나 안으로 들어가고 싶지 않았다. 첫 번째 이유가 더 중요했는데, 날씨와 바람이 바베케섬으로 가는 데 유리했기 때문이고, 두 번째는 만일 바다 근처 강에 인구가 많거나 유명한 도시가 있어서 강을 거슬러 올라가야 한다면 작은 배가 필요한데 제독이 거느린 배는 그렇지 않아서 시간을 많이 허비할 것이고, 또한 그런 강들이 있다면 저절로 모습을 드러낼 것이기 때문이다. 그 해안 전체에는 대체로 강 근처에 사람들이 살고 있었고, 제독은 거기에 태양의 강(el río del Sol)이라는 이름을 붙였다. 그는 지난 일요일, 11월 11일에 그 강에 사는 몇 명을 붙잡아 와서 두 폐하께 데려가고 그들이 우리말을 배우도록 하면 좋겠다고 말했다. 그들이 우리 땅에 무엇이 있는지를 알고 우리의 풍습과 신앙에 대해 배운 후, 이곳으로 돌아와서 기독교인들의 통역사가 될 수 있기 때문이다. 다음은 제독의 말이다. "제가 직접 보고 알게 된 것은 이 사람들이 어떤 종교도 갖고 있지 않고 우상숭배자가 아니라는 것입니다. 그저 이들은 매우 유순하고 악이 무엇인지 모르고 남을 죽이거나 물건을 빼앗지 않으며, 무기도 없고 너무 겁이 많아서 우리 스페인 사람들이 그들을 괴롭히면 한 사람을 보고도 100명이 도망갑니다. 그들은 하늘에 신이 있다는 사실을 믿고 또 알고 있으며, 우리가 하늘에서 왔다는 사실을 확신하므로 우리가 그들에게 어떤 기도문을 들려주더라도 받아들이고 십자가를 긋습니다. 그렇기 때문에 두 폐하께서는 그들을 기독교인으로 만들 결심을 하셔야 하며, 그 일을 시작하면 얼마 지나지 않아 수많은 이곳 사람들을 우리의 성스러운 신앙으로 개종시키고 커다란 영토와 부를 획득할 수 있으며, 이 모든 사람들을 스페인에 속하게 만들 수 있습니다. 왜냐하면 의심의 여지없이 이 육지들에는 엄청난 양의 금이 있으며, 제가 데리고 있는 인디오들이 이 섬들에는 황금을 채굴하는 곳이 있어서 그것을 매우 두꺼운 고리로 만들어 목, 귀, 팔, 다리에 차고 있다 하고, 또한 보석과 훌륭한 진주, 무한한 향신료가 있다고 하는 것은 근거 없이 하는 이야기가 아니기 때문입니다. 이날 밤 저는 마레스강을 떠났으며, 이곳에는 의심의 여지없이 엄청난 양의 유향이 있어서 원하면 얼마든지 더 많이 구할 수 있습니다. 나무를 심으면 매우 쉽게 열매를 맺는데 이곳에는 나무가 많고 또 매우 크며, 잎사귀는 유향나무와 같고 열매가 더 크기는 하지만 나무 형태와 잎사귀는 플리니우스가 말한 것과 같습니다. 100 저는 군도의 히오스섬101에서 유향나무를 본 적이 있으며, 이곳의 나무가 가져갈 만한 것인지 알기 위해 여러 나무를 잘라서 수지가 나오는지 살펴보도록 했지만 제가 그 강에

---

100 아란스에 의하면 플리니우스(Gaius Plinius Secundus Major) 《자연사》 13장과 23장에 언급된 내용이다. 항해 이전 콜럼버스의 독서 흔적을 직접적으로 확인할 수 있는 유일한 구절이다.

101 히오스(Chios) 섬은 아시아 쪽 터키 해안 근처에 있는 동지중해의 섬이다. 1566년 오스만 제국에 점령당하기 전까지는 제노바 공화국에 속한 영토였고, 콜럼버스는 1474년에 이곳을 항해하고 방문했다.

있는 동안 계속 비가 왔기 때문에 폐하들께 가져가는 아주 미미한 양 말고는 채취할 수가 없었습니다. 진액이 나오는 시기가 아니었기 때문일 수도 있습니다. 나무들이 겨울을 지나고 꽃을 피우는 시기가 채취에 적당한 때인데, 이곳은 지금 열매가 거의 다 익은 상태입니다. 또한 이곳에는 다량의 면이 있을 것이고, 그것을 스페인으로 가져갈 필요도 없이 틀림없이 찾게 될 대칸의 큰 도시들에 팔 수 있을 것입니다. 다른 왕들이 지배하는 여러 도시들도 두 폐하를 섬길 것이며, 그곳에 스페인과 동방 지역들의 물건도 팔 수 있을 것입니다. 동방 지역들은 이곳에서 보면 서쪽에 있습니다. 그리고 이곳에는 침향나무가 매우 많지만 대량으로 생산할 수 있는 것은 아닙니다. 유향을 염두에 두는 것이 좋은 것은 그것이 단지 히오스섬에만 있기 때문입니다. 제 기억이 맞다면 히오스섬에서는 유향으로 5만 두카도(*ducado*)102는 넉넉히 벌고 있을 것입니다. 제가 말한 강어귀에는 오늘까지 제가 본 것 중 가장 훌륭한 항구가 있는데, 이 항구는 암초도 없고 넓고 깊어서 마을과 요새를 만들기에 적합한 자리이며, 어떤 배라도 벽을 따라 잘 정박해 둘 수 있습니다. 이곳은 기후가 매우 온화한 땅이며, 지대가 높고 마실 물이 매우 좋습니다. 어제는 6명의 청년들이 탄 알마디아 1척이 다가왔고, 5명이 나오선으로 들어왔습니다. 저는 이들을 붙잡으라고 명했고,103 그들을 데리고 있습니다. 이후 저는 서쪽 강에 있는 한

---

102 두카토(*ducato*)는 13세기 베니스에서 만들어진 금화이며, 스페인어로 두카도이다. 많은 유럽 지역에서도 만들어졌으며, 던과 켈리는 콜럼버스가 베니스의 두카토를 의미한 것이라고 본다.

103 〔바렐라〕 라스카사스는 여백에 "이것은 좋지 않은 일이다"라고 적었다. (라스카

집으로 부하들을 보냈고, 그들은 소녀들과 성인 여자 7명, 어린 여자 아이 3명을 데려왔습니다. 제가 이렇게 한 것은 남자들이 스페인에 자기 땅의 여자들과 함께 있어야 그 여자들이 없는 것보다 고분고분하게 행동하기 때문입니다. 기니에서 남자들을 포르투갈로 데려가 언어를 배우도록 했을 때 이미 경험했던 일입니다. 나중에 기니에 돌아가면 그들을 활용할 생각으로 잘 대해 주고 선물도 주었으나 그곳에 돌아가자 그들은 다시는 나타나지 않았습니다. 그렇게 하지 않은 이들도 있었습니다. 그래서 여자들과 함께 있도록 하면 그들은 자신들에게 시키는 일을 하고자 할 것이고, 이 여자들 역시 우리에게 그들의 언어를 가르쳐 줄 수 있을 것입니다. 인디아의 모든 섬들에서 언어는 하나이기 때문에 모두가 그 언어를 이해하고, 또한 모두가 알마디아를 타고 섬들을 다녀서 기니의 사정과는 다릅니다. 그곳엔 1천 가지 언어가 있고 서로 말이 통하지 않습니다. 그날 밤 데려온 여자들 중 1명의 남편이자 세 아이, 남자 아이 1명과 딸 아이 2명의 아버지인 자가 알마디아를 타고 와서 자기도 그들과 함께 갈 수 있도록 해달라고 제게 사정을 했습니다. 그는 배에 있던 모든 이들을 위로했고, 모두가 서로 친척인 듯합니다. 그는 이미 45세 정도가 되는 남자였습니다." 이는 온전한 제독의 말이다. 그는 또 위쪽으로 가니 약간 추웠고, 그래서 겨울에는 탐사를 위해 북쪽으로 항해하는 것은 좋지 않다고 말했다. 제독은 일

사스의 원고에 방주는 총 144개이며, 던과 켈리의 번역본의 원문에는 전체 방주의 일부만 기록되어 있다. 바렐라의 이름을 밝히는 방주는 바렐라본에 각주의 형태로 기록된 것들이다.)

요일 해가 질 때까지 동미남쪽으로 18레구아 항해해 한 곳에 도착한 뒤 쿠바곶이라고 이름 붙였다.

11월 13일 화요일

이날 밤 모두는 뱃사람들 식으로 말해서 "알라코르다"(a la corda) 상태로 보냈는데, 이는 돛을 내리고 바람이 부는 대로 배를 내버려 두고 항해하지 않는다는 말이다. 산과 산 사이처럼 산맥들 사이에 난 틈이 보였는데 해가 지면서 보이기 시작해 매우 큰 두 산이 모습을 드러냈고, 쿠바섬이 멀어지면서 보이오섬의 땅들이 나타나는 듯했다. 이는 나와〔제독과〕함께 있는 인디오들이 손짓으로 말해준 것이다. 날이 밝아오자 제독은 육지를 향해 돛을 올리고, 지난밤에 2레구아 정도 거리로 보이던 곳을 지나 남남서쪽으로 5레구아 떨어진 만으로 들어갔고, 거기서 5레구아 더 가면 곶이 있었다. 그곳에는 두 큰 산 사이 좁은 틈이 하나 있었는데 제독은 그것이 바다의 입구인지 아닌지 가늠할 수가 없었다. 그는 자신이 이해한 바에 의하면 황금이 매우 많은 바네케(Baneque)라는 섬에 가고자 했고, 그곳은 동쪽에 있었다. 지금까지 본 적 없는 기세로 거세지는 바람의 힘을 피할 마을을 찾을 수가 없어 그는 바다로 나아가서 북풍을 받으며 동쪽으로 항해하기로 했다. 시간당 8레구아로 항해했고, 오전 10시부터 그 항로를 따라 해가 질 때까지 56레구아를 나아갔고, 쿠바곶에서는 동쪽으로 14레구아 거리였다. 바람이 불어오는 쪽에 있던 보이오 땅에서 위에 언급한 만의 끝이 시작되었고 동남동쪽에서 서북서쪽으로 뻗어 있었으며 제독의 눈에는 80미야 거리, 즉 20레구아로 보였다.

11월 14일 수요일

어제 밤 동안 제독은 닻을 내리고 바람이 부는 대로 떠돌았는데, 섬들을 다 탐사하기 전까지는 밤에 그곳을 항해하는 것은 신중하지 못한 행동이기 때문이라고 했다. 그가 데리고 있던 인디오들이 어제, 화요일에 마레스강에서 바네케섬으로 가려면 3일이 걸릴 것이라고 했는데, 이는 하루에 7레구아를 갈 수 있는 알마디아를 탔을 때 걸리는 시간으로 이해해야 하며, 바람이 거의 불지 않고 동쪽으로 가야 했기 때문에 동미남쪽으로 방향을 잡을 수밖에 없었다. 제독은 여의치 않은 상황들을 언급하며 내일까지 멈춰 있어야 한다고 했다. 바람이 북풍에서 북동풍으로 바뀌어서 해가 뜨자 제독은 항구를 찾아 나서기로 했고, 만일 항구를 찾지 못한다면 항구가 많았던 쿠바섬으로 되돌아가야만 했다. 제독은 그날 밤 동미남쪽으로 24미야를 항해해서 육지에 도착했다. 남쪽으로 〔원문 공백〕미야 항해해서 육지에 도착했더니 거기에는 입구와 작은 섬들, 항구들이 많았지만 바람이 많이 불었고 파도가 높았기 때문에 감히 들어가지 못했다. 대신 제독은 항구가 있는지 보면서 해안을 따라 북서미서쪽으로 갔고, 항구가 많이 있었으나 잘 보이지는 않았다. 그렇게 64미야를 항해한 뒤 수심이 매우 깊고 폭이 0.25미야가 되는 입구를 찾았고, 좋은 항구이자 강이었던 그곳으로 들어가 뱃머리를 남남서쪽으로, 이후에는 남쪽으로 돌린 뒤 남동쪽으로 향했다. 항구는 어디나 넓었고 매우 깊었으며, 섬이 너무 많아서 다 셀 수가 없을 정도였는데 섬들은 매우 컸고, 지대가 높았으며 수많은 형태의 다양한 나무들이 가득하고 야자나무도 무수히 많았다. 제독은 그렇게 많고 높은 섬들이 있는 것을 보고 경탄했으며 두 폐하께 보증하기를, 그저께부터 이 해안들과 섬들을 보았으나 세상에서 그렇게 높고 아름다우며, 깨끗하고 안개나 눈도 없이 수심은 지극히 깊은 섬들은 없을 것이라고 했다. 제독이 말하길 이 섬들은 세계 지도에서 동방의 끝에 그려져 있는 수많은 섬들일 것이라 믿는다고 했다. 104 그리고 그 섬들에는 엄청난 부와 보석과 향신료가 있을 것이라고 믿으며, 섬들이 남쪽으로 아주 길게 뻗어 있으며 사방으로 퍼져 있을 것이라고 했다. 제독은 그곳에 '우리 성모의 바다'라는 이름을 붙였다. 그는 이 항구에서 발견한 이 섬들의 엄청난 비옥함과 아름다움, 높이에 대해 거듭 강조해서 말하며 두 왕들에게 자신이 그렇게 높이 평가하더라도 너무 경탄하지는 말라고 요청하는데, 이는 자신이 있는 그대로의 백분의 일도 전달하지 못한다고 생각하기 때문이었다. 그가 보기에 어떤 섬들은 하늘까지 가 닿을 듯 다이아몬드 끝처럼 뾰족하며, 또 어떤 섬들은 높이 솟아 있으며 그 위에는 탁자처럼 넓은 평원이 펼쳐져 있었다. 또한 섬들 아래에는 바다가 매우 깊어서 지극히 큰 캐럭선도 그곳에 갈 수 있을 정도이며, 모든 섬들은 나무로 뒤덮여 있었고 바위가 없었다.

---

104 동쪽에 지상 천국을 위치시키는 것은 중세 지도 마파문디(*mappa mundi*)의 전형적인 특징이다.

11월 15일 목요일

제독은 보트를 이용해 이 섬들을 돌아보기로 했으며, 섬들이 얼마나 경이로운지를 이야기했다. 그는 유향나무와 셀 수 없이 많은 침향나무를 발견했고, 몇몇 섬에는 덩이뿌리 식물이 심어져 있었는데 인디오들이 그것으로 자신들의 빵을 만든다고 했다. [105] 몇몇 장소에서는 불을 피운 흔적을 발견하기도 했다. 민물을 찾지 못했고, 몇몇 사람들을 보았으나 도망가 버렸다. 제독이 다닌 곳의 수심은 모두 15~16브라사였고, 모든 바닥은 바위가 아니라 모래로 이루어져 있어서 평탄했으며 이는 선원들이 매우 선호하는 조건이다. 바위가 있으면 배의 닻줄이 잘 끊어지기 때문이다.

11월 16일 금요일

제독은 방문하는 모든 지역의 섬들과 땅에 항상 십자가를 남겼기 때문에 이를 위해 보트를 타고 그 항구들의 입구로 갔다. 육지의 한 곳

---

[105] 이 덩이뿌리는 스페인어로 유카(yuca)라고 한다. 카사바(cassava)와 마니옥(manioc), 만디오카(mandioca)도 유카를 지칭하는 다른 단어이다. 학명은 *Manihot esculenta.* 카리브해 원주민들은 유카를 이용해서 카사베(casabe)라는 발효하지 않은 일종의 빵을 만들었다. 유카에는 독이 있어서 원주민들은 유카를 갈아서 즙을 짜내 독을 없앤 뒤, 남은 조직을 뭉쳐서 납작 둥글게 만들어 구웠다. 이렇게 구운 빵을 햇빛에 말리면 오랫동안 두고 먹을 수 있는 식량이 되었다. 도미니카 공화국 등에서는 지금도 이 카사베 빵을 먹는다. 12월 26일 일지에 카사비(cazabí)로 언급되기도 한다.

에서 그는 매우 큰 통나무 2개를 발견했는데, 그중 하나가 더 길었고 두 나무가 겹치게 놓여 십자가 모양을 이룬 것을 보고 어떤 목수라도 두 나무를 그토록 비율이 잘 맞게 둘 수 없을 거라고 했다. 그 십자가에 경의를 표한 뒤 제독은 바로 그 나무를 이용해 아주 크고 높은 십자가를 만들 것을 명했다. 그는 그 해안에서 갈대를 발견했는데, 어디서 자라는지 알 수 없었지만 강에서 흘러와 해안에 흩어진 것이라 생각했고, 그의 생각이 맞았다. 그는 남동쪽에 있는 항구의 입구 안에 있는 좁은 물길로 갔다(칼라(cala)라고 하는 이 물길은 육지로 바닷물이 들어가는 좁은 입구를 말한다). 거기에는 한 암석이 높이 솟아 있었고 곶처럼 돌출된 절벽이 있었으며, 그 아래 수심은 매우 깊어서 세상에서 가장 큰 캐럭선이라 하더라도 바짝 육지에 댈 수 있을 정도였다. 또한 그곳에는 마치 큰 홀처럼 넓어서 닻이 없는 배 6척도 들어갈 수 있는 지점, 혹은 외딴 곳이 있었다. 제독은 언젠가 섬들이 많은 그 바다가 교역으로 유명한 곳이 된다면 그곳에 적은 비용으로 요새를 지을 수도 있을 것이라 생각했다. 나오선으로 돌아오니 데리고 있던 인디오들이 그 바다에 서식하는 매우 큰 고둥을 잡고 있었다. 제독은 그들에게 바다에 들어가서 진주조개가 있는지 찾아보라고 했고 인디오들이 조개를 많이 잡았으나 진주는 없었다. 제독은 진주를 수확하는 시기가 5월이나 6월이라 철이 아니기 때문이라고 보았다. 선원들은 타소(taso) 혹은 타쇼(taxo)와 닮은 동물을 보았다. 106 선원들은 또한

---

106 라스카사스는 이 단어의 의미를 알지 못해서 스페인어에 없는 이 단어를 그대로 써 두었다. 오소리를 의미하는 이탈리아어 tasso일 가능성이 있다.

그물을 써서 여러 가지를 잡았는데 그중 한 물고기는 돌고래도 아닌 것이 꼭 돼지 같았다. 107 그 동물은 겉껍질이 매우 단단했고 몸에 부드러운 곳이라고는 꼬리와 눈, 그리고 배설물을 내보내는 아래쪽의 구멍뿐이었다. 제독은 두 국왕에게 보여드리기 위해 이것을 소금에 절여 두라고 명했다.

11월 17일 토요일

제독은 오전에는 보트를 타고 아직 보지 못한 남서쪽 섬들을 향해 갔다. 그는 여러 다른 섬들을 보았고 모두 매우 비옥하고 아름다웠으며, 그 섬들 사이의 수심이 매우 깊었다. 몇몇 섬들에는 개울이 흘렀고, 그 물과 개울들은 섬의 산맥 높은 곳에서 흐르는 수원에서 나오는 것이라고 생각했다. 거기서 앞으로 나가며 제독은 매우 아름답고 민물이 흐르는 연안을 발견했고, 그곳은 수량이 많지 않았고 물이 매우 차가웠다. 매우 아름다운 초지가 있고 야자나무들이 많았는데 지금까지 본 것들 보다 키가 더 컸다. 제독은 크기가 큰 인디아의 호두를 발견했고, 인디아의 큰 쥐들도 발견했다. 게도 크기가 엄청 컸다. 제독은 새들도 많이 보았고, 강력한 사향 냄새가 나서 그곳에 사향노루가 있을 거라고 생각했다. 108 이날 마레스강에서 잡아서 니냐호에 머

---

107 외형의 묘사를 보면 매너티로 추측된다. *Trichechus*속이며, 바다소로도 불린다.
108 구대륙과 아메리카에는 드물게 공통적으로 존재하는 동식물도 있지만 대체로 식생과 동물이 겹치지 않는다. 호두, 쥐는 아메리카에 존재하지 않으며, 쥐를 닮은 큰 설치류들은 여럿이 있다. 아마도 콜럼버스가 본 큰 쥐는 카리브해의 우티아

무르도록 했던 6명의 인디오 청년들 중 가장 나이가 많았던 2명이 도망쳐 버렸다.

11월 18일 일요일

제독은 다시 보트를 타고 본선의 많은 선원들과 함께 출발했다. 앞서 말한 두 통나무를 사용해서 만들라고 해둔 커다란 십자가를 프린시페(Príncipe) 항구의 어귀에 세우러 가서 나무로 가리지 않고 탁 트인 장소를 골랐다. 십자가는 매우 높았고 아름다워 보였다. 제독은 그곳이 지금까지 본 어떤 항구보다도 조수 간만의 차이가 큰데, 섬들이 매우 많은 것을 고려하면 그리 놀랄 일은 아니라고 했다. 이곳은 조수가 우리와 반대여서 달이 남서미남쪽에 있을 때 썰물이라고 했다. 제독은 일요일이라서 더 항해하지 않고 섬에 머물렀다.

11월 19일 월요일

제독은 태양이 뜨기 전 바람이 거의 없는 상태에서 출발했다. 정오쯤에는 동풍이 약간 불었고, 북북동쪽으로 항해했다. 해가 지자 제독의 위치는 프린시페 항구에서 남남서쪽으로 7레구아 거리였다. 제독은

(hutía, 학명 *Plagiodontia aedium*)였을 것이다. 아메리카에 사슴도 여러 종류가 있으나 사향노루가 존재하는 것은 아니다. 콜럼버스는 박물학적인 지식이 뛰어나지 않고, 자신이 있는 곳에 대한 지리적인 혼란으로 인해 구대륙과 신대륙의 동식물을 잘 구분하지 못하고 있다.

바로 동쪽으로 60미야 정도 거리에 바네케섬이 있는 것을 보았다. 그는 밤새 북동쪽 방향으로 60미야를 항해했고, 화요일 오전 10시까지 12미야를 더 나아가서 북동미북쪽으로 총 18레구아를 항해했다.

11월 20일 화요일

바네케섬, 혹은 바네케 제도는 동남동쪽에 위치해 있었고, 거기서 역풍이 불어왔다. 배가 나아가지 못하고 파도가 거친 것을 보고 제독은 떠나온 프린시페 항구로 돌아가기로 결정했으며, 그곳까지의 거리는 25레구아였다. 이사벨라라고 이름 붙인 작은 섬이 12레구아 거리에 있어서 그날 정박할 수 있었지만 그는 가기를 원치 않았는데, 두 가지 이유 때문이었다. 첫 번째는 남쪽으로 섬 2개가 보여서 그곳에 가 보고 싶었기 때문이고, 두 번째는 그가 산살바도르라고 이름붙인 과나아니섬이 이사벨라섬에서 8레구아 거리에 있는데 그곳에서 붙잡아서 데리고 있던 인디오들이 도망치지 못하도록 하기 위해서였다. 제독은 그 인디오들이 필요하고 그들을 카스티야로 데려가야 한다는 등의 이야기를 했다. 제독이 말하길 인디오들은 제독이 금을 찾게 되면 자신들을 고향으로 돌아가게 해줄 것이라고 믿고 있었다고 했다. 제독은 프린시페 항구에 도착했으나 밤이었고, 조류가 북서쪽으로 배를 밀어내고 있어서 들어갈 수가 없었다. 그는 강한 바람을 받으며 뱃머리를 북동쪽으로 돌렸다. 바람은 누그러졌고, 제 3당직시간에 풍향이 바뀌었다. 바람은 남남동으로 불다가 새벽에는 정남풍으로, 그리고 다시 남동풍으로 바뀌었다. 해가 뜨고 프린시페 항구의 위치를 측

정해 보니 남서쪽, 거의 남서미서쪽으로 48미야, 즉 12레구아 떨어
져 있었다.

11월 21일 수요일

해가 뜨자 제독은 남풍을 받으며 동쪽으로 향했지만 역조 때문에 거
의 나아가지 못했다. 저녁기도 시간까지 그는 24미야를 나아갔고, 이
후에는 바람이 동풍으로 바뀌어 남미동쪽으로 항해했다. 해가 진 뒤
에는 12미야를 나아갔다. 여기서 제독은 자신이 마레스 항구에서처
럼 주야평분선에서 북쪽으로 42도 떨어진 곳에 있다는 것을 발견했
고, 육지에 도착해 수리할 수 있을 때까지 사분의 사용을 중단한다고
했다. 섬들이 그렇게 멀리 떨어져 있을 리가 없다고 생각했고, 그의
생각이 맞았다. 이 섬들이 〔원문 공백〕도에만 있기 때문에 이는 불가
능했기 때문이다. 북극성이 카스티야에서 보는 것처럼 높게 보였다
면 제독은 사분의가 잘 작동하고 있다고 납득했을 것이라고 말한다.
이 말이 사실이라면 그는 플로리다 근처였고 그곳과 동일한 위도에서
항해 중이었을 것이다. 그렇다면 지금 그가 보고 있는 섬들은 어디에
있는 것일까? 날씨가 매우 더웠다는 점이 그로 하여금 이런 결론에 도
달하도록 했다. 그가 플로리다 해안에 있었다면 날씨는 덥지 않고 추
웠을 것이다. 또한, 지금까지 알려지지 않은 우연한 원인이 아니고서
야 42도에서는 지구상의 어떤 곳도 덥지 않을 것이 명백하다. 이곳의
더위 때문에 제독은 힘들어했는데, 그는 이런 더위를 보고 인디아의
섬들과 지금 다니는 곳들에는 황금이 매우 많을 것이라고 결론내리고

있다. 109 이날 마르틴 알론소 핀손이 탐욕 때문에 제독의 명령과 뜻을 어기고 핀타호를 이끌고 이탈했다. 110 제독은 자신이 핀타호에 머무르도록 한 인디오 1명이 금이 많이 나는 곳을 알려줄 것이라고 생각한 핀손이 기다리지 않고 떠나 버렸고, 그가 가 버린 것은 악천후 때문이 아니라 그 자신이 가기를 원했기 때문이라고 말했다. 또한 제독은 "이것 말고도 핀손이 내게 한 행동과 말이 더 많다"고 적고 있다.

11월 22일 목요일

수요일 저녁에 제독은 동풍을 받으며 남미동쪽으로 항해했고, 바람이 거의 없었다. 제3당직시간에는 북북동풍이 불었다. 아직 둘러보지 못한 땅을 보기 위해 남쪽으로 항해했고, 해가 떠서 보니 역조 때문에 어제만큼이나 멀리, 육지에서 40미야 떨어진 곳에 있었다. 그날 밤 마르틴 알론소는 동쪽으로 나아가서 인디오들이 황금이 많다고 말한 바네케섬으로 나아갔고, 배는 제독의 시야 안에 있었으며 제독의 위치에서 16미야 거리에 있었다. 제독은 밤새 육지를 따라 항해했으며, 핀손이 자신에게 다가오는 듯 보여 몇몇 돛을 치우고 밤새 등을

---

109 〔바렐라〕 햇빛이 금속과 귀금속을 만들어 내는 능력이 있다는 것은 중세시대의 일반적인 믿음이었다. 그래서 콜럼버스는 이곳이 황금이 발견되기에 최적의 곳이라고 본 것이다.

110 〔아란스〕 핀손이 이탈하여 《항해일지》에서는 처음으로 그와 제독 사이의 불신과 경쟁의식이 불거지게 된다. 핀손과 제독은 각자 항해를 지속하다가 1월 6일에야 합류하였다. 콜럼버스는 결코 핀손을 용서하지 않았다.

달아 두었다. 밤인데도 어둡지 않았고 바람도 적절하여 핀손이 원하기만 한다면 제독 쪽으로 올 수 있었다.

11월 23일 금요일

제독은 하루 종일 남쪽 땅을 향해 항해했으나 바람이 거의 불지 않고 조류가 순조롭지 않아서 도달할 수가 없었다. 가까이 다가가기는커녕 해가 질 즈음에는 오전만큼이나 육지에서 먼 거리에 있었다. 바람은 동북동풍이어서 남쪽으로 가기에 적절했으나 너무 약했고, 남쪽에 있는 곶 너머에 동쪽으로 다른 땅, 혹은 곶이 있었는데 제독이 데리고 있는 인디오들이 보이오라고 부른 곳이었다. 인디오들에 의하면 보이오는 매우 컸으며, 그곳에는 이마에 눈이 하나인 외눈박이들이 살고, 카니발(caníbal)[111]이라고 불리는 종족도 있으며 인디오들은 이들을 매우 두려워했다. 인디오들은 제독이 그쪽으로 가는 것을 보자 그들이 자신들을 잡아먹을 것이고, 잘 무장되어 있는 사람들이라며 제대로 말을 잇지도 못했다. 제독은 그들의 말이 어느 정도 맞다고 생각한다며, 카니발인들이 무장을 하고 있다면 똑똑한 사람들일 것

---

111 카리브(Carib)인의 다른 이름이다. 스페인인들이 도착했을 무렵 남아메리카에서 이주해온 카리브인들은 세력을 확장하던 과정에서 소앤틸리스(Antillas Menores) 제도를 장악하고 주변 섬들을 기습적으로 공격하며 타이노 부족을 위협했다. 10월 11일 일지에 위협적인 부족으로 처음 언급된 이후 그들이 사는 섬은 카리브(Carib), 카니바(Caniba), 카니마(Canima), 섬사람들은 카니발, 카리베(caribe) 등 다양한 이름으로 일지 전반에 등장한다.

이고 그들이 몇몇 인디오들을 사로잡았을 것이라고 했다. 붙잡힌 이들이 자기 땅으로 돌아오지 못한 것은 인디오들이 말한 것처럼 카니발인들이 잡아먹어 버렸기 때문일 것이라고 했다. 처음에 기독교인들과 제독을 본 몇몇 인디오들도 이와 같은 생각을 했다.

11월 24일 토요일

제독은 그날 밤 내내 항해했고, 다음 날 3시과에 평탄한 섬112에 도착했다. 지난주에 바네케섬을 가다가 제독이 이미 도달했던 곳이다. 섬의 갈라진 틈으로 파도가 많이 쳐서 제독은 처음에는 감히 육지에 가려 하지 않았다. 결국 섬이 아주 많았던 누에스트라세뇨라(Nuestra Señora) 해에 도착해서 섬들의 입구 근처의 항구로 들어갈 수 있었다. 제독은 진작 이 항구를 알았다면 이곳 섬들을 바쁘게 돌아다니지 않았을 것이고, 뒤로 돌아갈 필요도 없었을 것이라고 말했다. 하지만 그 섬들을 둘러본 것이 잘한 일이라고 말하고 있기도 하다. 제독은 육지에 도착해서 보트를 보내 항구를 점검했고, 매우 훌륭한 구역을 발견했다. 수심은 6브라사였고, 20브라사에 달하는 지점도 있었으며 바닥이 고르고 모두 모래로 되어 있었다. 그는 항구로 들어가서 평탄한 섬을 북쪽으로 두고 뱃머리를 남서쪽으로 하고 이후 서쪽으로 돌렸다. 그 섬은 이웃하고 있는 다른 섬과 함께 석호(潟湖)를 이루고 있었는데, 그곳은 스페인의 모든 배들이 다 들어갈 정도로 컸으며 배를

---

112 〔아란스〕 쿠바 동북부에 있는 카요모아그란데(Cayo Moa Grande) 섬.

밧줄로 묶지 않아도 바람의 영향을 받지 않고 안전하게 머무를 수 있었다. 남동쪽의 입구에서 뱃머리를 남남서로 돌려 들어갔더니, 서쪽으로 매우 깊고 넓은 출구가 있어서 두 섬 사이를 지나가는 것이 가능했다. 북쪽 바다에서 배가 오면 이 해안과 수직을 이루는 두 섬이 보일 것이고, 이 두 섬은 동서로 상당히 길게 뻗어 있는 한 커다란 산 아래에 있다. 그 산은 이 해안에 무수히 많은 그 어떤 산보다도 높았는데, 바깥쪽에는 이 산을 따라 길게 암초가 입구까지 이어져 있다. 이 모든 것은 남동쪽에 있고, 평탄한 섬에는 작기는 하지만 또 다른 암초가 있다. 그래서 이미 말했듯이 두 섬 사이는 매우 넓고 수심이 깊다. 이후 항구의 남동쪽 입구 안에서 그들은 크고 아름다운 강 하나를 보았으며, 지금까지 보았던 다른 강보다 수량이 더 많았고 바다로 흘러 들어 갈 때까지 전부 민물이었다. 강의 입구에는 암초가 있었지만 수심이 매우 깊어서 8~9브라사 정도가 되었다. 다른 강들처럼 강 주변에는 야자나무가 많았고, 나무들이 무성했다.

11월 25일 일요일

해가 뜨기 전에 제독은 좋은 강이 있을 거라는 생각으로 보트를 타고 평탄한 섬의 남동쪽에 있는 곳을 보러 갔는데 거리는 1레구아 반이었다. 석궁 사정거리의 두 배만큼 가니, 남동쪽 곶의 입구에 아래쪽 산에서 시작된 매우 아름다운 물이 큰 냇가를 이루며 큰 소리를 내며 흐르는 것을 보았다. 강에 가보니 그 안의 몇몇 돌에 황금색 반점이 있어서 빛이 났다. 제독은 타호(Tajo) 강이 바다와 만나는 하류에서 금이 발견된다는 사실을 떠올렸고, 이 강에도 금이 있는 것이 확실하다고 생각했다. 그는 두 왕에게 가져갈 돌 몇 개를 줍도록 명령했다. 제독이 그 일을 하고 있는데 견습선원 2명이 소나무 숲이 있다고 소리쳤다. 산맥 쪽을 쳐다보았더니 소나무 숲이 너무 크고 경이로워서 얼마나 높고 곧게 뻗었는지 말로 표현할 수 없을 정도였고, 굵은 나무와 가는 나무들이 방추(紡錘)처럼 서 있었다. 숲을 보며 제독은 그 나무들로 배를 만들고, 스페인에서 가장 큰 나오선에 쓰일 갑판과 돛대도 무수히 만들 수 있다고 판단했다. 그는 떡갈나무와 딸기나무,[113] 수력 제재소를 만들기에 적당한 강과 필요한 재료들도 보았다. 그곳은 산맥이 높고 아름다워서 여기에 오기까지 경험한 땅과 공기 중 가장 온화했다. 제독은 해안에서 쇠 빛깔이 나는 돌과 몇몇 이들이 은광에서 나온 것이라고 말한 돌들도 보았다. 이 모든 돌들은 강물에 실려온 것이었다. 거기서 제독은 니냐호의 뒷돛대로 쓰기 위한 긴 장대 하나를 확보했다. 그는 강어귀에 도착했고 한 물길로 들어갔는데, 남동쪽 그 곳 아래는 매우 넓고 수심이 깊었으며, 그곳은 밧줄도 닻도 없이 100척의 나오선이라도 들어갈 수 있을 정도였다. 항구는 지금까지 그와 같은 것은 본 적이 없을 정도로 훌륭했다. 그곳의 지극히 높은 산맥들에서는 아름답기 그지없는 물이 흘러내리고 있었다. 모든 산들은 소나무로 가득했고, 그곳 어디에든 너무나 다양하고 아름다운 나무숲이 있었다. 뒤쪽으로는 다른 강이 2~3개 있었다. 제독은 이 모든 것에 대해 두 왕께 찬사했고, 주로 소나무로 이루어진 숲을 직접

---

113 원어는 madroño. *Arbustus*속의 나무이다.

보면서 말할 수 없이 큰 즐거움과 기쁨을 느꼈다. 목재와 송진이 이곳에 충분히 있으니 도구들만 가져오면 원하는 만큼 배를 만들 수 있기 때문이었다. 그는 자신의 찬사는 실제의 백분의 일밖에 되지 않는다고 확언하며, 신은 항상 그에게 더 나은 것을 보여 주었고 땅과 숲, 식물과 열매와 꽃, 사람들한테서도 언제나 지금까지 발견한 것보다 더 좋은 것을 발견하게 되었으며 항상 다채로웠다고 했다. 이곳저곳을 다니며 발견한 항구와 물도 마찬가지였다. 마지막으로 제독은 이것을 직접 보는 사람이 이 정도로 경탄한다면 그것을 듣는 사람에게는 얼마나 더 경탄스러울 것인지 언급하며, 실제로 보지 않는다면 그 누구도 이를 믿지 못할 것이라고 했다.

11월 26일 월요일

해가 뜨자 제독은 평탄한 섬 안에 있었던 산타카탈리나(Santa Catalina) 항구에서 닻을 올렸고, 가벼운 남서풍을 받으며 해안을 따라 항해하며 남동쪽 피코(Pico) 곶이 있는 쪽으로 갔다. 바람이 잦아들어 피코 곶에 늦게 도착했는데 남동미동쪽 60미야 거리에 다른 곶이 있었고, 배에서 남동미남쪽으로 20미야가량 거리에 또 다른 곶이 있는 것을 보고 제독은 캄파나(Campana) 곶이라고 이름 붙였다. 바람이 완전히 잦아들었기 때문에 낮에 그곳에 도착하지 못했고, 그날 낮 동안 32미야, 즉 8레구아를 항해했다. 항해하는 동안 제독은 모든 선원들이 경탄한 9개의 매우 훌륭한 항구와 큰 강 5개를 보고 기록해 두었는데, 이는 육지를 잘 관찰하기 위해 항상 해안선을 따라서 항해했기 때문에 가능했다. 그 땅 전체엔 매우 아름답고 높은 산들이 있었는데, 산들은 메마르지 않았고 바위도 없었으며 전부 걷기에 적합했고, 매우 아름다운 계곡이 있었다. 계곡뿐만 아니라 산에도 키가 크고 푸른 나무들이 가득해서 보기에 정말 아름다웠고 주로 소나무가 많은 듯했다. 남동쪽의 피코곶에는 작은 섬 2개가 있었는데, 각 섬은 둘레가 2레구아였고 두 섬 안에는 3개의 멋진 항구와 큰 강 2개가 있었다. 바다에서 그 섬 해안을 바라보니 마을이 전혀 보이지 않았지만 어느 해안에 내려 보더라도 사람의 자취와 불을 피운 흔적이 많았기 때문에 마을이 있을 가능성이 있었다. 제독은 오늘 본 캄파나곶의 남동쪽에 있는 육지가 인디오들이 보이오[114]라고 부른 섬이라고 추정했다. 그곳이 육지에서 분리된 것처럼 보였기 때문이었다. 지금까지 만났던 모든 사람들은 카니바(Caniba) 혹은 카니마(Canima) 인들을 극도로 두려워했고 그들이 이 보이오섬에 산다고 했으며, 제독이 보기에 섬은 필시 매우 큰 듯했다. 제독은 카니바인들이 인디오들을 붙잡고 집을 약탈하는 것은 인디오들이 매우 겁이 많고 무기를 모르기 때문이라고 생각했고, 자신이 데리고 있는 인디오들이 해안가에 거주하지 않은 것은 이 섬이 가까이 있기 때문인 것 같았다. 인디오들은 제독이 이 땅으로 향하는 것을 본 이후로는 카니바인들이 그들을 잡아먹을까 봐 겁이 나서 말도 못하고 두려움에 떨었다. 그들은 카니바인들이 외눈박이에 개의 머리를 하고 있다고 했는데 제독은 그들이 거짓말을 한다고 보았고, [115] 이들을 붙잡아 간 자들은 대칸의 영토에 사는 사람

---

114 〔바렐라〕 라스카사스는 여백에 "이 보이오는 에스파뇰라섬일 것이다"라고 적었다.

들일 것이라고 생각했다.

11월 27일 화요일

어제 해가 진 뒤 제독은 캄파나곶이라고 이름 붙인 곳 근처에 도착했고, 하늘이 맑고 바람도 잔잔해서 육지로 가서 정박하기를 원치 않았다. 바람이 향하는 방향으로 5~6개의 훌륭한 항구가 있었지만, 어디에 가든 땅의 아름다움과 신선함을 보고 관찰하는 그의 욕망과 집요함으로 인해 생각보다 시간이 더 지체되기 때문에 그가 목표한 것을 구하는 데 오랜 시간이 걸릴 것이기 때문이었다. 이런 이유들로 인해 제독은 그날 밤 파도에 배를 맡기고 아침이 될 때까지 돛을 내린 채 한곳에 머물렀다. 밀물과 조류 때문에 그날 밤 머무른 장소로부터 5~6레구아 정도 남동쪽으로 떠밀려 갔고, 캄파나곶이 보이는 듯했다. 멀리 보이는 그 곳은 중간에 놓인 섬처럼 땅을 양분하고 있어서 커다란 입구 같았다. 그는 남서풍을 받으며 돌아가기로 했고, 입구처럼 보였던 곳에 가보니 그저 큰 만이었고, 만의 남동쪽 끝을 보니 곶이 하나 있었는데 거기에는 높고 사각으로 각진 산이 있어서[116] 섬처럼 보였다. 갑자기 북쪽에서 바람이 불어서 남동쪽으로 서둘러 방향을 잡았고, 해안을 따라가며 거기에 있는 모든 것을 세밀히 관찰했

---

115 〔바렐라〕 라스카사스는 여백에 "그들은 인디오들의 말을 이해하지 못했다"라고
     적었다.
116 〔바렐라〕 오늘날 윤케(Yunque) 산이라고 불리는 곳이다.

다. 캄파나곶 아래에 멋진 곳과 강이 하나 있는 것을 보았고, 0.25레구아 거리에 강이 하나 있고 거기서 반 레구아 거리에 또 다른 강이 있었다. 거기서 반 레구아와 1레구아를 더 가면 각각 강이 있었다. 1레구아를 가고 거기서 0.25레구아를 더 가면 또 각각 강이 있었고, 1레구아를 더 가면 큰 강이 하나 있었으며 거기서 캄파나곶까지는 남동쪽으로 20미야 정도 거리였다. 이 강들은 전부 입구가 컸고 그 폭이 넓고 깨끗했으며, 모래톱이나 자갈 바닥, 암초가 없어서 매우 큰 나오선이 들어가기에도 손색없는 항구들이 있었다. 위에 마지막으로 언급한 강의 남동쪽 해안에서 제독은 매우 큰 마을117을 발견했고, 이는 지금까지 발견한 것 중 가장 컸다. 수많은 사람들이 소리를 지르며 해안으로 다가오는 것을 보았고, 모두 벌거벗고 손에는 짧은 투창을 들고 있었다. 제독은 그들과 대화를 하고 싶어서 돛을 내리고 정박한 뒤 나오선과 카라벨선의 여러 보트를 보냈고, 인디오들에게 어떤 해도 끼치지 말 것과 그들로부터 해를 입지도 말 것을 명령했으며, 그들에게 교역품 중 사소한 물건들을 선물하라고 했다. 인디오들은 선원들이 육지로 들어오는 것을 허용하지 않는다는 동작을 취했고, 그들에게 저항했다. 보트들이 육지로 점점 다가가고 선원들이 겁먹지 않는 것을 보더니 인디오들은 해안가에서 멀어졌다. 보트에서 2~3명만 내리면 그들이 겁을 먹지 않을 것이라고 생각하고 3명의 기독교인들이 내렸으며, 배에 같이 머무르던 인디오들과 대화를 하며 그들의 언어를 조금 배운 상태였기에 인디오의 언어로 두려워하지 말라고 했

---

117 〔바렐라〕오늘날 쿠바의 바라코아(Baracoa).

다. 그러나 결국에는 모든 이들이 다 도망가 버려 어른도 아이도 전혀 남지 않았다. 3명의 기독교인들은 그들의 집에 들어가 보았는데, 지금껏 보았던 인디오들의 집과 같은 형태였으며 짚으로 만들었고, 집 안에는 사람도 물건도 전혀 없었다. 그들은 본선으로 돌아왔고, 정오에는 돛을 올리고 동쪽으로 8레구아 정도 거리에 있는 한 아름다운 곳으로 향했다. 같은 만으로 반 레구아 정도 항해한 뒤 제독은 남쪽에서 매우 뛰어난 항구118 하나를 보았고, 남동쪽으로는 경탄할 정도로 아름다운 땅이 있었다. 산지에 위치한 평원처럼 보였고, 연기도 많이 나고 큰 마을들도 있고 경작지도 많아서 제독은 이 항구에 내려서 마을 사람들과 이야기를 하거나 거래를 할 수 있을지 알아보고자 했다. 항구는 대단히 훌륭해서, 이때까지 다른 항구들을 칭찬하기는 했지만 이 항구에 대해서는 그 땅과 온난한 기후, 그 안의 마을과 인구에 대해 더 큰 찬사를 보냈다. 제독은 땅과 소나무와 야자나무가 있는 숲, 넓은 평지의 아름다움에 대해 경탄했다. 평지는 남남동쪽으로는 완전히 평평하지는 않지만 완만하고 낮은 구릉이 있으며 이는 세상에서 가장 아름다운 곳으로, 산에서 내려오는 개울물들이 평지로 흐르고 있다고 했다. 나오선을 정박시킨 뒤 제독은 보트를 타고 오목하고 넓적한 그릇 모양인 항구의 수심을 측정하러 갔으며, 항구의 남쪽 입구 맞은편으로 가니 갤리선(galera)도 들어갈 수 있을 정도의 넓이를 가진 강 입구가 보였다. 입구로 다가가서야 강이 보이기 시작했으며,

---

118 〔바렐라〕 12월 1일 이곳에 산토 항구(Puerto Santo)라는 이름을 붙인다. 오늘날 바라코아나 마타(Mata, 바라코아 행정구역에 속한 지명)이다.

보트의 길이만큼 들어가 보니 5~8브라사 정도의 수심이었다. 그곳을 둘러보는 것은 경이로운 일이었고, 숲과 상쾌한 공기, 지극히 맑은 물, 여러 새들, 쾌적함 때문에 그곳에서 나오기가 싫을 정도였다고 제독은 말하고 있다. 그는 보트에 동행한 사람들에게 그들이 보는 것을 두 왕에게 보고하려면 자신이 이곳에 매료되었기 때문에 그것을 언급하는 데 1천 개의 혀로도 부족하며, 그것을 적으려면 자신의 손으로는 충분치 않다고 했다. 그는 신중하고 믿음직스런 다른 많은 사람들이 이것을 보기를 원하며 그들이 자신만큼이나 이것들을 칭찬하리라는 것이 확실하다고 했다. 이 부분에서 제독은 다음과 같이 덧붙이고 있다. "이곳에서 취할 수 있는 이득이 얼마가 될 것인가에 대해서는 여기에 쓰지 않겠습니다. 두 국왕 폐하시여, 이러한 땅이 있는 곳이라면 활용할 수 있는 것이 무한히 많은 것이 틀림없지만 제가 그 어떤 항구에서도 정박하지 않는 것은 가능한 한 모든 땅들을 보고 그것에 대한 보고서를 두 분께 올리고 싶기 때문입니다. 저는 그들의 언어를 모르고, 이 땅의 사람들도 제 말을 알아듣지 못합니다. 저뿐만 아니라 제가 거느리고 있는 이들도 마찬가지입니다. 저와 함께 있는 인디오들에 대해서도 저는 자주 그들의 말을 엉뚱하게 이해하며, 그들이 여러 번 도망치려고 했기 때문에 그들을 깊이 신뢰하지 않습니다. 하지만 지금 저는 주님을 기쁘게 하기 위해서 제가 할 수 있는 한 많은 것을 보면서 조금씩 이해하고 알아나갈 것이며 이 언어를 제 가족에게 가르칠 것입니다. 왜냐하면 이곳은 하나의 언어로 충분히 다 통하기 때문입니다. 언어를 배우고 나면 얼마나 많은 이득을 얻을 수 있는지 알게 될 것이며, 이 모든 사람들을 기독교인으로 만들기 위해 노력하게 될 것입니다. 그들은 어떤 종파도 없고, 우상숭배자도 아니기 때문에 이는 매우 쉽게 이루어질 것입니다. 전하들께서 이 지역에 도시와 성채를 만들도록 명령을 내리시면 이 땅은 변하게 될 것입니다. 태양 아래 이 땅들보다 더 나은 곳은 없다는 것을 두 분께 보증합니다. 이 땅은 비옥하고, 추위와 더위가 극단적이지 않으며, 모두 전염병으로 오염된 기니의 강들과는 달리 맛있고 몸에 좋은 물이 풍부합니다. 하느님을 찬양할 일입니다. 오늘까지 거느리고 있는 모든 사람 중 한 사람도 머리가 아프거나 병으로 앓아누운 적이 없으며, 단지한 노인만이 결석을 앓아 평생을 고통 받았었는데 이틀 만에 완전히 나아버렸습니다. 이 말은 배 3척에 다 해당되는 이야기입니다. 전하들께서 이곳으로 학식 있는 자들을 보내거나 그들이 오게 된다면 모든 것이 사실임을 알게 될 것이고 주님이 기뻐하실 것입니다. 전에 제가 마레스강이 좋은 항구와 입지 때문에 마을과 요새를 세우기에 적합하다고 말한 것은 다 사실입니다. 하지만 그곳과 이곳은 비교를 할수 없을 정도이며, 누에스트라세뇨라해 역시 이곳에는 댈 수 없습니다. 왜냐하면 이 섬 안쪽으로는 커다란 마을들과 수많은 사람들, 이익이 될 만한 물건들이 많이 있을 것이고, 이곳과 제가 발견한 모든 곳, 그리고 제가 카스티야로 돌아가기 전에 발견하기를 희망하는 곳과 모든 기독교 세계가 교역을 하게 될 것이며, 그중에서도 스페인이 가장 많은 거래를 하고 모두가 그 영향력 아래에 놓일 것이기 때문입니다. 두 분께서는 가톨릭 기독교인들 외에는 그 어떤 외국인도 이곳에 발을 들이거나 이들과 교역하는 것을 허락하면 안 된다고 말씀드리고 싶습니다. 왜냐하면 기독교의 성장과 영광을 위하는 것이 이 사업을 하는 목적의 시작과 끝이므로 선량한 기독교인이 아닌 그 누구도 이 땅에 오게 해서는 안 되기 때문입니다." 이것은 전부 제독의 말이다. 그는 강 위쪽으로 올라가다가 몇몇 지류들을 발견하기도 했고, 항구 주변을 돌면서 강 입구에 도달했다. 그곳에는 매우 잘 가꾸어진 과수원처럼 보이는 아름다운 숲이 있었고, 거기서 12개의 노를 저어 움직이는 푸스타(fusta)119만큼이나 큰 통나무로 만든 알마디아, 즉 카노아를 보았다. 배는 매우 아름다웠고 나무로 된 보관소 혹은 헛간 아래 놓여 있었으며, 그곳은 큰 야자나무 잎으로 덮여 있어서 햇빛이나 물에 손상을 입지 않도록 되어있었다. 제독은 그곳이 좋은 항구, 좋은 물과 땅, 좋은 주변 환경과 풍부한 땔감으로 인해 마을이나 도시, 요새를 만들기에 적합하다고 말하고 있다.

11월 28일 수요일

이날은 비가 오고 먹구름이 끼었기 때문에 제독은 항구에 머물렀다. 남서풍을 받으며 전 해안을 따라가며 순항할 수도 있었지만 육지가 잘 보이지 않았고, 땅을 다 탐사한 상태가 아니었기 때문에 배가 위험해질 수 있어서 떠나지 않은 것이다. 배의 선원들은 옷을 세탁하러 육지로 들어갔다. 그들 중 몇몇은 잠시 내륙으로 들어가서 큰 마을을 발견했는데, 모두 도망치고 집은 전부 비어 있었다. 그들은 항구 근처의 강보다 더 큰 강을 발견하고 그 강을 따라 내려왔다.

---

119 갤리선과 비슷한 작고 긴 배. 노를 저어서 움직이며 돛대 하나를 단 것도 있다.

11월 29일 목요일

비가 내리고 하늘이 흐렸기 때문에 어제는 항해하지 않았다. 선원들 몇몇이 북서쪽에 있는 다른 마을에 도착했는데 집에는 사람도 물건도 전혀 없었다. 돌아오는 길에 그들은 미처 도망치지 못한 한 노인과 마주쳤고, 그를 붙잡은 뒤 그에게 해를 끼치려는 것이 아니라고 말하며 사소한 교역품들 몇 개를 준 뒤 그를 풀어 주었다. 제독은 이 땅이 아름답고 사람들이 정착하기에 적당해서 매우 만족했으며, 큰 마을들이 있을 거라고 판단했을 것이므로 노인을 만나서 옷도 주고 말도 해보고 싶었을 것이다. 선원들은 한 집에서 밀랍[120] 덩어리 1개를 발견했고, 제독은 그것을 폐하들께 가져가기로 했다. 그는 밀랍이 있는 곳에는 밀랍 외에도 좋은 산물들이 아주 많을 것이라고 했다. 선원들은 한 집에서 바구니에 사람 머리가 담겨 있는 것을 발견했는데 바구니는 또 다른 바구니로 덮인 채 집의 기둥에 걸려 있었으며,[121] 그들

---

120 바렐라에 의하면 라스카사스는 여백에 "이 밀랍은 유카탄(Yucatán)에서 온 것이다. 그래서 나는 이 땅이 쿠바라고 생각한다"라고 적었다. 《인디아스의 역사》 1권 48장에서는 쿠바의 원주민들이 카누를 타거나 유카탄의 원주민들이 오는 방식으로 밀랍 등의 교역이 이루어졌을 것이라고 말했다. 멕시코 유카탄 지역의 마야(maya)인들은 현재까지도 양봉문화와 꿀 생산으로 유명하며, 유카탄반도에서 쿠바 서부까지는 직선거리로 250킬로미터 정도의 거리이다.

121 〔바렐라〕 아라왁〔타이노〕 종교에는 조상 숭배가 존재했다. 라스카사스는 《인디아스의 역사》 1권 84장에서 다음과 같이 기록했다. "스페인들은 사람 해골이 많이 걸려 있는 것과 사람들 유해를 보았다. 그들이 사랑한 군주나 사람들의 것임이 틀림없다. 그들이 먹은 사람들의 뼈라는 주장은 신빙성이 없다."

은 이것과 같은 것을 다른 마을의 한 집에서도 발견했다. 제독은 그것이 집안에서 중요한 사람들의 해골일 것이라고 생각했다. 이는 그 집들이 한 집에 많은 사람들이 살 수 있도록 만들어졌고, 그들은 한 조상으로부터 나와 가계를 이루는 친척들일 것이기 때문이다.

11월 30일 금요일

바람이 동쪽에서 완전히 역풍으로 불었기 때문에 배가 출발할 수 없었다. 제독은 섬 안쪽에 있던 사람들을 만나서 이야기해 보기 위해 잘 무장한 8명의 사람들과 데리고 있던 인디오 2명을 함께 보냈다. 그들은 집이 많이 있는 곳에 도달했으나 사람도, 물건도 아무것도 없었고, 모두 도망쳐 버린 상태였다. 그들은 청년 4명이 경작지에서 땅을 파고 있는 것을 보았으나 기독교인들을 보자 도망쳐 버려서 붙잡을 수 없었다. 제독이 말하길 그들은 매우 많이 걸었다고 했다. 그들은 많은 마을과 비옥한 땅을 보았으며 땅은 모두 경작되어 있었다. 강 연안은 넓었고, 한 연안 근처에서 통나무 하나로 만들어진 95팔모 길이의 알마디아, 즉 카노아 하나를 보았는데 배는 매우 아름다웠으며 그 안에 150명이 들어가서 항해할 수 있을 정도였다.

12월 1일 토요일

이날도 역시 역풍이 불고 비가 많이 와서 배가 출발하지 못했다. 제독은 산토 항구(Puerto Santo)라고 이름 붙인 곳 입구의 바위들 위에 그대로 커다란 십자가 하나를 세웠다. 이 곳은 항구 입구의 남동쪽에 위치하고 있는데 이 항구로 들어오려면 곶의 남동쪽 지점보다는 북서쪽으로 들어오는 것이 좋으며, 바위 옆의 두 곶 아래는 모두 수심이 12브라사고 아무런 방해물이 없다. 남동쪽 곶의 항구 입구에는 수면 위로 솟아 나온 모래톱이 있으며, 그것은 남동쪽 곶과 매우 거리가 멀어서 필요하다면 그 사이로 빠져나갈 수 있다. 모래톱과 곶 아래는 전부 12~15브라사 깊이여서 입구에서 뱃머리를 남서쪽으로 두어야 했다.

12월 2일 일요일

여전히 바람이 반대로 불어서 제독은 출발할 수 없었다. 매일 밤마다 육풍이 불었는데, 어떤 태풍이 불더라도 항구 앞에 모래톱이 있기에 안쪽으로는 접근할 수가 없어서 세상의 어떤 배라도 폭풍을 두려워할 필요는 없을 것이라고 했다. 강의 어귀에서 한 견습선원이 금이 섞여 있는 듯한 돌 몇 개를 찾아냈다. 제독은 두 왕에게 보여 주기 위해 이를 가져가기로 했다. 그는 롬바르다 포의 사정거리 정도에 큰 강들이 있다고 말했다.

12월 3일 월요일

계속 역풍이 불었기 때문에 제독은 그 항구를 떠나지 못했고, 항구에서 남동쪽으로 0.25레구아 떨어진 곳에 있는 매우 아름다운 곳을 보러 가기로 했다. 보트 몇 척을 내려서 몇몇 무장한 선원들을 데리고 갔다. 곶 아래에는 훌륭한 강122의 입구가 있어서 거기로 들어가 보기 위해 뱃머리를 남동쪽으로 돌렸고, 강 너비는 100파소(paso) 123였다. 강어귀의 수심은 1브라사였지만 안쪽으로는 그 깊이가 12, 5, 4, 2브라사로 다양했고, 스페인에 있는 모든 배를 다 정박할 수 있을 정도였다. 그 강의 한 지류를 뒤로 하고 남동쪽으로 향했고 한 포구를 발견했다. 거기에는 매우 큰 5척의 알마디아, 인디오들이 카노아라고 부르는 것이 있었고, 푸스타와 유사했는데 매우 아름답고, 잘 만들어진 것이어서 제독은 그것을 보는 것이 즐겁다고 말했다. 산 아래는 모두 잘 개간되어 있었다. 카노아는 매우 무성한 나무들 밑에 있었고, 배가 있는 쪽으로 나있는 길을 따라가 보니 배 보관소 한 곳이 매우 잘 정돈된 채 지붕으로 덮여 있어서 배가 햇빛이나 물에 전혀 상하지 않도록 만들어져 있었다. 그 아래에는 17명이 탈 수 있는 푸스타선 크기의 여느 카노아와 마찬가지로 통나무 하나로 만들어진 카노아 1척이 있었는데, 그 만듦새와 아름다움을 보는 즐거움이 있었다. 제독이 어떤 산으로 올라가 보니 산이 전부 평평하고 땅에는 여러 작물과 박이 심어져 있는 것을 보았고124 그 광경은 매우 훌륭했다. 경작

---

122 〔바렐라〕 미엘(Miel) 강.

123 '걸음'이라는 뜻이다. 고대 세계에서부터 단위로 사용되었으며, 로마식 파소는 5 피트로 1.48미터에 해당한다.

124 박의 원어는 칼라바사(calabaza)로 당시 호리병박을 뜻했다. 구대륙에 호리병박이 퍼져 있었으므로 콜럼버스가 이를 알아보고 "calabaza"라고 쓰고 있으며, 물을 담는 용기로 이 단어가 등장할 때는 모두 호리병박으로 번역하였다. 모든 호박은 아메리카 대륙을 원산지로 하며, 그 종류는 엄청나게 다양하므로 이 묘사에서 콜럼버스가 본 것은 호박일 수도 있다. 이후 스페인인들은 박을 지칭하는 칼

지 한가운데에는 큰 마을이 있었다. 그가 갑자기 마을 사람들에게 다가가자 남자와 여자들은 스페인인들을 보고 도망쳤다. 제독이 데리고 있던 인디오 1명도 동행하고 있었는데, 그가 주민들에게 겁먹을 필요가 없고 이들은 좋은 사람들이라고 말했다. 제독이 방울과 황동 반지, 녹색과 노란색 작은 유리구슬을 주도록 했더니 그들은 선물에 매우 만족했다. 그들이 금이나 다른 귀한 물건을 가지고 있지 않은 것을 확인했으므로 이대로 안도감을 느끼도록 두는 것이 나았다. 그 지역 전체에 사람이 살고 있었지만 나머지 사람들은 모두 무서워서 도망쳐 버렸다. 제독은 두 왕에게 10명의 스페인 사람들이 이곳의 1만 명을 도망치게 만들 수 있으며, 그들은 너무 겁이 많고 소심하며 무기라곤 불로 달궈서 뾰족하게 만든 막대기를 끝에 단 창 몇 개뿐이라고 확신한다고 했다. 제독은 돌아가기로 했다. 그는 꾀를 써서 그들의 투창을 전부 빼앗았는데, 물물교환으로 그들이 투창을 전부 내놓도록 했다고 말했다. 보트를 세워 두었던 곳으로 돌아온 뒤 섬으로 올라오는 길에 큰 양봉장을 본 듯해서 제독은 기독교인 몇 명을 다시 산으로 보냈다. 보냈던 사람들이 돌아오기도 전에 많은 인디오들이 모여 제독이 선원들 전부를 집결시켜 둔 보트 쪽으로 다가왔다. 그들 중 1명이 헤엄쳐서 보트의 뱃머리로 온 뒤 장황하게 말을 했으나 제독은 이해하지 못했다. 다른 인디오들은 하늘로 종종 손을 들어 올렸고 큰 소리를 냈다. 제독은 그들이 제독을 안심시키고 그가 온 것이 기쁘다는 것을 표현한 것이라고 이해했으나 그가 데리고 있던 인디오의 안

라바사라는 단어를 호박에도 사용하게 된다.

색이 밀랍처럼 누렇게 되고 몸을 많이 떨었다. 그들이 스페인인들을 죽이려고 한다며 그는 제독에게 손짓으로 강을 떠나라고 했다. 그는 화살을 장전한 석궁을 든 한 기독교인에게 다가갔고 그 스페인인이 무기를 다른 인디오들에게 보여주었다. 제독은 그 인디오가 섬 주민들에게 석궁은 멀리 발사되며 명중하는 무기이기 때문에 스페인인들이 모두를 다 죽일 수도 있다고 말하는 것으로 이해했다. 또한 그는 칼을 잡고 칼집에서 꺼낸 뒤 인디오들에게 보여 주면서 같은 말을 했다. 그 말을 들은 이들은 모두 도망치기 시작했고, 제독이 데리고 있던 인디오는 키가 크고 체격이 좋았음에도 겁에 질리고 마음이 위축되어 여전히 몸을 떨고 있었다. 제독은 강을 떠나지 않았고 오히려 노를 저어 그들이 있는 곳으로 갔다. 그들은 수가 매우 많았는데 모두 몸을 붉은색으로 칠하고 있었고 어머니 몸에서 나왔을 때처럼 벌거벗었으며, 몇몇은 머리에 깃털 관을 쓰거나 깃털 장식을 달았고 모두 투창을 들고 있었다. 다음은 제독의 말이다. "저는 그들에게 다가가 빵 조각을 주고 투창을 요구했습니다. 투창을 받는 대신 어떤 이에게는 작은 방울을, 또 다른 이에게는 황동반지나 작은 구슬을 주자 모두가 마음이 진정되어서 보트가 있는 곳으로 다가와서는 우리가 무엇을 주든지 자신들이 가지고 있는 것을 다 내주었습니다. 선원들이 거북 1마리를 죽인 뒤 남은 등껍질이 보트 위에 조각나 있었는데, 견습선원들이 그들에게 손톱 같은 그 조각을 주자 인디오들은 투창 한 무더기를 주었습니다. 그들은 이때까지 제가 본 이들과 같은 사람들이고 같은 믿음을 가진 사람들이었으며, 우리가 하늘에서 왔다고 믿었습니다. 우리가 무엇을 주든 그들은 그것이 적다고 말하지 않고 자신들이 가진 것들을 다 내주었고, 만일 그들이 향신료와 금을 가지고 있다면 마찬가지로 그렇게 내줄 것이라 생각합니다. 저는 아주 크지는 않았지만 아름다운 집 한 채를 보았고, 이곳의 모든 집들처럼 문이 2개였습니다. 안으로 들어갔더니 방은 경이롭게 꾸며져 있었는데, 그것은 도저히 어떻게 설명해야 할지 모를 방식으로 만들어져 있었습니다. 그 방의 천장에는 고둥껍질125과 다른 물건들이 걸려 있었습니다. 저는 그곳이 신전이라고 생각했고 그들을 불러서 그 안에서 기도를 하는지 손짓으로 물었습니다. 그들은 아니라고 대답했고, 그들 중 1명이 위로 올라가 그곳에 있던 모든 것을 저에게 주자 저는 그중 일부를 받았습니다."

12월 4일 화요일

바람이 거의 불지 않았지만 제독은 돛을 올렸고 산토 항구라고 이름 붙인 그곳을 떠났다. 2레구아를 항해한 뒤 어제 말했던 그 훌륭한 강을 보았다. 제독은 언급했던 곳을 지나 해안선을 따라 모든 육지를 따라갔고, 동남동쪽과 서부서쪽으로 항해해 린도(Lindo) 곶으로 나아갔다. 이는 몬테(Monte) 곶에서 동미남쪽에 있었고, 두 곳은 서로 5레구아 떨어져 있었다. 몬테곶에서 1레구아 반 거리에 폭이 약간 좁지

---

125 원문의 caracol(카라콜). 달팽이, 혹은 고둥을 뜻한다. 카리브해 지역에 아주 크고 화려한 고둥이 많이 서식하고 이를 장식용으로 쓴 것으로 보아 고둥으로 해석하였다. 10월 29일 일지에도 바다에서 카라콜을 많이 발견했다는 언급이 있다.

만 큰 강 하나가 있었다. 입구가 훌륭하고 강이 깊어 보였다. 거기에서 0.75레구아 거리에 또 다른 강이 있었고, 먼 곳에서 발원한 강이 틀림없었다. 강의 입구는 넉넉히 100파소 정도는 되어 보였고, 그곳에는 모래톱도 전혀 없는데다 보트를 보내 수심을 측정하도록 했더니 강어귀 쪽이 8브라사로 훌륭했다. 민물은 바다 쪽으로 바로 흘러갔고, 지금까지 본 강들 중 수량이 풍부한 축에 속해서 그곳에는 필시 큰 마을들이 많이 있을 것 같았다. 린도곶을 지나 큰 만이 하나 있었는데 동북동쪽, 남동쪽, 남남서쪽에서 배가 들어오기에 좋은 장소로 보였다.

12월 5일 수요일

제독은 밤새 린도곶 근처에서 정박하지 않은 채 밤을 보내며 동쪽의 육지를 관찰했다. 해가 뜨자 동쪽으로 2레구아 반 거리에 다른 곶이 보였다. 그곳을 지나자 제독은 다시 남쪽으로 해안이 펼쳐지는 것을 보았고, 남동쪽으로 방향을 틀었다. 그러자 그 항로에 매우 아름답고 높은 곶이 있었고, 126 지금 있는 곳과 7레구아 거리였다. 그는 그곳에 가고 싶었으나 데리고 있던 인디오들이 북동쪽에 있다고 말해준 바네케섬에 가겠다는 생각으로 이를 포기했다. 하지만 북동풍이 부

---

126 〔아란스〕 제독은 이곳에 유라시아 대륙의 시작과 끝이라는 의미에서 알파와 오메가(Alfa y Omega) 곶이라는 이름을 붙였다. 《항해일지》에는 기록되어 있지 않지만 라스카사스와 에르난도의 글을 통해서 확인할 수 있다. 에스파뇰라섬에서 15~18레구아 떨어진 곳에 위치한 마이시(Maici) 곶에 해당한다.

는 탓에 제독은 바네케로도 갈 수 없었다. 그렇게 계속 항해하던 중 제독은 남동쪽으로 육지가 있는 것을 보았고, 그곳은 매우 큰 섬이었다. 인디오들한테 들은 바가 있었던 보이오라는 섬으로 사람이 살고 있다고 했다. 제독이 말하길 쿠바, 즉 후아나섬과 나머지 모든 섬들의 사람들은 보이오 사람들을 두려워하는데, 그들이 사람을 잡아먹기 때문이라는 것이다. 이 인디오들이 손짓으로 들려준 다른 이야기는 매우 놀라운 것이었지만 제독은 이들의 말을 믿지 않는다고 했다. 이들은 너무나 겁쟁이였고, 보이오섬 사람들이 다른 섬 사람들을 포로로 삼을 정도라면 이들보다 더 똑똑하고 지략을 갖추었을 것이라고 했다. 바람이 북동풍으로 불다가 약간 더 북쪽으로 불자 제독은 쿠바, 즉 후아나섬을 떠나기로 했다. 제독은 지금까지 후아나섬이 너무 커서 본토라고 생각했고, 줄곧 120레구아가량이나 항해해 왔던 것이다. 제독은 남동쪽에서 육지를 보았지만 그는 남동쪽에서 약간 동쪽으로 항해했다. 그가 이렇게 주의를 기울인 것은 바람이 항상 북쪽에서 북동쪽으로 불다가 동쪽과 남동쪽으로 바뀌었기 때문이다. 바람이 많이 불어서 제독은 돛을 모두 다 올렸다. 바다가 잔잔하고 해류가 순조로워 오전부터 오후 1시까지 시간당 8미야씩 나아갔고 아직 항해는 6시간을 채우지 못했다. 제독이 말하길 그곳에서는 밤의 길이가 거의 15시간이기 때문이라고 했다. 이후 제독은 시간당 10미야씩 항해했고, 그렇게 해가 질 때까지 온전히 남동쪽으로만 88미야, 즉 22레구아를 항해했다. 밤이 되고 있었기 때문에 제독은 가볍고 속도가 빠른 카라벨선 니냐호를 먼저 선두로 내보내 아직 해가 있을 때 항구를 찾아보도록 했다. 항구 입구에 도착했더니 카디스(Cádiz)의 만과 같았는데, 이미 밤이었기 때문에 제독은 보트를 보내 항구를 살펴보게 했고 선원들은 등을 들고 가서 불을 밝혀 보았다. 제독의 배가 오기 전에 카라벨선은 파도에 배를 내맡기고 보트가 항구로 들어오라는 신호를 보내 주기를 기다렸지만 보트의 등불이 꺼져 버렸다. 카라벨선은 보트의 신호를 볼 수 없었기 때문에 바다로 나가 불빛으로 제독에게 신호를 보냈다. 제독의 배가 카라벨선으로 다가오자 선원들은 자초지종을 설명했다. 이런 상황에서 보트에 있던 선원들이 다시 등을 켰고, 카라벨선은 보트 쪽으로 다가갔지만 제독은 그럴 수 없었다. 제독의 배는 밤새도록 파도를 따라 출렁이며 해상에 머물렀다.

12월 6일 목요일

아침이 되자 배는 항구에서 4레구아 떨어진 지점에 와있었다. 제독은 그 항구를 마리아(María) 항구로 명명했고, 남미서쪽에서 발견한 아름다운 곳에는 에스트레야(Estrella) 곶이라는 이름을 붙였다. 그곳은 섬의 최남단인 듯했고, 제독의 위치에서 28미야 정도 떨어진 듯했다. 동쪽으로 40미야 정도 떨어진 곳에 섬인 듯한 크지 않은 다른 땅이 보였다. 동미남쪽으로 54미야 정도 거리에는 매우 아름답고 잘 형성된 또 다른 곳이 있었고 그는 이곳에 엘레판테(Elefante) 곶이라는 이름을 붙였다. 동남동쪽으로 있던 또 다른 곳엔 신킨(Cinquin) 곶이라는 이름을 붙였고, 그곳은 제독이 있는 곳에서 28미야 정도 거리였다. 남동쪽으로 강처럼 보이는 큰 틈, 혹은 통로가 바다로 나 있었는데 제독의 위치에서 20미야 거리였다. 엘레판테곶과 신킨곶 사이에는 아주 큰 입구가 있었고, 몇몇 선원들은 그곳이 섬에서 분리된 곳이라고 했다. 제독은 그곳에 토르투가(Tortuga) 섬127이라는 이름을 붙였다. 그 큰 섬은 지대가 매우 높았고, 산으로 둘러싸여 있는 것이 아니라 아름다운 농지처럼 평평했으며, 땅 전부 혹은 거의 대부분이 경작되어 있었다. 그곳은 5월경 코르도바(Córdoba)의 밀을 심어둔 경작지처럼 보였다. 그날 밤에는 불이 지펴진 것이 많이 보였고, 해가 뜨자 망루처럼 연기가 많이 피어올라서 마치 전쟁을 치를 적들에게 경고라도 보내는 듯했다. 이 섬의 해안은 전부 동쪽으로 나 있다. 저녁기도 시간에 제독은 앞서 말한 항구로 들어갔고, 그날이 산니콜라스(San Nicolás)의 날이었기 때문에 그를 기리는 의미로 산니콜라스 항구라는 이름을 붙였다.128 항구 입구에서 제독은 그 아름다움과 뛰어남에 매혹되었다. 그가 쿠바의 항구들을 많이 칭찬했지만, 그가 말하길 의심의 여지없이 이 항구가 뒤쳐질 것이 없고 오히려 그 항구들을 뛰어넘으며 어떤 항구도 이에 비할 수 없다고 했다. 항구 입구의 폭은 1레구아 반 정도였고, 제독은 뱃머리를 남남동쪽으로 돌렸으며 폭이 넓어서 뱃머리를 어느 방향으로라도 둘 수 있었다. 제독은 그 방향으로 2레구아 정도 나아갔고, 항구 입구에서 남쪽으로는 만처럼 형성되어 있었으며 거기서 곶까지 지형이

---

127 17세기에 프랑스 해적들이 토르투가섬으로 들어와 살기 시작하며 에스파뇰라섬의 서쪽을 장악하는 기지가 되었으며, 현재는 아이티 공화국의 영토인 토르튀(Tortue) 섬이다.

128 라스카사스는 여백에 다음과 같이 적었다. "위에서는 마리아 항구로 명명하고 여기서는 산니콜라스 항구라고 부르는 것을 이해할 수 없다."

동일했다. 곶에는 매우 아름다운 해변이 있었고 엄청나게 다양한 종류의 나무들이 자라고 있었는데, 전부 열매가 달려 있어서 제독은 향신료와 육두구일 것이라 생각했으나 열매들이 익지 않아서 무엇인지 잘 알 수 없었다. 해변 한가운데에 강이 있었다. 이 항구의 깊이는 대단해서 육지에 도달할 때까지 수심이 1개의 〔원문 공백〕만큼이며, 40브라사 길이의 수심 측정기나 추가 닿지 않았다. 그 주변도 깊이가 15브라사가 되고 장애물이 없었다. 항구의 모든 지점이 이러하며 육지에서 1파사다(pasada) 129 거리 안쪽으로는 15브라사 깊이이며, 장애물이 없다. 해안 전체도 이런 식으로 깊고 바닥이 매끈해서 단 1개의 모래톱도 없다. 해안에서 보트의 노 하나 거리 정도 떨어진 곳도 5브라사 깊이이다. 이 항구의 깊이를 가늠해 본 뒤 남남동쪽으로 가니 1천 척의 캐럭선이 정박할 수 있는 공간이 있었다. 제독은 항구 북동쪽의 후미를 따라 안쪽으로 반 레구아를 들어갔고, 자로 잰 듯 어디나 폭이 25파소로 동일했기 때문에 어귀가 보이지 않아 항구가 육지로 막혀 있는 것처럼 보였다. 이 후미의 수심은 처음부터 끝까지 11브라사로 전부 암초도 없고 깨끗한 모래로 된 것이 육지까지 동일했으며, 뱃전이 육지의 풀밭에 놓이도록 두어도 수심이 8브라사였다. 항구 어디서나 산들바람이 불었고, 나무로 가려진 곳 없이 평탄했다. 이 섬 전체는 그가 지금까지 발견한 다른 어떤 곳보다도 바위가 많아 보였고, 나무들의 크기가 작고 많은 나무들이 떡갈

---

129 던과 켈리에 의하면(p. 193) 1파사다는 파소(paso) 보다 약간 짧은 거리로 0. 25
레구아이다.

나무, 딸기나무 등 스페인의 나무와 유사해 보였으며 풀들도 마찬가지였다. 지대가 높았지만 평지로서 매끈했고, 공기가 매우 좋았다. 그곳은 지금까지 본 곳 중에 가장 추웠지만 추위라고 하기에는 무색했으며 다른 섬들과 비교했을 때 그렇다는 말이다. 항구 앞에는 매우 아름다운 평야가 있었고 그 한가운데에는 앞에서 언급한 강이 있었으며, 제독이 말하길 그 지역에 아주 큰 통나무배가 매우 많은 것을 보니 큰 마을이 많은 것이 틀림없다고 했다. 그중에는 15명이 탈 수 있는 푸스타선 크기만 한 것도 있었다. 제독 일행의 배들을 보자 모든 인디오들이 계속 도망쳤다. 제독이 말하길, 작은 섬들에서 데려온 인디오들이 너무나 집으로 돌아가고 싶어 했고 그곳을 떠나 제독이 그들을 집에 데려다 줄 것이라고 생각했지만 자기들 섬 방향으로 항해하지 않자 이를 의심했으며, 그래서 제독은 그들이 하는 말을 믿지 않았고 그들의 말을 잘 이해하지도 못했다. 그들 역시 제독의 말을 알아듣지 못했다. 그가 말하길 인디오들은 이 섬의 사람들을 아주 무서워했고, 제독은 섬사람들과 이야기해 보고 싶었기 때문에 항구에 며칠 정박할 필요가 있었으나 더 많은 땅을 둘러보고 싶기도 하고 좋은 날씨가 지속되지도 않을 것 같아서 그렇게 하지 않았다. 그는 자신이 데리고 있는 인디오들이 그의 언어를 알고, 자신이 그들의 언어를 알게 된 뒤 이곳에 돌아와 섬사람들과 이야기를 나눌 수 있게 되기를 하느님께 기도했다. 제독이 말하길 스페인으로 돌아가기 전에 교역으로 많은 금을 구할 수 있다면 이것이 주님130을 기

---

130 원문에 "수 마헤스타드"(Su Magestad, 존엄한 분)라고 되어 있는데, 의미상으

쁘게 할 것이라고 했다.

12월 7일 금요일

새벽에 당직시간이 끝나자 제독은 돛을 올리고 산니콜라스 항구를
떠나서 남서풍을 받으며 북동쪽으로 2레구아를 항해했고, 체라네로
(Cheranero) 곶까지 나아갔다. 남동쪽으로 곶이 하나 있었고, 남서
쪽으로는 에스트레야곶이 있었는데 제독의 위치에서 24미야 거리였
다. 제독은 그곳에서 동쪽으로 해변을 따라 신킨곶까지 나아갔고 48
미야 거리였다. 사실 20미야 정도는 동미북쪽으로 항해했다. 그 해
안은 모두 지대가 매우 높았으며, 수심도 매우 깊었다. 해안 가까운
곳도 20~30브라사 깊이였고 롬바르다 포의 사정거리인 곳에서도 수
심이 매우 깊었는데, 이는 그날 제독이 매우 만족스럽게 남서풍을
타고 해안을 따라가며 직접 확인한 것이다. 제독은 앞에서 언급한
곳이 산니콜라스 항구에서 롬바르다 포의 사정거리까지 이어져 있어
그 공간을 분리시킨다면 섬이 될 것이며, 그 둘레는 34미야 정도가
될 것이라 했다. 그곳의 지대는 전부 매우 높았으며, 큰 나무들은 없
고 카스티야에서 볼 수 있는 떡갈나무나 딸기나무와 유사한 나무들
만 있었다. 2레구아 거리에 있는 신킨곶에 도착하기 전 제독은 산에

로 '왕'이나 '신'으로 번역될 수 있으나 단수로 표현되어서 신으로 옮겼다. 바렐라
도 하느님을 뜻하는 것으로 봐야 한다고 설명한다. 당시 두 왕에 대해서는 알테사
(Alteza, 높으신 분) 라는 경칭을 썼고, 마헤스타드는 가톨릭 왕 부처의 손자인 카
를로스 1세(Carlos I)를 부르는 경칭이었다.

작은 통로처럼 트인 곳을 보았고, 그곳에는 매우 큰 계곡이 있었다. 제독은 그곳이 마치 보리밭처럼 경작되어 있는 것을 보았고, 그 계곡에 큰 마을들이 있을 것이라 생각했다. 계곡 뒤쪽으로는 크고 높은 산들이 있었다. 신킨곳에 도착했을 때 북동쪽으로 토르투가섬의 곳이 보였고 32미야 정도 거리였다. 이 신킨곳으로부터 롬바르다 포의 사정거리에 바위 하나가 높이 솟은 것이 보였다. 제독은 이 곳에 머무르면서 동미남쪽으로 70미야 정도 거리에 엘레판테곳이 있는 것을 보았고, 그 지대는 모두 높았다. 6레구아를 항해한 뒤 제독은 큰 곳 하나를 발견했고, 내륙 쪽으로 매우 큰 계곡들과 경작지, 아주 높은 산들이 있는 것을 보았으며 이것은 모두 카스티야의 땅과 유사했다. 거기서 8미야 더 가서 제독은 매우 깊은 강을 발견했는데 아주 좁았지만 그 안으로 캐럭선이 들어갈 수 있을 정도였으며, 강의 입구는 암초나 모래톱도 없이 매우 깨끗했다. 거기서 16미야를 더 나아가 제독은 매우 넓고 깊은 항구를 발견했는데, 항구 입구에서도 바닥이 보이지 않을 정도였고 뱃전에서 3파소 떨어진 곳의 깊이가 15브라사였다. 항구는 0.25레구아 정도 안으로 들어가 있었다. 오후 1시 정도로 이른 시간이었는데 거친 바람이 선미 쪽으로 불었으며 하늘을 보니 비가 많이 내릴 듯하고 먹구름이 잔뜩 끼어 있었다. 이런 날씨에는 이미 아는 곳을 항해하는 것도 위험하며 모르는 곳을 항해하는 것은 더 위험했기 때문에 제독은 항구로 들어가기로 했고, 그곳에 콘셉시온(Concepción) 항구라는 이름을 붙였다. 항구의 끝에 있던 아주 크지는 않은 강을 따라 육지로 들어가자 평야와 밭이 펼쳐졌는데 그 아름다움을 바라보는 것은 경이로웠다. 제독은 낚시 어망을 가져갔고, 육지에 가 닿기 전에 스페인의 숭어처럼 보이는 물고기 1마리가 보트로 뛰어올랐다. 카스티야의 것처럼 보이는 물고기를 본 것은 그때가 처음이었다. 선원들은 카스티야의 것과 같은 넙치나 다른 물고기들을 잡아서 죽였다. 육지로 조금 걸어갔더니 땅은 모두 경작되어 있었고, 나이팅게일과 카스티야의 것과 같은 종류의 작은 새들이 지저귀는 것을 들었다. 5명의 사람을 보았는데 그들은 기다리지 않고 바로 도망쳐 버렸다. 제독은 도금양(桃金孃)과 카스티야의 초목과 유사한 것들을 발견했으며, 그곳의 땅과 산들도 마찬가지로 카스티야와 비슷했다.

12월 8일 토요일

그 항구에서는 북풍이 강하게 불고 비가 아주 많이 내렸다. 항구는 북풍만 제외하면 어느 방향으로 바람이 불더라도 안전해서 배에 피해를 입히지 않았는데, 썰물이 강해 배를 묶어 둔 밧줄이나 강물에 영향을 미치지 않았기 때문이다. 정오가 지나서 바람은 북동풍, 이후에는 동풍으로 바뀌었고, 전방으로 36미야 거리에 있던 토르투가섬이 이 바람으로부터 항구를 잘 막아 주었다.

12월 9일 일요일

이 날은 비가 내렸고 카스티야의 10월같이 추운 날씨였다. 마을은 없었고 산니콜라스 항구에 매우 아름다운 집이 한 채 있었는데 지금까지 본 다른 곳의 집보다 더 잘 지어진 것이었다. 섬은 매우 컸고 제독이 말하기를 그 둘레가 200레구아라고 해도 과장이 아닐 정도였다. 그는 모든 땅이 개간되어 있는 것을 보았고, 마을들은 바다에서 멀리 있는 것이 틀림없다고 생각했다. 마을에서 사람들은 제독이 오는 것을 보고 모두 도망쳐 버렸고, 가진 것을 전부 들고 갔으며 전쟁을 치르는 사람들처럼 연기를 피워 두었다. 이 항구의 입구는 폭이 1천 파소이며, 이는 0. 25레구아다. 입구에는 암초도 모래톱도 없었으며, 해변 근처조차 거의 바닥이 보이지 않을 정도로 수심이 깊었고 항구 안까지 3천 파소 정도의 거리였다. 어디든 장애물이 없고 평평하여 어떤 배라도 두려움 없이 그 안에 정박할 수 있고 거리낌 없이 들어갈 수 있다. 항구 끝에는 강의 입구가 2개 있는데 수량이 많지는 않았으며, 그 앞에는 세상에서 가장 아름다운 평원들이 있었고 거의 카스티야의 땅에 견줄 만했다. 오히려 이 땅이 더 나았기에 제독은 그곳에 에스파뇰라섬(la Española) 131이라는 이름을 붙였다.

12월 10일 월요일

강한 북동풍이 불어 닻을 반 카블레(*cable*) 132나 육지 쪽으로 끌어가 버리자 제독은 놀랐다. 그는 닻이 너무 육지 가까이에 있어서 바람의

---

131 스페인 같은 섬, 스페인의 섬이라는 뜻.
132 던과 켈리에 의하면 카블레는 해사(海事) 용어로, 1카블레는 1미야의 10분의 1을 말하며 185미터에 해당한다.

영향을 받은 것이라고 생각했다. 가고자 하는 곳 반대 방향으로 바람이 부는 것을 보고 제독은 잘 무장한 사람 6명을 육지로 보내 2~3레구아 정도 내륙으로 들어가 거기에 이야기를 나눌 만한 사람이 있는지 살펴보라고 했다. 그들은 섬 안으로 들어갔으나 사람도 집도 찾지 못하고 돌아왔다. 하지만 몇몇 오두막과 아주 넓은 길들을 보았고, 불을 피운 흔적이 있는 곳을 많이 찾았다. 그들은 지상에서 가장 좋은 땅들을 보았고, 그곳에 유향나무도 많이 있어서 유향을 채취해 왔다. 유향나무가 아주 많았지만 수지가 단단해지지 않은 것을 보니 지금은 채취할 시기가 아니라고 그들은 보고했다.

12월 11일 화요일

동풍과 북동풍이 계속 불어 제독은 출발하지 못했다. 이미 말한 것처럼 항구 전방으로 토르투가섬이 있는데, 그곳은 큰 섬인 듯하며 섬의 해안은 거의 에스파뇰라섬처럼 길게 뻗어 있다. 두 섬 사이의 거리, 정확히 말하면 신킨곶에서 에스파뇰라섬의 북쪽에 있는 토르투가섬 앞부분까지는 기껏해야 10레구아 정도이며, 그 해안선은 남쪽으로 뻗어 있다. 제독은 두 섬 사이 지점에서 세상에서 가장 아름다운 에스파뇰라섬을 보고 싶다고 말했다. 인디오들이 말해준 바에 의하면 그것은 매우 큰 섬이고 큰 산과 강, 계곡이 많으며, 보이오섬은 그들이 쿠바라고 부르는 후아나섬보다도 더 크며 바다로 둘러싸여 있지 않다고 하므로 본토일 수도 있다. 그 본토는 에스파뇰라섬 뒤쪽의, 인디오들이 카리타바(Caritaba)라고 부르는 엄청나게 큰 땅일 것이다. 이

들이 더 간교한 사람들한테 괴로움을 당하고 있다는 말이 거의 맞는
듯한데, 이 지역의 모든 섬사람들은 카니바 사람들을 매우 두려워하
며 살아가기 때문이다. 제독은 이렇게 적고 있다. "이미 여러 차례 말
한 것을 다시 반복하는데, 카니바는 다름 아니라 여기서 매우 가까운
곳에 위치한 대칸 땅의 사람들입니다. [133] 이들은 배를 갖고 있어서
인디오들을 잡으러 오는데, 인디오들은 끌려간 사람들이 안 돌아오
는 것은 잡아먹혔기 때문이라고 생각합니다. 나날이 우리는 이 인디
오들을 더 잘 이해하고 있으며 그들 역시 마찬가지이지만 그들이 의
미를 착각하는 경우도 많습니다." 이는 모두 제독이 한 말이다. 그는
육지로 사람들을 보냈다. 선원들은 유향나무를 많이 찾아냈는데 수
지가 굳지 않았다. 제독은 비가 내리면 수지가 굳을 것이고, 히오스
섬에서는 유향을 3월에 수확하지만 이곳은 기후가 너무 온화하여 1월
에 수확할 수 있을 것이라고 했다. 선원들은 카스티야에 있는 것과 같
은 물고기들을 많이 잡았다. 황어, 연어, 대구, 달고기, 농어, 숭어,
민어(corvina)와 새우 등을 잡았고, 정어리도 보았다. 침향나무도 많
이 있었다.

---

[133] 대칸의 땅에 가야 한다는 생각이 컸으므로 '칸'과 '카니바'의 음성적인 유사성을
무리하게 해석한 것이다.

12월 12일 수요일

이미 언급한 동일한 역풍 때문에 이날도 출발하지 못했다. 제독은 항구 입구의 서쪽 아주 잘 보이는 높은 곳에 큰 십자가를 세웠다. 제독이 말한다. "십자가는 두 폐하께서 이 땅을 소유하고 있다는 표식이며, 무엇보다도 주 예수 그리스도의 표식이자 기독교를 드높이기 위한 것입니다." 십자가를 세운 뒤 3명의 선원들이 나무와 식물을 보러 산으로 들어갔다. 그들은 사람들 소리가 크게 나는 것을 들었는데, 소리를 낸 이들은 이전에 본 사람들과 같이 전부 벌거벗고 있었다. 선원들은 그들을 부르며 쫓아갔으나 인디오들은 도망치기 시작했다. 가까스로 여자 1명을 붙잡았을 뿐 더 이상 잡을 수 없었다. 제독은 이렇게 적고 있다. "저는 선원들을 보내 몇 명을 붙잡고 친절하게 대해서 그들이 두려움을 갖지 않도록 하고 이윤이 될 만한 것이 있는지 잘 살펴보라고 했는데, 섬의 아름다움으로 보아 당연히 그런 것이 있을 것이었습니다. 이후 선원들은 매우 어리고 아름다운 여자 1명을 배로 데려왔고, 그들 모두는 동일한 언어를 사용했기 때문에 여자는 배에 있던 인디오들과 이야기를 나누었습니다." 제독은 그 여자에게 옷을 입게 했고, 유리구슬 꿴 것과 구슬, 놋쇠반지 등을 준 뒤 그가 평소에 하던 것처럼 아주 예의를 갖춰 그녀를 다시 육지로 되돌려 보냈다. 제독은 배에 있던 사람 몇 명과 데리고 있던 인디오들 중 3명을 그녀와 함께 육지로 보내, 그곳의 사람들과 이야기를 해보도록 할 심산이었다. 보트에 그 여자를 태워서 육지로 데려가는 임무를 맡은 선원들이 제독에게 말하길 그 여자가 배에서 내리기를 원치 않았으며 쿠바섬,

146

즉 후아나섬의 마레스 항구에서 붙잡은 다른 여자들과 함께 있기를 원했다고 했다. 그 인디오 여자와 함께 간 3명의 인디오들이 말하길 섬의 주민들이 카노아를 타고 왔고, 카노아란 그들이 이동할 때 사용하는 배이며, 항구 입구로 와서 스페인 배들을 보자 그들은 되돌아서서 아무 곳에나 카노아를 내팽개쳐 두고 자기 마을로 돌아가 버렸다고 했다. 인디오 여자는 마을이 어디 있는지 가르쳐 주었다. 이 여자는 코에 작은 금붙이를 달고 있었고, 이는 그 섬에 금이 있다는 증거였다.

12월 13일 목요일

인디오 여자와 함께 제독이 보낸 세 선원은 새벽 3시에 돌아왔는데, 그들은 너무 멀거나 혹은 겁이 나서 여자와 함께 마을까지 가지 않았다. 그들이 말하길 인디오 여자가 전해준 소식을 듣고 사람들이 안심했을 것이므로 다음날 많은 이들이 배가 있는 곳으로 올 것이라고 했다. 제독은 그 섬에 이윤이 날 만한 것이 있는지 보기 위해, 그들과 말을 해보고 싶고 또 섬이 너무 아름답고 비옥했으므로 그들에게 두 국왕 폐하를 섬기려는 마음이 생기게 하고자 마을에 사람을 보내기로 결정했다. 그 인디오 여성이 기독교인들이 선량한 사람들이라는 소식을 전했으리라고 확신하고, 제독은 이런 일을 잘 처리할 수 있는 잘 무장한 사람 9명을 골랐고 데리고 있던 인디오 1명도 같이 보냈다. 이들은 남동쪽으로 4.5레구아 떨어진 곳에 있던 마을에 갔고 마을은 아주 큰 계곡 사이에 있었는데, 기독교인들이 오는 것을 알고 가지고 있던 모든 것을 다 내버려 두고 모두 섬 안쪽으로 도망가 버려 마을은 텅 비어 있었다. 마을에는 집이 1천 채가 있었고, 3천 명 이상의 사람들이 사는 듯했다. 기독교인들이 데려간 인디오가 소리치면서 주민들을 쫓아갔고, 겁먹지 말라고 하며 기독교인들은 카니바인들이 아니라 하늘에서 온 사람들로, 만나는 모든 이들에게 아름다운 물건들을 많이 나누어 준다고 했다. 그의 말에 큰 감명을 받고 안심한 이들이 2천 명 넘게 몰려왔으며, 모두가 머리에 양손을 올린 채 기독교인에게 다가온 것은 큰 존경과 우정의 표시였다. 그들을 완전히 안심시키기 전까지는 모두 벌벌 떨고 있었다. 기독교인들이 말하기를 두려움이 가신 이후 그들은 모두 집으로 돌아갔으며, 각각의 사람들이 기독교인들한테 그들이 가지고 있던 음식을 들고 왔는데 그것은 니아마(niama)로 만든 빵이었다. 니아마는 그곳에서 자라는 큰 무 같은 일종의 뿌리식물로, 여기 모든 섬에서 그들이 씨를 뿌리고 심어서 키우는 그들의 주식량이다. 이들은 그것으로 빵을 만들고, 요리하고 구워 먹기도 하며 맛은 밤과 비슷해서 먹어 보면 다들 밤이라고 생각할 것이다. 그들은 기독교인에게 빵과 생선, 그들이 가진 음식을 내주었다. 배에 데리고 있던 인디오들은 제독이 앵무새를 갖고 싶어 하는 것을 알고 있었기 때문에[134] 기독교인들과 섬으로 갔던 그 인디오가 주

---

134 앵무새는 아시아에도 있고, 아메리카에도 여러 종의 앵무새가 매우 다양하게 존재한다. 면화와 앵무새의 존재는 콜럼버스가 자신이 동방에 도달한 것이라는 확신을 강화하는 작용을 했을 것이다. 앵무새를 뜻하는 스페인어 단어는 여러 가지인데, 콜럼버스는 원주민을 만나서 타이노 어휘인 '과카마요'(guacamayo)나 카리브 어휘인 '로로'(loro)를 습득하는 것이 아니라 오래된 어휘이자 이미 알고 있

민들에게 이 이야기를 전했고, 그들은 기독교인들에게 앵무새를 가져와서 아무런 대가 없이 요구하는 만큼 앵무새를 내주었다. 그들은 기독교인들에게 그날 밤에 떠나지 말라고 간청하며 내일 산에 있는 것들을 많이 가져다 줄 수 있다고 했다. 그 사람들과 기독교인들이 함께 있을 때 아주 많은 무리의 사람들이 제독이 잘 대해서 보내 주었던 그 여자의 남편과 함께 오고 있는 것을 보았는데, 사람들은 그 여자를 목말을 태워서 제독이 그녀에게 잘 대해 주고 선물도 준 것에 감사를 표하기 위해 다가왔다. 기독교인들이 제독에게 말하길 모든 사람들이 매우 아름다웠으며, 지금까지 만난 사람들보다도 품성이 좋다고 했다. 하지만 제독이 말하기를 다른 섬들에 있었던 사람들도 매우 품성이 좋았으므로 이들이 다른 이들보다 더 좋다고 말할 수 있을지 모르겠다고 했다. 기독교인들은 그들의 용모에 대해 말하며 남자고 여자고 다른 지역과는 비교할 수 없이 낫고, 다른 섬 사람들보다 더 피부가 희며 스페인 사람들만큼이나 피부가 흰 젊은 여성 2명을 보았다고 했다. 또한 그들은 자신들이 본 땅의 아름다움에 대해서도 이야기했는데 그 땅은 카스티야의 가장 아름답고 토질이 뛰어난 최고의 땅에도 비할 바가 아니라 했다. 제독도 지금까지 본 땅과 이 땅을 비교해 봤을 때, 그렇다고 생각했다. 그들은 제독이 지금까지 보아 온 땅은 그들이 계곡에서 본 땅과 비교할 수 없으며, 그곳은 코르도바의 경작지와도 낮과 밤만큼이나 차이가 난다고 했다. 그들은 그 모든 땅들

던 어휘인 '파파가요'(papagayo), 즉 인도에서 온 앵무새를 지칭하는 유럽 어휘를 쓰고 있다.

이 개간되어 있고, 계곡 한가운데는 매우 넓고 큰 강이 지나가서 모든 땅에 물을 댈 수 있다고 했다. 나무들은 전부 푸르렀고, 과일이 가득했으며, 풀들은 전부 꽃이 피고 키가 컸다. 길은 매우 넓게 잘 만들어져 있었으며, 공기는 카스티야의 4월과 같았다. 스페인의 4월처럼 나이팅게일과 다른 작은 새들이 지저귀었고 그들이 말하길 이는 세상에서 가장 달콤한 소리라고 했다. 밤마다 작은 새들이 부드럽게 노래했고, 귀뚜라미와 개구리 소리가 많이 들렸다. 물고기는 스페인의 것들과 비슷했다. 그들은 유향나무와 침향나무, 목화밭도 많이 보았다. 금을 찾을 수는 없었지만 그렇게 짧은 시간 동안 못 찾는다고 해서 놀랄 일은 아니다. 여기서 제독은 낮과 밤의 길이를 측정했다. 해가 떠서 질 때까지 모래시계 20개의 시간이 지났는데, 모래시계 하나당 30분씩이었다. 모래시계를 재빨리 뒤집지 않거나 모래가 제대로 떨어지지 않는 경우가 있어 오차가 있을 수 있다고 했다. 또한 사분의로 측정한 결과 제독은 주야평분선에서 34도에 위치하고 있음을 알아냈다고 했다.

12월 14일 금요일

제독은 육풍을 받으며 콘셉시온 항구를 떠났지만 얼마 후 바람이 잦아들었고, 그 지역에서는 매일 바람이 그런 식으로 불었다. 이후 동풍이 불어 이 바람을 타고 북북동쪽으로 항해해 토르투가섬에 도착했다. 섬의 머리 동북동쪽으로 12미야 거리에 돌출한 부분이 있어 그곳에 피에르나(Pierna) 곶이라는 이름을 붙였다. 제독은 거기서 또 다른 곳을 찾아내 란사다(Lanzada) 곶이라고 이름 붙였는데, 동일한 북동쪽 항로에 있었고 16미야 거리였다. 그래서 토르투가섬의 앞쪽에서 아구다(Aguda) 곶까지는 44미야 정도, 즉 동북동쪽으로 11레구아였다. 그 항로에는 곳곳에 해안가가 넓게 펼쳐져 있었다. 토르투가섬은 지대가 매우 높았지만 산지는 아니었으며 매우 아름다웠고, 에스파뇰라섬 사람들과 동일한 이들이 매우 많이 살고 있었다. 땅은 전부 경작되어 있어서 코르도바의 밭을 보는 것 같았다. 역풍이 불어서 제독은 바네케섬으로 가지 못했고 떠나왔던 콘셉시온 항구로 되돌아가기로 결정했지만 이 항구에서 동쪽으로 2레구아 거리에 있는 강에 도달할 수 없었다.

12월 15일 토요일

다시 콘셉시온 항구를 떠나 항로로 나아갔지만 항구를 나오자 동쪽에서 역풍이 강하게 불었고, 토르투가섬으로 다시 돌아가는 항로를 잡았다. 거기서 제독은 어제 가 보고 싶었지만 도달하지 못했던 강 쪽으로 방향을 틀었으나 역시 도착하지 못했다. 바람이 불어가는 쪽으로 반 레구아 떨어진 한 해변에 갔는데 훌륭한 정박지였고 장애물이 없었다. 배를 잘 매어 두고 제독은 보트를 타고 강을 보러 갔고, 반 레구아도 가기 전에 한 좁은 곳으로 들어가 보았더니 강어귀가 아니었다. 그가 다시 돌아가서 수심이 1브라사도 되지 않은 입구를 찾으니 그곳은 강물이 세차게 바다로 흐르고 있었다. 제독은 여러 보트로 그곳에 들어가서 그제 보낸 부하들이 보고 온 마을들을 찾아 나섰고, 밧줄을 육지로 던지라고 명령했다. 선원들은 밧줄을 잡아당기며 보트들을 롬바르다 포 사정거리 두 배 거리만큼 끌어올렸지만, 물살이 너무 세서 더 이상 끌 수 없었다. 몇몇 집과 큰 계곡에 마을들이 만들어진 것을 보고 제독은 그 광경보다 아름다운 것은 세상에서 본 적이 없다고 했으며, 계곡 가운데로 보트를 타고 온 그 강이 흐르고 있었다. 또한 그는 강 입구에서 사람들을 보았는데 모두 도망쳐 버렸다. 제독은 그 사람들이 그렇게 두려움에 사로잡혀 사는 것을 보니 적한테 잡혀가는 일이 많을 것이라고 했다. 스페인인들이 어디에라도 나타나기만 하면 그들은 섬 전역에 있는 망루에 연기를 피워 이를 알리는데, 이는 지금까지 거쳐 온 다른 섬들에서보다 에스파뇰라섬과 역시 큰 섬인 토르투가섬에서 더 빈번하다. 제독은 그곳에 파라이소(Paraíso, 천국) 계곡, 과달키비르(Guadalquivir) 강이라고 이름 붙였다. 그곳이 코르도바를 지나는 과달키비르강만큼이나 컸고, 강 연안에 매우 아름다운 돌이 깔려 있으며 걷기가 좋았기 때문이다.

12월 16일 일요일

자정에 육지에서 불어오는 미풍을 받으며 제독은 만을 떠나기 위해 돛을 올렸고, 3시과가 되자 동풍이 불어 에스파뇰라섬 해안을 따라 돛을 활짝 펴고 나아갔다. 만 한가운데서 제독은 인디오 1명이 타고 있는 카노아를 발견했는데 강한 바람이 불어도 물 위에서 균형을 유지하는 것에 경탄했다. 제독은 인디오에게 카노아를 나오선 안으로 들이도록 한 뒤 친절하게 대해 주고 유리구슬 꿴 것과 방울, 황동반지를 주었으며, 나오선에 태워 16미야 떨어진 곳에 있던 해안 근처의 마을로 데려다 주었다. 제독은 그곳에 배를 정박했고 마을 근처 해안에서 좋은 정박지를 발견했다. 모든 집들이 새것인 것을 보니 마을은 새로 조성된 듯했다. 인디오는 자기 카노아를 들고 육지로 가서 제독과 기독교인들이 좋은 사람이라는 소식을 전했는데, 주민들은 6명의 기독교인이 방문한 섬들에서 일어난 일을 이미 알고 있었다. 곧 500명도 넘는 남자들이 다가왔고, 얼마 후 그들의 왕도 왔다. 모든 이들이 해안으로 다가와 육지에 매우 가까이 정박되어 있던 배 옆으로 왔다. 그런 뒤 그들은 처음에는 한 사람씩, 이후에는 무리를 지어 아무런 물건도 들지 않은 채 나오선으로 다가왔고, 귀나 코에 작은 황금붙이를 단 몇몇 이들은 기꺼이 그것을 내주었다. 제독은 모두에게 정중히 대하라고 명했고, 다음과 같이 말했다. "그들은 세상에서 가장 훌륭하고 가장 유순한 사람들입니다. 무엇보다 저는 두 국왕 폐하가 그들 모두를 기독교인으로 만들어서 신민으로 삼기를 주님에게 간절히 바라며, 그래서 저는 그들을 폐하의 백성으로서 대하고 있습니다." 제독은 해안에 이곳의 왕이 있는 것을 보았으며, 모두가 그에게 존경을 표했다. 제독은 그에게 선물 하나를 보냈고, 그는 격식을 갖춰 받았으며 많아야 21살 정도로 보이는 청년이었다. 그는 시종 1명과 그에게 충고와 대답을 하는 여러 신하들이 있어서 거의 말을 하지 않았다. 제독이 데리고 있던 인디오들 중 1명이 그와 이야기를 나누었고, 기독교인들이 어떻게 하늘에서 왔는지를 설명하며 제독이 금을 찾고 있고 바네케섬으로 가기를 원한다고 말했다. 왕은 참 잘 되었다고 했으며, 그 섬에는 금이 많다고 했다. 왕은 그에게 선물을 건네준 제독의 사신에게 섬으로 가려면 어떤 길로 가야 하는지 알려줬고, 그곳에서 이틀이면 섬에 도달할 것이며 자기 섬에서 필요한 것이 있으면 기꺼이 내주겠다고 말했다. 왕과 나머지 모든 섬사람들은 어머니가 그들을 낳았을 때처럼 벌거벗은 채 다니며, 여자들도 아무런 부끄럼 없이 알몸으로 다닌다. 이 남자들과 여자들은 이때까지 만난 이들 중 가장 아름다우며, 상당히 피부가 하얘서 옷을 입고 햇빛과 바람으로부터 몸을 보호했다면 스페인 사람들만큼이나 하얬을 것이다. 이 땅은 상당히 춥고[135] 최고의 찬사를 받아 마땅한 땅이다. 이곳의 지대는 매우 높으며 가장 큰 산 위는 황소가 땅을 갈 수 있을 정도로 전부 개간되어 있고 계곡들도 있다. 카스티야 전역을 보아도 아름다움과 뛰어남에서 이곳에 견줄 만한 곳이 없다. 이 섬 전체와 토르투가섬은 코르도바의 밭처럼 모두 경작되어 있다. 이곳 사람들은 밭에 아혜를 심어 두었는데, 작은 줄기들을 심으면 땅속에서 당근 같은 뿌리가 자라고 이를 빵의 재료로 삼으며 갈아서 반죽한 뒤 아혜빵을 만든다. 줄기를 다른 곳에 심으면 거기서 다시 4~5개의 덩이뿌리가 자라고, 이는 매우 맛이 좋으며 밤과 같은 맛이 난다. 다른 어떤 땅에서 본 것보다 이곳에서 가장 굵고 좋은 것들이 생산되는데, 제독은 기니에서도 이것이 나는 것을 보았다고 했다. 이곳에서 자라는 아혜는 사람 다리통만큼이나 굵으며, 제독은 이곳 사람들 모두 살이 쪘고 용기가 있으며 이때까지

---

135 콜럼버스는 고대 그리스식 사고에 따라 적도로부터의 거리가 피부색에 영향을 미친다고 보았으므로 피부색이 흰 사람들이 사는 이곳을 '상당히 춥다'고 기술하고 있다.

만난 다른 사람들처럼 마르지 않다고 했다. 이들은 매우 상냥하게 말을 하며, 종교를 가지고 있지 않다. 그곳의 나무들은 생명력이 넘쳐서 잎은 초록색이 아니라 아주 짙은 암녹색이었다. 그 계곡과 강들, 좋은 물이 있는 땅에서 빵을 만들 재료를 얻고 아직 어떠한 가축도 없는 그곳에 온갖 종류의 가축을 키우고 과수원을 만드는 등 인간이 세상에서 원하는 모든 것을 해볼 수 있다는 생각은 경이로웠다. 이후, 오후가 되어 왕이 나오선으로 왔다. 제독은 합당한 예우를 갖춰 그를 맞이했으며, 지상 최고의 군주들인 카스티야의 두 국왕에 대해 이야기해 주었다. 제독이 데리고 있던 인디오들이 통역을 맡았는데 그들도 이 말을 전혀 믿지 않았고, 왕도 마찬가지였다. 그들은 스페인 사람들이 하늘에서 왔으며, 카스티야 두 국왕의 왕국은 하늘에 있고 이 땅에 있는 것이 아니라고 생각했다. 왕에게 카스티야에서 가져온 음식을 먹도록 권하자 그는 한 입 먹어 보더니 그것을 신하들과 시종, 그가 데려온 다른 이들에게 주었다. "두 폐하께서는 이 땅들이 지극히 훌륭하고 비옥하며, 특히 이 에스파뇰라섬이 더 그러하다는 것을 믿어 주십시오. 그것을 제대로 표현할 수 있는 사람은 없으며, 실제로 보지 않는다면 믿을 수가 없을 것입니다. 이 섬과 다른 모든 섬들은 카스티야처럼 두 폐하의 것이며, 단지 이곳에 기지를 만들고 두 분께서 원하는 것을 이들에게 명령하기만 하면 됩니다. 많지는 않지만 제가 데려온 부하들과 함께 아무런 위험 없이 이 모든 섬들을 다녀 볼 것입니다. 선원들 3명만 육지에 상륙해도, 선원들이 아무런 해를 끼치려는 의도가 없었음에도 거기 있던 엄청난 수의 인디오들이 모두 도망쳤습니다. 그들은 무기가 없고 모두 벌거벗었으며, 무기에 대해서 아무것도 모르고 겁이 매우 많아서 1천 명으로도 3명을 대적할 수 없을 것입니다. 그래서 그들에게 명령하고 일을 시키며 씨를 뿌리게 하고 필요한 모든 일들을 하게 만드는 것이 수월하며, 그들에게 마을을 만들고 옷을 입고 다니게 하며 우리 관습을 가르칠 수 있습니다."

12월 17일 월요일

이날 밤 동북동풍이 강하게 불었지만 맞은편에 위치하여 보호막 역할을 하는 토르투가섬이 바람을 잡고 막아 주어 바다가 심하게 요동치지는 않았다. 제독은 이날 그곳에 머물렀다. 제독은 선원들에게 그물로 물고기를 잡아 오라고 했다. 인디오들이 기독교인들에 대한 경계를 많이 풀게 되었고, 카니바 혹은 카니발인들의 화살촉 몇 개를 가져왔는데 속이 빈 식물줄기의 끝부분을 날렵하게 하고 거기에 불에 지진 날카로운 막대기를 꽂은 것으로 매우 길었다. 두 남자는 기독교인들에게 몸에 살점 일부가 없는 것을 보여 주며 카니발인들이 입으로 뜯어먹은 것이라고 납득시키려 했지만 제독은 믿지 않았다. 그는 기독교인 몇 명을 다시 마을로 보냈고 그들은 유리로 만든 작은 구슬들을 얇게 편 금 조각 몇 개와 교환해 왔다. 그들은 카시케(cacique)라고 불리는 한 남자를 보았는데 제독은 그를 그 지역의 수장으로 여겼다. 그는 손바닥만큼이나 큰 황금 박편을 가지고 있었고, 그것으로 거래를 하고 싶은 듯했다. 그는 자기 집으로 돌아갔고, 나머지 사람들은 광장에 남았다. 그는 금 박편을 작은 조각으로 만든 뒤 한 번에 하나씩 가져와서 올 때마다 거래를 했다. 더 이상 조각이 남아 있지 않았을 때, 그는 조각을 더 많이 가져오라고 사람을 보냈으며 다음 날 그들이 가져올 것이라고 손짓으로 말했다. "이 모든 것들과 그들의 태도와 관습, 온순함과 조언은 그들이 지금까지 본 사람들보다 훨씬 더 영특하고 이해력이 좋다는 것을 보여줍니다." 제독의 말이다. 오후에 토르투가섬으로부터 카노아 하나가 왔는데 족히 40명은 타고 있었고, 해안으로 다가오자 그곳에 모여 있던 마을 사람 전부가 평화의 표시로서 그 자리에 앉았다. 처음에는 몇 명이, 나중에는 거의 전부가 카노아에서 내려 육지로 왔다. 그랬더니 카시케만 혼자 일어나서 위협하는 듯한 말을 하며 그들을 카노아로 돌아가게 했고, 그들에게 물을 뿌리고 해변의 돌멩이를 주워서 바다 쪽으로 던졌다. 그러자 그들 모두가 상당히 복종하는 태도를 보이며 카노아에 탔고, 카시케는 나〔제독〕의 사절에게도 던지라고 돌을 하나 쥐어 주었다. 나는〔제독은〕 그들이 값나가는 것을 갖고 있는지 알아보라고 집행관과 기록관, 다른 부하들을 육지로 보냈고, 집행관은 그들에게 돌을 던지기를 원치 않았다. 그곳에서 카시케는 자신이 제독에게 호의적임을 많이 보여 주었다. 토르투가섬에서 온 카노아가 곧 돌아간 뒤 그들은 제독한테 토르투가섬이 바네케에서 가깝기 때문에 에스파뇰라섬보다 금이 더 많다고 했다. 제독은 에스파뇰라섬이나 토르투가섬에 금광이 있다는 사실을 믿지 않았고, 그들은 금을 바네케섬에서 가져오며 금과 교환할 물건이 많지 않기 때문에 그들이 금을 조금밖에 갖고 있지 않은 것이라고 했다. 바네케 땅은 너무 풍요롭고 벌거벗고 다니기 때문에 생존하고 옷을 걸치고 다니기 위해 일을 할 필요가 없다. 제독은 광맥이 매우 가까이 있으며, 금이 어디서 나는지 주님이 가르쳐 주실 것이라고 믿었다. 그는 지금 있는 곳에서 바네케까지 4일이 걸린다는 것을 알아냈고, 30~40레구아 거리라서 날씨가 좋다면 하루 만에라도 그곳에 도착할 수 있을 것이었다.

12월 18일 화요일

바람도 불지 않고 카시케가 금을 가져오겠다고 했기에 제독은 이날 해안에 정박해 있었다. 제독은 그가 금을 많이 가져오리라는 것을 믿어서가 아니라, 금광이 없는데 어디서 금을 가져오는지를 알고자 한 것이다. 해가 뜰 때 제독은 이날이 '오 성모 마리아'[136] 축제 날, 즉 수태 고지 축일이었기 때문에 나오선과 카라벨선을 무기와 깃발로 장식할 것을 명했다. 롬바르다 포를 여러 발 쏘았고, 제독이 말하길 에스파뇰라섬의 왕은 가늠해 보면 5레구아 정도 떨어져 있는 집에서 일찍 일어나 3시과에 마을에 도착했다고 했다. 그곳에는 벌써 제독이 황금을 가져오는지 살펴보라고 나오선에서 보낸 사람 몇몇이 기다리고 있었다. 이들이 말하기를 왕은 200명이 넘는 사람들과 함께 왔고 4명의 남자가 그를 가마에 태워 왔으며, 왕은 이미 언급한 바로 그 청년이었

---

136 수태 고지(受胎告知) 축일은 3월 25일이지만 과거 로마 교회에서 사순절 기간 동안 축제를 금했기 때문에 스페인 교회에서는 656년 10차 톨레도(Toledo) 회의에서 이를 12월 18일로 옮겼고, 스페인에서는 이날을 '오 성모의 축제'(la fiesta de la Virgen de la O)로 기념한다. '오 성모 마리아'(Santa María de la O)라는 명칭은 저녁기도 후에 합창단이 메시아가 오는 것에 대한 기대와 경탄을 표현하기 위해 길게 "오—"라고 탄식을 넣기 때문에 붙여진 것이다.

다. 오늘 제독이 망루 아래서 식사를 하고 있을 때 왕이 자기 사람들을 다 데리고 나오선으로 왔다. 제독은 두 국왕 폐하께 이렇게 말하고 있다. "의심의 여지없이 두 분도 왕이 위엄을 갖추고 있는 것과, 이곳 사람들이 벌거벗고 다니기는 하지만 모두가 왕에게 존경을 표하는 것에 흡족해했을 것입니다. 왕은 나오선으로 들어와서 제가 선미 갑판의 탁자에서 식사를 하는 것을 보았고, 재빨리 걸어와 제 옆에 앉았는데 이는 제가 그를 맞이하러 가기 위해 탁자에서 일어나지 않고 계속 식사할 수 있도록 한 것이었습니다. 저는 그가 우리의 음식을 먹을 것이라고 생각하고 그가 먹을 것을 가져오라고 명했습니다. 그가 망루 아래로 들어와 아랫사람들한테 모두 밖에 나가 있으라고 손짓을 하자 그들은 아주 민첩하게 극도의 예의를 갖춰 그의 말을 따랐고, 모두 갑판에 앉았습니다. 단지 나이가 지긋한 두 남자만 예외였는데, 제 생각에 그들은 왕의 고문과 시종이었고 그들은 다가와서 왕의 발아래에 앉았습니다. 제가 왕 앞에 두게 한 음식에 대해 왕은 음식이 안전한지 검증하듯 각 음식을 조금씩만 맛보고, 남은 것을 아랫사람에게 주면 그들이 그것을 먹었습니다. 그는 마실 것도 그렇게 했고, 단지 입에만 갖다 댄 뒤 그것을 다른 이들에게 주었는데 이 모든 것은 놀랄 정도로 위엄 있고 거의 말없이 진행되었습니다. 제가 이해한 바에 의하면 왕이 한 말은 매우 분별력 있고 현명했습니다. 그 두 사람은 왕의 입을 쳐다보았으며, 그를 대신해서 말하고 또 그와 말을 나누었으며 모든 것은 매우 공손히 이루어졌습니다. 식사가 끝나자 한 종자가 허리끈을 가져왔는데, 만드는 방식은 카스티야의 것과 같지만 모양이 달랐습니다. 왕은 이를 집어서 제게 주었고 아주 얇게 가공된 금 두 조각도 주었습니다. 제 생각에 이곳 사람들은 금을 거의 구하지 못하며, 금이 아주 풍부하게 나오는 곳이 이곳에서 아주 가깝습니다. 저는 그가 제 침대에 놓인 침대보를 마음에 들어 하는 것을 보고 그에게 주었으며, 제 목에 걸고 있던 아주 좋은 호박 목걸이와 붉은색 구두, 오렌지꽃 증류수가 담긴 유리병을 주자 왕은 매우 만족하며 경탄했습니다. 왕과 그의 시종, 고문은 제 말을 알아들을 수 없었고 저도 그들을 이해하지 못하는 것을 매우 안타까워했습니다. 그러나 저는 그가 이 섬의 어떤 것이라도 원하는 것이 있다면 마음대로 쓸 수 있다고 말한 것을 이해할 수 있었습니다. 저는 증표로서 두 폐하의 얼굴이 새겨진 엑셀렌테(excelente) 금화137가 달린 제 구슬 목걸이를 가져오라고 사람을 보냈고, 그것을 왕에게 보여 주며 어제처럼 다시 한 번 두 폐하께서 세상 최고의 것을 지배하는 주인이며 그렇게 위대한 군주들은 세상에 다시 없다고 했습니다. 그에게 왕실 깃발들과 십자가가 들어간 다른 깃발들을 보여 주자 깊이 경의를 표했습니다. 그는 고문들에게 '그렇게 멀리 하늘에서 아무런 두려움 없이 이곳까지 내게 사람들을 보내시니 당신들의 군주들은 얼마나 위대할 것인가!'라고 말했습니다. 그 외에 여러 말들을 많이 했지만 저는 이해할 수 없었고, 단지 그들이 모든 것을 경이롭게 받아들이고 있다는 것만 알 수 있었습니다." 시간이 늦어지자 왕은 돌아가고 싶어 했고, 제독은 아주 예우를 갖춰 그를 보트에 태우고 롬바르다 포를 여러 번 쏘도록 했다. 육지에

---

137 이사벨 여왕과 페르난도 왕 재임 시 주조된 동전으로, 앞면에 두 사람이 마주보는 모습이 새겨져 있다.

도착하자 그는 가마에 올라타고 200명이 넘는 아랫사람들과 함께 돌아갔다. 왕의 아들도 지위가 높아 보이는 한 인디오의 어깨에 올라탄 뒤 아버지의 뒤를 따랐다. 왕은 부하들에게 선원들과 뱃사람들을 어디서 만나더라도 그들에게 먹을 것을 주고 예의를 갖춰 대하라고 명했다. 한 선원이 말하길 길에서 우연히 왕의 일행을 만나 살펴보니 제독이 그에게 준 모든 물건들을 왕 앞에 가던 한 남자가 전부 다 들고 가고 있었고, 외관상 그가 가장 지위가 높은 사람으로 보였다고 했다. 왕의 아들은 왕과 상당히 멀찍이 떨어져서 가고 있었고, 왕만큼이나 많은 수행원들이 뒤따르고 있었다. 왕의 형제 1명도 수행원들이 많았지만 그는 직접 걸어갔고, 지위가 높은 두 남자가 팔을 잡은 채 수행하고 있었다. 왕의 형제는 왕이 다녀간 후에 나오선을 찾아왔고, 제독은 그에게 앞서 언급한 교역품들을 몇 개 주었다. 그때 제독은 이들 말로 왕을 카시케라고 부른다는 것을 알았다. 이날 금을 많이 얻지는 못했지만 한 노인을 통해 100레구아보다 더 먼 거리에 많은 섬들이 모여 있다는 것을 알게 되었다. 제독이 이해한 바에 의하면 그곳에서는 황금이 매우 많이 산출되며, 그 노인은 심지어 완전히 금으로 된 섬이 있고 다른 섬들에도 금의 양이 아주 많아서 금을 모아 체를 쳐서 녹인 뒤 막대기와 수많은 것을 만든다고 했다. 노인은 손짓으로 그것들이 어떤 모양인지 보여 주었다. 이 노인은 제독에게 섬으로 가는 항로와 위치를 가르쳐 주었다. 제독은 그곳에 가기로 결정하고, 이 노인이 왕의 중요한 가신이 아니라면 그를 붙잡아서 함께 데려갈 것이며 그들의 언어를 알았다면 그에게 같이 갈 것을 부탁했을 것이라고 했다. 제독은 그 노인이 자신 및 기독교인들과 관계가 좋았으므로 본인 의지로도 기꺼이 갈 것이라고 생각했다. 그러나 제독은 이미 그곳 사람들을 카스티야 두 국왕 폐하의 사람이라고 생각했고, 그들에게 해를 끼쳐서는 안 된다고 생각했기 때문에 그를 놓아 주기로 했다. 제독은 마을 광장 한가운데에 매우 큰 십자가 하나를 세웠고, 인디오들이 그 일을 많이 도와주었다. 제독에 의하면 그들은 예배를 드리고 십자가를 귀하게 여겼으며, 이러한 그들의 모습을 보고 제독은 이 모든 섬들에 기독교가 포교될 수 있도록 주님에게 기원했다.

12월 19일 수요일

이날 밤 토르투가섬과 에스파뇰라섬 사이 있는 만에서 떠나기 위해 돛을 올렸으나 낮에는 동풍이 불어 그날 하루 종일 그 두 섬 사이를 떠나지 못했다. 저녁이 되어서도 인근에 보이는 한 항구에 도달하지 못했다. 제독은 그곳에 4개의 곶과 큰 만, 강이 하나 있는 것을 보았고, 거기서 매우 큰 곶과 한 마을을 보았다. 그 뒤편으로는 지극히 높은 산들 사이로 계곡이 하나 있었고, 산에는 소나무로 보이는 나무가 가득했다. 도스에르마노스(Dos Hermanos) 너머에는 북동쪽에서 남서쪽으로 뻗은 매우 높고 넓은 산이 하나 있었고, 토레스(Torres) 곶에서 동남동쪽으로 작은 섬이 하나 있어서 제독은 산토토마스(Santo Tomás) 섬이라고 이름 붙였는데, 다음 날이 성 토마스 축일 전날이었기 때문이다. 제독이 바다에서 보고 판단하기에 그 섬은 뛰어난 곶과 항구들로 둘러싸여 있는 듯했다. 섬 서쪽 앞에 바다로 길게 돌출한 곳이 있었는데 일부는 지대가 높고 일부는 낮아서 그곳을 알토이바호

(Alto y Bajo, 고저) 곶이라고 이름 붙였다. 토레스곶에서 동미남쪽으로 60미야 거리에 다른 산 보다 더 높은 산이 하나 있었는데, 바다 쪽으로 나와 있었고 육지 쪽으로 파인 곳 때문에 멀리서는 그 자체로 섬처럼 보였다. 그 지역 이름이 카리바타(Caribata)였기 때문에 제독은 그곳에 카리바타산이라는 이름을 붙였다. 그곳은 매우 아름답고, 녹색의 선명한 나무들이 가득했으며 눈도 안개도 없었다. 공기와 온화함을 보면 날씨가 카스티야의 3월 같았고, 나무와 풀의 상태로 보면 5월 같았다. 제독은 밤의 길이가 14시간이라고 했다.

12월 20일 목요일

이날 해가 지자 제독은 산토토마스섬과 카리바타만 사이에 있는 항구로 들어가 정박했다. 이 항구는 지극히 아름다우며, 기독교 세계에 있는 모든 배들이 다 들어갈 수 있을 정도로 넓었다. 바다에서 보면 항구 안으로 들어가 보지 않은 사람은 항구 입구를 찾기 힘든데, 산에서 섬이 있는 곳 근처까지 바위로 된 암초들이 있었기 때문이다. 암초는 일률적이지 않게 이곳저곳 바다와 육지 쪽으로 흩어져 있었다. 항구의 입구들은 아무런 두려움 없이 들어갈 수 있을 정도로 넓고 좋았으며, 수심은 모두 7브라사였지만 그곳으로 들어가기 위해서는 암초 때문에 주의할 필요가 있었다. 암초를 지나면 그 안쪽으로는 수심이 12브라사였다. 밧줄로 나오선을 잘 묶어 두기만 한다면 어떤 바람이 불더라도 안전했다. 제독이 말하길 이 항구 입구의 나무가 많은 한 작은 모래섬 서쪽에 수로가 있다고 했다. 섬 아래의 수심은 7브라사였지만 그 지역에는 모래톱이 많아서 항구로 들어가기 전에는 매우 주의해야 했다. 그 안으로 들어가기만 하면 어떤 폭풍도 두려워할 필요가 없다. 그 항구에서는 매우 크고 주변이 잘 개간된 계곡이 보였는데, 계곡은 남동쪽에서 시작되어 하늘에 도달할 것 같이 아주 높고 지극히 아름다우며 푸른 나무가 가득한 산들로 둘러싸여 있다. 의심의 여지없이 그곳에는 세상에서 가장 높은 산들이 있다고 간주되는 카나리아 제도의 테네리페섬보다 더 높은 산들이 있었다. 산토토마스섬의 이 구역에서 1레구아 거리에 다른 작은 섬이 있었고, 그 사이에도 또 작은 섬이 있었으며 모든 섬들에는 경이로운 항구들이 있었다. 단지 모래톱만 주의하면 되었다. 제독은 또한 마을들을 발견했고, 인디오들이 연기를 피우는 것을 보았다. 138

---

138 《인디아스의 역사》 1권 56장. "제독은 이 연기가 망루에서처럼 적의 존재를 알리기 위한 것이라고 생각했지만 그럴 리는 없을 것이다. 특히 이 섬은 당시 건기였고, 인디오들이 풀밭에 불을 놓아서 수많은 밭에 엄청나게 불이 일어나게 된 것이다. 〔…〕 밭은 그들 말로 사바나(sabana)라고 하며, 불을 지르는 첫 번째 이유는 밭의 수가 많고 그곳에서 엄청나게 풀이 자라나 길을 다 덮고 공간을 차지할 정도인데, 그들은 벌거벗고 다니므로 크게 자란 풀들이 상처를 내기 때문이다. 두 번째는 풀숲에 이 섬에서 자라는 토끼들이 있는데, 그들이 우티아라고 부르는 것으로 (이 동물에 대해서는 나중에 다시 이야기할 기회가 있을 것이다) 그 수가 엄청나게 많아서 사바나를 태우면 원하는 만큼 토끼를 잡을 수 있기 때문이다."

12월 21일 금요일

오늘 제독은 보트들을 동반하고 그 항구를 보러 갔는데 너무 대단해서 지금까지 본 어떤 항구도 이보다는 뛰어날 수 없었다. 그는 예전에 본 것들에 대해 너무 칭찬한 것을 송구해 했고, 지금 이 항구에 어떻게 찬사를 보내야 할지 모르겠다며 자신이 사실을 과장되게 표현하는 사람으로 평가되지 않을까 걱정스럽다고 했다. 그가 거느리고 있던 경험이 풍부한 선원들도 똑같이 말했으며, 바다를 다녀 본 그 누구라도 지나온 항구에 대한 제독의 모든 칭찬이 사실이고 이 항구가 다른 모든 항구들보다 월등히 좋다는 것을 알 것이라며 안도하고 있다. 제독은 이런 식으로 더 이야기하고 있다. "저는 23년간 바다를 항해했으며,139 이렇다 할 정도로 오랜 기간 동안 바다를 떠난 적이 없습니다. 저는 모든 동쪽과 서쪽을 다 돌아보았으며, 북쪽, 즉 잉글랜드로도 갔고, 기니도 가 보았습니다만 그 모든 항해에서 이토록 완벽한 항구들은 없었습니다. 〔원문 공백〕 항상 더 나은 항구가 나타나 이전의 항구들을 능가했으나, 제가 지금까지 쓴 글을 꼼꼼히 보면 과거의 글들 역시 잘 써진 것이라고 확신하게 됩니다. 지금 이 항구는 그 어떤 항구보다도 낫고 여기에는 세상의 모든 배들이 다 들어갈 것이며, 항구는 그 지형이 안전하여 가장 낡은 밧줄로 배를 매어 두더라도 무사할 것입니다." 항구의 입구에서부터 안쪽까지는 5레구아 정도가 된다. 제독은

---

139 〔바렐라〕 콜럼버스가 자주하는 고백으로서 《예언서》(*Libro de las Profecías*, 1504)의 서문에도 쓴 고백이다.

매우 잘 경작된 토지를 보았고, 모든 땅들이 다 경작되어 있기는 했지만 두 사람에게 보트에서 내려 높은 곳으로 올라가 마을이 있는지 살펴보라고 했다. 바다에서는 마을이 보이지 않았기 때문이다. 그날 밤 저녁 10시 경 카노아를 타고 몇몇 인디오들이 나오선으로 제독과 기독교인들을 보러 와서 경탄했으며, 제독이 그들에게 교역품을 주자 매우 기뻐했다. 기독교인 2명이 되돌아왔고, 바다에서 약간 멀리 떨어진 곳에 마을이 하나 있다고 했다. 제독은 육지로 노를 저어 마을이 있는 곳으로 가도록 했고, 인디오 몇몇이 해안으로 다가오는 것을 보았다. 그들이 두려움에 떨고 있는 듯해서 보트를 멈추게 하고 나오선에 데리고 있던 인디오들에게 자신이 그들에게 어떤 해도 끼치지 않을 것임을 전하라고 했다. 그러자 그들은 좀 더 바다 쪽으로 왔고, 제독도 육지 쪽으로 다가갔다. 그들이 두려움을 완전히 떨친 뒤에는 정말 많은 이들이 다가와서 감사를 표하고 육지를 가득 메웠으며, 남자들뿐만 아니라 여자들과 아이들도 있었다. 그들은 이곳저곳을 분주히 오가더니 그들이 아헤라고 부르는 니암으로 만든 빵을 우리에게 가져왔고, 아헤는 매우 희고 맛이 좋았다. 그들은 호리병박과 카스티야에서 만든 것과 같은 진흙 토기에 물을 담아 왔다. 그들은 가지고 있는 모든 것을 우리한테 가져왔으며, 제독이 원하는 것을 알게 되면 그 모든 것을 너무나 충만하고 만족스러운 마음으로 가져와서 그 모습이 경이로웠다. 제독의 말이다. "그들이 내준 것이 가치가 적은 것이어서 그렇게 흔쾌히 우리한테 준 것이 아닙니다. 왜냐하면 금 조각들을 내주는 사람들이나 물을 담은 호리병박을 주는 사람들이나 그 태도는 동일했고 너무나 흔쾌했습니다. 물건을 내줄 때 주고자 하는 마음이 넘치면 그것을 쉽게 알아차릴 수 있습니다." 제독은 이렇게 말하기도 했다. "이 사람들은 장창도 투창도 그 어떤 무기도 가지고 있지 않고, 아주 넓은 것으로 보이는 이 섬 전체의 다른 이들도 마찬가지입니다. 그들은 남자뿐만 아니라 여자들도 어머니가 그들을 낳았을 때처럼 벌거벗었고, 후아나섬과 다른 섬들에서는 여자들은 남자들이 가리개로 앞부분을 가리는 것처럼 앞쪽에 면으로 된 천을 걸쳐서 성기를 가리며 특히 12살이 넘는 경우 그렇게 하는데, 이곳에서는 젊은 여성도 늙은 여성도 그렇게 하지 않습니다. 다른 곳들에서는 모든 남자들이 질투심에 기독교인들한테서 자기 부인을 숨기는데 이곳에서는 그러지 않습니다. 몸이 매우 아름다운 여자들이 있는데, 그녀들은 가장 먼저 와서 하늘에 감사드리고 갖고 있는 모든 것들을 가져오며, 특히 먹을 것을 들고 옵니다. 아혜로 만든 빵과 개암 같은 열매, **140** 대여섯 종류의 과일들입니다." 제독은 두 폐하에게 가져가기 위해 그것들을 말리라고 명령했다. 다른 지역에서도 남자들이 여자들을 숨기기 전에는 그렇게 했다. 제독은 부하들에게 어디에서도, 누구와도, 무슨 일을 두고도 마찰을 일으키지 말고, 어떤 것도 그들의 뜻에 반하여 취하지 말 것을 명령하며 그들한테 받는 물건에 대해서는 대가를 지불하라고 했다. 마지막으로 제독은 그렇게 마음이 착하고 거리낌 없이 물건을 내주며 또 겁에 질린 사람들이 존재한다는 것이 믿기 힘들 정도이고, 그들은 앞다투어 가진 것을 기독교인들에게 내주고, 기독교인들이 도착하면

---

140 〔바렐라〕 땅콩이다. 라스카사스는 그들이 이것을 마니(maní) 라고 부르며 카사비 빵과 같이 먹는다고 적었다.

가진 것 전부를 들고 달려왔다고 말했다. 이후 제독은 6명의 기독교인을 마을로 보내 상태가 어떤지 보도록 했는데, 그들은 기독교인들에게 그들이 할 수 있는 범위 내에서 최대한 공경을 표하고 가진 것 전부를 내주었고, 이는 그들이 제독과 그 부하들이 하늘에서 왔다는 것을 추호도 의심하지 않았기 때문이다. 다른 섬에서 데려와 제독과 지내던 인디오들도 제독이 제대로 말해 주었음에도 불구하고 같은 생각을 했다. 6명의 기독교인이 떠난 다음에 카노아 몇 척을 타고 사람들이 왔는데 그들은 한 수장의 명을 받아 제독에게 그곳에서 떠날 때 자기 마을로 와달라는 요청을 하러 온 것이었다(카노아는 그들이 항해할 때 사용하는 배이며, 큰 것도 있고 작은 것도 있다).[141]

그 수장의 마을은 한 섬으로 가는 길의 곳에 있었고, 많은 사람들이 제독을 기다리고 있는 것을 보고 그는 그곳으로 갔다. 섬을 떠나기 전에 남자, 여자, 아이 할 것 없이 놀랄 정도로 많은 사람들이 해안에 나와서 가지 말고 자신들과 함께 있어 달라고 외쳤다. 초대하기 위해서 온 다른 수장의 사신들은 제독이 자기 왕을 보지 않고 떠날까봐 카누에서 기다리고 있었다. 제독은 그들이 요청한 대로 했다. 그 수장이 제독을 기다리고 있던 곳으로 다가가자 그들은 먹을 것을 많이 준비해 두었고, 수장은 모든 부하들에게 앉으라고 하고 해안에 제독이 타고 온 보트 쪽으로 음식을 가져다주라고 명했다. 제독이 수장에게 보낸 것들을 받는 것을 보자 거의 모든 인디오들 대부분이 근처에 있

---

141 이 문장은 라스카사스가 끼워 넣은 것으로 보인다. 일지 전반에 카노아에 대한 설명이 지나칠 정도로 반복되고 있다.

는 것이 틀림없는 마을 쪽으로 달려가서는 그곳에서 더 많은 음식과 앵무새, 그들이 가지고 있던 다른 것들을 너무나 흔쾌히 가져왔고 이는 경이로웠다. 제독은 그들에게 유리구슬 꿴 것과 놋쇠반지, 방울을 주었는데 이는 그들이 뭔가를 요구했기 때문이 아니라 그것이 합당하다고 생각했기 때문이며, 제독이 말하길 특히 그들을 이미 기독교인이자 카스티야 사람들 이상으로 두 폐하의 신민으로 간주하기 때문이라고 했다. 무엇을 시키더라도 그들은 반대하지 않고 행할 것이기 때문에 언어를 배워서 그들에게 명령을 내리기만 하면 된다고 제독이 말했다. 제독이 그곳을 떠나 본선 쪽으로 가자 인디오들은 남자, 여자, 아이들 할 것 없이 기독교인들에게 떠나지 말고 그들과 함께 남아 달라고 소리를 쳤다. 제독 일행이 떠나자 사람들이 카노아에 가득 타고 나오선을 뒤따라 왔으며, 제독은 그들에게 친절하게 대하고 먹을 것과 가지고 있던 것을 주도록 했다. 그 전에 서쪽 지역에서 다른 수장이 오기도 했고, 가장 큰 나오선이 육지에서 반 레구아 거리에 있었는데 많은 이들이 헤엄쳐서 오기도 했다. 앞서 언급한 수장은 돌아갔고, 제독은 사람을 보내 살펴보고 그에게 이 섬들에 대해 물어보도록 했다. 그는 사람들을 매우 잘 맞이해 주었고, 그들을 자기 마을로 데려간 뒤 큰 금 조각 몇 개를 주었다. 그들은 큰 강에 도착했고, 인디오들은 그 강을 헤엄쳐서 건넜지만 기독교인들은 헤엄을 칠 수가 없어서 되돌아왔다. 이 지역 전체에는 하늘에 가 닿을 것 같은 매우 높은 산들이 있었는데 테네리페섬에 있는 산은 이 산들의 높이와 아름다움에 있어서 비할 바가 아니었다. 모든 산들은 푸르고 나무들이 가득해서 경이로웠다. 이 산들 사이에는 아주 멋진 평야들이 펼쳐져 있었고, 남쪽으로 항구 아래에는 매우 큰 평야가 있어서 눈으로는 그 끝을 다 가늠할 수 없었고, 시야를 가리는 산도 없었다. 평야는 15에서 20레구아 정도로 보였으며 거기로 강이 하나 흘렀고, 모두 사람들이 살고 있었으며 경작되어 있었다. 지금은 너무 푸르러서 마치 카스티야의 5월이나 6월과 같았지만 밤의 길이는 14시간이었고 땅은 상당히 북쪽에 위치하고 있었다. 이 항구는 잘 보호되고 있었고 수심이 깊어서 어떤 바람이라도 잘 막아 주며, 모두 착하고 온순한 사람이 살고 있었다. 그들은 좋든 나쁘든 무기라곤 없었다. 어떤 배라도 다른 배로부터 밤에 공격을 받을 수 있다는 두려움 없이 그 항구에 머무를 수가 있는데, 항구의 입구가 상당히 넓어서 그 폭이 2레구아가 넘지만 물 위에서는 거의 보이지 않는 돌로 된 암초 2개로 매우 잘 막혀 있기 때문이다. 하지만 이 암초에는 매우 좁은 입구가 있어서 들어갈 수 있고 이는 마치 인공적으로 만든 듯하며, 배들이 들어가려고 할 때 항구의 통로가 되어준다. 입구의 수심은 해변과 나무들이 있는 평평한 한 작은 섬까지 7브라사이다. 섬의 서쪽으로 항구 입구가 있고, 나오선은 암초가 있는 곳까지 접근할 수 있다. 북서쪽에는 섬이 3개 있으며, 세상에서 가장 뛰어난 이 항구의 끝에서 1레구아 거리에는 큰 강이 하나 있다. 제독은 그곳에 산토토마스 바다의 항구라는 이름을 붙였는데 이날이 그 성인의 날이었기 때문이고, 또한 강의 크기 때문에 바다라고 부른 것이었다.

12월 22일 토요일

날이 밝자 제독은 인디오들이 금이 많다고 한 섬들, 그중에서도 흙보다도 금이 더 많다고 한 몇몇 섬들을 찾아가기 위해 돛을 올렸다. 하지만 바람이 불지 않아서 다시 정박해야만 했고, 보트를 보내 그물로 물고기를 잡아오라고 했다. 그 섬의 수장[142]은 그곳에서 가까운 곳에 거처가 있었고, 제독에게 사람들이 가득 탄 큰 카노아 1척을 보내며 거기에 신임하는 신하 1명을 태워 제독에게 배를 타고 자기 영토로 올 것을 요청했고, 가지고 있는 모든 것은 다 내주겠다는 뜻을 전했다. 그는 신하를 통해 허리끈을 선물로 보냈는데 거기에는 주머니 대신 가면이 달려 있었고 망치로 두드려서 편 금으로 만들어졌으며 2개의 큰 귀와 혀, 코가 있었다. "이 사람들은 너무나 마음이 열려 있어서 얼마를 요청하든 어떤 거리낌도 없이 내줍니다. 그들에게 무언가를 요청하는 것은 그들에게 은혜를 베푸는 것처럼 보입니다." 이것은 제독이 한 말이다. 인디오들은 보트와 마주쳤으며 한 견습선원에게 허리끈을 주었고, 사신을 태운 카노아를 타고 나오선 옆으로 다가왔다. 제독이 그들의 말을 이해하려고 애쓰는 동안 낮 시간이 꽤 흘렀고, 사물을 지칭하는 단어들에 약간 차이가 있었기 때문에 그가 데리고 있던 인디오들도 그들의 말을 잘 이해하지 못했다. 마침내 제독은 그들이 손짓으로 초대를 하고 있다는 것을 깨달았다. 미신이 아니라 믿음 때문에 일요일

142　라스카사스는 여백에 다음과 같이 적었다. "이 사람이 마리엔(Marién)의 왕인 과카나가리로, 제독은 마리엔의 영토에 요새를 만들고 39명의 기독교인을 남겼다."

에는 항구를 떠나는 일이 잘 없었지만 제독은 일요일에 그곳으로 떠나기로 결정했다. 제독이 말하길 그들이 갖고 있는 의지로 보아 그들이 기독교인이 되고 두 폐하의 사람들이 될 것이라고 희망하며, 제독은 이미 그들을 두 왕의 백성으로 여기고 있으며, 그들이 제독에게 사랑으로서 봉사하도록 제독도 그들을 좋아하고 기꺼이 할 일을 할 것이라고 말했다. 오늘 떠나기 전에 제독은 이곳에서 서쪽으로 3레구아 떨어져 있는 아주 큰 마을로 6명의 사람을 보냈는데 그 마을의 수장이 지난 토요일에 제독한테 와서 금 조각 몇 개를 가지고 있다고 했기 때문이다. 기독교인들이 거기에 도착하자 수장은 일행 중 1명이었던 제독의 서기의 손을 잡았다. 제독은 인디오들에게 부적절한 일을 하지 못하도록 서기를 함께 보냈던 것이다. 인디오들은 너무도 경계심이 없었고, 스페인인들은 너무 탐욕스럽고 절제를 몰랐기 때문에[143] 장식끈 끄트머리 하나, 심지어 유리 조각이나 그릇 조각, 혹은 전혀 가치가 없는 것을 내주면서 인디오들이 그들이 원하는 만큼 내줘도 만족하지 못했다. 심지어는 그들에게 아무것도 주지 않으면서 있는 모든 것을 원하고 취하고자 했으며, 제독은 항상 이를 금지하려고 했다. 그들이 기독교인들에게 내주는 것들은 대부분 가치가 없는 것들이었지만 금을 주기도 했다. 제독은 인디오들이 경계심이 없어서 유리구슬 6개를 받고 금 한 조각을 내놓는 것을 보고 그들의 물건을 받고 그 대가로 아무것도 내놓지 않는 일이 없도록 명했다. 수장은 서기의 손을 잡았고 따르고 있던 아주 많은 주민들 전부와 그를 자기 집으로 데려가서 그

---

143 스페인 동포들에 대한 라스카사스의 부정적인 견해가 들어가 있다.

에게 먹을 것을 주라고 했고, 모든 인디오들은 스페인인들에게 면실로 짠 여러 가지 것들과 실 꾸러미들을 가져왔다. 오후에 수장은 그들에게 거위 3마리와 작은 금붙이 몇 개를 주었고, 많은 이들이 와서 스페인 일행이 그곳에서 교환한 물건들을 운반했다. 그들은 기독교인들을 등에 업고 가려고 고집을 부렸고, 몇몇 강을 건널 때와 진흙이 많은 곳에서는 실제로 그렇게 했다. 제독의 지시로 수장에게 몇몇 물건들을 주자 그와 부하들은 매우 만족했고, 그들은 기독교인들이 정말로 하늘에서 왔고 그들을 만난 것이 행운이라고 생각했다. 이날 120척이 넘는 카노아가 본선으로 다가왔는데, 카노아는 전부 사람들로 가득했다. 모든 이들은 물건을 갖고 왔는데 그들이 먹는 빵과 생선, 토기144에 담은 물, 좋은 향신료들의 씨앗 다량이었다. 그들은 물이 담긴 그릇에 씨앗 하나를 넣어서 물을 마셨으며, 제독이 데리고 있던 인디오들이 그것이 매우 건강에 좋다고 말했다.

12월 23일 일요일

사절을 보내 제독에게 와 달라고 부탁한 수장의 땅에는 바람이 불지 않아서 본선을 타고 가지는 못하고, 보트에 사람들과 서기를 태워서 기다리고 있던 3명의 사자(使者)들과 보냈다. 서기를 태운 배가 가는

---

144 콜럼버스는 여러 곳에서 타이노인들이 활발히 농업을 하고 토기를 제작하는 것에 대해 증언하고 있다. 이들은 문자를 사용하지 않았고 단시간 내에 거의 절멸하였으므로 이후 고고학자들은 주로 토기의 문양과 형태를 통해 앤틸리스 제도의 인구 분포 및 이주, 특징을 파악하였다.

동안 제독은 그가 데리고 있던 인디오들 중 2명을 본선이 정박해 있던 곳 근처 마을로 보냈고, 그들은 한 수장과 함께 나오선으로 돌아와 에스파뇰라섬에 많은 양의 금이 있다는 소식을 전했다. 다른 지역에서 그곳으로 금을 사러 올 정도이므로 제독이 원하는 만큼 금을 구할 수 있을 것이라고 했다. 다른 이들도 와서 그곳에는 금이 많다고 확언했고, 제독에게 금을 채취하는 방법을 보여 주었다. 제독은 그 말을 제대로 이해하기가 어려웠지만 그 지역에는 엄청나게 많은 금이 있을 것이라는 점은 여전히 확신했으며, 금을 채취하는 곳을 찾아낸다면 그곳은 금이 매우 쌀 것이며, 헐값으로 구할 수 있을 것이라고 확신했다. 제독은 금이 많이 있을 것이라고 반복해서 말했는데, 그 항구에서 3일 동안 지내면서 상당량의 금 조각을 구했고, 그것을 다른 곳에서 가져온 것이라고는 믿을 수 없었기 때문이었다. "모든 것을 관장하시는 주님이시여, 저를 도와주시고 당신의 뜻대로 제게 주소서." 이것은 제독의 말이다.

제독이 말하길 지금까지 나오선으로 1천 명이 넘는 사람이 찾아왔고, 모든 이들이 그들이 가진 것 중 무엇이라도 가져왔다고 했다. 나오선에서 석궁의 사정거리 절반쯤 되는 곳에 도착하기 전에 그들은 타고 있던 카노아에서 몸을 일으켜 그들이 가져온 것을 손에 들고 "받으세요, 받으세요"라고 말했다. 또한 제독은 육지에서 1레구아나 떨어진 곳에 정박해 있던 나오선으로 카노아가 없어서 헤엄쳐 온 사람이 500명은 넘을 것이라고 봤다. 그는 5명의 수장들이 자기 자식들과 집안사람들, 부인들과 아이들을 데리고 기독교인들을 보러 왔다고 가늠했다. 제독은 모든 이들에게 무언가를 주라고 명했는데, 그 물건들이 이곳에서 잘 쓰였기 때문이라고 했다. 그는 말한다. "주님이시여, 자비를 베풀어 제가 이 금, 즉 금이 있는 광산을 찾을 수 있도록 이끌어 주십시오. 여기에 금광이 어디에 있는지 안다고 말하는 자들이 매우 많습니다." 이것은 제독이 한 말이다. 밤에 보트를 타고 갔던 이들이 돌아와 전하길 자신들이 상당히 먼 길을 갔다가 돌아왔는데, 카리바탄(카리바타) 산까지 가는 길에 엄청난 수의 사람을 태운 많은 카노아가 제독과 기독교인들을 보러 가는 것을 목격했다고 한다. 제독은 성탄절 축제를 그 항구에서 연다면 잉글랜드보다 더 큰 것으로 추정되는 그 섬의 사람들 전부가 보러 올 것이라고 확신한다고 했다. 인디오들은 모두 기독교인들과 함께 마을로 돌아갔고, 기독교인들이 확언하기를 그 마을은 지금까지 지나오고 발견한 다른 마을과 비교해서 가장 크고 길이 가장 잘 정비되어 있다고 했다. 제독은 마을이 남동쪽으로 거의 3레구아 떨어져 있는 산타곶(Punta Santa) 쪽에 있다고 말했다. 카노아는 노를 사용해 빨리 움직이기 때문에 인디오들이 앞서 나가서 그들이 카시케라고 부르는 이에게 알렸다. 그때까지 제독은 카시케가 왕을 의미하는지, 통치자를 의미하는지 이해하지 못했다. 또한 그들은 높은 이를 부르는 니타이노(Nitayno)[145]라는 다른 호칭도 사용하는데, 제독은 그것이 하급 귀족인지, 통치자인지 재판관을 의미하는지 알지 못했다. 마침내 카시케는 사람들에게 왔고, 모든 주민들이 매우

---

145 라스카사스는 원고 여백에 "니타이노는 왕국에서 왕 바로 다음 서열을 이루는 높은 지위이다"라고 기록하고 있다. 타이노 사회의 계급을 보면 카시케 아래에 카시케를 보좌하는 니타이노가 있고, 다음은 베이코(behíco)라고 불리는 주술사 계급, 그 아래에는 나보리아(naboría)라고 하는 평민들이 있다.

깨끗이 청소된 광장에 모여 있었는데 2천 명이 넘었다. 이 왕은 배를 타고 온 스페인인들을 정중히 대했고, 주민들은 그들에게 먹을 것과 마실 것을 갖다 주었다. 이후 왕은 사람들 각각에게 여성들이 몸에 걸치는 면천을 몇 개씩 주었고, 제독에게는 여러 마리의 앵무새와 금 조각 몇 개를 주었다. 주민들 또한 같은 면천과 집에 있던 물건들을 선원들에게 내줬으며, 선원들이 아무리 사소한 것을 답례로 내놓더라도 그들이 물건을 받는 태도를 보면 그것을 유품만큼이나 귀하게 여기는 듯했다. 이미 오후가 되어서 제독이 떠나려는 인사를 하려고 하자 왕은 그들에게 다음 날까지 있으라고 간청했으며, 모든 마을 사람들 역시 마찬가지였다. 출발을 결정한 것을 보고 섬사람들은 오랫동안 따라와 배웅해 주었으며, 카시케와 다른 이들이 준 물건들을 등에 메고 와서 강어귀에 정박해 두었던 보트에 실어 주었다.

12월 24일 월요일

해가 뜨기 전 제독은 닻을 올려 육풍을 받으며 출발했다. 어제 나오선까지 따라와서 그 섬에는 금이 많다는 것을 알려 주고 금을 채취하는 곳의 이름을 가르쳐 준 많은 인디오들 중에서 한 사람이 가장 의욕과 열의가 있는 듯했고 제독에게 아주 즐겁게 이야기를 해서 제독은 그를 부추겨 자신과 함께 가서 금광이 있는 곳을 알려 달라고 부탁했다. 그는 동료인지 친척인지 모를 한 사람을 더 데려와 금을 채취하는 곳이라고 그들이 언급한 곳들 중 시팡고에 대해서 말했고, 그들 말로는 시바오146라고 한다고 했다. 그들은 거기에 많은 양의 금이 있다고 확신했고, 카시케는 망치로 눌러서 편 금으로 만든 표지들을 가져왔으며 그곳이 동쪽으로 멀리 떨어져 있다고 했다. 제독은 이 부분에서 두 왕에게 다음과 같이 말하고 있다. "국왕 폐하께서는 세상 어디에도 이렇게 선량하고 온순한 사람들이 없다는 것을 믿어 주시기 바랍니다. 나중에 그들을 기독교인으로 만들고 두 분에게 속한 영토의 좋은 관습들을 익히게 하는 것을 커다란 즐거움으로 삼게 될 것입니다. 이보다 선량한 사람들과 좋은 땅은 세상에 없으며, 사람들이 아주 많고 땅도 매우 광활해 어떻게 묘사해야 할지 모르겠습니다. 저는 현지인들이 쿠바라고 부르는 후아나섬의 사람들과 땅에 대해서 지극히 높이 평가했는데, 그곳 사람들과 땅은 이곳과 낮과 밤만큼이나 차이가 크며, 이 땅을 본 다른 어떤 사람도 제가 말한 것보다 더 낮게 평가할 수는 없을 것입니다. 제가 에스파뇰라라고 이름을 붙이고 현지인들은 보이오라고 부르는 이곳의 사물들과 마을들이 경이롭다는 것을 진실로 말씀드립니다. 이곳 사람들은 전부 지극히 친절하며 부드럽게 말을 해서, 말할 때 위협하는 것처럼 보이는 다른 곳의 사람들과 다릅니다. 이들은 남자고 여자고 키가 크며 피부가 검지 않습니다. 모두가 몸에 칠을 하며,147 검은색으로 하는 사람도 있고, 다른 색을 쓰기

---

146 〔아란스〕시바오는 에스파뇰라섬의 내부에 위치한, 동쪽으로 몇 레구아 떨어진 지역 이름으로 이후 거기에서 풍부한 금광이 발견되었다. '시바오', '시팡고' 두 단어가 음성적으로 유사해서 콜럼버스는 며칠 동안 기대에 차기도 하고 의심에 빠지기도 하는 심리상태를 유지한다.

147 《인디아스의 역사》 1권 58장. "검은색이나 다른 색으로 칠을 하는 것은 의심의 여지없이 햇빛으로부터 몸을 보호하기 위해서이다. 색을 칠하게 되면 피부의 염

도 하는데 붉은색을 가장 많이 씁니다. 이는 햇빛에 지나치게 노출되어 병이 나는 것을 막기 위해서라는 것을 알게 되었습니다. 이곳의 집과 장소들은 매우 아름다우며, 그들의 재판관이나 수장은 아랫사람들에게 매우 위엄이 있어서 모두가 그들에게 복종하는 모습이 경이롭습니다. 신분이 높은 이 사람들은 말수가 없고 태도도 아름다우며, 그들이 손짓으로 명령을 내리면 아랫사람들이 이해하는 것이 경이롭습니다." 이 모든 것은 제독의 말이다. 산토토마스 바다로 들어가는 사람이라면 제독이 아미가(Amiga) 섬이라고 이름 붙인, 한가운데에 있는 그 평평한 작은 섬의 입구로 뱃머리를 돌려서 1레구아는 족히 들어가야 했다. 그 섬 쪽으로 들어간 뒤 돌 하나를 〔던진〕[148] 거리에서 서쪽을 지나 동쪽으로 가면 섬에 도착하는데 서쪽에 매우 큰 암초가 있기 때문에 다른 방향으로 접근하면 안 된다. 바다에는 암초 외곽으로도 세 군데의 모래톱이 있고, 이 암초에서 롬바르다 포 사정거리만큼 떨어진 곳에 아미가섬이 있다. 그 사이로 지나갈 때 가장 수심이 얕은 곳이 7브라사이고, 바닥은 자갈이며 그 안쪽으로 세상의 모든 배들을 메어 둘 필요도 없이 다 수용할 수 있는 항구가 있다. 아미가섬 동쪽으로 또 다른 암초와 모래톱이 있는데 이것들은 매우 크며, 바다 쪽으로 많이 뻗어 있어 곶까지 거의 2레구아쯤 뻗어 있다. 하지만

료가 매우 단단히 굳어져, 일을 하는 데 빨리 피곤해지지 않게 된다. 전쟁 시에도 그 염료들로 몸에 칠을 한다."

[148] 원문에 "con el oto de una piedra"라고 쓰여 있으며 해독 불가능한 단어 'oto'가 등장한다. 바렐라에 의하면 나바레테는 이것을 'tiro', 즉 '던짐'이라고 수정해 해석이 가능하도록 했다.

그 사이에는 아미가섬에서 롬바르다 포 사정거리 2배만큼 떨어진 곳에 입구가 있는 듯하다. 아미가섬의 서쪽 카리바탄산의 아래에는 아주 훌륭하고 큰 항구가 하나 있다.

12월 25일 화요일, 성탄절

어제는 바람이 거의 불지 않았지만 산토토마스 바다에서 산타곶까지 항해하고, 곶에서 1레구아 떨어진 곳에 첫 번째 당직시간이 지날 때까지, 즉 밤 11시까지 있었다. 제독은 이틀 낮과 하룻밤 동안 잠을 못 잤기 때문에 자러 갔다. 날씨가 평온해서 나오선을 맡고 있던 선원도 견습선원에게 키를 맡기고 자러 가기로 했다. 이는 제독이 항해 기간 내내 금지한 일로, 바람이 불든 고요하든 견습선원이 절대로 배를 맡지 못하도록 해왔다. 제독은 모래톱과 암초에 대해 잘 숙지하고 있었는데, 이는 일요일에 왕이 있는 곳으로 보트를 보냈을 때 선원들이 산타곶의 동쪽으로 3레구아 반은 족히 지나갔으며 산타곶에서 동남동쪽으로 3레구아를 항해하며 모든 해안과 모래톱을 보았고, 빠져나갈 수 있는 길을 가늠해 보았기 때문이다. 〔뱃길을 직접 파악하지 않은 것은〕 항해 기간 동안 제독이 한 번도 하지 않았던 일이었다. 주님의 보살핌으로 선원들은 저녁 12시에 제독이 잠자리에 누워 휴식을 취하는 것을 보고, 날씨가 쥐 죽은 듯 조용하고 바다가 넓은 그릇에 담겨 있는 물처럼 고요했기 때문에 모두 자러 들어가서 그 견습선원의 손에 키가 쥐어졌던 것이다. 조류의 흐름에 나오선이 모래톱 중 하나로 밀려갔다. 밤이었지만 보통 1레구아 거리에서도 보이고 소리가 들리는

데, 배가 모래톱 위로 너무 부드럽게 이동하다 보니 거의 느껴지지 않았던 것이다. 배를 맡았던 견습선원은 키로 그것을 느끼고 파도 소리를 듣고서 소리쳤고, 그 소리에 제독이 나왔는데,149 제독이 너무 신속해서 아직 아무도 배가 좌초했다는 것을 알아차리지 못하고 있었다. 곧 나오선의 당직을 맡고 있던 사무장150이 나왔고, 제독은 그와 다른 이들에게 선미에 있던 보트를 끌어내리고 닻을 꺼내서 선미 쪽으로 던지라고 했다. 사무장과 함께 여러 사람이 보트로 뛰어들자 제독은 그들이 자신이 내린 명령을 수행하는 것이라고 생각했다. 하지만 그들은 그저 바람이 불어오던 쪽으로 반 레구아 떨어진 곳에 있던 카라벨선으로 도망칠 심산이었다. 카라벨선이 사태를 정확히 파악하고 그들을 받아들이지 않자 그들은 나오선으로 보트를 돌렸지만, 카라벨선의 보트가 먼저 나오선에 도착했다. 제독은 자기 부하들이 도망치는 것을 보았고 바닷물이 빠져나간 뒤에 보니 이미 나오선이 기울어져 있어 달리 방법이 없다고 생각하고는 배를 꺼낼 수 있을지 판단하기 위해 돛대를 자르고 나오선에서 짐을 빼서 최대한 가볍게 만들라고 명령했다. 바닷물이 계속 빠져나갔고, 문제를 해결할 수 있는 방법이 없었다. 파도가 거의 없는데도 나오선은 교착 해면이 생긴 바다 쪽으로 기울어졌고, 배 판자의 이음새가 갈라지긴 했지만 선체는 무사했다. 제독은 나오선의 사람들을 옮기기 위해 카라벨선으로 갔

149　〔아란스〕 산타마리아호는 지금의 카라콜(Caracol) 만의 암초에 뱃머리 부분을 부딪쳐 좌초하였다.

150　〔아란스〕 산타마리아호의 소유주이자 사무장인 후안 데라코사(Juan de la Cosa)로, 콜럼버스는 에두르지 않고 그의 잘못을 탓한다. 12월 26일 일지를 참조할 것.

다. 이미 바람이 약하게 육지에서 불어오고, 아직 새벽이 오려면 시간이 많이 남았고 모래톱이 얼마나 뻗어 있는지 몰랐기 때문에 날이 샐 때까지 대기하고 있다가 모래톱의 암초 위에 있던 나오선으로 갔다. 제독은 코르도바 출신인 선단의 집행관 디에고 데아라나(Diego de Arana)와 왕실의 시종관 페드로 구티에레스에게 보트를 타고 육지로 가서 토요일에 본선들을 타고 자기 항구로 와주기를 간청했던 왕에게 상황을 알리도록 했다. 그의 마을은 그 모래톱에서 1레구아 반 정도 거리에 있었다. 제독이 말하길, 왕은 그 사실을 알고는 눈물을 흘리며 아주 큰 카노아 여러 척에 마을 사람들을 전부 다 태워 보낸 뒤 나오선의 물건들을 다 내리도록 했다. 그렇게 했더니 갑판에 있던 모든 것들을 아주 빠르게 내릴 수 있었고, 이는 그 왕이 많이 준비하고 애써 준 덕분이었다. 왕 자신이 신하, 자기 형제들과 친척들과 함께 나오선에서의 작업뿐만 아니라 육지로 옮겨 실었던 짐들을 간수하는 데 애를 써서 모든 물건들이 조심스레 다뤄질 수 있었다. 그는 가끔씩 자기 친척 중 한 사람을 제독에게 보냈고, 제독을 위로하기 위해 괴로워하지도 화내지도 말라며 제독에게 자신이 가진 모든 것을 주겠다고 말하며 울었다. 제독은 두 폐하께 카스티야 어느 곳에서도 모든 물건들이 그렇게 장식끈 하나 없어지지 않은 채 간수되지는 못할 것이라고 확신했다. 왕은 모든 물건들을 집 옆에 두라고 하며 집 몇 채를 비워서 내주고 거기에 모든 것을 두고 간수하도록 했다. 그는 무장한 남자들을 그곳에 배치해서 밤새 지키도록 했다. 다음은 제독의 말이다. "그는 모든 자기 주민들과 함께 너무 많이 울었습니다. 그들은 사랑이 가득하고 탐욕이 없는 사람들이며, 모든 면에서 유순해서 저는 두 국왕 폐하께 지상에는 그들보다 선한 사람도, 그곳보다 더 나은 땅도 없다는 것을 확신합니다. 그들은 자신의 이웃을 자기 자신처럼 사랑하고, 그들의 말은 세상에서 가장 부드럽고 유순하며 항상 미소를 띠고 말합니다. 그들은 남자건 여자건 어머니가 자신을 낳았을 때처럼 벌거벗고 다니지만 국왕 폐하께서는 그들이 매우 좋은 풍습을 갖고 있으며, 이곳의 왕은 아주 경이로운 위엄을 갖추고 절도 있는 태도를 갖고 있어서 이 모든 것을 보는 것이 즐겁다는 것을 믿으셔도 됩니다. 그들은 기억력이 좋으며, 모든 것을 보려 하고 물건들을 보면 그것이 무엇이고 또 무엇에 쓰이는 것인지 질문합니다." 이 모든 것은 제독이 한 말이다.

12월 26일 수요일

오늘 해가 뜨자 그 지역의 왕이 제독이 있는 니냐호로 다가와서는 거의 울면서 제독에게 괴롭히지 말라고 말하며 자신이 가진 것을 얼마든지 내줄 것이라 했다. 그는 뭍에 와서 지내고 있는 기독교인들에게 매우 큰 집 두 채를 내주었고, 필요하다면 더 내줄 것이라 하며 나오선에서 짐을 싣고 내리기 위한 카노아도 얼마든지 줄 수 있고 육지에서 필요한 인원도 제공하겠다고 했다. 어제 이미 그는 빵 부스러기 하나, 혹은 다른 어떤 것도 받지 않고 그렇게 해주었으며, 제독은 "그들이 매우 충직하며, 남의 것을 탐내지 않습니다"라고 말하며 그들의 덕 있는 왕이 특히 더 그러하다고 했다. 제독이 그 왕과 이야기를 나누고 있을 때 다른 영토에서 한 카노아가 왔고, 가져온 황금 조각 몇

182

개를 방울 하나와 바꾸고 싶어 했다. 그들이 가장 원한 것이 다름 아닌 방울이었고, 카노아가 배 옆으로 오기도 전에 그들은 금 조각들을 보여 주며 방울을 추크추크(chuq chuq)라고 부르며 방울 때문에 거의 미쳐 버리기 직전이었다. 이 광경을 본 그곳의 인디오들은 다른 곳에서 온 카노아들이 떠난 뒤 제독에게 다음 날 손바닥만 한 큰 금 조각 4개를 가져올 테니 방울 하나를 남겨 달라고 부탁했다. 이 말을 듣고 제독은 기뻐했다. 그런 뒤 육지에서 돌아온 한 선원이 육지에 간 기독교인들이 하찮은 것을 주고 받은 황금 조각이 대단하다고 말했다. 그들은 장식끈 하나를 받고[151] 2카스테야노가 넘을 황금 조각들을 주었는데, 그 거래는 한 달 후에 있어날 일에 비하면 아무것도 아니었다. 왕은 제독이 기뻐하는 모습에 매우 흡족해했으며, 그가 황금을 많이 갖기를 원하는 것을 이해하고는 손짓으로 그 근처에 황금이 엄청나게 많이 있는 곳이 어딘지 알고 있으니 안심해도 되며 자신이 제독이 원하는 만큼의 황금을 줄 것이라고 했다. 제독이 말하길 왕이 준 정보에 의하면 시팡고에 금이 있고, 그들은 그곳을 시바오라고 하는데 금의 양이 너무 많아서 금을 전혀 소유하고자 하지 않는다고 하며, 왕이 이곳으로 금을 가져오겠다고 말했다고 한다. 또한 그들이 보이오라고 부르는 에스파뇰라섬과 카리바타 지역에는 황금이 더 많다고 했다. 왕은 카라벨선에서 제독과 함께 식사를 한 뒤 그와 함께

151　《인디아스의 역사》 1권 60장. "그들은 무엇보다도 황동으로 된 것을 좋아해서 장식끈 금속 끄트머리 하나에 손에 들고 있는 모든 것을 기꺼이 다 내주었다. 그들은 황동을 투레이(turey)라고 했는데, 이는 하늘에서 온 것이라는 뜻이다. 왜냐하면 그들 말로 하늘을 투레이라고 하기 때문이다."

육지로 가서 제독을 극진히 맞이했고, 그에게 두세 가지 방식으로 조리한 아혜, 새우, 사냥한 고기로 만든 음식, 그리고 그들이 갖고 있던 다른 음식들과 카사비라고 부르는 빵을 대접했다. 왕은 또 제독에게 집 근처에 심어 둔 나무에서 난 먹거리들을 보여 주었다. 왕과 제독은 1천 명은 족히 되는 사람들과 함께 다녔는데 모두가 벌거벗은 채였다. 왕은 제독이 선물한 셔츠와 장갑을 이미 착용하고 있었고, 그에게 준 다른 어떤 것보다도 장갑을 좋아했다. 왕이 편안히, 아주 청결하고 아름답게 음식을 먹는 모습에서 그의 혈통이 잘 드러났다. 상당히 오랜 시간 동안 탁자에서 음식을 먹은 뒤 아랫사람들이 어떤 풀을 가져오자 왕이 거기에 손을 많이 문질렀는데, 제독은 손을 부드럽게 만들기 위한 것이라고 생각했다. 그들은 제독에게 손 씻을 물을 가져다주었다. 식사를 마친 뒤 왕은 제독을 해변으로 데려갔고, 제독은 터키 활과 화살 한 움큼을 가져오게 해서 동행한 부하들 중 활을 잘 쏘는 한 사람에게 시범을 보이도록 했다. 인디오들은 무기도 없고 사용할 줄도 모르기 때문에 왕은 그것이 무기라는 것을 몰랐지만 활쏘기는 그에게 대단한 것처럼 보였다. 제독이 말하길 처음에 왕은 그들이 카리브인이라고 부르는 카니바섬의 사람들에 대해 이야기하며, 그들이 자신들을 잡으러 오며 쇠를 쓰지 않은 활과 화살을 가져온다고 했다. 그 지역 전체에서는 철과 쇠를 모르며 금과 구리 말고는 다른 금속이 없었고, 구리의 경우도 제독은 아주 조금밖에 보지 못했다. 제독은 왕에게 손짓으로 카스티야의 두 왕이 카리브인들을 정벌하기 위해 군사를 보내라고 명령할 것이며, 그들의 손을 전부 묶어서 데려오게 될 것이라고 했다. 제독은 롬바르다 포 한 발과 에스핑가르다(espingarda, 장총) 한 발을 쏘도록 명했고, 왕은 그 위력과 탄환이 사물을 관통하는 것을 보자 경이로워했으며 그곳 사람들은 그 소리를 듣고 모두 땅에 엎드렸다. 그들은 제독에게 커다란 가면 하나를 가져왔는데, 귀와 눈, 다른 부위에 큰 금 조각이 달려 있었다. 왕은 가면뿐만 아니라 금으로 된 다른 장신구들을 직접 제독의 머리와 목덜미에 걸어 주었으며 제독과 함께 온 다른 기독교인들에게도 여러 장신구들을 주었다. 제독은 받은 물건들을 보며 큰 즐거움과 위안을 느꼈으며, 나오선을 잃은 불안과 괴로움이 누그러졌다. 그는 나오선이 좌초된 것도 거기에 정착지를 만들라는 주님의 뜻이라고 생각했다. 그가 말한다. "이렇게 되기 위해 너무 많은 일들이 일어났는데 사실 그것은 재앙이 아니라 큰 행운이었습니다. 왜냐하면 배가 좌초되지 않았다면 이곳에 정박하지 않고 떠났을 것인데, 이곳은 큰 만의 안쪽으로 들어간 곳으로 만에는 2개 이상의 모래톱 암초가 있고, 사람들을 잔류시키고자 했더라도 그들을 그렇게 잘 준비시키지도 못하고, 요새에 필요한 탄환, 보급품, 채비를 갖출 수도 없었을 것이기 때문입니다. 이곳에 남은 많은 이들이 여기에 머무를 수 있도록 허락해 달라고 제게 요청한 것이 사실입니다. 지금 저는 이곳에 탑과 요새를 잘 지으라고 명령했고, 큰 창고를 만들라고 했습니다. 인디오들 때문에 이러한 것들이 필요해서 지으라고 한 것은 아닙니다. 제가 데리고 온 사람들만으로도 포르투갈보다 크고 인구도 두 배나 많은 것으로 보이는 이 섬 전체를 정복할 수 있을 것입니다. 이들은 벌거벗었고, 무기도 없으며 구제할 수 없을 정도로 겁이 많습니다. 탑을 지으라고 한 것은 이 땅이 두 폐하와 너무 멀리 떨어져 있기 때문에 인디오들로 하여금 폐하의 백성들의 재주와 능력을 알게 하기 위해서이고, 이것이 사랑에서든 두려움에서든 그들을 복종하게 만들 것이기 때문입니다. 그래서 이곳에 남은 이들에게 요새를 다 지을 수 있는 목재, 1년 이상 먹을 수 있는 빵과 포도주, 파종할 씨앗들, 나오선에 딸린 보트를 남겨두고, 뱃밥 채우는 사람, 목수, 포수, 통 제작자 각 1명씩을 잔류시킬 것입니다. 이들 중에는 폐하를 위해 일하기를 바라는 이들이 많으며, 이들은 황금을 채취하는 곳이 어딘지 알아내서 저를 기쁘게 해 주고자 합니다. 일이 이렇게 풀려 나가도록 모든 일이 잘 흘러왔고, 무엇보다도 나오선이 좌초했을 때 너무 조용히 발생해서 거의 느낄 수도 없었고 파도나 바람도 없었습니다." 이는 모두 제독의 말이다. 또한 제독은 나오선이 그곳에서 좌초해서 사람들이 거기에 잔류하게 된 것이[152] 행운이자 신의 확고한 의지임을 보여 주기 위한 것이라고 말했다. 사무장과 선원들은 전부 혹은 대부분이 제독과 같은 지역에서 왔는데, 그들이 나오선을 꺼내기 위해 선미 쪽으로 닻을 던지라는 제독의 명령을 어기지 않았더라면 나오선은 구할 수 있었겠지만 그랬다면 제독이 그곳에 며칠 동안 머무르면서 그곳에 대해 알게 된 것만큼 그 땅에 대해 알 수 없었을 것이고, 이곳에 앞으로 머물게 될 사람들이 뭔가를 알아내는 일 역시 불가능할 것이라고 말했다. 제독은 항상 새로운 땅을 발견하고자 했기 때문에 바람이 불지 않는 경우를 제

---

152 이 요새에 디에고 데아라나의 지휘 아래 39명의 사람들이 남게 되는데, 콜럼버스가 1493년 11월 다시 돌아왔을 때는 스페인인들 사이의 내분과 적대적인 부족의 공격으로 모두 사망한 상태였다.

외하면 어디에서도 하루 이상 머무르지 않았는데, 제독이 말하길 나오선이 매우 무겁고 탐사에 적합하지 않았기 때문이라고 했다. 제독이 그런 배를 타게 된 것은 팔로스의 사람들이 왕과 여왕에게 탐사에 적합한 배를 제공하겠다는 약속을 하고서 이를 지키지 않았기 때문이었다고 했다. 마지막으로 제독은 나오선에 있었던 것들 중 장식끈, 판자, 못 하나 없어지지 않았고, 그릇과 교역품들을 꺼내기 위해 살짝 자르고 쪼갠 것 외에는 배가 출항했을 때와 똑같은 상태라고 말했다. 말한 것처럼 물건들은 모두 육지로 옮겨졌고, 잘 보관되었다. 제독은 카스티야로 간 뒤 다시 이곳으로 돌아왔을 때 남아 있는 이들이 교역을 통해 1토넬의 금을 확보해 두고, 금광과 향신료들을 찾아내서 엄청난 양의 금과 향신료를 가지고 두 폐하께서 3년 내에 신성한 집153을 정복할 준비를 하고 착수할 수 있기를 신에게 기원한다고 했다. 제독이 말한다. "그래서, 제가 두 폐하께 이 항해를 통해서 얻게 되는 모든 수익을 예루살렘을 정복하는 데 쓰자고 강하게 말했고, 두 분은 웃으며 그렇게 된다면 너무 기쁠 것이라며 그 수익이 아니더라도 그렇게 하려고 생각한다고 말했습니다." 이는 제독의 말이다.

---

153 라스카사스의 원문에서는 "la casa Sancta"이며 이는 신성한 집이라는 뜻으로 예루살렘으로 해석하는 것이 가장 타당해 보인다. 바렐라는 이를 예루살렘으로 보았고, 예루살렘 정복은 콜럼버스에게 지속되었던 생각이라고 언급하고 있다. 던과 켈리는 예루살렘의 기독교 성당인 성묘교회(the Holy Sepulcher)로 번역하였다.

12월 27일 목요일

해가 뜨자 육지의 왕이 카라벨선으로 와서 제독에게 금을 구하러 사람들을 보냈고 떠나기 전에 모든 것을 금으로 뒤덮을 테니 그 전에는 가지 말라고 부탁했다. 왕과 그의 형제 1명, 가까운 친척 1명이 제독과 함께 식사를 했으며, 그 2명이 제독과 함께 카스티야에 가고 싶다고 말했다. 이때 인디오 몇 명이 와서 카라벨선 핀타호가 섬의 끝에 있는 한 강에 있다는 소식을 알려 주었다. 곧 카시케는 그곳으로 카노아 1척을 보냈고, 거기에 제독은 선원 1명을 태워 보냈다.[154] 카시케는 놀랄 정도로 제독을 정말 좋아했다. 이제 제독은 최대한 서둘러 카스티야로 돌아갈 채비를 할 수 있겠다고 생각했다.

12월 28일 금요일

요새를 서둘러 완성하고 이곳에 남을 사람들에게 지시를 내리기 위해 제독은 육지로 갔다. 제독이 보트를 타고 올 때 왕이 그를 본 것 같았는데 왕은 짐짓 모른 체하고 서둘러 집 안으로 들어갔고, 자신의 동생이 제독을 맞도록 했다. 그는 기독교인들에게 내준 집 중 한 곳으로 제독을 데려갔고, 그 집은 마을에서 가장 크고 좋았다. 그들은 집 안

---

154 《인디아스의 역사》 1권 61장. "제독은 카노아에 선원을 태워 보내며, 핀손 때문에 선단이 분리되고 고통을 겪은 것은 감추며 다정한 편지를 써 보냈다. 주님이 그들 모두에게 은총을 베풀었으므로 그에게 자신이 있는 곳으로 돌아오라고 설득했다."

에 야자나무의 얇은 껍질로 만든 자리155를 준비해 두었고, 거기에 제독을 앉게 했다. 그런 뒤 왕의 동생은 자신의 종자를 보내, 마치 왕이 제독이 온 것을 모르는 듯 그에게 제독이 거기에 있다는 것을 알리도록 했다. 제독은 왕이 자신을 못 본 척한 것은 더 예를 갖추기 위한 것이라고 생각했다. 제독이 말하길 종자가 그 말을 전하자 카시케는 제독에게 재빨리 달려와서 손에 쥐고 있던 커다란 금덩어리를 그의 목에 걸어 주었다고 했다. 제독은 해야 할 일을 생각하며 그와 함께 오후까지 그곳에 머물렀다.

12월 29일 토요일

해가 뜬 뒤 왕의 조카 1명이 카라벨선으로 왔다. 매우 젊고 이해력이 뛰어나고 제독의 표현에 의하면 담력이 강했다. 제독은 항상 어디서 금을 채취하는지 알고자 했기 때문에 각각의 사람들에게 이를 물었고, 이제는 손짓을 통해 약간은 그들을 이해할 수 있었다. 그러자 그 청년은 제독에게 동쪽으로 나흘을 가면 과리오넥스(Guarionex)156라는 섬이 하나 있고, 마코리스(Macorix), 마요닉(Mayonic), 푸마(Fuma), 시바오, 코르바이(Corvay)라는 이름의 섬들도 있는데157 거기에는 금

---

155 《인디아스의 역사》 1권 62장. "이 깔개는 큰 송아지 가죽만큼 컸고, 매우 깨끗하고 시원했으며 깔개 하나면 한 사람이 쓰는 데 충분해서 황소의 큰 가죽처럼 물에 젖는 것을 피할 수 있다. 그들은 이것을 야구아(yagua)라고 부른다."

156 콜럼버스가 왔을 당시 에스파뇰라섬은 5개 지역으로 나뉘어 통치되고 있었고, 그 중 하나인 마구아(Maguá) 지역을 통치하던 카시케의 이름이 과리오넥스였다.

이 무한정 있다고 했고, 제독은 그 이름들을 적어 두었다. 제독이 상황을 이해한 바로는 왕의 형제 1명이 그가 이름을 가르쳐 준 것을 알고는 언쟁을 했다. 또한 제독은 왕이 제독으로 하여금 다른 곳으로 가서 금을 교환하거나 사지 못하도록 하기 위해서 금이 어디에 있고, 어디서 채취하는지 알아차리지 못하게 하려는 것을 여러 차례 느꼈다. 제독의 말이다. "아주 많은 곳에 황금이 풍부하게 있으며 이 에스파뇰라섬에도 있기 때문에 경이롭습니다." 밤이 되자 왕은 제독에게 황금으로 된 큰 가면을 보냈고, 손 씻는 그릇 하나와 물병 하나를 달라고 부탁했다. 제독은 왕이 그것을 견본 삼아 같은 것을 만들기 위한 것이라고 생각하고 보내 주었다.

12월 30일 일요일

제독이 식사를 하러 육지로 갔고, 시간 맞춰 도착하니 과카나가리158 왕의 휘하에 있는 5명의 왕이 와있었다. 그들은 모두 지위를 잘 나타

---

157 섬의 이름이 아니라 에스파뇰라섬에 있는 지역의 이름들이다. 콜럼버스는 그들의 말을 거의 알아듣지 못했을 것이다.

158 콜럼버스가 왔을 때 에스파뇰라섬은 5명의 카시케에 의해 나뉘어 통치되고 있었다. 과카나가리는 마리엔(Marién)의 카시케였으며, 다른 카시케의 영토로 마구아(Maguá), 하라구아(Jaragua), 마구아나(Maguana), 이궤이(Higüey)가 존재했다. 12월 22일 일지에서 콜럼버스를 자신의 영토로 초대하려 한 수장이 바로 과카나가리이다. 12월 25일 산타마리아호가 난파하자 제독은 사람을 보내 그에게 도움을 요청했고, 불운을 겪은 콜럼버스를 위로하고 스페인인들에게 여러 도움을 제공하는 과카나가리 왕의 모습이 일지에 잘 기록되고 있다.

내 주는 각자의 왕관을 쓰고 있었고, 제독은 "두 폐하께서 그들의 모습을 보면 매우 기뻐하실 것입니다"라고 썼다. 육지에 도착하자 과카나가리 왕은 제독을 맞으러 왔으며, 그의 팔을 이끌어 어제 그 집으로 데려갔고 단과 의자를 마련해 둔 곳에 제독을 앉게 했다. 그런 뒤 왕은 머리에서 왕관을 벗어 제독에게 씌워 주었다. 제독은 목에서 질 좋은 마노와 색이 매우 아름다운 멋진 구슬을 엮어 만들어서 전체적으로 매우 훌륭했던 목걸이를 벗어 왕에게 걸어 주고 그날 입었던 아름다운 붉은색 망토를 벗어서 입혀 주었다. 제독은 색깔이 있는 부츠를 가져오게 한 뒤 그에게 신겨 주었고, 그 손에 큰 은반지를 끼워 주었는데 한 선원이 낀 은반지를 보고 섬 주민들이 몹시 탐을 냈다는 말을 들었기 때문이다. 과카나가리 왕은 매우 즐겁고 만족해했으며, 그와 동행한 왕들 중 2명이 제독과 그가 있는 곳으로 와서 각자 1개씩 큰 금덩어리 2개를 제독에게 주었다. 그때 인디오 1명이 와서 이틀 전 동쪽의 한 항구에서 자신이 카라벨선 핀타호를 떠났다고 했다. 제독이 니냐호가 있는 곳으로 갔더니 선장인 비센테 야녜스가 대황을 보았다고 전하며, 이곳에서 6레구아 떨어진 산토토마스 바다의 입구에 있는 아미가섬에서 그것을 보았고, 줄기와 뿌리를 확인했다고 했다. 대황은 땅 위로 작은 줄기들이 나고 열매는 거의 말라 버린 녹색 오디 같고, 뿌리 근처에서 나는 줄기는 최상의 물감으로 쓸 수 있을 정도로 매우 노랗고 선명하며 땅 속으로는 큰 배 같은 뿌리가 있다고 했다.

12월 31일 월요일

이날 제독은 스페인으로 돌아가기 위해 물과 땔감을 구하는 데 신경을 썼다. 제독은 '사업이 경이로울 정도로 아주 크고 중요해 보였다'며 두 왕에게 빨리 소식을 전하고 배를 보내 앞으로 발견해야 하는 곳들을 계속 탐사해나가기를 원했다. 가축과 다른 여러 가지를 가져 오려면 카스티야에서 그곳까지 얼마나 걸리는지 알아야 하므로 그는 동쪽으로 뻗어 있는 모든 땅과 모든 해안을 다 다녀보기 전에는 떠나고 싶지 않다고 말했다. 하지만 배가 1척밖에 남지 않았기 때문에 탐험을 계속하면서 일어날 수 있는 위험을 감수하는 것이 적절치 않아 보였다. 제독은 카라벨선 핀타호가 떠나 버린 상황 때문에 초래된 악조건과 불편함에 대해서 불평했다.

1493년 1월 1일 화요일

제독은 한밤중에 아미가라는 작은 섬에 보트를 보내 대황을 가져오도록 했다. 보트는 저녁기도 시간쯤에 대황을 한 광주리 정도 가지고 돌아왔다. 땅을 파는 데 쓰는 괭이를 가져가지 않았기 때문에 그 정도밖에 가져오지 못했고, 제독은 그 광주리를 두 국왕에게 견본으로 가져가기로 했다. 제독이 말하길 이 땅의 왕은 금을 가져오도록 카노아를 많이 보냈다고 했다. 핀타호의 행방을 알아보러 간 카노아와 선원이 돌아왔는데 핀타호를 찾지 못했다고 했다. 그 선원이 말하기를 이곳에서 20레구아 떨어진 곳에서 한 왕을 보았는데 그는 머리에 커다란 황금 조각 2개를 쓰고 있었고, 카노아의 인디오들이 그에게 말을 걸자 황금 조각을 벗었으며, 그곳의 다른 사람들도 황금을 많이 가지고 있었다고 했다. 제독은 과카나가리 왕이 황금을 전부 자기 손을 통해 거래되도록 하기 위해 모든 이에게 기독교인들한테 황금을 팔지 못하도록 금지한 것이라고 생각했다. 하지만 엊그제 그가 말한 것처럼 제독은 황금이 너무 많아서 값을 매기지도 않는 곳들을 알고 있었다. 제독이 말하길 그곳에는 또한 식용 향신료도 많으며, 후추와 마네게타(manegueta)159보다도 더 값이 나가는 것이라고 했다. 제독은 그곳에 남기를 원하는 사람들에게 가능한 한 향신료를 많이 확보해 두라고 지시했다.

1월 2일 수요일

제독은 과카나가리 왕과 작별하고 주님의 이름으로 출발하기 위해 아침에 육지로 갔고 왕에게 자신의 셔츠 하나를 준 뒤 그에게 롬바르다 포가 가진 힘과 효과를 보여 주기 위해 한 발 장전해 좌초해 있던 나오선 옆으로 발사했다. 제독은 그들과 전쟁을 벌이고 있는 카리브인

---

159 서아프리카 해안에서 나는 멜레게타(melegueta)를 말한다. 학명은 *Aframomum melegueta*이다. 여문 주머니 안에 후추같이 둥글고 작은 씨앗이 있으며, 그 가치가 높아서 중세 유럽에서는 천국의 씨앗으로도 불렸다. 유럽에서 작고 둥근 알갱이 형태의 향신료는 페퍼로 지칭되곤 했으므로 이 향신료는 멜레게타 페퍼로 불렸고, 이곳 해안은 역사적으로 페퍼 해안(Pepper Coast)으로 알려졌다. 1월 9일 일지에 마네게타 해안으로 언급된다.

들에 대한 이야기를 의도적으로 꺼냈다. 왕은 롬바르다 포의 사정거리가 얼마인지, 석탄(石彈)이 어떻게 나오선의 옆을 지나 바다 쪽으로 아주 멀리 가는지를 보았다. 또한 제독은 섬에 남은 사람들과 배의 무장한 사람들이 모의 전투를 벌이도록 했고, 카시케에게 카리브인들이 오더라도 두려워하지 말라고 당부했다. 제독이 말하길 이는 왕이 잔류한 기독교인들을 친구로 여기도록 하고, 또 그들에게 두려움을 갖도록 하기 위한 것이라고 했다. 제독은 그가 묵던 집으로 식사를 하러 카시케와 그와 함께 있던 이들을 데려갔다. 그리고 신과 두 국왕을 위해 모든 것이 잘 통치되고 운용되도록 하기 위해 섬에 남은 사람들의 대리인으로 임명한 디에고 데아라나와 페드로 구티에레스, 로드리고 데에스코베도를 카시케에게 잘 부탁했다.[160] 그는 제독에게 큰 애정을 가졌고, 그가 떠날 때, 특히 배가 떠나는 것을 보고 매우 슬퍼했다. 왕의 측근 1명이 제독에게 말하길, 왕이 제독의 실제 크기와 똑같이 순금 조상(彫像)을 만들라고 명했으며, 10일이면 가져올 것이라고 했다. 제독은 출발하려고 승선했지만 바람이 불지 않아 떠나지 못했다.

제독은 인디오들이 보이오라고 부르는 에스파뇰라섬을 떠났고, 제독의 말에 의하면 39명의 사람들을 요새에 남겨 두었고 그들은 과카

---

160 디에고 데아라나는 콜럼버스와의 사이에서 에르난도를 낳았던 여성 베아트리스 엔리케스 데아라나의 사촌이다. 제독은 이 3명에게 공동 지휘권을 주었던 것 같고, 이에 대해 라스카사스는 《인디아스의 역사》 1권 63장에서 다음과 같이 적었다. "디에고 데아라나 […] 그가 죽으면 페드로 구티에레스가 지휘권을 받고 그 역시 죽게 되면 그의 직능을 로드리고 데에스코베도가 갖는다."

나가리 왕과 매우 친해졌다. 그리고 그들을 관리할 사람으로 코르도바 출신의 디에고 데아라나, 왕의 연단 시종 겸 식료품 담당장의 하인인 페드로 구티에레스, 세고비아(Segovia) 출신이자 로드리고 페레스(Rodrigo Pérez)의 조카인 로드리고 데에스코베도를 선정해 제독이 왕으로부터 받은 권리를 위임했다. 제독은 그들에게 왕이 물물교환을 위해 구매해가도록 한 모든 상품을 남겼는데 그 양이 많았고, 나오선에 있던 모든 물품과 함께 금과 교환하거나 금을 사는 데 사용하도록 했다. 제독은 또한 그들에게 1년 치 비스킷과 포도주, 많은 대포를 남겼으며, 그들이 선원이었기 때문에 나오선의 보트도 남겨서 적절한 때라고 판단이 되면 황금 광산을 발견하러 가는 데 쓰도록 해 제독이 이곳에 돌아왔을 때 많은 황금을 볼 수 있도록 했다. 또한 그들이 보트를 타고 마을을 찾아 나설 수도 있는데 그가 보기에 지금 항구가 좋지 않았고, 섬 주민들이 가져온 황금은 주로 동쪽에서 왔기 때문에 선원들이 동쪽으로 가게 된다면 스페인과 더 가까워질 수 있을 것이라고 했다. 제독은 또한 그들에게 파종할 씨앗을 남겼고, 그곳의 공무를 담당할 서기와 집행관, 나오선을 고치는 목수이자 뱃밥 수리공, 기계를 잘 아는 대포병, 통 제작자, 의사, 재단사를 각 1명씩 남겼으며, 제독이 말하길 이들 모두는 뱃사람들이라고 했다.

1월 3일 목요일

제독이 여러 섬에서 데려와 같이 지내다가 남게 된 인디오들 중 3명이 어젯밤 돌아왔고, 그들이 다른 인디오들과 그 부인들도 해가 뜨면 올 것이라고 했기 때문에 제독은 이날 출발하지 않았다. 161 파도가 꽤 거칠어서 보트는 육지에 머물 수가 없었다. 제독은 하느님의 가호를 받으며 내일 출발하기로 결심했다. 그는 자기한테 카라벨선 핀타호만 있었더라도 이곳 섬들의 해안을 계속 항해하고 1토넬의 금을 가져가는 것이 확실할 텐데, 지금은 배가 1척밖에 없어서 위험을 감수할 수가 없으며, 안 좋은 일이라도 생기면 카스티야로 돌아가는 데 지장이 있고 자신이 발견한 모든 것을 두 국왕에게 알릴 수 없다고 했다. 핀타호가 마르틴 알론소 핀손의 지휘로 스페인에 무사히 도착하는 것이 확실하다면 제독은 자신이 원하는 바를 계속 해나가면 되지만, 지금 핀손이 어떻게 되었는지 알 수 없고 이미 도착했다면 그가 큰 잘못을 저지르고 허락 없이 가 버린 것과 재화를 모으고 그것에 대해 알 수 있는 기회를 놓치게 만든 것에 대해 응당 받아야 하는 벌을 받지 않으려고 두 폐하에게 거짓말을 할 것이다. 하지만 제독은 주님이 좋은 날씨를 베풀어 주고 모든 것이 잘 해결될 것임을 믿는다고 했다.

1월 4일 금요일

해가 뜨자 바람이 거의 없었지만 제독은 닻을 올렸다. 보트를 앞세우고 북서쪽으로 항로를 잡아 암초에서 벗어나기 위해 들어왔던 것

---

161 《인디아스의 역사》 1권 64장. "이 섬에서 얼마나 데려갔는지 알 수 없지만 몇 명 정도일 것이다. 포르투갈 역사서를 보면 제독은 카스티야로 총 10명에서 12명의 인디오를 데려갔다. 나는 세비야에서 그 인디오들을 보았는데, 유심히 세어보지는 않았다."

보다 더 넓은 수로로 나갔다. 그 수로와 다른 수로들도 나비다드(Navidad)[162] 마을 앞으로 지나가기에는 매우 훌륭했고, 그 근처 어디든 가장 낮은 곳의 수심이 3브라사에서 9브라사였다. 이 두 수로는 북서쪽에서 남동쪽으로 뻗어 있었으며, 암초들이 산토(Santo) 곶에서 시에르페(Sierpe) 곶까지 6레구아 이상 이어져 있었고 그중 바다 쪽으로 족히 3레구아가 나와 있었다. 산토곶에서 1레구아 떨어진 곳에서는 수심이 8브라사를 넘지 않았고, 그 곳 안 동쪽으로 모래톱이 많았지만 입구가 되어줄 수로들이 많았다. 그 모든 해안은 북서에서 남서로 이어져 있으며, 땅은 4레구아 거리까지 매우 평평하다. 그 너머에는 매우 높은 산들이 있으며 전부 큰 마을들이 들어서 있고, 스페인 사람들을 대하는 것을 보면 그곳 주민들은 선량한 이들이다. 제독은 그렇게 동쪽 방향으로 아주 낮은 땅과 이어져 있어서 섬처럼 보였지만 섬이 아니었던 매우 높은 산 쪽으로 항해했다. 산은 매우 아름다운 무어인 천막의 모습이었고 제독은 거기에 몬테크리스티(Monte Cristi)[163]라는 이름을 붙였다. 산은 산토곶 바로 동쪽으로 18레구아 정도 거리에 있었다. 이날은 바람이 거의 불지 않아 6레구아 떨어진 몬테크리스티로 갈 수가 없었다. 제독은 매우 낮고 작은 모래섬 네

---

162 12월 25일 산타마리아호가 난파하면서 남은 두 배에 사람들이 다 탈 수가 없었기 때문에 콜럼버스는 난파당한 지점에 마을 겸 요새를 만들었고 거기에 39명이 체류하게 되었다. 난파 날짜가 12월 25일이었으므로 그곳은 성탄절이라는 뜻의 '나비다드'라고 명명되었다.
163 도미니카 공화국 북서쪽 해안에 이 지명이 지금까지 그대로 남아 현재 몬테크리스티(Montecristi) 주의 마을 몬테크리스티(Monte Cristi)가 되었다.

곳을 발견했고, 그곳에는 북서쪽으로 뻗은 암초가 있어서 주로 남동쪽으로 항해했다. 그 안으로는 큰 만이 있었는데 몬테크리스티산에서 남동쪽으로 20레구아쯤 떨어져 있었고, 그곳은 전부 수심이 매우 얕고 모래톱이 많았으며, 그 안으로는 배로 항해할 수 없는 강들이 해안 전체에 많았다. 제독이 카노아를 타고 가서 핀타호의 소식을 알아보라고 보낸 바로 그 선원은 나오선이 들어갈 수 있을 정도의 강[164]을 보았다고 했다. 제독은 그곳의 여러 모래톱과 암초에서 멀리 떨어지기 위해 바다 쪽으로 돌아 몬테크리스티에서 6레구아 떨어진, 수심이 19브라사인 지점에 배를 정박하고는 그곳에서 밤을 보냈다. 제독은 나비다드 마을로 갈 사람은 몬테크리스티산을 인지한 뒤 바다 쪽으로 2레구아 정도 가라는 등의 충고를 했다. 하지만 이미 그 땅에 대해서 알기 때문에 그곳에 대해 더 이상 일지에 적지는 않았다. 제독은 이 섬에 시팡고가 있으며, 여기에 많은 금과 향신료, 유향과 대황이 있다고 결론 내리고 있다.

1월 5일 토요일

막 동이 트려고 할 때 육지에서 불어오는 바람을 맞으며 돛을 올렸다. 그런 뒤 동풍이 불었고, 제독은 자신이 위치한 곳과 한 작은 섬 사이에

---

164 〔아란스〕현재 도미니카 공화국의 야케델노르테(Yaque del Norte) 강으로 매우 길고 수량이 풍부하다. 제독은 이 강에 황금의 강이라는 이름을 붙였다(1월 8일 일지를 참조).

있던 몬테크리스티의 남남동쪽을 이날 밤 정박하기에 좋은 항구로 판단하여 동남동쪽으로 방향을 잡고 이후 남남동쪽으로 갔다. 산 쪽으로 6레구아 정도 움직였는데, 수심이 16브라사 정도였고 바닥에 장애물이 전혀 없었으며 3레구아 정도 나아가는 동안 수심이 동일했다. 그런 뒤 산괴(山塊)까지는 수심이 12브라사로 줄어들었고, 거기서 1레구아를 더 가자 수심이 9레구아로 줄어들었지만 장애물이 없었고 모래가 고왔다. 그렇게 해서 산과 작은 섬165 사이로 들어가 썰물 때의 수심이 3브라사 반인, 매우 훌륭한 항구인 곳에 제독은 정박했다. 보트를 타고 작은 섬에 들어가자 어부들이 불을 피웠던 흔적이 있었다. 거기에는 색색의 돌이 많이 있었는데, 자연적으로 그렇게 형성된 돌들을 캐내는 곳이었다. 제독은 그 돌들이 산살바도르섬에서 본 돌들처럼 너무 아름다워서 교회 건물이나 왕실 건물을 만드는 데 사용하면 좋을 것이라고 했다. 이 작은 섬에서도 제독은 유향나무 줄기를 많이 찾아냈다.166 제독이 말하길 몬테크리스티산은 매우 높지만 걷기에 좋고, 형태가 아름답다고 했다. 또한 그곳 근처의 땅들은 전부 지대가 낮고 매우 아름다운 평원이었기에 산만 우뚝 솟아 있어서, 멀리서 산을 보면 다른 땅과 연결되어 있지 않은 섬처럼 보인다고 했다.

이 산을 지난 뒤 제독은 동쪽으로 24레구아 정도 거리에 보이던 한 곳에 베세로(Becerro) 곶이라는 이름을 붙였다. 이 곳에서 산까지 2레

---

165 아란스에 의하면 현재의 카브라(Cabra) 섬. 몬테크리스티 앞바다에 위치한다.

166 《인디아스의 역사》 1권 64장. "제독이 이곳에서 소금을 발견했다는 언급을 하지 않아서 이상했다. 이 작은 섬에는 매우 좋은 염전들이 있기 때문이다. 어쩌면 그가 있었던 곳이 염전들과 멀리 떨어져 있어서 그랬을 수도 있다."

구아에 걸쳐 모래톱과 암초가 있으며, 그 사이에는 배가 들어갈 수 있는 수로들이 있는 것처럼 보였지만 낮에 우선 보트로 깊이를 측정해 보는 게 더 나을 것이다. 그 산에서 동쪽으로 베세로곶까지는 4레구아 정도인데 모두 해안이며 지대가 매우 낮고 아름다웠다. 그 뒤쪽으로는 지대가 매우 높았고 큰 산들은 잘 경작되었으며 아름다웠다. 내륙으로는 북동쪽에서 남동쪽으로 산맥이 뻗어 있었고 이는 제독이 본 것 중에 가장 아름다웠으며, 코르도바의 산맥과 매우 비슷해 보였다. 저 너머에는 남쪽과 남동쪽으로 난 매우 높은 산들이 있었고, 아주 큰 계곡들이 매우 푸르고 아름다웠으며 물이 흐르는 강들도 아주 많았다. 이 모든 것들은 너무나 쾌적하여 제독은 실제의 1천 분의 일도 표현하지 못하고 있다고 생각했다. 그런 뒤 제독은 산 동쪽에서 또 다른 산처럼 보이는 땅을 발견했는데, 몬테크리스티산만큼이나 크고 아름다웠다. 그곳의 동쪽에서 약간 북동쪽에 있는 땅은 지대가 그리 높지 않았으며, 그곳까지의 거리는 100미야가량 되어 보였다.

1월 6일 일요일

이 항구는 북쪽과 북서쪽에서 부는 바람 외에는 모든 바람이 잘 차단되었고, 제독이 말하길 두 방향에서 불어오는 바람이 강하지 않으며 불어오더라도 작은 섬 뒤쪽으로 피신할 수 있다고 했다. 수심은 3~4 브라사 정도이다. 해가 뜨자 제독은 돛을 올리고 동쪽으로 난 해안을 따라 나아갔고, 해안에는 돌과 모래로 된 암초가 많아서 조심할 필요가 있었지만 암초를 지나면 그 안에는 좋은 항구들과, 수로를 통해 들어갈 수 있는 좋은 입구들이 많이 있었다. 정오가 지나자 동풍이 거세져서 제독은 한 선원에게 돛대 끝으로 올라가서 모래톱을 살펴보라고 명령했다. 카라벨선 핀타호가 선미 쪽으로 동풍을 받으며 다가오는 것을 보았고 배가 제독 쪽으로 왔다. 바닥이 고르지 못해 배가 정박할 수 없어서 제독이 왔던 항로를 따라 10레구아 정도 몬테크리스티산 쪽으로 되돌아가자, 마르틴 알론소 핀손이 제독이 타고 있던 니냐호를 뒤따라왔다. 핀손은 자기 의지에 반해서 떠나게 된 것이라고 그 이유를 설명하며 용서를 구했다. 하지만 제독은 모든 말이 전부 거짓이며 오만함과 탐욕이 컸기 때문에 핀손이 그날 밤 자신을 떠나게 된 것이라 했고, 어떻게 그가 이 여행에서 이토록 독단적이고 부정직한 행동을 자신에게 저질렀는지 이해할 수 없다고 말했다. 하지만 제독은 지금까지 그래왔던 것처럼 이 여행을 방해하고자 하는 사탄의 나쁜 영향력이 미치지 못하도록 덮고 넘어가기를 원한다고 말했다. 사실은 제독이 카라벨선에 데리고 있다가 핀손에게 보낸 인디오들 중 1명이 바네케라는 섬에 황금이 아주 많다는 말을 했고, 그는 민첩하고 가벼운 배를 소유했기 때문에 이탈해서 제독을 두고 바네케섬에 혼자 가려 한 것이었다. 그럼에도 제독은 그를 기다리며 속도를 늦추고 후아나섬과 에스파뇰라섬 주변을 동쪽으로만 항해했다. 제독이 말하길 마르틴 알론소는 바네케섬에 가서 전혀 금을 찾아내지 못했고, 인디오 말로 보이오라고 불리던 에스파뇰라섬에 다른 인디오들이 황금과 광산이 많다는 정보를 주자 핀손이 에스파뇰라섬 해안으로 왔다고 했다. 그런 이유로 그는 15레구아 거리를 20일 넘게 항해해서 나비다드 마을 근처까지 온 것이다. 그러고 보면 인디오들이 전해 준〔핀타호를 보았다고 한〕 소식들이 맞았던 것 같다. 그래서 과카나가리 왕이 카노아를 보낼 때 제독은 거기에 선원 1명을 딸려 보냈고, 카노아가 도착했을 때는 핀손은 이미 떠난 뒤였을 것이다. 이 부분에서 제독은 핀손 일행이 황금을 많이 구했는데, 장식끈 끄트머리를 건네고 손가락 2개만 한 크기의 금덩이를 받았고 가끔은 손바닥만 한 금을 받기도 했으며, 마르틴 알론소가 금의 절반을 갖고 나머지 절반을 부하들끼리 나누었다고 적고 있다. 그는 두 국왕에게 이렇게 덧붙이고 있다. "두 국왕 폐하시여, 저는 주님이 기적적으로 나오선을 남겨 두도록 만든 것이라고 믿습니다. 왜냐하면 이곳은 섬 전체에서 기지를 만들기에 가장 좋고, 금광들과도 가깝기 때문입니다." 또한 제독은 후아나섬 뒤편 남쪽으로 다른 큰 섬 하나가 더 있는 것을 알게 되었다. 그곳에는 이 섬보다 황금이 훨씬 더 많아서 잠두콩보다 더 큰 황금 조각을 채취할 정도인데, 에스파뇰라섬의 광산에서 채취하는 황금은 밀알만 하다고 제독은 말했다. 그는 그 섬이 야마예(Yamaye)[167]라고 불린다고 적었다. 또한 제독은 동쪽으로 단지 여자들만 사는 한 섬이 있으며, 많은 사람들로부터 이 이야기를 들었다고 했다. 에스파뇰라섬이나 야마예섬은 본토와 가까워 카노아를 타고 10일 정도 가면 본토에 닿을 수 있으며, 그 거리는 60~70레구아이고 본토 사람들은 옷을 입고 생활한다고 했다.

---

[167] 많은 연구자들이 자메이카섬일 것이라고 보고 있다. 콜럼버스는 2차 항해 도중 1494년 5월 5일 자메이카섬에 실제로 도착하였다. 원주민들은 섬을 샤이마카 (Xaymaca)라고 불렀고 이것이 하마이카(Jamaica)로 정착되었는데, 야마예와의 음성적 연관성이 짐작되기는 하지만 증명되지는 않았다.

1월 7일 월요일

이날 제독은 카라벨선 바닥에 물이 새는 곳을 메우도록 했으며, 선원들은 땔감을 가지러 육지로 갔고 제독의 말에 의하면 그들은 유향나무와 침향나무를 많이 발견했다고 한다.

1월 8일 화요일

동풍과 남동풍이 강하게 불어 이날 출발하지 못했기 때문에 제독은 카라벨선에 물과 땔감, 여행에 필요한 모든 것을 실으라고 명령했다. 제독은 에스파뇰라섬 해안 전체를 다 항해하고자 했고, 계속 나아가기만 하면 되었다. 그러나 제독이 카라벨선의 선장으로 임명한 두 형제인 마르틴 알론소 핀손과 비센테 야녜스, 그리고 오만과 탐욕 때문에 그들을 따르는 자들은 이미 모든 것이 자기들 것이라고 생각하고 제독이 그들에게 베풀었던 아량을 보지 못한 채 그의 명령에 복종하지 않았고 지금도 마찬가지였다. 그들은 제독에게 불손한 행동과 말을 했고, 마르틴 알론소는 11월 21일에서 1월 6일까지 아무런 원인이나 이유도 없이 제독을 떠나 복종하지 않았고 제독은 이로 인해 고통받았지만 항해를 잘 마무리하기 위해 이에 대해 함구했다. 그들이 못되게 굴어도 모른 척하고, 복종하지 않는 이들도 있고 선량한 부하들도 많이 있기는 하지만 처벌을 내릴 때가 아니어서 제독은 가능한 한 빨리 지체 없이 돌아가기로 했다고 적었다. 제독은 보트를 타고 몬테크리스티의 남남동쪽으로 있는 강 쪽으로168 1레구아 이상을 갔고,

선원들이 그곳에서 배에서 쓸 물을 구했다. 제독이 말하길 매우 크고 깊었던 강어귀의 모래에 온통 금이 가득하며, 크기가 아주 작기는 했지만 너무 많아서 경이로웠다고 했다. 제독은 강을 따라가 보니 하류일수록 금의 크기가 작아졌고, 어떤 한 좁은 공간에서 렌틸콩 크기 정도의 금을 많이 발견했다고 했다. 크기가 작기는 했지만 그 양이 아주 많았다. 밀물 때여서 소금물이 들어와 민물과 섞였고, 제독은 보트를 타고 석포의 사정거리만큼 상류로 올라가라고 명령했다. 선원들이 보트에서 통을 내려 물을 채운 뒤 카라벨선으로 돌아가니 통의 테두리에 금 조각이 끼어 있는 것을 보았고, 포도주 통도 마찬가지였다. 제독은 그 강에 황금의 강이라는 이름을 붙였다. 강 입구는 넓고 수심이 얕았지만 어귀를 지나서 안쪽으로는 매우 깊었고, 강에서 나비다드 마을까지는 17레구아 거리이다. 그 사이에는 다른 큰 강들이 많이 있으며, 제독은 특히 그중에 세 강은 이 강보다 더 크기 때문에 훨씬 금이 많을 것이라고 생각했다. 황금의 강도 거의 코르도바의 과달키비르강만큼이나 크며, 강에서 금광들이 있는 곳까지 20레구아가 되지 않는다. 제독이 덧붙이기를, 엄청나게 금이 많이 섞인 그 모래를 채취하기를 원하지 않았는데 이는 두 국왕이 스페인과 나비다드 요새에 있는 모든 것의 주인이기 때문이었고, 가능한 한 빨리 떠나서 두

---

168 〔바렐라〕라스카사스는 여백에 다음과 같이 적었다. "이것은 야키(Yaqui) 강으로 매우 수량이 많고 금도 많다. 제독이 말하고 있는 것처럼 실제로 금을 발견했을 것이다. 당시는 아무도 손대지 않은 곳이었기 때문이다. 하지만 그중 많은 부분은 황철석이었을 거라고 생각하는데, 그곳에 황철석이 많이 있기 때문이다. 제독은 빛나는 것은 전부 금이라고 생각했던 것 같다."

분께 소식을 전하고, 또 사이가 좋지 않고 항상 복종하지 않는다고 말했던 그 부하들에게서 벗어나기 위해서라고 했다.

1월 9일 수요일

제독은 자정에 남동풍을 받으며 출범했고 동북동쪽으로 항해해 한 곳에 도착한 후 이곳에 로하(Roja) 곶이라는 이름을 붙였는데, 이는 몬테크리스티산에서 정동쪽으로 60미야 거리에 위치하고 있었다. 제독은 오후, 해가 지기 3시간 전에 그 곶 안쪽으로 닻을 내렸다. 주변에 암초가 많았고 제독은 그곳에 수로가 있다는 것을 확신하기 전까지는 감히 그곳을 나오지 못했지만, 필시 수로가 있어서 이후에 잘 활용할 수 있을 것이며 깊고 사방의 바람으로부터 지켜줄 안전하고 좋은 정박지도 있었다. 몬테크리스티에서 배를 정박한 이곳까지의 땅들은 지대가 높고 평평하며 매우 아름다운 평지로 이루어져 있었고, 뒤쪽으로는 동에서 서로 이어진 매우 아름다운 산들이 있었다. 산들은 모두 잘 경작되었고 푸르러서 그 아름다움을 보는 것은 경이로웠으며, 개울도 많았다. 이 땅 전체에는 거북이 매우 많으며, 선원들이 몬테크리스티에서 육지로 산란하러 오는 거북들을 잡았는데 크기가 아주 커서 큰 나무방패만 했다. 제독은 그 전날 황금의 강에 갔을 때 물 위로 상당히 높이 뛰어오른 인어 3마리[169]를 보았다고 했으며 그림에서 본 것처럼

---

[169] 아마도 서인도제도의 매너티를 보았을 것이다. 바렐라에 의하면 당시 선원들은 바다표범을 보고 인어라고 착각하곤 했다고 한다.

아름답지는 않았지만 어느 정도 사람의 얼굴 모습을 하고 있었다고 했다. 제독은 전에 기니의 마네게타(Manegueta) 해안에서도 인어를 몇 번 본 적이 있다고 했다. 제독은 자신이 찾던 것을 모두 발견했고, 두 국왕이 자신의 항해와 자신이 한 일에 대한 소식을 알기 전까지는 마르틴 알론소와 다시 다툼을 벌이기를 원치 않기 때문에 어떤 일이 있어도 더 이상 지체하지 않고 이날 밤 주님의 이름으로 항해를 시작할 것이라고 했다. 제독이 말한다. "그리고 앞으로는 자기를 존중해 준 사람을 등지고 불경하게 제멋대로 행동하는 나쁘고 부덕한 이들이 저지른 일로 고통받지 않을 것입니다."

1월 10일 목요일

제독은 정박하고 있던 곳에서 출발했고, 해가 뜨자 남동쪽으로 3레구아 떨어진 한 강에 도착해서 그곳에 그라시아(Gracia, 은총) 강이라는 이름을 붙였다. 제독은 강어귀 동쪽에 좋은 정박지가 있어 닻을 내렸다. 강으로 진입하는 곳에는 모래톱이 있었는데 그곳의 수심은 2브라사밖에 되지 않았고 매우 좁았으며, 그 안으로는 육지로 둘러싸인 좋은 항구였지만 안개가 자욱했다. 마르틴 알론소가 이끈 핀타호가 그곳에서 16일간이나 머무르며 교역을 통해 그가 바랐던 대로 많은 황금을 구했는데, 거기서 머무르다 배가 심하게 손상되어 나왔다. 그는 인디오들을 통해 제독도 자기가 머물고 있는 에스파뇰라섬의 해안에 있다는 것을 알게 되어 그를 피할 수가 없다고 생각해 제독에게 돌아온 것이었다. 제독이 말하길 그는 핀타호에 타고 있던 모든 이들에게 이곳에 6일밖에 머무르지 않았다고 맹세하라고 요구했다고 한다. 제독은 또한 그의 사악함은 너무 잘 알려져서 감출 수도 없다고 했다. 제독이 말한다. "그는 물건을 주고 교환하거나 입수한 금의 절반을 자기가 갖는다는 법을 만들었습니다." 핀손은 이곳을 떠날 때 인디오 성인 남자 4명과 청년 2명을 강제로 붙잡아 데려왔는데, 제독은 그들에게 옷을 입혀서 육지로 되돌려 보내고 집으로 돌아가도록 조치했다. 제독의 말이다. "이곳은 두 폐하의 관할이며, 다른 섬도 마찬가지지만 특히 이 섬이 그렇습니다. 이곳에 두 분이 이미 기지를 가지고 있으며, 이곳 주민들을 존중하고 우호적으로 대해야만 합니다. 이 섬에 황금이 아주 많고 좋은 땅과 향신료도 많기 때문입니다."

1월 11일 금요일

한밤중이 되자 제독은 육지에서 불어오는 바람을 타고 그라시아강을 떠나 4레구아 떨어진 벨프라도(Belprado)라고 이름 붙인 곳에 도착했다. 그곳의 남동쪽으로 산이 있었는데 제독은 그곳에 플라타(Plata, 은)산이라는 이름을 붙이고, 170 8레구아 거리라고 적었다. 벨프라도 곶에서 동미남쪽으로 18레구아 떨어진 지점에는 앙헬(Ángel)이라고 이름 붙인 곳이 있다. 이 곳과 플라타산 사이에는 1개의 만과 세상에

---

170 라스카사스는 여백에 다음과 같이 적었다. "은의 산이라고 이름이 붙은 것은 산이 매우 높고 정상에는 항상 안개가 끼어 있어 산이 희거나 은색으로 보였기 때문이고, 이 산 아래의 항구 이름 역시 산 이름에서 따왔다."

서 가장 훌륭하고 아름다운 땅이 있으며, 전부 높고 아름다운 평지로 된 이 땅은 섬 안쪽으로 이어져 있다. 그 뒤로는 동에서 서로 이어지는 산맥이 하나 있는데 산 아래에는 매우 훌륭한 항구가 하나 있으며, 입구의 수심은 14브라사이다. 이 산은 매우 높고 아름다우며 산 전체에는 사람이 많이 산다. 제독은 그곳에 좋은 강들이 있을 것이고 금도 많을 것이라고 생각했다. 앙헬곶에서 동미남쪽으로 4레구아를 가면 제독이 이에로(Hierro) 곶이라고 이름 붙인 곳이 있으며, 같은 방향으로 4레구아 더 가면 세카(Seca) 곶이라고 이름 붙인 곳이 나온다. 거기서 같은 길로 6레구아 더 가면 레돈도(Redondo) 곶이라고 이름 붙인 곳이 있고, 그 곳의 동쪽으로 프란세스(Francés) 곶이 있으며, 이 곳의 동쪽에 큰 만이 하나 있었지만 정박지는 없는 듯했다. 거기서 1레구아 거리에 부엔티엠포(Buen Tiempo) 곶이 있다. 거기서 남미동쪽으로 1레구아를 가면 타하도(Tajado)라고 이름 붙인 곳이 있고, 거기서 남쪽으로 15레구아 정도 거리에 제독은 또 다른 곳을 보았다. 이날 바람과 조류가 순조로워서 제독은 긴 거리를 항해할 수 있었다. 그는 모래톱이 있을까 걱정되어 정박을 하지는 못했고 밤새 물결치는 대로 떠돌았다.

1월 12일 토요일

새벽 당직시간에 제독은 신선한 바람을 받으며 동쪽으로 항해를 시작해 해가 뜰 때까지 20미야를 항해했으며, 이후 2시간 동안 24미야를 항해했다. 거기서 남쪽으로 육지가 보여 다가갔고 거리는 48레구아 정도로 보였다. 주의를 기울여 배를 운항하며 이날 밤 북북동쪽으로 28미야를 나아갔다. 육지를 보았을 때 한 곳의 동쪽으로 높고 깎아지른 바위 2개가 있었는데, 하나가 다른 하나보다 더 커서 이곳에 파드레에이호(Padre e Hijo, 아버지와 아들) 곶이라는 이름을 붙였다. 이후 동쪽으로 2레구아 거리에 산이 2개 있었고, 그 사이에 크고 매우 아름다운 후미가 한군데 있었다. 그곳은 아주 크고 좋으며 입구가 훌륭한 항구였는데 너무 이른 아침이었고, 이곳에서는 대개 동풍이 불지만 이때는 북북서로 바람이 불어서 항로를 잘못 들지 않기 위해 배를 멈추지 않고 동쪽으로 나아갔다. 매우 높고 아름다우며 깎아지른 바위로 이루어진 곶이 있었고, 제독은 이곳에 에나모라도(Enamorado) 곶이라는 이름을 붙였다. 제독이 사크로(Sacro) 항이라고 이름 붙인 곳에서 동쪽으로 32미야 거리에 있었다. 곶에 다가가며 제독은 매우 아름답고 높으며 둥글고 전부 바위로 이루어진 또 다른 곶을 발견했는데, 포르투갈의 상비센트(São Vicente) 곶처럼 생겼고 에나모라도곶에서 동쪽으로 12미야 거리였다. 에나모라도곶과 나란한 위치에 도달한 뒤 제독은 두 곶 사이의 너비가 3레구아에 달하는 지극히 큰 만을 보았고, 그 안에는 아주 작은 섬이 하나 있었다.171 입구에서 해안에 도달할 때까지의 수심은 매우 깊었다. 제독은 수심이 12브라사인 곳에 배를 정박시켰고, 물을 구하고 섬의 사람들과 말을 해보기 위해 보트를 육지로 보냈지만 사람들은 모두 도망쳐 버렸다. 제독이 정박한 또 다

---

171 〔아란스〕오늘날 사마나(Samaná) 만 안쪽, 라스플레차스(Las Flechas) 만의 입구에 있는 카요레반타도(Cayo Levantado) 섬이다.

른 이유는 그곳이 에스파뇰라섬과 연결된 하나의 섬인지, 그리고 그가 만이라고 한 곳이 또 다른 개별적인 섬은 아닌지를 확인하기 위해서였다. 그는 에스파뇰라섬이 매우 크다는 사실에 경탄했다.

1월 13일 일요일

육풍이 불어야 떠날 수 있는데 바람이 불지 않아 제독은 출항하지 못했다. 제독이 이곳을 떠나 더 나은 다른 항구로 가고자 한 것은 이 항구가 약간 노출되어 있었고, 1월 17일로 예상되는 달과 태양의 합(合)이 어떤지, 목성과 달의 충(衝), 수성과 달의 합, 강풍이 부는 원인인 목성과 태양의 충을 보고자 했기 때문이었다. 제독은 육지의 아름다운 해안에 보트를 보내 식량으로 쓸 아헤를 구해 오라고 했고, 부하들은 그곳에서 활과 화살을 가진 몇몇 남자들을 만나게 되어 그들과 이야기를 하고 활 2개와 화살을 많이 샀다. 그들 중 1명에게 카라벨선으로 가서 제독과 이야기를 나누라고 부탁했더니 1명이 따라왔다. 제독이 말하길 그는 지금까지 보았던 다른 인디오들보다도 얼굴이 더 추했는데172 얼굴에 온통 숯검정173을 칠하고 있었다고 했다. 이 모든 섬

---

172 〔바렐라〕라스카사스는 여백에 다음과 같이 적었다. "이들은 플라타 항구에서 이 궤이까지 에스파뇰라섬 북부의 산과 해안에 사는 시과요(Ciguayo)라는 사람들일 것이다."

173 《인디아스의 역사》 1권 67장에 "이것은 석탄이 아니라 어떤 열매로 만드는 특정한 염료이다"라고 적혀 있다. 남아메리카 원주민들은 하구아(jagua) 열매의 즙으로 몸에 칠을 하는데, 금세 지워지지 않고 2주 정도 지속되어 일종의 반문신의

지역에는 인디오들이 여러 가지 색으로 칠을 하는 풍습이 있기는 했다. 그는 매우 길게 자란 머리카락을 뒤로 잡아당겨서 하나로 묶어 앵무새의 깃털로 만든 짜임 장식으로 고정시켜 두었고, 다른 이들과 마찬가지로 벌거벗었다. 제독은 그가 사람을 먹는 카리브인이 틀림없으며,[174] 어제 본 그 만은 독립된 땅덩어리로 하나의 섬을 이루고 있다고 생각했다. 제독이 그에게 카리브인들에 대해서 묻자 그는 여기서 가까이 있다며 동쪽을 가리켰다. 제독은 어제 이 만으로 들어오기 전에 본 섬이라고 말했고, 인디오는 제독에게 카라벨선의 선미를 가리키며 거기는 매우 크며, 큰 황금 조각들이 있다고 했다. 그는 황금을 투오브(tuob)라고 불렀고, 이 섬에서 처음 간 지역에서 쓰던 카오나라는 단어나 산살바도르섬과 다른 섬들에서 쓰던 노카이(nocay)라는 단어를 이해하지 못했다. 에스파뇰라섬에서는 구리나 질 낮은 금을 투오브라고 한다. 그 인디오는 마티니노(Matinino)섬에는 남자 없이 전부 여자들만 살고,[175] 거기에는 투오브, 즉 황금이나 구리가 많으며, 위치는 카리브(Carib)섬의 동쪽이라고 했다. 또한 그는 고아닌(Goanin)섬[176]에 대해서도 말하며 거기에도 투오브가 많다고 했다. 제독이 말

기능을 한다. 붉은색을 내는 아나토 열매와 함께 지금도 보디 페인팅에 많이 쓰인다. 이들이 얼굴에 칠한 이 검은색 염료는 하구아일 가능성이 높아 보인다.

174 라스카사스는 여백에 다음과 같이 적었다. "그는 카리브인이 아니었으며 에스파뇰라섬에는 그들이 전혀 없었다."

175 그리스 신화에서 여성으로만 이루어진 부족 아마존(Amazon)을 투영하고 있으며, 항해의 막바지까지 이 환상의 공간에 대한 언급이 반복되고 있다. 많은 연구자들이 이곳을 마르티니크(Martinique)섬이라고 추측한다.

176 라스카사스는 여백에 다음과 같이 적었다. "내가 보기에 이 구아닌(guanin)은

하길 이 섬들에 대해서는 며칠 전부터 많은 이들한테서 들었다고 했다. 그가 덧붙이기를 이미 거쳐 온 섬들에서는 카리브섬에 대해 큰 두려움을 갖고 있었고, 몇몇 섬에서는 그곳을 카니바라고 부르지만 에스파뇰라섬에서는 카리브라고 한다고 했다.[177] 그들은 이 섬들 전역을 다니며 닥치는 대로 사람을 잡아먹으므로 매우 대담한 사람들임에 틀림없다고 했다. 제독은 섬들이 멀리 떨어져 있으므로 언어 차이가 있지만 자신도 몇몇 단어를 이해하고, 그 단어들을 이용해서 또 다른 것들도 이해했으며, 그가 데리고 있던 인디오들은 더 많은 것을 이해했다고 했다. 그는 이 인디오에게 먹을 것을 주라고 했고, 녹색과 붉은색 천 조각과 인디오들이 매우 좋아하는 유리구슬을 주었다. 제독은 그를 육지로 돌려보내면서 금이 있다면 금을 가져오라고 했는데, 그가 몸에 걸치고 있는 장신구들을 보고 그가 금을 갖고 있을 것이라고 판단했다. 보트를 타고 육지에 도착해 보니 나무들 뒤에 벌거벗은 남자들이 넉넉잡아 55명 정도 있었는데, 카스티야의 여자들처럼 머리카락이 아주 길었고 머리 뒤쪽으로는 앵무새와 다른 새들의 깃털로 만든 장식을 달고 각자 하나씩 활을 들고 있었다. 인디오는 육지로 가서

섬이 아니며 질 낮은 금이다. 에스파뇰라섬의 인디오들이 말하길 이것은 특정한 냄새가 있어서 그들이 좋아하며, 이 물질을 구아닌이라고 부른다."

177 카리브족은 소앤틸리스 제도에서 거주했으며, 콜럼버스가 접촉한 대앤틸리스(Antillas Mayores)의 타이노인들과 마찬가지로 남아메리카에서 이주하여 정착하였다. 현재도 카리브족은 소앤틸리스의 도미니카(Dominica) 등의 섬에서 살아가고 있으며, 남아메리카 칼리나(kalina) 족에서 나왔으므로 이 둘을 구분하기 위해 칼리나고(kalinago)라는 이름으로도 불린다.

다른 인디오들이 활과 화살을 내려놓고, 칼 대신 가지고 있던 매우 무거운 〔쇠〕**178** 같은 막대기도 내려놓도록 했다. 섬의 인디오들이 보트로 다가왔고, 보트에 타고 있던 이들은 육지로 가서 제독이 명한 대로 인디오들한테 활과 화살, 다른 무기들을 사기 시작했다. 활 2개를 판 뒤 그들은 더 이상 내놓으려고 하지 않았고, 오히려 기독교인들을 공격하고 붙잡을 태세를 갖추었다. 그들은 달려가서 한 쪽에 두었던 활과 화살을 집어 들었고, 기독교인들을 묶기 위해 손에 밧줄을 들고 돌아왔다고 했다. 제독이 부하들에게 항상 이런 상황에 대해 숙지시켰기 때문에 기독교인들은 인디오들이 자기들에게 다가오는 것을 보고 준비를 한 뒤 그들을 공격하며 한 인디오의 엉덩이에 깊숙이 칼을 찔렀고, 다른 인디오에게 활을 쏘아 가슴에 상처를 냈다. **179** 기독교인은 7명이고 자신들은 50명이 넘어도 이길 수 없는 것을 보고 인디오들은 여기저기에 화살과 활을 버리고 도망가 버려 1명도 남지 않았다. 제독은 대장 격으로 보냈던 조타수가 말리지 않았더라면 기독교인들이 그들을 훨씬 많이 죽였을 것이라고 했다. 기독교인들은 보트를 타고 카라벨선으로 돌아왔고, 제독은 소식을 들은 뒤 한편으로는 기쁘지만 다른 한편으로는 그렇지 않다고 했다. 그들은 기독교인들을 두려워할 것이고, 제독이 말하길 의심의 여지없이 그들은 나쁜 짓을 하는 자들로서 그는 그들이 사람을 잡아먹는 카리브인들이라고 믿었다고 했다. 나비다드 마을과 요새에 남은 39명에게 보트를 남겨 주었는데, 스페

---

178 원문에 공백인데, 라스카사스가 "철(hierro)로 된 도구"라고 적어 두었다.
179 원주민들과 스페인인들 사이에 처음으로 일어난 충돌이다.

인인들이 보트를 타고 이곳에 온다면 그들은 두려워서 해를 가하려 하지 않을 것이다. 그들이 카리브인들이 아니라고 한다면 적어도 카리브인들과 이웃해서 사는 사람일 것이며, 그들과 풍습이 같고 두려움이 없는 사람들로서, 이해할 수 없을 정도로 겁이 많고 무기도 안 갖추고 사는 다른 섬들의 인디오와는 다르다. 이 모두는 제독의 말이며, 그는 그들 중 몇 명을 잡아가고 싶다고 했다. 에스파뇰라섬에서와 마찬가지로 그들은 연기를 많이 피웠다고 제독이 말했다.

1월 14일 월요일

이날 밤 제독은 그들이 카리브인들이라고 생각하고 몇 명을 잡기 위해서 그들의 집에 부하들을 보내려고 했지만, 동풍과 북동풍이 강하게 불고 바다에 파도가 거세서 〔그럴 수 없었다〕.180 해가 뜨자 스페인인들은 육지에 인디오들이 많은 것을 보았고, 제독은 잘 무장한 이들을 보트에 태워 보내도록 명령했다. 인디오들은 보트 뒤쪽으로 몰려왔고, 특히 전날 카라벨선으로 와서 제독이 여러 자잘한 물건들을 선물했던 인디오도 있었다. 그와 함께 그곳 왕도 왔으며, 제독이 말하길 왕은 이 인디오에게 구슬 꿴 것을 미리 주어 보트에 탄 스페인 사람들에게 안전과 평화의 징표로 건네도록 조치했다고 했다. 왕은 측근 세 사람과 함께 보트를 타고 카라벨선으로 왔다. 제독은 그에게 비스킷과 꿀을 내주라고 명했으며, 그에게 붉은색 각진 모자 하나와 구슬 꿴

---

180 원문 공백.

것, 붉은색 천 조각을 주었으며, 다른 이들에게도 천 조각들을 주었다. 왕은 내일이면 황금 가면을 하나 가져오겠다고 말하며 저기 카리브섬과 마티니노섬에 매우 많다고 했다. 제독은 매우 만족해하는 그들을 육지로 돌려보냈다. 제독은 카라벨선의 용골 부위에 물이 많이 샌다며 뱃밥 기술자들에 대해 많이 불평하면서, 그들이 팔로스에서 뱃밥 작업을 너무 엉망으로 했고 제독이 작업의 결함을 발견해 내서 고치라고 명령하자 도망가 버렸다고 덧붙였다. 카라벨선에서 물이 많이 새고 있었지만 제독은 자신을 이곳에 데려온 주님이 자기를 불쌍히 여기고 자비를 베풀어 줄 것이라고 믿었다. 자신이 카스티야를 떠나올 수 있게 되기까지 그 전에 얼마나 많은 논쟁이 있었는지 주님은 잘 알고 있었으며, 그 어느 누구도 자기편이 아닐 때 주님만이 자신을 지지해 주고 자신의 마음을 알았으며, 주님 외에는 두 국왕 폐하가 있을 뿐 다른 모든 이들은 어떤 이유도 없이 자신에게 반대했다고 말했다. 제독은 또 이렇게 적고 있다. "7년 전 지금과 같은 달인 1월 20일에[181] 제가 두 분을 모신 이후, 기존의 왕실 수익에서 100쿠엔토(*cuento*)[182] 의 수익도 더 내지 못한 것은 바로 이렇게 반대한 자들 때문이지만 지

---

181 포르투갈의 주앙 2세(João II)로부터 항해 계획을 거절당한 뒤 콜럼버스는 1484년 말이나 1485년 초에 카스티야로 왔고, 알칼라데에나레스(Alcalá de Henares)에서 1486년 1월 20일 이사벨 여왕과 페르난도 왕을 처음으로 접견했다.
182 1쿠엔토는 숫자로 백만을 의미한다. 15세기 카스티야에서는 금화인 도블라(do-bla), 은화인 레알(real), 은과 구리의 합금으로 만든 여러 동전이 유통되었고 그 중 마라베디가 대표격이었다. 일지의 100쿠엔토가 정확히 어떤 화폐로 얼마를 지칭하는지 단정 짓기 어렵다.

금부터 앞으로는 많이 늘어날 것입니다. 전지전능한 주님께서 모든 것을 다 해결해 주실 것입니다." 이것은 제독이 한 말이다.

1월 15일 화요일

제독은 그런 난처한 일(인디오들이 일으킨 문제를 말하는 것일 테다)이 일어났기 때문에 이곳에 머무르는 것이 아무런 도움이 되지 않으므로 떠나기를 원한다고 했다. 또한 제독은 금이 가장 많은 곳은 두 폐하의 소유인 나비다드 마을이 있는 지역이며, 카리브섬과 마티니노섬에는 구리가 많다는 것을 오늘 알게 되었다고 말했다. 제독은 카리브섬의 사람들이 인육을 먹기 때문에 그곳에 가는 것이 쉽지 않겠지만, 지금 있는 곳에서 카리브인들의 섬이 보이고 항해를 하는 길목에 있으므로 카리브섬에 가기로 결정했다고 말했다. 마티니노섬도 가기로 했는데 제독이 말하길, 그곳은 남자 없이 전부 여자들만 살며, 이 두 섬을 다 보고 거기서도 인디오 몇몇을 잡아올 것이라고 했다. 제독은 육지로 보트를 보냈고 마을이 멀리 있었기 때문에 그곳의 왕은 직접 오지 않고 약속한 대로 자신의 황금 왕관을 보냈으며, 제독의 부하들은 많은 인디오들이 면화와 빵, 아헤를 가져오고 모두 활과 화살로 무장하고 있는 것을 보았다. 제독이 말하길 모든 것을 다 교환한 뒤 선원들은 4명의 인디오 청년들이 카라벨선으로 온 것을 보았고, 제독은 그들이 제독이 가고자 하는 동쪽에 있는 모든 섬들에 대해 잘 알려줄 수 있을 것 같아 그들을 카스티야로 데려가기로 결정했다. 여기서 제독이 덧붙이길, 제독이 살펴본 바에 의하면 이곳에는 철도 금속도 없었지만 며칠 동안 한 땅에 대해서 잘 알 수는 없다고 했다. 제독이 이곳 말을 이해하지 못했기 때문에 언어 장벽이 있었고, 그들 역시 며칠 만에 제독이 의도하는 바를 알아차릴 수 없어서 신중할 수밖에 없었기 때문이다. 제독에 의하면 그들의 활은 프랑스나 영국의 것만큼이나 크고, 화살은 이때까지 보았던 다른 이들이 가지고 있던 짧은 투창과 비슷하게 어린 수숫대로 만들어졌다. 화살은 매우 곧았으며 길이는 1바라 (vara)[183] 반, 2바라 정도에, 끝에는 1팔모 반 길이의 뾰족한 막대기 조각이 달려 있다. 이 작은 막대기 위에는 물고기의 이빨이 달려 있고, 대부분은 거기에 풀을 매어 두었다. 활을 쏘는 방법이 다른 지역과 달랐지만 적에게 거의 해를 끼칠 수 없는 방식인 것은 동일했다. 이곳에는 면화가 아주 많았고 매우 섬세하고 길었으며, 유향나무도 매우 많았다. 제독이 보기에 활은 주목나무로 만든 것 같았고, 금과 구리도 있는 것 같았다. 또한 이곳에는 아히[184]가 많으며, 이는 그들의 후추로서 후추보다 더 가치가 있다. 모든 사람들이 아히 없이는 식사를 하지 않고 이것이 매우 건강에 좋다고 생각하며, 에스파뇰라섬에서 아히를 매년 카라벨선 50척에 실을 수 있을 것이다. 제독은 스페인에서 떠나와 육지를 발견하기 위해 항해할 때 대양에서 보았던

---

183 스페인 여러 지역에서 쓰이던 길이 단위로, 1바라는 76.8~91.2센티미터 사이이다.

184 고추를 뜻하는 단어 '아히'(ají)는 '카노아', '카시케', '카리브'처럼 《항해일지》에 기록된 최초의 아메리카 원주민 어휘들 중 하나이다. 타이노 어휘가 스페인어로 들어오면서 지금까지도 남아메리카에서 고추를 뜻하는 스페인어로 통용되고 있다.

해초를 이곳 만에서 많이 발견했다. 그 해초가 육지 가까이 수심이 깊지 않은 곳에서 자란다고 제독은 확신했기 때문에 해초가 보이기 시작한 곳에서 똑바로 동쪽으로 가면 섬들이 있을 것이라고 생각했다. 만일 그렇다면 이 인디아스는 카나리아 제도의 섬들과 매우 가까우며, 그 거리도 400레구아 미만일 것으로 생각한다고 제독은 말했다.

1월 16일 수요일

제독은 동이 트기 3시간 전 라스플레차스[185]라고 이름 붙인 곳에서 육풍을 받으며 출발했다. 제독이 말하길, 이후 바람이 서풍으로 바뀌어 뱃머리를 동미북쪽으로 바꿔서 카리브섬으로 가고자 했는데, 그 섬은 그 지역의 모든 섬과 육지에 사는 사람들이 너무나 두려워하던 곳이라고 했다. 그들은 엄청난 수의 카노아를 타고 그곳 바다 전체를 다니며 닥치는 대로 사람을 잡아먹는다고 한다. 제독이 말하길 어제 라스플레차스 항구에서 잡아온 4명의 인디오들 중 1~2명이 항로를 가르쳐 주었다고 했다. 제독의 계산으로 64미야를 항해한 뒤에 인디오들이 제독에게 그 섬이 남동쪽에 있을 것이라고 말해주었다. 그래서 그 방향을 따라가기로 하고 선원들에게 돛을 매순간마다 조정하라고 명령했고, 2레구아를 나아가자 바람이 세졌다. 두 카라벨선으로

---

185 〔바렐라〕 라스카사스는 여백에 다음과 같이 적었다. "이곳은 오늘날 사마나만인 것 같다. 그곳에는 유나(Yuna) 강과 타모(Tamo) 강이 흐르고, 이는 에스파뇰라 섬의 큰 강들이다."

물이 많이 새어 들어와서 신의 가호를 바라는 것 외에는 다른 방도가 없자 선원들은 귀환하는 항로에서 벗어난 것을 슬퍼하기 시작했다. 제독은 카리브섬으로 가는 항로라고 생각되는 길을 뒤로하고 북동미 동쪽으로 틀어 스페인으로 곧장 향했고, 186 그렇게 해가 질 때까지 48미야, 즉 12레구아를 항해했다. 인디오들은 제독에게 그 길로 가면 마티니노섬이 있을 것이라고 했고, 제독은 그곳이 남자들 없이 전부 여자들만 사는 곳이라고 말하며 그 여자들을 〔보고〕187 5~6명 정도 두 폐하께 데려가기를 원했다. 하지만 제독은 인디오들이 항로를 잘 아는지 확신할 수 없었고, 카라벨선으로 물이 새어 들어오는 위험 때문에 가 볼 수가 없었다. 제독이 말하길 거기에는 여자들만 있는 것이 확실하며 한 해의 특정 시기에 10~12레구아 떨어진 카리브섬에서 남자들이 그곳으로 오고, 여자들이 남자아이를 낳으면 아이를 남자들의 섬으로 보내고 여자아이를 낳으면 여자들이 그 아이를 기른다고 했다. 제독은 그 두 섬이 출발한 지점에서 15~20레구아 거리 정도밖에 되지 않을 것이며, 두 섬이 남동쪽에 있다고 생각했지만 인디오들은 제독에게 어떻게 항로를 가르쳐 줘야 할지 몰랐다고 했다. 에스파뇰라섬에 있는 산테라모(San Theramo) 곶이라고 이름 붙인 곳은 서쪽으로 16레구아 거리에 있었는데 그곳이 시야에서 사라진 뒤 제독은 동미북쪽으로 12레구아를 항해했다. 날씨가 매우 좋았다.

---

186 〔아란스〕여기에서 스페인으로 돌아가는 항해를 시작하고 서풍과 서쪽 해류를 찾아 북동미동쪽으로 방향을 잡았다.
187 원문 공백.

1월 17일 목요일

어제는 해 질 무렵 바람이 다소 약해졌다. 첫 번째 당직시간이 시작할 때까지 14암포예타(*ampolleta*)를 항해했고, 1암포예타는 30분 혹은 그에 조금 못 미친다. 시간당 4미야를 항해해서 총 28미야를 나아갔다. 그 후 바람이 강해져서 거의 제1당직시간 내내, 즉 10암포예타 동안 항해했고, 이후 해가 뜰 때까지 6암포예타 동안 더 나아가며 시간당 8미야를 항해해 총 84미야, 즉 21레구아를 북동미동쪽으로 항해했다. 해가 질 때까지 동쪽으로 44미야, 즉 11레구아를 더 항해했다. 카라벨선으로 가넷 1마리가 다가왔고 이후 1마리가 더 왔으며, 제독은 바다에 해초가 엄청 많은 것을 보았다.

1월 18일 금요일

바람이 거의 불지 않아 어젯밤에는 동미남쪽으로 40미야, 즉 10레구아를 항해했고, 이후 해가 뜰 때까지 남동미동쪽으로 30미야, 즉 7레구아 반을 항해했다. 해가 뜬 뒤 제독은 하루 종일 동북동쪽과 북동쪽으로 약한 바람을 받고, 동쪽에서 불어오는 바람을 다소 받으며 뱃머리를 북쪽이나 북미동쪽, 북북동쪽으로 두고 항해해 나갔다. 이 것저것 다 합해 보니 60미야, 즉 15레구아를 항해한 듯했다. 바다에 해초는 거의 없었지만 어제와 오늘 바다에는 엄청난 다랑어 무리가 나왔고, 제독은 다랑어들이 거기에서 코닐(Conil)과 카디스의 공작(公爵)[188]이 소유한 다랑어 어장 쪽으로 갈 것이라고 생각했다. 군함조 1마리가 카라벨선 주변을 돌아다니다 남남동쪽으로 갔고, 제독은 그쪽에 몇몇 섬들이 있을 거라고 생각했다. 제독은 에스파뇰라섬의 동남동쪽에 카리브섬과 마티니노섬이 있으며, 다른 섬들도 많다고 했다.

1월 19일 토요일

어젯밤 북미동쪽으로 56미야, 북동미북쪽으로 64미야를 갔다. 해가 뜬 뒤 제독은 동남동쪽에서 불어오는 신선한 바람을 받아 북동쪽으로 항해했고, 이후 북동미북쪽으로 84미야, 즉 21레구아를 나아갔다. 바다에 작은 다랑어가 떼 지어 있었다. 가넷과 열대새, 군함조도 여럿 있었다.

1월 20일 일요일

어젯밤엔 바람이 약해졌지만 가끔씩 돌풍이 불었고, 북동쪽으로 총 20미야를 나아갔다. 해가 뜬 이후에는 남동쪽으로 11미야를 간 뒤 북북동쪽으로 36미야, 즉 9레구아를 갔다. 제독은 무수히 많은 작은 다랑어 떼가 모여 있는 것을 보았고, 공기는 세비야의 4월이나 5월처럼

---

188 코닐은 스페인 카디스 근처의 어촌으로, 이곳은 오래전부터 다랑어 어업으로 유명했다. 바렐라에 의하면 메디나 시도니아(Medina Sidonia) 공작이 코닐의 영주였고, 다랑어 어업권을 가지고 있었다고 한다. 참고로 메디나 시도니아 공작은 카스티야의 후안 2세가 1445년 후안 알론소 페레스에게 하사한 작위명이다.

매우 부드럽고 달콤했다. 제독은 신의 은총으로 바다는 항상 잔잔했다고 했다. 군함조와 습새, 다른 많은 새들이 나타났다.

1월 21일 월요일

어제 해가 진 뒤 제독은 동풍과 북동풍을 받으며 북미동쪽으로 항해했다. 자정까지 시간당 8미야를 항해해 총 56미야를 나아갔다. 이후 북북동쪽으로 시간당 8미야를 나아갔고 밤새 북미동쪽으로도 104미야, 즉 26레구아를 항해했다. 해가 뜬 뒤 제독은 계속 동풍을 받으며 북북동쪽으로 항해했고, 때로는 북동미북쪽으로 11시간 동안 88미야, 즉 21레구아를 항해했다. 제독이 카라벨선 핀타호에 접근해서 이야기를 나누는 시간이 있었으므로 1레구아를 뺀 거리이다. 공기는 좀 더 차가웠는데, 제독은 북쪽으로 갈수록 점점 더 차가워질 것이고 또 구체(球體)가 좁아지기 때문에 밤이 더 길어질 것이라고 말했다. 열대새와 습새, 다른 새들이 많이 나타났지만 물고기들은 별로 없었는데 제독은 물이 차가워졌기 때문이라고 했다. 해초는 많이 보였다.

1월 22일 화요일

어제는 해가 진 뒤 동풍과 남동풍을 받으며 북북동쪽으로 항해했다. 5암포예타 동안 시간당 8미야를 나아갔고, 당직시간이 시작되기 전에 3암포예타 동안 항해해서 총 8암포예타 동안 나아갔다. 그렇게 72미야, 즉 18레구아를 항해했다. 그런 뒤 북미동쪽으로 6암포예타 동안 항해했고, 18미야를 더 나아갔다. 그런 뒤 제 2당직시간에 4암포 예타 동안 북동쪽으로 시간당 6미야를 가서 3레구아를 항해했다. 이후 해가 뜨기 전까지 동북동쪽으로 11암포예타 동안 항해했고, 시간당 6레구아로 나아가 총 7레구아 항해했다. 또 동북동쪽으로 오전 11시까지 32미야를 나아갔다. 그 후 바람이 잦아들어 그날은 더 이상 항해하지 못했다. 인디오들은 수영을 했다. 열대새와 많은 해초들이 있었다.

1월 23일 수요일

어젯밤 바람의 방향이 많이 바뀌었지만 훌륭한 선원들이 그렇듯 모든 상황을 계산하고 안전을 점검했으며, 제독이 말하길 전날 밤 북동미 북쪽으로 84미야, 즉 21레구아를 나아갔을 것이라고 했다. 카라벨선 핀타호가 돛대 상태가 좋지 않고, 뒷돛대의 지지를 거의 받지 못했기 때문에 바람을 잘 받지 못해서 제독은 종종 핀타호를 기다려야 했다. 제독이 말하길, 그 배의 선장 마르틴 알론소 핀손이 좋은 나무가 정말 많았던 인디아스에서 충분히 주의를 해서 좋은 돛대로 교체해야 했는데, 탐욕 때문에 배를 황금으로 가득 채울 생각으로 제독을 떠났다고 했다. 제독은 그가 좋은 돛대로 교체했다면 좋았을 것이라고 했다. 열대새와 해초가 많이 나타났다. 며칠간은 하늘이 온통 흐렸지만 비는 오지 않았고 바다는 마치 강물처럼 매우 잔잔했다. 주님께 매우 감사할 일이다. 해가 뜬 뒤 제독은 북동쪽으로 순풍을 받으며 일정 시간 동안 30미야, 즉 7레구아 반을 항해할 수 있었다. 이후 동북동쪽으로 다시 30미야, 즉 7레구아 반을 나아갔다.

1월 24일 목요일

바람의 방향이 자주 바뀌는 것에 신경 써 가며 제독은 어젯밤 내내 북동쪽으로 44미야, 즉 11레구아를 항해했다. 해가 뜬 후 일몰까지 동북동쪽으로 14레구아 정도를 항해했다.

1월 25일 금요일

어젯밤 13암포예타 동안 동북동쪽으로 9레구아 반을 항해했고, 이후 북북동쪽으로 6미야를 더 갔다. 해가 뜬 뒤 바람이 잦아들었기 때문에 하루 종일 동북동쪽으로 28미야, 즉 7레구아를 항해했다. 선원들은 돌고래 1마리와 매우 큰 상어 1마리를 잡았다. 제독은 먹을 것이 빵과 포도주, 인디아스의 아헤밖에 없었기 때문에 그것이 꼭 필요했다고 말했다.

1월 26일 토요일

어젯밤에는 동미남쪽으로 56미야, 즉 14레구아를 갔다. 해가 뜬 뒤 제독은 때로는 동남동쪽, 때로는 남동쪽으로 항해하며 오전 11시까지 40미야를 나아갔다. 그 뒤로 항로를 바꾸고 바람을 온전히 맞으며 밤까지 북쪽으로 24미야, 즉 6레구아를 항해했다.

1월 27일 일요일

어제 해가 진 뒤 북동쪽, 북쪽, 북미동쪽으로 항해하며 시간당 5미야를 나아갔다. 13시간 동안 65미야, 즉 16레구아 반을 항해했다. 해가 뜬 뒤 정오까지 북동쪽으로 24미야, 즉 6레구아를 항해했고, 이후 해가 질 때까지 동북동쪽으로 3레구아 정도 나아갔다.

1월 28일 월요일

어젯밤 밤새 동북동쪽으로 36미야, 즉 9레구아를 항해했다. 해가 뜬 뒤 일몰까지 동북동쪽으로 20미야, 즉 5레구아를 항해했다. 공기는 온화하고 상쾌했다. 제독은 열대새와 습새를 보았고 해초도 많았다.

1월 29일 화요일

제독은 동북동쪽으로 항해했고, 밤에는 남쪽과 남서쪽으로 39미야, 즉 9레구아 반을 나아갔다. 낮 동안은 8레구아를 항해했다. 공기는 카스티야의 4월처럼 매우 온화했다. 바다는 매우 평온했다. 도라도(dorado, 만새기) 라는 물고기가 배 옆쪽으로 왔다.

1월 30일 수요일

제독은 밤새 동북동쪽으로 7레구아를 항해했다. 낮에는 남미동쪽으로 13레구아 반을 나아갔다. 제독은 열대새를 보았고, 해초와 돌고래도 많았다.

1월 31일 목요일

제독은 전날 밤 북미동쪽으로 30미야를 항해했고 이후에는 북동쪽으로 35미야, 즉 총 16레구아를 나아갔다. 동이 트고 밤까지 동북동쪽으로 13레구아 반을 나아갔다. 그들은 열대새와 습새를 보았다.

2월 1일 금요일

제독은 어젯밤 동북동쪽으로 16레구아 반을 항해했다. 낮에도 같은 방향으로 29.25레구아를 나아갔다. 하느님의 은총으로 바다는 매우 평온했다.

2월 2일 토요일

제독은 어젯밤에 동북동쪽으로 40미야, 즉 10레구아를 항해했다. 낮에는 같은 방향의 바람을 선미 쪽으로 받으며 시간당 7미야로 항해했고, 그렇게 11시간 동안 77미야, 즉 19.25레구아를 나아갔다. 신의 가호 덕분에 바다는 매우 잔잔했고 공기는 매우 쾌적했다. 바다는 온통 해초로 뒤엉켜 있었고, 이것을 본 적이 없다면 모래톱이 아닐까 생각할 정도였다. 슴새들이 많았다.

2월 3일 일요일

어젯밤 제독은 신의 가호로 매우 잔잔한 바다를 따라 29레구아가량을 항해했다. 제독이 판단하기에 상비센트곶에서 본 것처럼 북극성이 매우 높아 보였다. 파도가 너무 강해서 아스트롤라베(천체 관측기)나 사분의로도 그 높이를 잴 수 없었다. 낮에는 동북동쪽으로 시간당 10미야를 나아갔고, 총 11시간 동안 27레구아를 항해했다.

2월 4일 월요일

어젯밤 동미북쪽으로 뱃머리를 돌리고 시간당 12미야나 10미야로 항해해 총 130미야, 즉 32레구아 반을 나아갔다. 하늘에 구름이 많이 끼고 비가 올 듯했으며, 약간 추워서 이것 때문에 제독은 아직 아소르스 제도에 도착하지 못한 것을 알았다고 했다. 해가 뜬 이후에는 항로를 바꿔 동쪽으로 나아갔다.[189] 해가 질 때까지 77미야, 즉 19.25레구아를 항해했다.

---

189 〔아란스〕 완전히 서풍을 받으며 방향을 결정적으로 바꾼 때이다.

2월 5일 화요일

어젯밤 동쪽으로 항해하며 밤새 54미야, 즉 13레구아 반을 나아갔다. 낮 동안에는 시간당 10미야를 항해해 11시간 동안 110미야를 나아갔고, 27레구아 반이었다. 그들은 슴새와 잔 나뭇가지들을 보았는데, 이는 육지가 가까이에 있다는 의미였다.

2월 6일 수요일

어젯밤 제독은 동쪽으로 항해하며 시간당 11미야로 나아갔다. 밤 13시간 동안 143미야, 즉 35.25레구아를 항해했다. 그들은 많은 새들과 슴새를 보았다. 낮에는 시간당 14미야를 항해했고, 낮 동안에 총 154미야, 즉 38레구아 반을 나아갔다. 그렇게 밤과 낮 전체를 통틀어서 대략 74레구아 정도를 항해했다. 비센테 야네스는 이날 아침에 북쪽으로 플로르스(Flores) 섬이, 동쪽으로 마데이라섬이 있다고 〔판단했다〕.190 롤단(Roldán)이 말하길 파이알(Faial) 섬이나 상조르즈(São Jorge) 섬이 북북동쪽에 있으며, 포르투산투섬(Puerto Santo)이 동쪽에 있다고 했다.191 해초가 많이 나타났다.

---

190 원문 공백.
191 롤단은 조타수 중 1명이었으며, 파이알섬과 상조르즈섬은 아소르스 제도, 포르투산투섬은 마데이라 제도에 속한 섬이다.

228

2월 7일 목요일

제독은 어젯밤 동쪽으로 방향을 잡아 시간당 10미야씩 항해했고, 그렇게 13시간 동안 130미야, 즉 32레구아 반을 나아갔다. 낮 동안에는 시간당 8미야로 움직여 11시간 동안 88미야, 즉 22레구아를 나아갔다. 이날 아침 제독은 플로르스섬 남쪽으로 75레구아 떨어진 거리에 있었다. 조타수 페드로 알론소는 북쪽으로 가면 테르세이라(Terceira)섬과 산타마리아섬 사이를 지나고, 동쪽으로 가면 마데이라섬에서 바람이 불어오는 곳, 즉 섬에서 북쪽으로 12레구아 거리인 곳을 통과하게 될 것이라고 보았다. 선원들은 지금까지 본 것과는 다른 모양의 해초를 보았고, 이는 아소르스 제도에 많이 있는 것이었다. 나중에는 예전에 본 것과 같은 해초들도 보였다.

2월 8일 금요일

어젯밤 제독은 얼마간 동쪽으로 시간당 3미야의 속도로 나아가다가 동미남쪽으로 방향을 바꾸었다. 밤새 12레구아를 나아갔다. 해가 뜬 뒤 정오까지 27레구아를 항해했고, 그 뒤 일몰까지 오전만큼 항해해 남남동쪽으로 13레구아를 나아갔다.

2월 9일 토요일

어젯밤 잠시 남남동쪽으로 3레구아를 항해한 뒤 이후 남미동쪽으로 나아갔다. 그런 뒤 북동쪽으로 오전 10시까지 항해하며 5레구아를 더 갔고, 밤이 될 때까지 동쪽으로 9레구아를 전진했다.

2월 10일 일요일

해가 진 뒤 제독은 밤새 동쪽으로 130미야, 즉 32레구아 반을 항해했다. 해가 뜬 뒤 밤이 될 때까지 시간당 9미야로 항해해 총 11시간 동안 99미야, 즉 24.75레구아를 나아갔다. 제독의 카라벨선에서는 비센테 야네스와 조타수인 산초 루이스와 페드로 알론소 니뇨, 롤단이 해도를 살펴보고 배의 위치가 어디인지 가늠해 보았다. 그들 모두는 배가 지도의 동쪽에 위치한 아소르스 제도를 한참 더 지났다고 보았다. 그들은 북쪽으로 항해하면 아소르스 제도의 동쪽 끝에 있는 산타마리아섬이 나오는 것이 아니라 오히려 아소르스 제도에서 5레구아 정도 벗어나 마데이라섬이나 포르투산투섬이 있는 수역으로 갈 것이라고 판단했다. 하지만 제독은 그 항로와 완전히 동떨어져 있으며, 그들이 제시한 것보다 배가 훨씬 못 미치는 곳에 있다고 생각했다. 전날 밤 플로르스섬을 북쪽으로 두고 아프리카 나페(Nafe) 192 쪽 동쪽 방향으로 가고 있었기 때문에, 배가 마데이라섬에서 불어오는 바람

---

192 〔뒤베르제〕 오늘날 모로코의 카사블랑카(Casablanca)를 말한다.

을 맞으며 섬에서 북쪽으로 〔원문 공백〕 레구아 떨어진 곳을 지나고
있다고 제독은 보았다. 즉, 다른 이들은 배의 위치가 제독의 견해보
다 카스티야에서 150레구아나 더 가까이 있다고 판단했다. 제독은 신
의 은총으로 육지가 보이게 되면 누구의 견해가 더 옳은지 알 수 있을
것이라고 했다. 또한 그는 이 부분에서 인디아스로 가는 항해를 시작
했을 때 이에로섬[193]에서 263레구아를 항해하고 처음으로 해초를 보
았다는 등의 이야기를 했다.

2월 11일 월요일

어젯밤 제독은 항로를 따라 시간당 12미야로 항해했고 밤새 39레구아
를 나아갔으며, 낮 동안 16레구아 반을 항해했다. 제독은 새들이 많
은 것을 보고 육지가 가까이 있다고 생각했다.

2월 12일 화요일

제독은 어젯밤 동쪽으로 시간당 6미야를 항해해 73미야, 즉 18. 25
레구아를 나아갔다. 이곳에서 파도가 험해지고 폭풍이 시작되었으
며, [194] 카라벨선이 아주 튼튼하고 잘 정비되지 않았더라면 난파되었

---

193 카나리아 제도의 한 섬.
194 〔아란스〕 아소르스 제도에서 상당히 빈번한 폭풍우로, 찬 공기 덩어리가 더운 공
     기 덩어리와 만나 전선을 형성해서 일어나는 일이다.

을 수도 있다고 제독이 말했다. 낮 동안 매우 힘들고 위험한 상황을 견디며 11 혹은 12레구아를 항해했다.

2월 13일 수요일

전날 해가 진 후 해가 뜰 때까지 제독은 바람과 아주 거친 파도, 폭풍우와 엄청나게 씨름해야 했다. 북북동쪽 하늘에 세 번 번개가 쳤다. 제독은 이것이 그쪽이나 그 반대쪽에서 큰 폭풍우가 온다는 신호라고 했다. 밤에는 거의 대부분 돛을 접은 채 항해했지만 나중에는 약간 돛을 펼쳐 52미야, 즉 13레구아를 나아갔다. 이날 바람이 약간 잦아들다가 다시 세졌고, 바다도 무섭게 요동쳐서 그들은 배를 뒤흔드는 파도를 뚫고 나아가야만 했다. 제독은 총 55미야, 즉 13레구아 반쯤 나아갔다.

2월 14일 목요일

밤에는 바람이 거세졌고 무시무시한 파도가 배 주변을 휘감으며 몰아치면서 진로를 방해하자 배는 앞으로 나아갈 수도, 파도를 빠져나갈 수도 없었다. 제독은 배가 약간이라도 파도에서 빠져나올 수 있도록 주돛을 매우 낮게 유지하면서 3시간을 항해해 20미야를 나아갔다. 파도와 바람이 더 거세지자 큰 위험이 닥친 것을 보고 제독은 바람이 이끄는 대로 배를 운행할 수밖에 없었고, 그 외에는 달리 도리가 없었다. 마르틴 알론소가 지휘하던 카라벨선 핀타호도 사라져 버렸다. [195]

제독이 밤새 불빛으로 신호를 보냈고 핀타호도 대답을 해왔는데 폭풍우 때문에 더 이상은 불가능했고, 제독의 항로에서 핀타호가 매우 멀어진 것이다. 제독은 그날 밤 북동미동쪽으로 54미야, 즉 13레구아를 항해했다. 해가 뜨자 바람은 더 세졌고 바다는 더 무섭게 요동쳐서 파도에 배가 침몰하지 않도록 하기 위해 주돛을 매우 낮게 유지해서 요동치는 파도 사이를 빠져나가려고 했다. 제독은 동북동쪽으로 방향을 잡았고, 이후 북동미동쪽으로 바꾸었다. 그렇게 6시간을 항해해 7레구아 반을 나아갔다. 그는 제비뽑기로 과달루페(Guadalupe) 성모에게 가서 5파운드 무게의 밀랍초를 바칠 사람을 정하고, 누가 선택되더라도 순례를 이행할 것을 맹세하도록 명령했다. 뽑기를 위해 그는 배에 있던 사람들 숫자만큼 병아리콩을 가져와서 그중 한 알에 칼로 십자가 표시를 한 뒤 사각 모자에 넣어 잘 섞으라고 했다. 처음으로 뽑기를 한 이는 제독이었고 그가 십자가 그어진 콩을 골랐다. 자신이 뽑기에 걸리자 그는 순례를 가서 맹세한 것을 실행에 옮겨야 할 의무가 있다고 생각했다. 교황의 영지인 안코나(Ancona)의 땅에 있는 로레토(Loreto) 성모의 성소에 순례를 갈 사람을 정하기 위해 한 번 더 제비뽑기를 했다. 그곳은 성모를 기리는 공간으로 아주 크고 많은 기적이 일어난 곳이며, 그곳에 갈 사람으로 산타마리아 항구 출

---

195 핀타호는 폭풍우에 휩쓸려 니냐호에서 멀어진 뒤, 1493년 3월 1일 스페인 갈리시아(Galicia)의 바이오나(Baiona) 항구에 도착하고 항해 성공 소식을 스페인에 먼저 전하게 된다. 콜럼버스의 니냐호는 폭풍에 시달리다 이보다 3일 늦게 3월 4일에 포르투갈에 도착하였다. 3월 15일 같은 날 두 배는 항해를 시작했던 팔로스의 항구로 들어왔다.

신의 페드로 데비야(Pedro de Villa)라는 선원이 뽑혔다. 제독은 그에게 순례에 필요한 돈을 주기로 약속했다. 그리고 모게르(Moguer)의 산타클라라(Santa Clara) 수도원196에서 철야기도를 하고 미사를 드릴 사람을 뽑기로 하고 다시 십자가가 그어진 병아리콩으로 뽑기를 했는데, 다시 제독이 뽑혔다. 그런 뒤 제독과 모든 이들은 처음으로 도착하게 되는 육지에서 모두가 셔츠를 갖춰 입고 성모를 모신 성당으로 가서 기도를 드리기로 맹세했다. 무서운 폭풍우를 겪고 있었기 때문에 모두 절망한 상태였고, 어느 누구도 이 상황을 빠져나갈 수 있다고 생각하지 않았기에 일반적이거나 공통적인 맹세뿐만 아니라 각자 특별한 맹세를 했다. 식량을 먹고 물과 포도주를 마셔 버려 짐이 가벼워지자 바닥짐이 부족해진 탓에 위험이 가중되었다. 섬들을 다녀 볼 때는 날씨가 좋아서 방심한 탓에 제독은 바닥짐을 채워 넣지 않았고, 여자들만 사는 섬을 방문해서 준비할 생각이었다. 이 상황에서 할 수 있는 조치는 가능할 때마다 물과 포도주가 비어 있던 빈 통을 바닷물로 채우는 것이었고, 이렇게 채워 넣자 사정이 나아졌다. 여기서 제독은 주님이 자신이 죽기를 바란다는 두려움을 갖게 된 이유와 그가 두 폐하께 가져가는 소식들이 사라지지 않도록 주님이 그를 안전히 데려가 주지 않을까 하는 희망을 품게 된 이유들을 적었다. 이 엄청난 소식들을 전하고 땅을 발견해서 자신이 했던 말이 사실이었음

---

196 14세기에 세워진 수도원으로 스페인 우엘바의 모게르에 위치하고 있다. 콜럼버스는 이 폭풍우 치는 날의 맹세를 지키기 위해, 항해에서 돌아온 뒤 1493년 3월 16일 모게르 출신 선원들과 함께 성당에서 기도하였다.

을 보여주려는 욕망이 너무 커서 이것을 이루지 못할 것이라는 엄청
난 두려움을 갖게 된 듯했고, 제독이 말하길 모기 1마리같이 작은 존
재도 그의 생각을 교란하고 방해할 정도라고 했다. 그는 이것을 자신
의 부족한 믿음과 신의 섭리에 대한 확신이 줄어든 탓으로 돌렸다. 다
른 한편으로 그는 카스티야에서 일을 추진해나가는 데 있어서 그토록
힘든 상황과 반대를 많이 겪었으나 자신이 발견하고자 한 것을 발견
함으로써 신이 그의 바람을 다 들어주었다고 여겼고, 이토록 큰 승리
를 주신 그 은혜에 힘을 얻었다. 그는 자신의 목적을 하느님께 두고
자신의 사업을 거기에 맞추었기 때문에 하느님이 자기의 말을 들어주
고 요청한 모든 것을 주었다고 하며, 하느님은 자신이 시작한 일을 완
수하도록 할 것이고 자신을 안전하게 구해줄 것임을 믿어야 한다고
했다. 특히, 스페인을 떠나 항해를 시작한 뒤 그가 인솔하고 있던 선
원들과 인력이 스페인으로 돌아갈 것을 결심하고 제독에게 반기를 들
며 한목소리가 되어 항의했을 때, 그는 상황을 타개해나가는 데 큰 공
포를 느꼈을 법하나 영원한 하느님이 모든 것을 이겨 낼 수 있는 힘과
용기를 주었고, 두 폐하가 신하들을 통해 알고 있는 것 외에도 하느님
은 항해 중에 그에게, 혹은 그를 통해서 여러 경이로운 것들을 보여
주었다. 그러므로 제독은 자신이 이 폭풍을 두려워해서는 안 되지만
스스로의 나약함과 괴로움 때문에 "마음이 평안을 얻지 못한다"고 말
했다. 또한 그는 코르도바에서 공부하고 있는 두 아들이 낯선 땅에서
엄마 아빠도 없는 고아가 될 수 있다는 것이 너무 큰 괴로움이며, [197]

---

[197] 콜럼버스는 첫 부인 필리파 모니스(Filipa Moniz) 와의 사이에서 디에고를 낳고

두 왕이 감화를 받아 자식들을 도와줄 수 있도록 자신이 이 여행에서 두 왕을 위해 얼마나 큰 봉사를 했는지, 또 그들에게 기쁨을 주기 위해 얼마나 복된 소식들을 가져가는지 알릴 수 없게 될까봐 괴롭다고 했다. 그래서 두 폐하께서 자신이 인디아스에서 바랐던 모든 것에 대해 주님이 어떤 승리를 안겨 주었는지를 알고, 바다 안쪽까지도 풀과 나무가 나고 생장하는 것을 보면 알 수 있듯 그 지역에서는 폭풍이 전혀 없다는 것과 자신의 항해 소식을 두 분이 알 수 있도록, 제독은 양피지 한 장을 펴서 그곳에서 발견한 모든 것을 적었고, 누가 그 양피지를 발견한다면 두 왕에게 전해 주기를 간절히 부탁했다. 198 제독은 이 양피지를 밀랍을 입힌 천으로 말아 매우 잘 쌌으며, 큰 나무통 하나를 가져오라고 시킨 뒤 누구한테도 그것이 무엇인지 알리지 않은 채 통 안에 넣었다. 모두가 이를 신앙심과 관련된 것이라고 생각했으며, 제독은 그 통을 그대로 바다에 던지라고 명령했다. 그런 뒤 소나기 같은 집중 폭우가 내리면서 바람이 서풍으로 변했고, 배는 요동치는 바다 속에서 5시간 동안 바람에 내맡겨진 채 앞돛대의 돛만 달고 항해해 북동쪽으로 2레구아 반쯤 나아갔다. 제독은 파도가 모든 것을

부인과 사별했으며, 스페인으로 넘어온 뒤 코르도바에서 베아트리스 엔리케스를 만나 정식으로 결혼하지는 않은 채 둘째 아들 에르난도를 낳았다.

198 에르난도의 《제독의 생애》 37장에 의하면 콜럼버스는 편지를 발견하는 이가 편지를 밀봉된 그대로 가톨릭 양왕에게 전달해준다면 1천 두카도를 지불하겠다고 약속했다. 그래서인지 아란스에 의하면 이 문서를 발견했다는 사람이 계속 등장했으며, 1백 년 전에도 한 영국인이 영어로 쓰인 문서를 제시하며 자신이 이를 발견했다는 주장을 했다고 한다.

다 쓸어 가 버리게 될까 두려워 주돛대의 돛은 이미 내려두고 있었다.

2월 15일 금요일

어제는 해가 진 뒤 서쪽 하늘부터 날이 개기 시작했고, 그쪽으로 바람이 불 듯했다. 제독은 주돛에 천을 덧대어 크게 만들었다. 파도가 약간씩 잦아들고 있었지만 아직 매우 험했다. 제독은 동북동쪽으로 시간당 4미야를 갔고, 지난 밤 13시간 동안 13레구아를 갔다. 해가 뜨자 뱃머리에서 동북동쪽으로 육지가 보였는데, 마데이라섬이라고 한 이들도 있고 포르투갈 리스본(Lisbon) 근처에 있는 신트라(Cintra)의 호카(Roca)라고 한 이들도 있었다. 바람이 곧 뱃머리 쪽에서 동북동쪽으로 바뀌었고, 서쪽에서 파도가 거세게 밀려왔다. 카라벨선에서 육지까지는 5레구아 거리였다. 제독은 항해해 온 결과 배가 아소르스 제도로 왔으며, 보이는 육지는 제도의 섬들 중 하나라고 판단했다. 조타수들과 선원들은 이미 카스티야의 땅에 도착한 것이라고 생각했다.

2월 16일 토요일

육지가 섬이라는 것을 파악하고 어젯밤 내내 제독은 악천후 속에서도 그곳에 가 닿기 위해 계속 여러 방향으로 시도했다. 북동쪽, 북북동쪽으로도 시도하다 날이 샜고, 엄청난 먹구름 때문에 섬이 잘 보이지 않아 남쪽으로 방향을 틀었다. 그때 선미 쪽으로 8레구아 정도 떨어진 거리에 또 다른 섬이 보였다. 해가 뜬 뒤 일몰이 올 때까지 바람이 많이 불고 파도가 높은 상황에서 육지에 배를 대기 위해 계속 주변을 맴돌았다. 해 질 녘 성모 마리아 찬가를 부를 때 몇몇 사람들이 바람이 향하는 쪽에서 연기를 보았고, 어제 처음으로 본 섬이 틀림없는 듯했다. 어젯밤 내내 배는 바람이 부는 대로 움직이면서도 해가 뜨면 어느 섬이라도 보일까 싶어 최대한 육지 가까이로 다가가려고 했다. 이날 밤 제독은 조금 휴식을 취했다. 수요일부터 잠을 자지 않았고, 또 잠을 잘 수도 없는 상황에다 거의 먹지도 못한 채 두 다리는 추위와 물에 계속 노출돼서 마비된 듯했기 때문이다. 해가 떴고 제독은 남남서쪽으로 항해해 밤에는 섬에 도착했지만 먹구름이 너무 짙어 어떤 섬인지 알 수 없었다.

2월 18일 월요일

어제는 해가 진 뒤 섬 어디에 정박할지를 정하고 섬 주민들과 말을 해보기 위해 섬 주변을 돌았다. 닻을 하나 내렸는데 곧 잃어버렸다. 제독은 다시 돛을 올리고 밤새 바람이 부는 대로 떠돌았다. 해가 뜬 뒤 다시 섬의 북쪽에 가 닿았고, 적당해 보이는 곳에 닻 하나를 내린 뒤 육지로 보트를 보내 섬 주민들과 말을 해보도록 했다. 섬으로 간 이들은 그곳이 아소르스 제도의 일부인 산타마리아섬이라는 것을 알게 되었고, 주민들이 그들에게 카라벨선을 정박할 수 있는 항구를 알려 주었다. 섬사람들이 말하길 지난 15일 동안 경험한 것과 같은 폭풍은 단 한 번도 본 적이 없었으며, 어떻게 거기서 빠져나왔는지 놀랍다고 했다. 제독이 말하길 주민들은 하느님께 감사를 드렸으며, 제독이 인디아스를 발견했다는 소식을 알고 매우 기뻐했다고 한다. 제독은 자신의 항해가 매우 정확했고 지도를 잘 읽었으며, 이에 대해 주님께 매우 감사한다고 했다. 약간 멀리 온 것 같지만 현재 아소르스 제도 수역에 있는 것이 확실하며, 지금 머무는 섬이 제도에 속한 섬 중 하나라고 했다. 그는 실제보다 항해 거리를 부풀렸는데, 이는 항로를 측정하는 조타수들과 선원들에게 혼선을 주고, 자신이 인디아스의 항로를 제대로 아는 유일한 사람이 되기 위한 것이었다고 했다. 그리고 실제로 그렇게 되었는데, 배를 탄 사람 중 그 누구도 정확한 항로를 기록하지 못했기 때문에 인디아스로 가는 항로에 대해 확신할 수 있는 이가 아무도 없었기 때문이다.

2월 19일 화요일

해가 진 뒤 섬 주민인 남자 3명이 해안으로 와서 선원들에게 신호를 보냈다. 제독이 보트를 보냈더니 사육제(謝肉祭) 날이라고 닭과 신선한 빵을 가져왔고, 섬의 지휘관인 주앙 다카스타네이라(João da Castanheira)라는 사람이 보낸 다른 것들도 가져왔다. 남자들이 제독에게 전하길 지휘관은 제독에 대해 잘 알고 있으며, 밤이라 만나러 오지 않았지만 해가 뜨면 카라벨선에서 와서 머물고 있는 세 선원과 함께 직접 신선한 음식을 더 많이 가지고 올 것이라 했다. 선원들을 돌려보내지 않은 것은 여행에서 일어난 일을 들으며 아주 즐거운 시간을 보내고 있기 때문이라고 전했다. 제독은 이 사자(使者)들을 정중히 대하라고 명했고, 시간이 너무 늦었고 마을이 멀었기 때문에 밤을 보낼 수 있도록 그들에게 침대를 제공하라고 했다. 지난주 목요일 폭풍의 위력이 강했을 때 그들은 맹세를 했고 그 맹세에 대해서는 이미 언급했다. 처음 발견한 육지에 있는 성모를 모신 장소에 셔츠를 갖춰 입고 간다는 등의 내용이었으므로, 제독은 선원 절반이 바다 근처에 세워진 작은 성소로 가서 이를 이행하도록 했다. 자신은 나머지 절반의 사람들과 나중에 가기로 했다. 그곳은 안전한 땅처럼 보였고 지휘관이 제공해 준 것들과 포르투갈과 카스티야 사이의 평화를 신뢰했기 때문에, 제독은 세 남자한테 마을로 가 성직자를 불러와 미사를 집도해 주도록 부탁했다. 선원들이 셔츠 차림으로 순례 약속을 지키러 가서 기도를 드리고 있을 때 마을 사람 전부가 일부는 말을 타고 지휘관과 함께 와서 이들을 덮치고 체포했다. 이후 제독은 남아 있던 사람들과 순례를 가기 위해 아무런 의심 없이 오전 11시까지 보트를 기다렸는데, 부하들이 돌아오지 않는 것을 보고 그들이 붙잡혔거나 섬 전체가 높은 바위로 둘러싸여 있기 때문에 보트가 부서진 건 아닐까 생각했다. 하지만 성소가 곶 뒤에 있었기 때문에 제독은 상황을 볼 수 없었다. 그는 닻을 올리고 돛을 펼쳐 성소가 보이는 곳까지 갔고, 말을 탄 많은 이들이 말에서 내려 무기를 들고 보트로 카라벨선까지 와서 자신을 붙잡으려는 것을 보았다. 지휘관은 보트에서 일어나 제독에게 안전을 보증하라고 요구했고 제독은 그러겠다고 했지만 보트에 자기 부하들이 1명도 없는 것을 보고 어찌된 일인가 물었고, 지휘관에게 카라벨선으로 들어오라고 하며 자신은 그가 원하는 어떤 일이든 하겠다고 했다. 제독은 좋은 말로 다독여서 지휘관을 오게 한 뒤 붙잡아 부하들을 되찾을 생각이었고, 그에게 먼저 평화와 안전을 제안했지만 그것을 깬 사람이 지휘관이었기 때문에 안전을 보증한다고 했던 자신의 말이 신의를 저버리는 행위가 아니라고 생각했다. 제독에 의하면 지휘관은 나쁜 의도를 가지고 있었기 때문에 흔쾌히 들어오지 않았다. 그가 카라벨선으로 들어오지 않는 것을 보고 제독은 왜 자기 부하들을 붙잡았는지 그 이유를 설명해 달라고 부탁했다. 그리고 포르투갈 왕도 이러한 상황을 안타까워할 것이라고 하며, 카스티야 두 왕의 영토에서는 포르투갈인들을 점잖게 대우하기에 그들이 카스티야 영토로 들어오면 리스본에서처럼 안전하게 지낸다고 덧붙였다. 또한 두 폐하가 제독에게 세상의 모든 군주와 수장들, 그 외의 사람들에게 보내는 추천장을 써 주었으므로 지휘관이 배 안으로 들어온다면 그것을 보여줄 것이며, 자신은 두 왕이 임명한 대양의 제독이자 이제 두 분의 소유인 인디아스의 부왕이라고 했다. 그 점에 대해서는 두 국왕이 서명하고 직인으로 봉인된 왕령을 보여줄 수 있다고 말하며 멀리서 그것을 보여 주었다. 제독은 두 왕이 포르투갈 왕과 깊은 애정과 우호의 관계를 유지하고 있으며 그에게 포르투갈의 배를 만나게 되면 모든 호의를 다 베풀라 명했다고 말하며, 지휘관이 부하들을 돌려보내지 않는다 하더라도 세비야까지 항해할 인력이 아주 많이 남아있기 때문에 카스티야로 돌아가지 못할 일은 없을 것이라고 했다. 지휘관과 그 부하들은 제독에게 이런 모욕을 준 데 대해 엄한 처벌을 받게 될 것이라고 덧붙였다.

그러자 지휘관이 대답하길 이곳에서는 카스티야의 왕과 여왕, 그들의 편지에 대해서 알 바 아니며 그것이 두렵지도 않다고 했고, 포르투갈이 어떤 나라인지 보여 주겠다며 거의 협박조로 이야기했다. 이를 듣고 제독은 매우 걱정이 되었고, 그가 떠난 뒤에 두 나라 사이에 불화가 생겼을 수도 있지만 제대로 대응해야만 한다고 생각했다. 제독이 말하길, 지휘관이 멀리서 일어나 제독에게 카라벨선을 타고 항구로 오라고 했고 자신이 한 행동과 지금 하고 있는 행동은 모두 포르투갈의 왕이 명령한 것이라고 말했다고 했다. 이 말에 대해 제독은 카라벨선에 남아 있던 이들을 증인으로 삼았고, 지휘관과 그 부하들을 전부 불러서 자신의 신앙을 걸고 제독으로서 맹세하기를, 포르투갈인 100명을 카스티야로 데려가고 이 섬 전체에 사람이 1명도 살지 않게 될 때까지 자신은 카라벨선에서 내리지도 나가지도 않을 것이라고 했다. 그런 뒤 날씨가 나쁘고 바람이 많이 불어서 다른 선택지가 없었기 때문에 제독은 처음 정박했던 곳에 다시 배를 댔다.

2월 20일 수요일

제독은 배를 점검하고 바닥짐으로 사용하기 위해 통에 바닷물을 채우라고 명했다. 정박한 항구가 좋지 않아서 배를 매어 둔 밧줄이 끊어질까 걱정되었기 때문이다. 그래서 돛을 올려 상미겔(São Miguel) 섬으로 향했다. 아소르스 제도의 섬에는 이런 날씨를 버틸 만한 좋은 항구가 없었기 때문에 바다로 나가는 수밖에 없었다.

2월 21일 목요일

어제는 바람이 많이 불고 파도가 거세게 치는 지독히 나쁜 날씨를 버틸 수 있는 항구를 찾으러 산타마리아섬을 나와 상미겔섬으로 향했지만 밤이 될 때까지 육지를 보지 못했다. 바람과 파도로 인해 먹구름이 심해 잘 보이지 않았기 때문이다. 제독은 단지 선원 세 사람만 바다를 잘 알고 나머지 사람들은 바다를 전혀 모른다며 기분이 좋지 않다고 했다. 제독은 이날 밤 내내 엄청난 폭풍우 속에서 큰 위험을 겪으며 힘들게 바다 위를 떠돌았고, 하느님의 은총으로 그나마 파도가 한 방향에서만 밀려왔다. 저번처럼 서로 다른 방향에서 온 파도가 맞부딪쳤다면 훨씬 큰 어려움을 겪었을 것이다. 해가 뜬 뒤 상미겔섬이 보이지 않자 제독은 두고 온 선원들과 보트, 밧줄, 닻을 되찾을 수 있을까 싶어 산타마리아섬으로 되돌아가기로 했다. 제독이 말하길 인디아스에서는 겨울 내내 정박하지 않고 항해할 수 있었고 항상 날씨가 좋아서 바다를 항해하지 못하는 경우가 단 1시간도 없었는데, 이 섬 지역은 날씨가 너무 나빠 놀랄 정도라고 했다. 이 제도에서는 폭풍의 영향을 너무 심하게 받았고, 스페인을 떠나 카나리아 제도까지 갔을 때도 같은 일을 겪긴 했지만 카나리아 제도를 지나자 공기와 바다는 항상 지극히 평온했다. 제독이 마무리하며 말하길, 거룩한 신학자들과 현명한 철학자들이 지상 천국199은 기후가 더없이 온화한 곳이므로 동방의 끝에 있다고 했는데 그들의 말이 옳았다고 했다. 그래서 그가 이번에 발견한 땅들은 동방의 끝이라고 했다.

---

199 〔아란스〕 콜럼버스가 지상 천국에 대해 유추한 이러한 내용은 너무 단순하고 환상에 기초한 것이지만 평생 동안 그에게 자리 잡은 생각이었다. 이러한 확신 때문에 그는 신대륙 발견의 지리적인 실재를 이러한 프리즘을 통해 해석하게 된다.

2월 22일 금요일

어제는 산타마리아섬에서 처음으로 배를 두었던 지점 혹은 항구에 배를 정박했다. 그랬더니 해안선에 있던 바위에서 한 남자가 망토를 흔들면서 그곳에서 떠나지 말라고 했다. 그런 뒤 선원 5명과 성직자 2명, 서기 1명을 태운 보트가 다가와서 안전을 보장하라고 요구했고, 제독이 요구에 응하자 그들은 카라벨선으로 올라왔다. 밤이었기 때문에 그들은 거기서 잠을 잤고, 제독은 가능한 한 정중히 그들을 대했다. 아침이 되자 그들은 제독이 카스티야 두 왕의 증서를 받고 이 항해를 했다는 것을 확인하기 위해 증서를 제시하라고 요구했다. 제독은 그들이 이렇게 하는 이유가 자기들 행동에 잘못이 없으며 정당한 일을 하고 있음을 보여주기 위한 것이라고 느꼈다. 그들은 무장한 배로 오기는 했으나 제독을 체포하는 데 실패했고, 제독이 실행에 옮기겠다고 한 말과 위협에 두려움을 느끼고는 일이 계획했던 대로 되지 않을 수도 있다고 판단했다. 결국 붙잡혀 있는 부하들을 되찾기 위해 제독은 그들에게 두 왕이 군주와 수장들에게 보낸 일반적인 편지와 다른 왕령들을 보여 주어야 했고, 갖고 있던 것을 보여 주니 그들은 만족해서 육지로 돌아가서는 곧 모든 사람들을 보트에 태워 되돌려보냈다. 풀려난 부하들을 통해 제독은 만일 그들이 자신을 체포했다면 절대로 풀어 주지 않았을 것임을 알았는데, 지휘관이 자신의 군주인 포르투갈 왕이 그렇게 명령했다고 말했기 때문이다.

2월 23일 토요일

어제는 날씨가 좋아질 듯한 기미가 보였다. 제독은 닻을 올리고 섬 주
변을 돌면서 좋은 정박지를 찾아 땔감과 바닥짐으로 쓸 돌을 구하고
자 했지만, 마지막 기도 시간200까지도 정박지를 구하지 못했다.

2월 24일 일요일

제독은 어제 오후에 땔감과 돌을 구하기 위해 정박했다. 파도가 너무
거세서 보트로는 육지에 도달할 수 없었기 때문이다. 첫 번째 당직시
간201이 끝나자 서풍과 남서풍이 불기 시작했다. 이 섬들에서는 닻을
내린 채 남풍을 받으면 위험했는데 남서풍이 곧 남풍으로 변했기 때
문에 제독은 돛을 올리라고 명했다. 카스티야로 가도 될 정도로 날씨
가 좋은 것을 보고 제독은 땔감과 돌을 구하는 것을 포기하고 뱃머리
를 동쪽으로 돌리도록 한 뒤 해가 뜰 때까지 항해했다. 6시간 반 동안
시간당 7미야를 항해해 총 45미야 반을 나아갔다. 일출에서 일몰까지
제독은 시간당 6미야를 나아가서 11시간 동안 66미야를 항해했고,
밤에는 45미야 반을 나아가서 총 111미야 반, 즉 약 28레구아를 항해
했다.

---

200 종과(終課). 계절마다 다르지만 대략 오후 6시경이다.
201 〔아란스〕 야간의 첫 번째 당직시간이 끝난 것. 당직시간은 8암포예타, 즉 4시간
      동안 지속된다. 모리슨에 의하면 첫 당직시간은 저녁 7시에서 11시까지이다.

2월 25일 월요일

어제는 해가 진 뒤 동쪽 항로를 따라 시간당 5미야를 항해했다. 전날 밤 13시간 동안 65미야, 즉 16. 25레구아를 나아갔다. 일출에서 일몰까지 16레구아 반을 더 나아갔고, 하느님의 가호로 바다는 평온했다. 카라벨선으로 독수리처럼 보이는 매우 큰 새 1마리가 다가왔다.

2월 26일 화요일

어제 제독은 해가 진 뒤 동쪽 항로로 나아갔고, 하느님의 가호로 바다는 평온했다. 밤에는 시간당 8미야씩 항해해 100미야, 즉 25레구아를 나아갔다. 해가 뜬 뒤 바람이 거의 불지 않았고, 소나기가 쏟아졌다. 동북동쪽으로 8레구아를 항해했다.

2월 27일 수요일

어젯밤과 해가 뜬 이후 역풍이 불고 파도와 바다가 험해져서 항로를 벗어나게 됐다. 배의 위치는 상비센트곶에서 125레구아, 마데이라섬에서 80레구아, 산타마리아섬에서는 106레구아 거리였다. 거의 스페인에 다 와 가는 지점에서 엄청난 폭풍우를 만나자 제독은 매우 괴로워했다.

2월 28일 목요일

제독은 어젯밤과 같은 식으로 항해했고, 남풍과 남동풍이 불더니 방향이 이리저리 변해서 북동풍과 동북동풍이 불었다. 낮에도 이런 상태가 지속되었다.

3월 1일 금요일

제독은 어젯밤 동미북동쪽으로 12레구아를 항해했고, 낮 동안 동미북쪽으로 23레구아 반을 나아갔다.

3월 2일 토요일

제독은 어젯밤 동미북쪽으로 28레구아를 항해했고, 낮 동안 20레구아 나아갔다.

3월 3일 일요일

해가 진 뒤 제독은 동쪽 항로로 나아갔다. 급작스런 폭풍이 덮쳐 돛이 전부 다 망가졌고, 제독은 큰 위험에 처했다고 생각했지만 주님이 그들을 구해 주었다. 제독은 셔츠를 갖춰 입고 우엘바에 있는 신타 성모202에게 순례를 갈 사람을 정하기 위해 제비뽑기를 하였고, 그 결과 뽑힌 사람은 바로 제독이었다. 무사히 도착한다면 처음 맞는 토요일에는 모두가 음식, 즉 빵과 물을 먹지 않겠다고 맹세를 했다. 돛이 더 망가지기 전에 60미야를 항해했고, 이후에는 강한 바람을 동반한 폭풍과 배 양쪽에서 몰아치는 파도에 시달리며 돛을 내린 채 나아갔다. 육지가 가까이 있다는 신호가 보였다. 그들은 리스본에서 아주 가까운 곳에 있었다.

3월 4일 월요일

어젯밤 그들은 무시무시한 폭풍우를 만났고, 양쪽에서 덮쳐 오는 파도와 바람에 카라벨선이 허공으로 뜨고 바닷물이 공중으로 치솟고 사방에서 번개가 쳐서 배가 난파하는 건 아닐까 생각했다. 주님은 기꺼이 배를 지탱해 주셨고 그렇게 제독이 제 1당직시간이 될 때까지 항해하자 주님은 그에게 육지를 보여 주었고, 잇달아 선원들도 육지를 보았다. 그런 뒤 제독은 그곳이 어디인지, 항구가 있는지, 안전하게 정박할 곳이 있는지 알기 전까지는 육지에 접근하지 못하게 했으나 다른 방법이 없어서 주돛을 올리고 얼마간 항해했다. 매우 위험했지만 바다로 나아갔고, 너무 힘들고 두려웠지만 해가 뜰 때까지 주님이 그들을 지켜 주었다고 제독은 말했다. 날이 밝아 오자 제독은 그곳이 어딘지 알 수 있었고, 바로 리스본강 근처 신트라의 호카곶이었다. 강

---

202 신타(Cinta)는 끈이라는 뜻이다. 12세기에 성모 마리아가 발현하여 한 사제에게 끈을 주었고, 그때부터 끈의 성모라는 이름으로 숭배되었다. 우엘바의 수호 성모로, 현재 라오르덴(La Orden) 지구에 성소가 있다.

어귀에 있는 카스카이스(Cascais) 마을에 무시무시한 폭풍우가 쳐서 다른 방도가 없었으므로 제독은 강으로 들어가기로 결정했다. 제독이 말하길 마을 사람들은 오전 내내 나와서 그들을 위해 기도했고, 배가 강으로 들어가자 그 위험에서 어떻게 빠져나왔는지 놀라며 선원들을 보러 왔다고 했다. 3시과에는 리스본강 안의 하스텔루(Rastelo) 항구를 지났고,203 제독은 그곳에서 만난 선원들한테서 겨울에 그렇게 폭풍우가 많았던 적은 처음이고 플랑드르(Flandre)에서 나오선이 25척이나 난파했다는 말을 들었으며, 네 달 동안 배를 타고 나갈 수가 없었다고 말해 주는 선원들도 있었다. 곧 제독은 그곳에서 9레구아 떨어진 곳에 있던 포르투갈 왕에게 편지를 써서204 카스티야의 두 국왕이 자신에게 폐하의 항구로 들어가서 돈을 지불하고 필요한 것을 요청하기를 주저하지 말라고 했음을 알리고, 카라벨선이 리스본시(市)로 들어갈 수 있도록 허락해 달라고 요청했다. 사람이 없는 항구로 들어가게 되면 비열한 자들이 카라벨선에 황금이 많다고 생각해서 나쁜 짓을 저지를 수도 있고, 또 포르투갈 왕이 제독이 기니가 아니라 인디아스에서 왔다는 것을 알 수 있도록 하기 위해서였다. 205

---

203 〔아란스〕 3시과(오전 8~9시경)에 콜럼버스는 리스본 항구로 가기 전에 있는 항구인 하스텔루에 도착했다. 현재 벨렘(Belem) 지역이다.

204 포르투갈 13대 왕인 주앙 2세에게 쓴 편지로, 콜럼버스가 쓴 〈발견을 알리는 편지〉의 하나로 간주된다.

205 카스티야와 포르투갈 사이에 맺은 〈알카소바스 조약〉의 내용이다. 포르투갈은 카나리아 제도가 카스티야 영토임을 인정하였고, 카스티야는 포르투갈의 기니 영토로 스페인들을 보내지 않을 것을 합의하였다.

3월 5일 화요일

하스텔루 항구에는 포르투갈 왕의 큰 나오선 한 대도 정박해 있었는데 그 배는 대포와 무기를 매우 잘 갖추고 있었고, 제독이 말하길 새로운 형태의 배라고 했다. 배의 지휘관인 리스본의 바르톨로메우 디아스(Bartolomeu Dias)206가 무장한 바텔을 타고 카라벨선으로 와서는 제독에게 그 바텔을 타고 왕의 재무관들과 나오선의 선장한테 가서 진술해야 한다고 말했다. 제독이 자신은 카스티야 두 왕의 제독이며, 그런 이야기를 그 사람들에게 하지 않을 것이며 무력으로 강제로 끌어내지 않는 이상 절대로 배에서 나가지 않을 것이라고 했다. 디아스가 카라벨선의 사무장을 보내라고 하자 제독은 강제로 끌어내지 않는 이상 사무장도, 다른 사람도 보내지 않을 것이라 했다. 이는 부하를 보내는 것은 제독 자신이 가는 것과 같으며, 굴복하거나 자기 사람을 내놓기보다는 죽는 게 낫다고 여기는 것이 카스티야 두 왕을 위해 일하는 제독들의 관습이기 때문이라고 했다. 디아스는 태도를 누그러뜨리며 제독의 결심이 그러하다면 원하는 대로 하라고 말했고, 제독이 카스티야 두 국왕의 편지를 가지고 있다면 그것을 보여 달라고 요청했다. 제독은 기꺼이 그것을 보여 주었고, 지휘관은 배로 돌아가서 선장 알바로 다미앙(Alvaro Damião)에게 이를 보고했다. 선장은

---

206 디아스가 이끈 선단은 인도로 가기 위해 1487년 리스본을 떠나 1488년 아프리카 최남단인 폭풍의 곶(희망봉)을 지났으나 더 이상 가지 못하고 포르투갈로 귀환하였다. 이는 포르투갈 해상진출의 기점이 된 항해이다.

절도를 갖추고 작은 북과 트럼펫, 아냐필(añafil) 207로 성대하게 축하하며 카라벨선으로 와서 제독과 이야기했고, 제독이 요구하는 어떤 일이라도 도와주겠다고 했다.

3월 6일 수요일

제독이 인디아스에서 온 것을 알고 오늘은 정말 많은 사람들이 제독과 인디오들을 보러 리스본에서 왔다. 모든 이들이 경탄할 만하고 놀라운 일이라며 주님께 감사드렸고, 카스티야 두 왕의 큰 믿음과 신에게 봉사하고자 하는 열망 때문에 주님께서 이 모든 것을 주신 것이라고 했다.

3월 7일 목요일

오늘은 셀 수 없이 많은 이들이 카라벨선으로 왔고 기사들도 많았으며, 그중에는 왕의 재무관들도 있었다. 모든 이들은 주님이 카스티야의 두 국왕을 위해 베풀어 주신 기독교의 번영과 확장에 대해 무한히 감사를 드렸으며, 제독은 두 폐하께서 기독교의 확장을 위해 노력하고 애를 썼기 때문에 당연한 결과라고 말했다.

---

207 이슬람 문화에서 기원하여 이베리아반도에서 사용되었던 80센티미터 정도 길이의 나팔.

3월 8일 금요일

오늘 제독은 동 마르티뉴 노로냐(Dom Martinho de Noronha)를 통해 포르투갈 왕의 편지를 한 통 받았다. 왕은 편지에서 날씨가 카라벨선을 타고 떠나기에 적합하지 않으니 자신이 있는 곳으로 와 달라고 청했다. 제독은 가고 싶지 않았지만 의심을 없애기 위해 그렇게 하기로 하고, 우선 사카벵(Sacavém)에 가서 묵었다. 국왕은 재무관들에게 제독과 그의 부하들, 카라벨선에 필요한 것이 있으면 돈을 받지 않고 제공하도록 했고, 제독이 원하는 대로 모든 것을 해주라고 명했다.

3월 9일 토요일

오늘 제독은 사카벵을 떠나 왕이 있는 파라이수(Paraiso) 계곡으로 갔다. 리스본에서 9레구아 떨어진 곳에 있었는데[208] 비가 와서 제독은 밤이 되어서야 그곳에 도착할 수 있었다. 왕은 주요 가신들에게 아주 정중히 그를 맞으라고 명했고, 왕 역시 그를 극진히 맞이했고 매우 호의를 베풀며 앉으라고 청하고 우호적으로 말을 건넸다. 왕은 카스티야의 두 국왕과 그들에게 도움이 되는 것이면 자신의 이익에 연연하지 않고 무엇이든 제대로 해주라고 명할 것이며, 항해가 이루어지고 제

---

208 〔바렐라〕페스트 때문에 주앙 2세는 파라이수 계곡의 산타마리아 다스 비르투지스(Santa Maria das Virtudes) 수도원에 머물고 있었다.

대로 잘 끝나서 매우 기쁘다고 했다. 그러나 그는 카스티야의 두 국왕과 자신이 맺은 조약을 통해 이 성과가 자기에게 속하는 것으로 알고 있다고 했다. 209 그 말을 듣고 제독은 자신은 그 조약 문서를 본 적도 없고, 카스티야의 두 국왕이 자신에게 미나(Mina) 210와 기니211 땅 어디도 가지 말라고 한 것밖에 알지 못하며, 그가 항해를 떠나기 전에 안달루시아에 있는 모든 항구에서 항해 사실에 대해 공표하도록 했다고 말했다. 그러자 왕은 이 문제에 제3자가 개입할 필요는 없다고 확신한다며 호쾌하게 대답했다. 그는 그곳에 있는 사람들 중 가장 지위가 높은 크라투(Crato) 212의 수도원장에게 제독을 손님으로 맞으라고 했으며, 제독은 그로부터 매우 극진한 대접과 호의를 받았다.

---

209 〔바렐라〕〈알카소바스 조약〉(1479)과 교황 칙서인 "*Aeterni Regis*"(1481)에 의해 포르투갈과 스페인의 정복의 경계가 확고히 정해졌다. 포르투갈 왕의 의심은 타당했다. 포르투갈 연대기 작가 루이 드피나(Rui de Pina)는 몇몇 신하들이 콜럼버스를 죽이고 발견을 가로챌 수 있을 것이란 제안을 했다고 말한다. 라스카사스 역시 《인디아스의 역사》 1권 74장에서 왕이 콜럼버스가 항해 경비를 지원해 달라는 제안을 했을 때 그 요청을 듣지 않았던 것을 후회한 이야기를 한다.
210 포르투갈의 주앙 2세가 1482년 지금의 기니만에 세운 건축물로 아프리카의 물품, 특히 금을 포르투갈로 실어 나르던 항구 역할을 하였다. 포르투갈의 아프리카 진출 거점이었으며 노예 무역의 중심지이기도 했다. 현재 가나의 도시 엘미나(Elmina)에 위치해 있으며 엘미나성이라고 한다.
211 〔아란스〕 포르투갈인들이 기니라고 부르는 지역은 카나리아 제도 남쪽에 있는 아프리카의 바다와 해안을 지칭했다. 이 조건은 카스티야와 포르투갈 사이에 맺어진 〈알카소바스 조약〉에 의해 구체화되었다.
212 포르투갈 알렌테주(Alentejo)의 마을.

3월 10일 일요일

오늘 미사가 끝난 뒤 왕이 다시 제독에게 말하길 필요한 것이 있다면 곧 준비해 주겠다고 했고, 항해에 대해 제독과 오래 이야기를 나누며 그가 계속 의자에 앉아 있을 수 있도록 허락해 주고 정중히 대우해 주었다.

3월 11일 월요일

오늘 제독은 국왕에게 작별 인사를 했고, 국왕은 제독에게 계속 호의를 베풀며 카스티야 두 왕에게 전할 몇 가지 말을 제독에게 했다. 점심 식사를 한 뒤 제독은 출발했고, 국왕은 동 마르틴 노로냐를 함께 보내고 많은 기사들이 그의 길에 동행하도록 해서 오랫동안 그의 위신을 세워 주었다. 이후 제독은 빌라프랑카(Vila Franca)라는 곳 근처에 있던 상투 안토니우(Santo António)의 한 수도원에 갔는데, 이는 그곳에 머물고 있던 왕비가 꼭 자신을 만나고 가라는 전갈을 제독에게 보내왔기 때문이다. 제독은 왕비에게 경의를 표한 뒤 손에 입을 맞추었고, 왕비는 공작과 후작213을 대동하고 제독을 정중히 맞았다. 제독은 밤이 되어 왕비와 헤어진 뒤 알란드라(Alhandra)로

---

213 〔바렐라〕 공작은 여왕의 남동생인 베자(Beja)의 공작 동 마누엘(Dom Manuel) 이며, 1495년 포르투갈의 왕 마누엘 1세가 된다. 후작은 빌라레알(Vila Real)의 후작으로 동 페드루 노로냐(Dom Pedro de Noronha)이다.

가서 잤다.

3월 12일 화요일

오늘 제독이 알란드라를 떠나 카라벨선으로 가려는데 왕의 시종이 찾아왔다. 왕이 제안하길, 제독이 육로로 카스티야에 가기를 원한다면 시종이 제독과 동반하여 숙박할 곳을 구해 주고 말과 필요한 모든 것을 제공하겠다고 했다. 제독과 헤어질 때 시종은 제독과 그와 동행하고 있는 조타수에게 각각 노새 1마리씩 주었고, 제독이 말하기를 그가 조타수에게 20이스파딩(*espadim*) 214을 하사금으로 준 것을 알게 되었다고 했다. 제독은 이런 말과 행동은 두 국왕이 알게 하기 위한 것이라고 말했다. 제독은 밤이 되어서 카라벨선에 도착했다.

3월 13일 수요일

오늘 오전 8시, 파도는 높고 바람은 북북서로 불었으며, 제독은 닻을 올리고 세비야로 가기 위한 항해를 시작했다.

---

214 주앙 2세 통치기(1485~1495)에 주조된 포르투갈의 금화.

3월 14일 목요일

어제는 해가 진 뒤 남쪽으로 항로를 잡았으며, 해가 뜨기 전에 포르투갈 영토인 상비센트곶 먼바다에 도달했다. 이후 제독은 동쪽으로 항해하여 살테스로 가려 했으나 하루 종일 바람이 거의 불지 않아 지금은 파루(Faro) 먼바다까지 왔다.

3월 15일 금요일

어젯밤 해가 진 뒤 해가 뜰 때까지 약한 바람을 받으며 제독은 계속 항해했으며, 해가 뜨자 살테스 먼바다에 도착했다. 정오에는 밀물을 타고 살테스섬의 어귀, 즉 작년 8월 3일 출발한 바로 그 항구의 안쪽으로 들어갔다. 제독은 이제 글 쓰는 것을 마무리 지으려 한다며 남은 일은 배를 타고 바르셀로나(Barcelona)로 가는 것인데, 그 도시에 두 폐하가 있다는 소식을 듣고서 두 분께 주님이 허락하시고 그를 깨우쳐 주셨던 항해 전체를 보고하기 위해서라고 말했다. 또한 제독은 확실히 주님이 선한 일만 하시고, 죄가 아닌 것은 모든 것이 선하며, 주님의 허락 없이는 어떤 것도 찬미하거나 생각해서는 안 된다는 것을 알고 굳게 믿고 있었다. 제독이 말한다. "제가 겪은 이 항해에서, 이 글을 통해서 알 수 있을 뿐만 아니라 이 항해에서 보여 주신 많은 기적들을 통해서도 드러나듯 주님은 그것을 기적적으로 보여 주었습니다. 저는 두 폐하의 왕실에 오래 있었지만 많은 주요 인사들이 저를 반대하고 비판적인 의견을 내는 것을 보았으며, 그들은 모두 제게 등을 돌리며 이 계획이 어리석다고 주장했습니다. 제가 주님께 바라는 것은 이 항해가 예기치 않게도 지금까지 전혀 존재해 본 적이 없는 기독교 최고의 영예가 되는 것입니다." 이것이 돈 크리스토발 콜론 제독이 인디아스로 향한 첫 번째 항해와 그 발견에 대해 하는 마지막 말이다.

주님께 감사드립니다.

3

|

**루이스 데산탄헬에게 보내는
발견을 알리는 편지[1]**

1493년 2월 15일

주님께서 제 여행에 베풀어 주신 큰 승리에 당신이 기뻐하실 것을 알
기에 이 편지를 씁니다. 이 편지를 통해 당신은 제가 어떻게 33일 동

---

1 콜럼버스가 쓴 인디아스 발견을 알리는 편지로 가톨릭 양왕의 재무대신인 루이스
데산탄헬에게 보낸 것이다. 1493년 2월 15일로 서명되었으며, 추신을 쓴 날짜는 3
월 14일이다. 이 편지의 원본은 현재 유실되었으며, 충실한 필사본 한 부가 스페
인 바야돌리드(Valladolid)에 위치한 시만카스 문서보관소(Archivo General de
Simancas)에 보관중이다. 첫 번째 인쇄본은 1493년 4월 바르셀로나에서 나왔으
며, 단 한 부만 살아남아 현재는 뉴욕공립도서관에 보관되어 있다. 이 필사본과
인쇄본은 거의 변동 없이 유사하며, 바르셀로나 인쇄본이 나온 지 한 달도 되지 않
아 스테판 플랑크(Stephan Plannck)라는 인쇄업자가 아라곤(Aragón) 출신의 레
안데르 델코스코(Leander del Cosco)가 라틴어로 번역한 편지를 로마에서 인쇄
했고, 콜럼버스의 항해를 전적으로 지원한 것이 페르난도 왕이었다는 오류가 담겨

259

안2 우리의 주군들이신 고귀한 왕과 여왕이 주신 함대를 거느리고 인디아스3로 가게 되었는지에 대해 알게 될 것입니다. 그곳에서 저는

있는 서문을 수정하여 곧 두 번째 라틴어 번역본도 인쇄되었다. 라틴어 번역본은 스페인어 인쇄본과 아주 약간 다르며, 편지의 수신인이 아라곤 왕국의 재무대신인 가브리엘 산체스(Gabriel Sánchez)로 되어 있다. 이 라틴어 번역본은 여러 차례 재인쇄되며 실질적으로 콜럼버스의 업적을 유럽에 알리는 역할을 하였고, 라틴어에서 이탈리아어, 독일어로 번역이 이루어졌다. 1497년 스페인 바야돌리드에서 두 번째 스페인어판이 인쇄되었다.

  이후 오랜 시간이 지난 뒤 1985년 콜럼버스가 두 국왕에게 보낸 9통의 편지가 스페인 타라고나(Tarragona)에서 발견되었는데, 그 안에 〈발견을 알리는 편지〉도 포함되어 있었다. 아마도 이 편지는 16세기 중반의 필사본의 복사본으로 보이며, 1493년 3월 4일 두 국왕에게 보낸 편지의 복사본으로 정확한 날짜와 서명은 빠져 있다. 3월 4일은 포르투갈에서 주앙 2세에게 편지를 쓴 날짜로 포르투갈 왕과 스페인으로 각각 편지를 보냈음을 알 수 있다.

  이 문서들은 검증을 맡은 역사학자들에 의해 진짜로 간주되어 1987년 스페인 정부는 이를 구매하였으며, 1988년 이후 세비야의 인디아스 문서보관소에 보관해 오고 있다. 이 문서 전체는 《콜럼버스 복사본》(Libro copiador de Colón)이라고 불리며, 1989년 스페인 문화부의 주관으로 역사학자 안토니오 루메우(Antonio Rumeu)의 책임하에 팩시밀리판으로 출간되었다. 책에 담긴 정보나 어조가 이 책에 실린 〈루이스 데산탄헬에게 보내는 발견을 알리는 편지〉와는 차이가 있어서 여러 관점에서 연구되었다. 〈발견을 알리는 편지〉는 2월 14일 폭풍을 겪으며 바다로 떠내려 보낸 한 장의 편지, 2월 15일 루이스 데산탄헬과 가브리엘 산체스에게 쓴 것, 3월 4일 포르투갈 왕과 가톨릭 양왕에게 쓴 것 등 최소한 5통이 확인되며, 현재는 3통이 남았다. Margarita Zamora(1993), *Reading Columbus*, Berkeley: University of California Press, pp. 9~11; 위키백과 스페인어 《콜럼버스 복사본》 항목.

2 1492년 9월 9일 카나리아 제도의 고메라섬을 떠나 10월 12일 과나아니섬에 도착할 때까지 33일을 항해하였다. 팔로스 항구를 떠난 날로부터 계산하지 않은 것은 카나리아 제도는 이미 스페인의 영토로서 확립된 곳이었기 때문에, 그곳으로부터 미지의 영역을 탐사해서 인디아스에 도착했다는 말일 것이다.

3 〔아란스〕당시 유럽에서는 인디아, 혹은 인디아스를 언급하면서 이를 지리적으로

매우 많은 섬들을 발견했고, 거기에는 셀 수 없이 많은 사람들이 살고 있었습니다. 저는 왕실 깃발을 펼치고 선언을 하면서 두 폐하를 대신해 그 섬들을 소유했고 그에 대한 반대가 없었습니다.

첫 번째 발견한 섬에 저는 이 모든 것을 경이롭게 하사하신 주님을 떠올리며 산살바도르라는 이름을 붙였습니다. 인디오들은 그 섬을 과나아니라고 부릅니다. 두 번째 섬은 산타마리아 데 콘셉시온이라고 이름을 붙였고, 세 번째는 페르난디나, 네 번째는 이사벨라, 다섯 번째는 후아나라고 이름을 붙이며 각각의 섬에 새로운 이름을 주었습니다.

제가 후아나섬에 도착했을 때 서쪽 해안을 따라갔고, 섬이 너무나 커서 저는 그곳을 본토, 즉 카타요(Catayo)⁴ 지역이라고 생각했습니다. 해안 지역에서 작은 주거지 외에는 마을과 도시를 발견하지 못했고, 그곳 사람들이 모두 도망쳐서 말을 해볼 수도 없었기 때문에 저는 그 길을 따라서 계속 나아가며 큰 도시들이나 마을을 꼭 찾을 수 있을 것이라 생각했습니다. 먼 거리를 가도 다를 바가 없었고, 해안을 따라가다 보니 겨울이 완연해져서 남쪽으로 가려 한 제 의지와는 반대

제대로 구체화할 수 있는 이가 없었다. 사람들은 막연히 동방의 아시아의 넓은 지역을 떠올렸으며, 그곳에 대칸의 강대한 제국, 부유함, 향신료, 많은 중세의 전설이 있다고 여겨졌다. 콜럼버스는 에스파뇰라섬에서 지팡구를 발견했다고 일지에 적었다. 인디아스(Indias)라는 단어는 이 편지를 통해서 처음으로 인쇄되어 나온다.

4 카타이를 말한다. 거란을 뜻하는 키탄(Khitan), 키타이(Khitai)에서 여러 언어로 다양한 표기와 발음으로 정착한 것이다. 《동방견문록》에서 카타이는 대칸의 제국이 있는 중국 북부를 넓게 아우르는 말이다.

로 북쪽으로 향하게 되었습니다. 또한 바람이 제가 원하는 방향으로 불지 않아 저는 더 이상 기다리지 않기로 결정하고, 한 항구로 되돌아 가서 그곳에서 육지로 두 사람을 보내 거기에 왕이나 큰 도시들이 있는지 알아보도록 했습니다. 그들은 3일을 다니며 작은 주거지들이 엄청나게 많고 사람들도 셀 수 없이 많은 것을 보았으나 체계적인 통치체가 아니어서 돌아왔습니다.

저는 붙잡아 두었던 다른 인디오들의 말을 이미 상당히 많이 이해했고, 그들을 통해 이 땅이 섬이라는 것을 줄곧 알고 있었습니다. 그렇게 저는 동쪽 해안으로 107레구아를 항해해서 끝까지 나아갔는데, 그 끝에서 동쪽으로 18레구아 정도 떨어진 곳에 다른 섬이 있는 것을 보았고 이후 그곳에 에스파뇰라섬이라는 이름을 붙였습니다. 저는 북쪽을 따라 그 섬으로 갔고, 후아나섬에서 동쪽으로 직선거리로 188레구아나 가서야 도달할 수 있었습니다. 그 섬과 다른 모든 섬들은 지극히 비옥하고 그 정도가 최상이었으며, 섬의 해안에는 제가 알고 있는 기독교 지역의 다른 항구들과 비교할 수 없을 정도로 아주 많은 항구들이 있었고 수많은 강들은 아주 크고 좋아서 경이롭습니다. 그곳의 땅들은 지대가 높으며, 섬 안에는 매우 높은 산맥과 산들이 있고, 이는 어느 모로 보아도 멋진 테네리페섬하고도 비교할 수 없을 정도입니다. 모든 산들은 걸어 다닐 수 있으며, 수많은 형태의 나무들로 가득하고 나무들은 키가 커서 하늘에 가 닿을 듯합니다. 제가 알아들은 바에 의하면 그 나무들은 절대로 잎이 떨어지는 법이 없으며, 너무 푸르고 아름다워서 5월의 스페인을 보는 듯합니다. 나무는 꽃이 핀 것도, 열매가 달린 것도 있었고, 종류에 따라 상태가 달랐습니다. 제가 그곳을 다녔던 11월에는 종달새와 수많은 종류의 새들이 지저귀었습니다. 여섯 혹은 여덟 종류의 야자나무가 있었는데 모양이 다 다르고 매우 아름다워서 그것들을 바라보며 경탄을 금치 못했고, 다른 나무와 열매, 풀들도 마찬가지였습니다. 섬에는 멋진 소나무 숲과 지극히 큰 평원들이 있으며, 꿀과 다양한 종류의 새, 각종 과일들이 있습니다. 내륙으로 들어가면 광산이 많이 있으며, 셀 수 없이 많은 사람들이 있습니다.

에스파뇰라섬은 경이롭습니다. 산맥들과 산들, 평원과 경작지가 있으며, 땅은 정말 아름답고, 식물을 심고 씨를 뿌리고 온갖 종류의 가축을 키우며 마을과 공간을 만들기에 충분합니다. 바다의 항구들은 이곳에서 직접 보지 않으면 믿을 수가 없을 정도이며, 강은 그 수가 많고 크기도 크고 물이 좋습니다. 대부분의 강에는 금이 있습니다. 나무와 열매, 풀은 후아나섬의 것들과 큰 차이가 있으며 이 섬에는 많은 향신료, 금과 다른 광물을 채굴할 큰 광산들이 있습니다.

이 섬과 제가 발견하고 소식을 들은 모든 섬에서는 남자든 여자든 전부 어머니가 그들을 낳았을 때처럼 벌거벗은 채 다닙니다. 몇몇 여성들은 풀잎이나 가리개용으로 직접 짠 면천을 사용해 단 한 곳만을 덮습니다. 그들은 철이나 강철, 무기도 없고, 그런 것에 적합한 사람들이 아니며, 잘생겼고 키가 크기는 하지만 놀랄 만큼 겁이 많습니다. 그들은 속이 빈 식물대로 만든 것 외에는 무기를 갖고 있지 않은데, 식물이 씨앗을 맺을 때 잘라 그 끝에 날카로운 막대기를 단 것으로 그조차도 함부로 사용하지 않습니다. 여러 차례 저는 2~3명의 사람을 마을로 보내 그들과 말을 해보도록 했는데, 수많은 이들이 저와 제 부하들이 다가오는 것을 보자 아버지가 자식을 기다려 주지도 않고 도망쳤습니다. 이것은 우리가 그들에게 어떤 해를 끼쳐서가 아닙니다. 저는 제가 갔던 모든 곳 중 그들과 말을 나눌 수 있었던 곳에서 천이나 다른 많은 것 등 가진 것을 모두 주고 그 대가로 어떤 것도 받지 않았지만 그들은 손쓸 도리가 없을 정도로 겁이 많았습니다. 그들이 안심하고 이런 두려움을 버리게 된 이후에는 그들은 속임수라고는 몰랐고 가지고 있는 것을 너무도 기꺼이 내준 것이 사실이어서 이는 직접 보지 않으면 믿지 못할 정도입니다. 그들이 가지고 있는 것을 달라고 요구하면 그들은 결코 안 된다고 말하는 법이 없으며, 오히려 사람들에게 그것을 내주며, 지극한 사랑의 표현으로 심장이라도 내줄 듯합니다. 나중에 그 물건에 대한 대가로 값이 나가는 것이든 가치가 없는 것이든 그무엇을 어떤 방식으로 지불하더라도 그들은 만족합니다.

저는 그들에게 깨진 넓적한 그릇, 깨진 유리 조각, 장식끈 끄트머리 같이 형편없는 것들을 주지 못하게 했으나 그들에게 이것을 주면 세상에서 가장 좋은 보석처럼 여기는 것 같습니다. 한 선원이 장식끈 하나를 주고 2.5카스테야노 무게의 금을 받기도 했고, 아주 값어치가 떨어지는 물건들을 주고 그보다 훨씬 더 가치가 있는 것을 받은 이들도 있습니다. 새 블랑카 동전을 주면 그들은 가진 전부를 내주었으며, 전부라고 해봐야 2~3카스테야노의 금이나 1~2아로바 가치의 면사가 다였습니다. 그들은 술통에 두른 테가 깨진 것을 받아도 사리 분별 못하는 짐승들인 양 그들이 가진 것을 내주었습니다. 저는 이를 나쁘게 여기고 그런 일이 일어나지 못하도록 했으며, 제가 가진 여러 좋은 물건들을 그들에게 주어 그들이 우리를 좋아할 수 있도록 했습니다. 그 먼

264

곳에서 그들은 기독교인이 될 것이며, 두 폐하와 카스티야 왕국의 사랑과 통치에 이끌려서 우리에게 필요하고 그들이 충분히 가지고 있는 물건들을 내주려고 합니다. 그들은 힘과 선함이 하늘에 있다는 것을 믿는 것 외에는 어떤 종파도 우상숭배도 알지 못했으며, 제가 이 배들과 선원들과 함께 하늘에서 왔다고 매우 확고히 믿었습니다. 처음의 두려움을 떨쳐 버린 뒤 그들은 어느 곳에서나 대단한 존경심으로 저를 맞았습니다. 이는 그들이 무지하기 때문에 생기는 일이 아니며 오히려 그들은 자신들만의 섬세한 기지를 가지고 있고, 그곳의 모든 바다를 항해하는 남자들이 제대로 들려주는 이야기들은 경이롭습니다. 단지 그들은 옷을 입은 사람이나 우리 배와 같은 것을 본 적이 없을 뿐입니다.

인디아스에 도착한 이후 처음 발견한 섬에서 저는 강제로 몇몇 사람들을 붙잡았는데, 그들에게 우리말을 배우게 해 제게 그 지역의 사정을 알려 주도록 하기 위한 것이었습니다. 나중에는 말이나 몸짓으로 그들이 우리를 이해하고 우리도 그들을 이해해서 많은 도움이 되었습니다. 지금 저는 그들을 데려가고 있으며, 그들은 저와 많은 대화를 나눈 뒤 제가 하늘에서 왔다고 언제나 믿고 있습니다. 제가 가는 곳마다 이들이 먼저 나서서 제가 하늘에서 왔다고 말하면 그곳 사람들이 이 집 저 집, 가까운 마을을 다니면서 큰 소리로 이렇게 외칩니다. "와보세요, 와서 하늘에서 온 사람들을 보세요!" 그렇게 남자뿐 아니라 여자까지 모든 이들이 우리에 대해 안심하게 되면 어른이든 아이든 전부 다 먹을 것과 마실 것을 가지고 와서 놀랄 만한 사랑으로 베풀어 주었습니다.

그들은 모든 섬들에 카노아를 아주 많이 가지고 있었는데 그것은 노를 젓는 푸스타선의 형태이며, 큰 것과 작은 것이 있고 상당수가 노가 18개인 푸스타선보다도 더 큽니다. 통나무 하나로 만들기 때문에 카노아는 아주 넓지는 않고, 노를 저어서는 푸스타선이 카노아를 따라잡을 수가 없으며 카노아의 움직임은 믿을 수 없을 정도입니다. 이 배를 타고 그들은 셀 수 없이 많은 그 섬들을 다니며, 카노아에 교역품들을 싣고 다닙니다. 제가 본 몇몇 카노아 중에는 70명이나 80명이 타고 있는 것도 있었으며, 각자가 자신의 노를 가지고 있습니다.

이 모든 섬들에 사는 사람들의 외양이나 풍습, 언어는 다양하지 않아서 그들이 서로의 말을 알아듣는 점이 매우 특징적입니다. 그래서 저는 그들의 지도자들이 결심을 하고 우리의 고귀한 신앙으로 개종하기를 바라고, 그들은 그럴 준비가 잘 되어 있습니다.

저는 앞서 후아나섬에서 해안을 따라 서에서 동으로 쭉 107레구아를 항해했다고 말했습니다. 그 항로를 따라가 본 결과, 저는 이 섬이 잉글랜드와 스코틀랜드를 합친 것보다 더 크다고 말할 수 있습니다. 107레구아를 가면 배의 서쪽 편으로 두 지역이 보이는데 가보지는 못했고, 그중 한 곳은 아반(Avan)이라고 불리며 그곳 사람들은 꼬리를 달고 태어납니다. 제가 데리고 있는 인디오들은 이곳의 모든 섬들을 잘 알며, 그들의 말을 이해한 바로는 그 두 지역의 거리는 최소 50~60레구아라고 합니다.

또 다른 섬인 에스파뇰라섬의 둘레는 스페인의 콜리브레(Colibre) 5 에서 비스카야 지역의 푸엔테라비아(Fuenterrabía)까지보다 더 길어서, 저는 서쪽에서 동쪽으로 섬의 한 면을 따라 188레구아를 직선거리로 항해했습니다. 이 땅은 갖고 싶고 〔한 번 보면〕 절대로 떠나고 싶지 않은 곳으로, 저는 그곳에서 모든 땅을 두 폐하의 이름으로 소유했고 모든 땅들은 제가 알고 확신하는 것보다 더 넓습니다. 저는 모든 땅을 두 폐하의 이름으로 가지고 있으므로 이 땅들은 카스티야 왕국을 다스리듯 그렇게 두 분이 온전히 통치할 수 있습니다. 이 에스파뇰라섬에는 금광이 많고, 이곳의 본토뿐만 아니라 상업으로 이익을 많이 얻는 저 너머 대칸의 땅과도 무역이 왕성할 것입니다. 저는 큰 마을 하나를 소유해서 그 섬에 나비다드 마을이라는 이름을 붙이고 그곳에 방어 조치를 하고 요새를 만들었으며, 지금쯤 그곳에는 모든 작업이 끝났을 것입니다. 저는 그곳에 그 일을 하기에 충분한 사람들과 그들이 1년 이상 지내기에 충분한 무기, 대포, 식량을 남겼고, 푸스타선과 그것을 새로 만드는 데 필요한 기술에 통달한 장인도 남겼습니다. 저는 그 땅의 왕과 큰 우정을 나누었고 그는 저를 형제로 부르는 것을 자랑스러워했고 실제 형제로 여길 정도였습니다. 혹시 그의 마음이 바뀌어 남은 사람들을 공격한다고 하더라도 왕과 그의 주민들은 무기가 무엇인지 모르고, 이미 말한 것처럼 벌거벗은 채 다닙니다. 그들은 세상에서 가장 겁이 많은 사람들이어서 단지 섬에 남은 사람만으로도 그 땅 전체를 파괴할 수 있으며, 남은 이들이 어떻게 행동

---

5 필사본의 가독성이 좋지 않아서인지 스페인어 필사본과 인쇄본, 편저자들마다 지명 표기에 조금씩 차이가 있다. 아란스는 콜리브레(Colibre), 바렐라는 콜루냐(Colunia)로 표기하였다.

해야 할지 안다면 위험은 없습니다.

이 모든 섬들에서는 모든 남자들이 1명의 여자로 만족하는 듯하지만 우두머리, 즉 왕은 20명까지 거느립니다. 제가 보기에는 여자들이 남자들보다 더 많이 일하는 것 같습니다. 저는 그 사람들이 사유재산을 가지고 있는지 알 수 없었으며, 한 사람이 가지고 있는 것을 모두가 공유하는 것처럼 보였고, 특히 식량의 경우가 그러했습니다.

많은 사람들이 생각했던 것과는 달리 제가 다녀 본 모든 섬에서 괴물 같은 사람들을 발견하지는 못했고, 오히려 모든 사람들이 매우 아름다운 용모를 가지고 있으며 기니 사람들처럼 피부가 검지 않습니다. 단, 머리카락은 직모이며, 햇빛이 지나치게 강한 곳이어서 머리카락이 잘 자라지 않는 것 같았습니다. 사실 주야평분선에서 26도 떨어져 있기 때문에 그곳의 태양은 매우 강합니다. 이 섬들에는 큰 산들이 있고, 이번 겨울은 상당히 추워서 그곳 사람들은 음식으로 이를 이겨내는데 향신료를 많이 넣고 지나칠 정도로 뜨겁게 먹습니다. 그리하여 저는 괴물을 찾은 적도, 그에 대한 이야기를 들은 적도 없지만 인디아스로 들어가면 두 번째로 있는 한 섬에 그곳의 모든 섬사람들이 매우 흉포하다고 여기는 이들이 살고 이들은 인육을 먹습니다. 이들은 카노아를 많이 가지고 있으며, 그 배를 타고 인디아스의 모든 섬들을 다니며 훔치고, 닥치는 대로 약탈합니다. 그들은 다른 사람들보다 더 기괴하게 생기지는 않았지만 여자들처럼 머리를 기르는 습성이 있으며, 다른 섬들과 동일하게 갈대로 만든 활과 화살을 사용하고 철(鐵)이 없기 때문에 그 끝에는 작은 막대를 답니다. 그들은 지나칠 정도로 겁이 많은 다른 부족들과 비교하면 매우 흉포하지만, 저는 그들이 다른 섬 사람들과 별반 다를 것이 없다고 봅니다. 이들은 마티니노섬의 여성들과 결혼하는데, 이 섬은 스페인에서 인디아스를 향해 출발하면 첫 번째로 나타나는 섬으로 그곳에는 남자들이 전혀 없습니다. 그곳 여자들은 통상적으로 여자들이 하는 일을 하지 않으며, 앞서 언급한 갈대로 만든 활과 화살을 들고 섬에 많이 있는 구리로 만든 판으로 무장하고 몸을 감쌉니다.

에스파뇰라섬보다 더 크다고 확실히 전해 들은 다른 섬이 있는데 그곳 사람들은 머리털이 없습니다. 이 섬에는 셀 수 없이 금이 많으며, 저는 이 섬과 다른 섬들에 대한 증언을 해줄 인디오들을 데리고 갑니다.

결론적으로, 급하게 수행한 이 항해에 대해 말씀드리면, 두 폐하께서 제게 아주 약간의 도움만 주신다면 두 분이 원하시는 만큼 금을 구해드릴 수 있음을 알게 되실 것입니다. 저는 두 분이서 명하는 만큼 향신료와 면화를 실어갈 수 있고, 유향도 마찬가지입니다. 유향은 오늘날까지 단지 그리스와 히오스섬에서만 발견되었으며, 그곳의 군주가 비싼 값에 팔고 있습니다. 이곳에서 저는 명하시는 만큼 침향나무와 노예를 선적할 수 있으며, 이교도들을 노예로 삼을 것입니다. 저는 대황과 계피도 발견했다고 생각하며, 섬에 남겨 둔 사람들이 발견해 놓을 것이므로 저는 수많은 종류의 다른 물품들도 찾아내게 될 것입니다. 저는 바람이 항해를 허용하는 이상 그 어떤 곳에서도 멈춰 서지 않았고, 단지 나비다드 마을에 머물 때만 예외였으며 그곳을 떠나올 때는 안전하고 제대로 된 기지를 만들어 두고 왔습니다. 사실 배들이 온전히 버텨 주었더라면 훨씬 더 많은 일을 할 수 있었을 것입니다.

불가능해 보이는 것들을 승리의 길로 이끈 분은 충만하고 영원한 주님이었습니다. 이번 항해가 그 명확한 증거입니다. 이 땅들에 대해 사람들이 말하고 글을 쓰기는 했으나 전부 눈으로 보고 이해하기도 전에 추측한 것이었고, 그 이야기를 들은 사람들은 이곳이 별다른 가치가 없는 곳이라고 생각했습니다. 이에 우리의 구세주는 이러한 승리를 우리의 고귀하신 왕과 여왕, 그리고 매우 고매한 땅으로 이름난 두 분의 왕국에 주었고, 모든 기독교 세계가 이를 두고 기뻐하고 큰 축제를 열어야 합니다. 또 수많은 사람들이 우리의 성스러운 믿음으로 개종함으로써 상황이 매우 고무될 것이고, 이후에는 스페인뿐만 아니라 모든 기독교인들이 현세의 부를 통해 안도감과 수익을 얻게 될 것이므로 성부와 성자와 성령에게 엄숙한 감사의 기도를 많이 드려야 할 것입니다. 이 글은 1493년 2월 15일 카나리아 제도 근처를 지나며[6] 카라벨선에서 사실에 근거해 간략히 기록한 것입니다.

모든 것이 두 폐하께서 명하는 대로 이루어질 것입니다.

---

6 〔아란스〕2월 15일은 콜럼버스가 아소르스 제도의 산타마리아섬을 보았을 때다. 2월 12일에서 15일까지 극심한 폭풍을 겪었으므로 편지는 이 폭풍을 겪기 전에 쓰였고, 모든 위험이 지나갔을 때 날짜를 넣었다고 생각할 수 있다. 그렇다면 카나리아 제도 근처라고 쓴 것은 어떻게 설명해야 할까? 다른 의도가 있었다고 할 수 있을까?

삼가 제독 올림

편지에 동봉하는 추신

이 편지를 쓰고 카스티야의 바다에 머무르면서 남쪽과 남동쪽에서 바람이 너무 강하게 불어 배의 짐들을 버릴 수밖에 없었습니다. 하지만 저는 오늘 이 리스본의 항구에 도달했고 이것은 세상에서 가장 경이로운 일이었으며, 이곳에서 두 폐하께 편지를 쓰게 되었습니다. 인디아스의 모든 섬들에서 제가 접한 날씨는 항상 5월과 같았고, 그곳에 도착하는 데 33일, 귀환하는 데 28일이 걸렸는데[7] 이 폭풍우로 인해 13일 동안이나 바다를 떠돌며 지체하게 되었습니다. 이곳의 모든 뱃사람들은 이렇게 겨울 날씨가 혹독하고 이토록 많은 배가 유실된 경우는 단 한 번도 없었다고 말합니다.

3월 14일에 씁니다. [8]

---

[7] 인디아스로 가는 데 카나리아 제도를 출발해서 미지의 땅을 탐사한 기간이 33일이라고 한다면, 돌아오는 데 걸린 기간은 출발일을 1월 4일, 혹은 완전히 인디아스를 벗어난 1월 16일로 잡고 도착지를 아소르스 제도, 리스본, 팔로스 항구 그 어떤 조합으로 계산하더라도 28일이 나오지 않는다.

[8] 〔바렐라〕 몇몇 편집자들은 3월 14일을 3월 4일로 바꾸기도 했다. 《항해일지》를 보면 3월 13일에 제독은 이미 세비야를 향해서 출발했다. 또한 일지를 보면 엄청난 폭풍을 겪고 3월 4일에는 리스본의 강으로 들어갔고 바로 그날 제독은 포르투갈 왕에게 편지를 썼기 때문이다.

이 편지는 콜럼버스가 인디아스에서 발견한 섬들에 대해 재무관에게 보낸 것이다. 두 폐하께 보낸 다른 편지에 동봉되었다.[9]

---

9 인쇄업자에 의해 첨가된 구절로 보인다. 스페인어 필사본과 인쇄본에는 있으나 이를 콜럼버스가 쓴 편지의 일부로 보지 않은 편저자와 번역자들이 삭제하기도 하는 등 여러 인쇄본마다 차이가 있다. 루이스 아란스의 원문은 다음과 같으며, 해석이 모호한 마지막 구절 "otra de Sus Altezas"는 영어 번역본들과 뒤베르제본을 참조하여 위와 같이 번역하였다. "Esta carta envió Colón al Escribano de Ración. De las islas halladas en las Indias e otra de Sus Altezas."

인디아와 신대륙의 불일치가 만든 경이의 기록

1. 인디아로 가는 대양 항해

1) 인디아란?

흔히 콜럼버스는 인도를 향해 서쪽으로 항해했고, 죽을 때까지 자신이 도착한 곳을 인도라고 믿었다고 말한다. 현대 한국어로 인도라고 하면 지리적으로 인도 아대륙을 떠올리게 되지만 15세기 말 콜럼버스가 가고자 한 곳은 인디아였다. 인도(印度)는 인디아를 뜻하는 접두어 'Indo'의 가차자로 중국어에서 온 지명이며, 인디아(India)는 고대 그리스 시대부터 동방을 광범위하게 지칭하는 이름으로서 현재 인도 아대륙뿐 아니라 아프리카, 동남아시아, 중국까지도 포함하는 지명이자 개념이었다. 이처럼 역사적으로 지중해 세계에서 본 '인디아'와 동아시아에서 본 '인도'가 의미하는 지리적 범위가 상당히 달랐기에 한국어로 콜럼버스의 '인도 항해'라고 하면 오해를 하기 쉬운 것이다.

　인디아라는 지명은 인더스강 지역을 지칭하는 산스크리트어 신두

(Shindhu)를 어원으로 하며, 고대 페르시아어인 힌두(Hindu)를 거쳐 그리스어, 라틴어로 들어간 것이다. 지중해 세계에서는 알렉산더의 원정을 통해 인디아와 접촉하기 시작했고, 중세에는 교역을 통해 향신료, 면직물, 비단, 귀금속 등 인디아의 여러 산물들을 접했다. 하지만 여행이나 직접적 교류가 극히 제한되어 있던 시기라 인디아에 대한 총체적인 정보를 갖기란 불가능했고, 고대에는 대인디아와 소인디아로 구분되던 것이 12세기부터는 중인디아, 제 3인디아의 개념이 만들어지며 세 부분으로 나뉘기 시작하는 등[1] 그 구분이나 범위는 오랫동안 모호하고 가변적이었다.

이슬람 세계가 견고히 형성된 이후, 그 경계 너머의 동방을 인식하기가 더욱 어려워진 상황에서 13세기에 급작스레 등장한 몽골 제국은 유럽인들에게 큰 충격을 던진다. 몽골의 공격에 대한 공포심도 컸지만 한편으로는 이에 대응하여 교황과 프랑스 왕은 제국의 수도로 사절이나 선교단을 보내게 되고,[2] 이탈리아 상인들은 여러 루트를 활용해 극동까지 여행을 감행하였다. 이들은 인도양을 거쳐 해상 여행을 하기도 했지만 몽골 제국 내에서 운용되던 역참 제도를 활용해 육로로 여행했고, 유럽으로 돌아온 뒤에는 자신들의 경험을 책으로 남기거나 이야기로 전하게 된다.

몽골 평화시대로 불리는 1250~1350년 사이 카르피니(Giovanni da

---

[1] 홍금수(2018), "《맨더빌 여행기》와 동·서양의 재발견: 오리엔트의 거울에 비친 서구 자화상의 성찰과 '위반'의 수행", 대한지리학회지, 제53권, 제4호, p.544.

[2] 교황이 보낸 몬테코르비노, 카르피니, 프랑스의 루이 9세가 보낸 앙드레 드 롱주모, 뤼브룩 등이 있다.

Pian del Carpine) 뤼브룩(Guillaume de Rubrouck), 마리뇰리(Giovanni de' Marignolli), 오도릭(Odoric), 카탈라(Jordanus Catala), 마르코 폴로(Marco Polo) 등은 중국까지 여행하고 기록을 남긴 대표적인 인물들이다. 특히 14세기 이후 마르코 폴로의 《동방견문록》과 가상의 여행기 《맨더빌 여행기》가 널리 읽히며 부유하고 강대한 카타이(중국 북부)와 그 도시들, 지팡구에 대한 상상력은 증폭되었다. 그러나 1368년 원나라 멸망 이후 등장한 명의 쇄국정책, 14세기 유럽 전역에 퍼진 흑사병, 1453년 오스만 제국의 콘스탄티노플 점령 등을 계기로 서유럽과 극동 지역 사이의 직접적인 교류는 일부 상인들을 제외하면 거의 단절되었던 듯하다. 《동방견문록》이 나온 지 거의 200년 뒤에 콜럼버스는 대양 항해를 떠나는데, 원나라가 사라진 것을 알지 못한 듯 인디아로 가서 대칸을 만나고 교역과 외교적 성과를 내는 것을 일지에 구체적인 목표로서 명시하고 있기 때문이다.

2) 대양 항해를 통해 인디아로

콜럼버스는 이슬람 세계와 '인디아'와의 교역에서 중심에 있던 지중해의 제노바에서 1451년 태어났다.[3] 여러 나라에서 활약하다 보니 그를 부르는 이름도 다양하다. 이탈리아 이름은 크리스토포로 콜롬보(Cristoforo Colombo), 포르투갈어로는 크리스토방 콜롬부(Cristóvão

---

3   그의 출생 장소와 연도에 대해 다양한 주장이 있었으나 1451년 제노바가 가장 널리 받아들여진다.

Colombo), 스페인어로는 크리스토발 콜론(Cristóbal Colón)이다. 한국어로 그를 지칭하기 위해 쓰는 콜럼버스는 라틴어 성 콜룸부스(Columbus)에서 온 것이다.

콜럼버스는 양모 직조공이었던 아버지의 일을 도우며 20살이 될 때까지 여러 가지 일을 경험하였으며, 제노바에서 선원으로 일하기 시작했다. 1476년에는 당시 대양 진출에 가장 앞서나가던 포르투갈에 정착하게 되는데 이것이 그의 운명을 결정짓는다. 포르투갈에서 그는 동생 바르톨로메(Bartolomé)와 지도 제작업에 종사하며 간혹 원양 항해에 참여하기도 했고, 이탈리아 출신으로 마데이라 제도의 포르투산투(Porto Santo) 섬에 정착한 귀족 집안의 필리파 모니스와 결혼하여 장남 디에고를 얻었다. 당시에는 몇몇 군도 외에는 아직 정확히 무엇이 있는지 알지 못했던 서쪽 바다를 두고 대양(La Mar Océana)이라 불렀는데, 아프리카 해안선을 따라 남하하며 영역을 개척하기 시작한 포르투갈인들이 나날이 새로운 소식을 전해오는 상황에서 콜럼버스는 대양으로 나아가 동방에 도달할 수 있다는 확신을 갖게 되었을 것이다. 하지만 그는 포르투갈에서 자신의 계획을 실행에 옮길 기회를 얻지 못하고 1485년경 스페인으로 넘어가게 된다.

이베리아 반도의 두 나라 스페인과 포르투갈은 지리적으로 유럽의 최서단에 위치해 있어 이슬람 세계 너머의 동방에 대한 정보에는 늦을 수밖에 없었지만 바다를 통해 유럽 세계 밖으로 진출할 가능성은 가장 높았다. 8세기 이후 이슬람 세력이 이베리아 반도에 진출하자 기독교 세력은 국토회복전쟁을 치르게 되고, 포르투갈의 경우 이 전쟁을 스페인보다 먼저 끝내고 좀 더 일찍 바다로 진출할 수 있었다.

포르투갈은 북아프리카의 세우타(Ceuta) 정복(1415)을 시작으로 각각 1418년, 1427년에 마데이라 제도와 아소르스 제도를 발견했고, 이곳을 자국의 영토로 확립해나가기 시작했다.

스페인은 15세기 초 북아프리카 서안의 카나리아 제도에 대해 정복 전쟁을 시작했고, 포르투갈과 〈알카소바스 조약〉(1479)을 통해 카나리아 제도를 영토로 인정받는다. 1492년 1월 그라나다 함락을 마지막으로 이슬람 세력에 대한 전쟁을 마무리한 뒤 4월 17일 콜럼버스와 〈산타페 협약〉(Capitulaciones de Santa Fe)을 맺게 된다. 협약은 페르난도 왕의 비서와 콜럼버스의 대리인이 체결하였으며, 4 그 내용과 형식은 매우 간결하고 주요 내용은 다음과 같다.

① 콜럼버스는 그가 발견하거나 획득할 모든 섬들과 육지의 종신 제독이 되며, 그의 사후에는 후손들이 영구히 그 권리를 상속한다.

② 콜럼버스는 그 섬들과 육지 전체의 부왕과 총독이 되며, 그가 각 지역을 통치할 사람을 3명씩 고르면 두 왕이 그중에서 가장 적합한 사람 1명을 정한다.

③ 그 섬들과 땅들의 제독인 콜럼버스는 그곳의 모든 부와 원료, 향신료의 거래에서 생기는 이익의 10분의 1을 갖는다. 이익의 10분

---

4 문서의 작성자는 페르난도 왕과 이사벨 여왕이며, 서명은 페르난도 왕의 비서였던 후안 데콜로마(Juan de Coloma)가 대신하였다. 원본은 유실되었고, 19세기 말 바르셀로나에 있는 아라곤 왕실의 문서보관소에서 사본이 발견된다. 콜럼버스가 가지고 있었을 또 다른 원본 역시 분실되었다. Mercedes Serna Ed. (2012), *La conquista del Nuevo Mundo*, Barcelona: Edhasa, pp. 63~65.

의 9는 두 왕에게 간다.

④ 교역품들로 인해 생기게 될 분쟁은 항상 콜럼버스나 그의 대리인을 통해서만 중재될 수 있다.

⑤ 교역에 필요한 배를 건조할 때마다 콜럼버스는 원한다면 그 작업에 드는 비용의 10분의 8을 지불할 수 있고, 그 배가 얻는 이익의 10분의 8만큼을 받을 수 있다. 5

〈산타페 협약문〉을 보면 콜럼버스에게 제시된 권한과 이득의 규모가 매우 크며, 6 그가 발견하거나 획득하게 될 "모든 섬들과 땅들"(todas aquellas islas y tierras firmes) 이라고 말하며 구체적인 지명이나 고유명사는 전혀 언급되지 않는다. 그러나 《항해일지》의 서문과 내용에서는 콜럼버스가 인디아, 정확히는 대칸의 영토와 지팡구에 가고자 하며

---

5   같은 책, pp. 71~74. (문서의 온전한 한글 번역은 박병규 · 김선욱 편역(2017),
    《항해와 정복》, 서울: 동명사, pp. 67~71 참조)
6   이 방대한 권한은 이후 법적 소송의 빌미를 제공하였다. 콜럼버스는 총 네 차례 항
    해를 하게 되는데, 그 모든 항해와 발견을 다 권한에 포함시킨다면 그 규모가 막대
    하기 때문이다. 1508년 장남 디에고가 인디아스의 총독으로 임명되자 이를 계기
    로 그는 스페인 왕실에 대해 소송을 제기하게 된다. 거의 30년간 지속된 이 소송의
    주요 내용은 디에고가 인디아스의 부왕 지위를 물려받지 못한 것, 콜럼버스가 4차
    항해에서 현 중앙아메리카의 파나마 북부 지역까지 탐사한 것에 대한 권한 등이었
    으며, 디에고가 사망하자 부인 마리아 데톨레도는 미성년이었던 아들 루이스를 대
    리하여 소송을 이어가고 실질적인 법적 절차는 차남 에르난도가 담당하였다. 이
    소송은 콜럼버스가(家) 소송(los pleitos colombinos) 이라고 불리며, 1536년 양
    측이 중재안을 받아들이며 마무리된다. 소송의 목적과는 별개로 이 소송 전반의
    문서들은 콜럼버스의 항해와 초기 식민지 역사에 대한 중요한 기록물이 되었다.

중국에 가서 외교적 관계를 맺고 교역의 가능성을 살피며 지팡구의 황금을 눈으로 확인하고자 하는 것이 명확히 드러난다. 13세기 몽골 침입 이후 서유럽에서 몽골제국으로 사절이나 선교사를 보내고 몽골에서도 사절을 보내기도 했으므로 《항해일지》서문에서 콜럼버스가 "교황이 한 번도 사람을 보내지 않아 대칸국이 타락했고, 스페인의 국왕이 그들의 상태를 파악하고 개종시킬 수 있도록 자신을 인디아로 보낸다"는 말은 사실이 아니다.[7] 아마도 이는 자신이 스페인의 지원을 통해 처음으로 서쪽으로 항해해서 인디아로 가고자 한 사람이라는 것을 부각시키기 위해 쓴 수사적인 표현이었을 것이다.

그렇다면 스페인은 지중해 너머 세계에 대해 어느 정도의 정보를 갖고 있었을까? 카스티야의 엔리케 3세(Enrique III, 1390~1406년 재위)는 오스만 제국의 군사적 팽창을 두고 이를 견제할 세력으로 여긴 티무르 제국에 1402년, 1403년 두 차례 사절을 보냈고, 2차 사절단의 한 사람인 루이 곤살레스 데클라비호(Ruy González de Clavijo)는 1403년에서 1406년까지 사마르칸트에 다녀온 뒤 보고서로 《티무르 사절단》(*Embajada a Tamorlán*, 1406)을 남기기도 했다. 스페인은 무슬림들과 오래 국경을 맞대고 살아왔기 때문에 15세기 초의 이 여행에서 이슬람 세계를 읽어낼 수 있는 지식과 경험이 있었으나 그 경계 너머로는 가지 못했다. 이로부터 약 90년 뒤 콜럼버스가 제안한 인디아 항해는 스페인으로서는 성공하면 큰 이익이 생기고, 혹여 실패한

7　인노켄티우스 4세(1243~1254년 재위)가 파견한 카르피니, 니콜라우스 4세(1288~1292년 재위)가 중국으로 가는 임무를 맡긴 몬테코르비노 등이 있다.

다고 해도 크게 잃을 것이 없는 규모의 투자였으므로 추진이 결정되었다. 국토회복전쟁이 마무리된 1492년, 콜럼버스는 대양으로 항해해 동방의 끝에 있는 대칸의 도시들과 지팡구에 가기 위한 채비를 시작하였다.

2. 1차 항해의 추이

콜럼버스가 이끈 선단은 3척의 배 산타마리아(Santa María), 핀타(Pinta), 니냐(Niña) 호와 약 90명의 선원으로 구성되었고, 항해의 시작은 1492년 8월 3일이었다. 콜럼버스는 기함 산타마리아호를 지휘했고, 핀타호는 마르틴 알론소 핀손, 니냐호는 비센테 야네스 핀손이 이끌었다. 핀손 형제는 핀타호의 사무장이었던 프란시스코 마르틴 핀손까지 포함해 세 형제 모두 항해에 참여했으며, 불확실했던 1차 항해에서 선원들을 모으고 2척의 배를 구하는 등 주도적인 역할을 했다. 왕실이 일률적으로 모든 돈을 지불하고 콜럼버스에게 전권을 준 것이 아니라 선주와 여러 투자자, 핀손 형제 등 항해를 구성하는 여러 주체들과 이권이 걸려있었기 때문에 일지를 보면 콜럼버스는 외국인 선장으로서 모든 것이 불확실한 상황을 이끌어가야 했던 처지에서 갈등을 터트리기보다는 이를 조율해 나가려는 태도를 보인다.

《항해일지》는 콜럼버스의 기록이므로 출발 시에는 그가 승선한 산타마리아호, 귀환 시에는 니냐호에서의 관찰을 담고 있으며, 선단 전체의 상황에 대한 종합적인 판단은 여러 다른 기록들을 통해 보완되어 파악되고 연구되어 왔다. 《항해일지》의 기록을 따라가 보면, 선단은 1493년 8월 3일 팔로스 항구를 출발하여 중간 기착지 카나리아 제도에서 머물며 배를 수리한 뒤 항해를 재개했는데, 항해는 순조로웠지만 바다에서 머문 시간이 길어지자 불안해진 선원들이 두 차례나 반란의 조짐을 보였고, 10월 10일에는 배 3척 전체로 반란의 기운이 퍼졌다. 하지만 콜럼버스는 인디아에 도착한다는 소기의 목적을 달성하기 전까지는 돌아갈 수 없다며 단호한 태도로 이를 제압해야만 했고, 선원들의 불안과 불만을 잠재운 데는 핀손 형제의 도움이 컸다.

육지를 발견하기 전까지 항해 자체는 약간의 기대감을 제외하면 지루할 정도로 순조로운 편이었으나 10월 12일 새벽 2시경 육지를 발견하고 그곳 사람들과 접촉을 시작하면서 긴장감이 생겨나고 새로운 국면으로 접어든다. 핀타호에 타고 있던 로드리고 데트리아나가 가장 먼저 육지를 본 뒤 소리쳤고, 약속되어 있던 대로 배에서 대포도 쏘았으나 콜럼버스는 자신이 그 이전에 먼저 촛불같이 희미한 불빛을 보았다며 최초로 육지를 발견한 공로와 이 공로에 대해 여왕이 하사하기로 약속한 종신 연금도 가져가게 되었다. 이 모든 이야기를 시작하고 또 이끌어가는 주인공이 콜럼버스 자신이 되어야 했기에 그는 이러한 무리수를 두었을 것이라고 짐작된다.

10월 12일 오전 콜럼버스는 현 바하마 제도의 와틀링섬으로 추정되는 과나아니섬에 도착하여 루카요(Lucayo)라는 이름의 종족을 만나게 되고, 바하마 제도의 작은 섬들을 탐사해 나가며 그곳의 원주민들과 접촉하고 섬과 장소에 스페인식 이름을 하나씩 붙여나갔다. 대칸의 영토, 지팡구에 가려는 목표를 세우고 적어도 그곳과 교역하는 무역항에 도달하려 했던 콜럼버스는 작은 섬들을 벗어나 상당히 규모가 큰 쿠바와 에스파뇰라섬에 도착하며 기대감을 품었다. 그는 고대 그리스와 로마시대에 만들어진 동방의 민족들에 대한 여러 환상적인 이야기 등 자신이 가지고 있는 모든 정보를 동원하여 그곳을 분석하고 상황에 대응해 나간다. 하지만 그 섬들은 동방의 인디아스가 아니었고 유럽인들이 지금껏 가보지 못한 미지의 땅이었으므로 그가 살아오며 습득한 지식과 항해를 통해 얻은 경험을 아무리 대입해 봐도 그곳의 현실과는 모두 어긋나는 모습을 보여준다.

12월 25일 에스파뇰라섬에서 산타마리아호가 난파하자 90명에 달하는 이들이 배 2척에 다 탈 수 없었으므로 콜럼버스는 탐사를 일단락 지은 뒤 빠른 시일 내에 다시 돌아온다는 생각으로 나비다드라는 이름의 작은 요새이자 주거지를 만들어 39명의 선원과 인력, 물품을 남기고 스페인으로 떠나게 된다. 1493년 1월 그는 니냐호를 지휘해 핀타호와 함께 귀환 항해를 시작하였다.

귀환길에 오른 두 배는 마지막 위기로서 포르투갈 영토였던 아소르스 제도 근처에서 큰 폭풍을 만나 심한 고초를 겪는다. 인디아스에서 탐험하며 체류하는 동안에는 무기도 거의 갖추지 못한 원주민들을 만났고, 그들도 스페인인들의 의도를 간파하지 못했기 때문에 갈등이나 무력 충돌이 거의 없어서 배가 난파된 것 외에는 이렇다 할 만한 극적인 상황이 없었는데, 오히려 포르투갈 영해에서 겪은 마지막 폭풍우는 가장 큰 위기상황으로 묘사되고 있다. 모진 폭풍 속에서 콜럼버스는 살아남을 수 있다는 기대를 거의 접은 채 양피지 한 장에 자신의 발견을 간략히 요약해 통에 담아 바다에 떠내려 보내고, 그런 위기

상황에서조차 부하들에게 통 안에 든 것이 무엇인지 밝히지 않는다. 자신만이 인디아로 오는 항로를 정확하게 아는 유일한 사람이 되고자 항해거리를 축소하고 2개의 항해기록을 유지해왔던 그의 비밀주의가 다시 드러나는 순간이었다.

콜럼버스는 간신히 아소르스 제도의 산타마리아섬에 도착하고 항해를 재개한 뒤에도 상당히 힘겨운 마지막 폭풍을 겪는다. 이때 두 배는 폭풍에 떠밀려 다른 항로로 가게 되고 핀타호는 스페인 북부 바이오나로 들어가게 되어 항해가 성공했음을 스페인에 먼저 알리게 되고, 콜럼버스가 탄 니냐호는 포르투갈 리스본으로 입항한다. 콜럼버스는 포르투갈의 주앙 2세에게 편지를 보내 만남을 갖는데, 큰 문제 없이 면담이 성사되고 왕으로부터 상당히 격식을 갖춘 대우를 받는 모습은 그가 항해를 통해 얻고자 했던 성공과 신분 상승을 이루었음을 잘 보여주는 장면이라고 하겠다. 콜럼버스의 항해 제안을 두 번이나 거절한 주앙 2세로서는 뼈아픈 재회였겠지만 두 사람의 만남은 큰 갈등 없이 마무리되었으며, 그의 배는 1493년 3월 15일 약 7개월 전에 떠나온 스페인 팔로스 항구로 귀환하고 핀타호 역시 같은 날짜에 팔로스로 들어왔다. 콜럼버스는 폭풍을 겪으며 맹세했던 것처럼 신타 성모 성지에 들러 하룻밤을 보냈고, 한 달 정도 뒤에 바르셀로나에서 머무르고 있던 가톨릭 양왕을 알현하고 큰 환영을 받은 뒤 항해와 탐사 과정, 인디아스에 대한 기록을 담은 《항해일지》를 보고서로 바치게 된다.

3. 《항해일지》에 대해

1) 문헌적 정보

《항해일지》는 항해와 탐사의 기록이자 자신의 항해를 허가해준 가톨릭 양왕에게 바치는 보고서로서의 성격도 띠는 글이다. 콜럼버스가 직접 작성한 원문은 왕실로 들어간 뒤 분실되었으나 이 원문의 필사본을 다시 요약해서 편집본으로 만든 라스카사스 신부의 노력을 통해 오늘날까지 전해질 수 있었다. 그 과정을 조금 더 자세히 살펴보자.

항해를 마치고 정확한 날짜가 알려지지 않은 4월 어느 날 콜럼버스는 바르셀로나에서 페르난도 왕과 이사벨 여왕을 만나 《항해일지》 원본(A)을 보고서로 바쳤고, 여왕에게 부탁해 얼마 후 필사본(B) 한 부를 받게 된다.8 콜럼버스 사후 이 필사본의 보관처를 일일이 추적하는 것은 불가능하지만 아버지의 책을 두 아들이 물려받았고, 장남 디에고가 인디아스의 총독으로 임명되어 두 아들은 함께 에스파뇰라 섬으로 갔다. 디에고는 1509~1515년에 1차 임기, 1520~1523년에 2차 임기를 수행했고, 아버지가 〈산타페 협약〉을 통해 보장받은 여러 권리들을 행사하기 위해 왕실을 대상으로 긴 소송(1508~1536)을 시작하였다. 이런 과정에서 소송을 실질적으로 맡았던 차남 에르난도

---

8 콜럼버스가 이 원본을 여왕에게 바친 후 이것을 직접 본 사람의 언급이나 기록은 전혀 찾아볼 수 없다. 이사벨 여왕은 콜럼버스가 바친 항해일지의 비밀 유지를 위해 필사 작업을 두 사람에게 나누어 맡겼다고 한다.

콜론이 콜럼버스의 모든 책과 자료들을 갖게 된 것으로 보이며, 그는 말년에 아버지의 전기를 쓰며 이 필사본(B)을 활용하기도 한다. 그가 소유한 모든 책과 자료는 최종적으로 산파블로 수도원에 맡겨졌다. 그렇다면 라스카사스의 편집본(C)은 어떻게 만들어졌을까?

세비야에서 태어난 라스카사스는 어린 시절 콜럼버스가 1차 항해를 마치고 돌아오는 모습을 보기도 하고 아버지가 콜럼버스의 2차 항해에 참여하고 데려온 인디오 노예와 함께 생활하기도 하는 등 인디아스에 대해 큰 관심을 갖게 되고 1502년 에스파뇰라섬으로 가게 된다. 그는 처음에는 식민자의 자격으로 이주하였다가 에스파뇰라섬의 실상을 깨닫고 도미니코회 사제가 되었으며 1510년부터 에스파뇰라섬과 쿠바에서 일하기 시작하였다. 상술한 것처럼 콜럼버스의 두 아들이 책을 상속하고 두 사람이 스페인과 인디아스를 오가는 정황 속에서 라스카사스가 언제, 어떤 경로로 두 아들의 소유였던 필사본(B)을 접했는지 알 수 없으나9 그는 자신이 사용할 목적으로 필사본의 내용을 요약하고 편집해 76장의 원고로 만들게 된다. 그는 텍스트를 원활히 읽을 수 있도록 콜럼버스의 문법과 철자의 실수를 교정하고, 모호한 부분을 밝히기 위해 방주(傍註)와 코멘트를 다는 방식으로 원고를 수정하였으며, 필사본을 그대로 가져오는 경우에는 "이것은 제독의 말이다"와 같은 문장을 써서 자신의 요약이나 편집, 견해가 들어

---

9 라스카사스는 에스파뇰라섬에서 디에고 콜론과의 관계가 매우 돈독하였으므로 그를 통해 접한 경우, 귀국한 뒤 세비야 산파블로 수도원에서 접한 두 가지 경우를 생각해 볼 수 있다.

간 부분과 구분하고 있다.

라스카사스는 3권으로 구성된 역사서인 《인디아스의 역사》(1527 ~1563년경)의 저술에 이 편집본(C)을 활용하였다. 그는 1547년 스페인으로 영구 귀국한 뒤 1552년 세비야 도미니코회의 산파블로 수도원에서 지내며 그곳 도서관에 보관되어 있던 콜럼버스 부자(父子)의 책과 자료, 여러 다른 문헌을 활용할 수 있게 되고, 이 시기에 《인디아스의 역사》의 긴 서문을 완성하고 책 전반을 다시 구성하여 이후 몇 년간 1권과 2권의 절반 정도를 완성하였다.[10] 1권은 기독교적인 우주관을 피력한 뒤 콜럼버스로부터 시작된 인디아스의 역사를 기술하며, 35장에서 76장까지 콜럼버스 1차 항해를 다루고 있다. 1차 항해에 대해서는 편집본(C)의 내용을 활용할 뿐만 아니라 편집본에 방주로 짧게 언급한 내용들을 좀 더 확장하여 기술하고 있다.[11] 원래 그는 이 역사서를 1492년 콜럼버스에서 시작하여 1500년까지 1권으로 하고, 10년 단위로 1550년까지 총 6권으로 완성하고자 했으나 1520년까지만 다루며 3권짜리 저술로 마무리하였다. 그는 《인디아스의 역사》를 바야돌리드의 산그레고리오 신학교(Colegio de San Gregorio)에 남겼고,[12] 1875년에 스페인에서 처음으로 인쇄되었다.

한편, 라스카사스의 편집본(C)은 오랫동안 유실되었다가 1791년

---

10 《인디아스의 역사》서문 XXII~XXIII.
11 Stefan Ruhstaller(1992), "Bartolomé de las Casas y su copia del *Diario de a bordo de Colón*. Tipología de las apostillas", *CAUCE*, No. 14-15, pp. 615~ 617.
12 《인디아스의 역사》서문 XXV.

마르틴 페르난데스 나바레테가 인판타도 공작(el Duque del Infantado)
의 자료실에서 발견하였다. 13 나바레테가 1825년 《15세기 말부터 스
페인인들이 바다에서 행한 여행과 발견의 글 모음집》(*Colección de los
viajes y descubrimientos que hicieron por mar los españoles desde fines del siglo
quince*) 1권에 이 원고를 포함시켜 인쇄함으로써 콜럼버스의 1차 항해
기록의 전모가 처음으로 드러났다. 첫 인쇄본에서 콜럼버스의 일지는
아직 '항해일지'라는 제목을 달고 있지 않으며 라스카사스가 첨부한 문
장 "이것은 돈 크리스토발 콜론 제독이 인디아스를 발견한 첫 번째 항
해, 그 항로와 여정에 대한 기록이며, 요약된 형태이다"로 바로 시작
한 뒤 콜럼버스의 서문으로 이어진다. 이후 이 원고는 시간을 두고
《일지》(*Diario*) 혹은 《항해일지》(*Diario de a bordo*) 라는 제목으로 불리
게 되었다. 나바레테의 판본은 라스카사스의 16세기 스페인어를 현재
스페인어 원어민들도 어려움 없이 읽을 수 있는 19세기 스페인어로 고
쳐 쓰고 있으며, 이를 원본으로 삼아 여러 언어로 번역이 나오기 시작
했다.

우선 이탈리아에서는 콜럼버스 항해와 발견 400주년을 맞아 〈콜럼
버스 글 모음(Raccolta)〉 시리즈를 14권으로 출간했고 그중 체사레 데

---

13 인판타도 공작은 가톨릭 양왕이 1475년에 디에고 우르타도 데멘도사(Diego
Hurtado de Mendoza)에게 하사한 작위의 명칭이다. 나바레테는 공작의 집 도
서관에서 라스카사스가 함께 필사해둔 1차 항해일지와 3차 항해 보고서(콜럼버스
가 가톨릭 양왕에게 쓴 편지)를 발견하였다. 원고는 총 76장의 종이에 양면으로
필사되었으며, 67장 앞면까지가 1차 항해일지이다. 현재 원고는 스페인 마드리
드 국립도서관(Biblioteca Nacional de Madrid)에 소장되어 있다.

롤리스(Cesare de Lollis)가 편저한 첫 두 권 《크리스토포로 콜롬보의 글》(*Scritti di Cristoforo Colombo*, 1892~1894)에 《항해일지》를 포함한 콜럼버스의 여러 글이 실리게 된다. 영어로는 1827년 새뮤얼 케틀 (Samuel Kettell)이 《아메리카로 가는 콜럼버스의 첫 번째 항해의 개인적인 기록: 최근 스페인에서 발견된 필사본을 바탕으로》(*Personal Narrative of the First Voyage of Columbus to America: from a Manuscript Recently Discovered in Spain*)라는 제목으로 처음 번역하였다. 스페인어로는 카를로스 산스(Carlos Sanz)의 판본(1962)이 라스카사스의 팩시밀리판과 현대 스페인어 버전을 동시에 실었고, 이후 호아킨 아르세(Joaquín Arce)와 힐 에스테베(Gil Esteve)의 판본(1971), 마누엘 알바르(Manuel Álvar)의 판본(1976)이 나왔다. **14** 한국어 번역의 저본으로 삼은 것은 루이스 아란스(Luis Arranz)의 것으로 현대 독자들도 어려움 없이 읽을 수 있도록 현대 스페인어로 다듬어진 텍스트이며 1985년에 초판이 발행되었다.

한편 에르난도 콜론은 인생의 마지막 시기인 1537~1539년 사이 아버지의 전기를 집필하나 생전에 출간하지 못하고 1539년 사망하는데, 조카 루이스 콜론이 원고를 제노바의 발리아노 디포르나리(Baliano di Fornari)에게 팔았다. 스페인어로 된 이 원고는 베니스에서 《페르난도 콜롬보의 이야기: 그의 아버지 돈 크리스토포로 콜롬보 제독의 삶과 행적에 대한 특별하고 진실한 이야기들》(*Historie del S. D. Fernando*

---

14 Rodolfo Borello(1993), "Los diarios de Colón y el padre Las Casas", *Cuadernos Hispanoamericanos*, No. 512, p. 10.

Colombo: *nelle s'ha particolare et vere relatione della vita e de fatti dell'*
Almiraglio D. Christoforo Colombo suo padre, 1571)이라는 제목을 달고
이탈리아어로 번역되었다. 총 90장으로 구성된 전기는 16장에서 42장
까지 1차 항해에 할애하고 있으며, 일지의 내용을 인용하거나 축약해
서 제시하고 있다. 스페인어로는 《제독의 생애》(*Historia del almirante*)
라는 제목으로 1749년 처음 인쇄된다. 에르난도 콜론의 《제독의 생
애》는 《항해일지》 필사본(B)이 광범위하게 활용된 책으로서 라스카
사스의 《인디아스의 역사》와 더불어 편집본(C)의 맥락을 이해하고
사실 관계를 파악하는 데 가장 기본 자료이며, 콜럼버스의 1차 항해와
《항해일지》 연구에 있어서 이 세 텍스트는 서로 불가분의 관계라고 할
수 있을 것이다.

에르난도 콜론은 당대 유럽에서 가장 많은 책을 소유한 개인 장서가
로서 1만 5천 권 이상의 책을 소유했고, 유품으로 받은 아버지의 책과
자신의 책을 조카 루이스가 모두 물려받자 형수 마리아 데톨레도
(María de Toledo)가 이를 세비야의 산파블로 수도원에 보관하도록 조
치했다.15 루이스 콜론은 1554년 3월 9일, 펠리페(Felipe) 왕자16의

---

15 책 전체는 1544년 산파블로 수도원(Convento de San Pablo)에 보관되다가 1552
년 세비야 대성당으로 옮겨져 오늘에 이르고, 성당 내부에 위치한 콜럼버스가(家)
도서관(La Biblioteca Colombina)의 에르난도 콜론실에 소장되어 있다. 1만 5천
권이 넘던 책은 훼손되거나 도난당해 흩어지고, 지금은 약 4천여 개의 책과 문서
가 보존되고 있다. 이 컬렉션에는 콜럼버스가 저술하고 구입한 책, 에르난도가 수
집한 필사본과 인쇄본 등이 포함되어 있다.
16 페르난도 왕과 이사벨 여왕의 증손자. 아버지 카를로스 1세(신성로마제국 카를 5
세)로부터 1556년에 스페인, 시칠리아, 인디아스를 물려받았으나 이미 이 영토들

교서를 통해 일지, 즉 필사본(B) 전체의 인쇄 허가를 받았지만 책은 인쇄되지 않았고, 17 이후 책의 행방을 추적할 길이 없다. 이처럼 《항해일지》는 라스카사스와 에르난도 콜론의 저서를 통해 부분적으로 그 모습이 드러났으며, 원본도 필사본도 사라진 상태에서 라스카사스의 편집본은 원본에 가장 가깝고 또 온전한 형태로 남은 유일한 원고로 받아들여진다. 18

《항해일지》는 지금도 여러 언어로 계속 번역이 이루어지고 있으며, 특히 서구 언어로는 여러 측면들을 보완한 번역본들이 끊임없이 출간되고 있다. 비교적 주석이 풍부하고 현대 스페인어로 다듬어졌기 때문에 루이스 아란스의 판본을 골랐지만 몇몇 판본과 번역본과도 내용을 비교해서 최종적인 판단을 하는 데 많은 도움을 받았으며 특히 콘수엘로 바렐라, 뒤베르제의 스페인어본과 던과 켈리의 영어 번역본을 참조하고 그들의 주석 작업을 번역에 활용함으로써 원문의 모호함을 최대한 해소하고자 했다. 특히 던과 켈리의 번역은 왼쪽 페이지에 라스카사스의 원문 원고와 방주를 싣고, 오른쪽 페이지에 영어 번역을 담고 있어 원문을 확인하는 데 큰 도움이 되었다.

한국어로는 박광순 번역으로 《콜럼버스 항해록》(범우사, 2000), 이종훈 번역으로 《콜럼버스 항해록》(서해문집, 2005)이 나왔으나 서

에 대한 실질적인 통치권을 행사하고 있었다.

17 Antonio Rumeu de Armas(1970), *Hernando Colón, Historiador de América*, Madrid: Diana, p. 49.

18 라스카사스가 편집본을 쓰면서 필사본에 얼마만큼, 또 어떤 방식으로 개입했는가에 대해서는 많은 분석과 논의가 있었다.

지 사항이 불충분하고, 중역이라는 한계가 있다. 박광순 번역에서는 해사용어와 큰 틀을 잡는 데 도움을 받았다.

2) 글의 구성

글의 장르로서 항해일지는 원래 바다에 대한 정보와 항해를 담은 건조한 기술적인 글로서 특수한 글의 장르에 속하지만 콜럼버스의 《항해일지》는 신대륙 발견이라는 사건의 중요성과 이후의 영향력 때문에 이 장르에 속한 글 가운데 아마도 가장 많이 읽히고 번역, 연구된 글이라고 생각된다. 글의 구성을 보면, 글의 편집자인 라스카사스의 간단한 설명이 제시된 다음 항해의 맥락, 목적지와 목적을 밝힌 서문으로 시작해서 3월 15일 마지막 일지 역시 라스카사스가 전체 글을 닫는 문장으로 끝난다. 일지는 콜럼버스의 글을 직접 인용하는 부분을 제외하면 전부 라스카사스의 요약과 편집을 거친 것이어서 그가 고쳐 쓴 것이 명백한 문장들이 등장하며, 때로는 콜럼버스가 쓴 1인칭 주어(나, 우리)를 라스카사스의 입장에서 3인칭 주어(그, 제독, 그들)로 제대로 바꾸지 않아 의미가 혼란스러운 경우도 있다. 라스카사스는 글의 편집자로서 적극적으로 텍스트에 개입해서 콜럼버스의 글에 대한 해석이나 평가를 내리기도 한다. "이 말이 사실이라면 그는 플로리다 근처였고 그곳과 동일한 위도에서 항해 중이었을 것이다. 그렇다면 지금 그가 보고 있는 섬들은 어디에 있는 것일까? 날씨가 매우 더웠다는 점이 그로 하여금 이런 결론에 도달하도록 했다."(11월 21일 일지)

일지는 항상 항해와 새로운 땅에서 탐사가 이루어진 날에만 기록되어 있으며, 항해가 없거나 불가피한 상황이 있는 날에는 기록이 빠져 있다. 1492년 8월 3일 항해를 시작하여 배를 수리하기 위해 카나리아 제도의 고메라섬에 도착한 뒤 수리가 지속되는 동안에는 기록이 없다가 9월 6일 섬을 떠나며 다시 일지가 재개된다. 이후 육지를 발견하기까지는 발견에 대한 기대감이 약간 느껴지지만 대체로 지루한 일지가 계속되며, 감정과 마음의 동요는 최대한 억제되어 있다. 바다에서 보낸 시간이 2주 이상 지속되자 선원들의 불안감이 커져서 좁은 배에서 선원들의 반란이 두 번이나 일어난 심각한 상황에도 기술은 담담하고 간략한 편이다. 10월 7일에는 선원들의 동요를 잠재우기 위해 마르틴 핀손이 제안한 대로 항로를 서쪽에서 서남동쪽으로 바꾸었고, 10월 11일 자정을 넘어 새벽 2시경 핀타호의 로드리고 데트리아나가 육지를 발견하고 소리친 뒤 12일 날이 밝자 육지로 들어가 처음으로 원주민과의 접촉이 시작되었다. 11일 일지에 12일의 만남과 관찰이 연속적으로 기술되어 있으며, 일단 10월 12일 일지는 존재하지 않는다. 10월 11일 일지는 그리 길지는 않지만 매우 흥미로우며, 콜럼버스가 앞으로 만나게 될 원주민과 새로운 땅의 자연에 대한 묘사와 해석에 있어서 원형적인 부분, 즉 벌거벗은 원주민들과 그들이 몸에 염료를 칠한 모습, 원주민들이 선물이나 교환을 위해 가져온 면사와 앵무새, 보잘것없는 수준의 무기와 유순한 성정에 대한 묘사 등이 거의 다 제시되고 있다.

이후 역풍이 불어 항해를 하지 못했던 11월 7일부터 11일까지 5일간의 일지도 비어있다. 귀환 항해 부분에서는 2월 13일에서 16일까지 극심한 폭풍을 겪은 뒤 아마 콜럼버스가 탈진한 듯 2월 17일 일지가 비어있으며, 폭풍을 만나 리스본에 들어간 이후는 항해를 한 것은 아니지만 그의 항해가 중요한 외교적인 사안이기도 하고 아마도 스페인이 아니라 포르투갈 영토로 들어간 것을 두고 빚어질 수 있는 오해를 피하기 위해 계속 일지를 적어나가고 있다. 무사히 리스본 항구를 떠나 스페인 팔로스로 들어가는 3월 15일 마지막 일지를 끝으로 글은 마무리된다.

항해가 끝나갈 무렵 그는 〈루이스 데산탄헬에게 보내는 발견을 알리는 편지〉를 2월 15일에 쓰고, 3월 4일에 추신을 덧붙인다. 이것은 《항해일지》와는 별개의 문서이며, 항해 전체를 요약적으로 제시하고 있다. 사실, 편지는 폭풍 속에서 사투를 벌이는 사람이 쓴 것이라기에는 매우 차분하고 일관성을 갖고 기술되고 있어 읽다보면 인쇄 전에 스페인 왕실 측에서의 조정이 있지 않았나 하는 생각이 든다. 《항해일지》는 분실되고 수세기가 지난 뒤 불완전한 형태로나마 공개된 반면, 〈발견을 알리는 편지〉는 여러 통이 써졌으며, 그중 아라곤 왕실의 재무관 가브리엘 산체스에게 보낸 것이 라틴어로 번역된 뒤 이것이 수년 안에 여러 언어로 번역되어 인쇄되면서 콜럼버스와 스페인의 성과를 유럽에 알리게 된다. 스페인으로서는 《항해일지》의 구체적인 정보들은 공개되지 않은 채 발견을 알리는 편지에서 드러난 정도의 대략적인 내용과 결과만을 알림으로써 이 성과를 공식화하고 반박불가능한 자국의 업적으로 만들고자 했을 것이라 짐작된다.

3) 인디아와 신대륙의 괴리

콜럼버스는 《항해일지》의 서문에서 인디아에 가는 것을 밝혔고, 구체적으로는 대칸국과 지팡구를 목표로 삼는다. 하지만 그가 카나리아 제도에서 33일간 항해한 뒤 도착한 곳은 현재 카리브해의 바하마 제도에 속한 한 작은 섬이었고, 일련의 작은 섬들을 거친 뒤 큰 섬인 쿠바(후아나)와 보이오(에스파뇰라)에 도달하였다. 인디아로 항해하기 이전 그가 직접적으로 경험한 세계란 지중해와 영국 바다, 그리고 아프리카 기니까지의 항해가 전부였고, 인디아(아시아)든 아메리카든 그로서는 처음이었으므로 그때까지 쌓은 지식과 경험은 새로 도착한 땅에서는 무용지물이었다. 하지만 그는 그곳을 무수한 섬들이 있는 인디아의 어딘가라고 판단하고 그리 멀지 않은 곳에 대칸의 제국과 지팡구가 있을 것이라 믿으며 탐사를 해나갔고, 서유럽의 지식과 관점을 통해 그곳을 해석해 나간다. 정보와 경험은 빈약하고, 자신이 있는 장소를 아시아의 어딘가로 착각한 데다 원주민들과는 의사소통이 불가능하니 있는 그대로를 기술하는 부분 외에는 새로운 풍경, 공간, 사람에 대해 그가 내린 해석은 대부분 아주 기묘한 방식으로 오류를 만들어내고 있다.

우선 그는 유럽인들이 고대 그리스 시기부터 이방인들을 묘사하기 위해 사용한 괴물, 이형인간 등의 전형을 가져와 원주민들에 대입시키고 있다. 그가 가장 먼저 파악한 원주민들의 특징은 옷을 입지 않았다는 것이다. "그들은 어머니가 자신들을 낳았을 때처럼 모두 벌거벗은 채였고"(10월 11일 일지) 아주 가끔 면천으로 성기를 가리는 정도였다. 벌거벗은 인간이 괴물은 아니지만 나체로 다니는 것은 유럽인의 눈에는 이미 과거가 된 인간의 단계였다. 고대 그리스인들은 인간의 단계를 5개로 나누고 시간이 지날수록 타락하는 것으로 보았는데, 황금시대는 타락하지 않은 시대로 벌거벗은 인간들이 낙원이나 이상향에서 살아가는 시공간이다. 콜럼버스는 이 벌거벗은 인간을 황금시대의 사람들인 양 이상화하기도 하고 한편으로는 열등하게 취급하면서 양가적으로 바라본다. 그들은 아름답고 이상적인 자연에서 살아가며 소유나 교환가치의 개념도 없이 물건을 내주는 순수한 사람들이지만 물질문명의 수준이 너무 낮기 때문에 바로 무력으로 굴복시켜 종교를 강제하고 노예처럼 부릴 수 있는 대상이기도 하다. 반면, 순종적이고 나약한 타이노인들과 대별되는 카리브인들에 대해서는 한 번도 만난 적은 없지만 식인종이라고 믿으며, 여성들만 살아간다는 그리스의 렘노스(Lemnos) 섬이나 아마조니아(Amazonia)와 같은 전설을 가져와 카리브섬과 마티니노섬에 대입시킨다. 식인종 이방인은 헤로도토스의 기록에서부터 시작하여 몽골 평화시기의 동방 여행기에도 꾸준히 반복되는 내용으로 타자를 열등하고 부정적인 존재로 기술하는 전형이다.

이외에도 그는 외눈박이나 개의 얼굴을 한 인간(11월 4일, 23일, 26일), 꼬리가 달린 인간(〈발견을 알리는 편지〉) 등도 언급하는 데 이런 존재들을 실제로 본 것이 아니라 의사소통이 거의 안 되는 상황에서 기존에 알고 있던 지식을 투사한 것이었다. 산탄헬에게 보낸 편지에서 만나본 인디오들 중에는 '사람들이 생각했던 것과 달리 괴물 인간이 없었고, 오히려 원주민들의 용모가 뛰어난 편이었다'고 말하는 것은 과거로부터 온 이방인에 대한 정보와 그들의 실제 모습이 일치하지 않았음을 보여준다.

자연에 대한 묘사에 있어서는 유럽과 그 외 콜럼버스가 기존에 방문한 지역들을 참조해 설명해 내고 있다. 바다와 땅의 풍경은 종종 카스티야와 비교되며, 그가 방문해 본 시칠리아나 아프리카 기니도 등장한다. "제가 이제껏 본 숲 중에 가장 아름다웠으며 매우 짙푸르고 그 잎사귀들은 마치 카스티야의 4월과 5월의 모습 같으며 물도 풍부했습니다."(10월 14일 일지), "야자나무도 엄청나게 많았는데 기니와 우리 땅에서 자라는 것과 달라서 높이가 중간 정도이고[…]."(10월 28일 일지) 카스티야 등 스페인의 지역들은 대체로 인디아스가 스페인만큼이나 뛰어나다는 점을 강조하기 위해 언급되는데, 스페인의 지역이나 자연을 언급하는 것은 경험치의 한계 때문이기도 하지만《항해일지》가 스페인 군주들을 향해 쓴 것이므로 스페인과 비교하는 것이 그들이 직접 보지 못하는 장소를 이해하는 데 가장 직접적이고 쉬운 방식이기 때문일 것이다. 콜럼버스는 섬을 발견해 나갈 때마다 그곳의 땅과 기후를 칭찬하며, 그의 이러한 수사는 보이오섬에서 정점을 이룬다. 보이오섬은 어떤 면에서는 스페인보다도 더 뛰어나기 때문에 '스페인을 닮은 섬', '스페인이 소유한 섬'이라는 의미로 에스파뇰라섬으로 명명된다. 반면, 아프리카 기니는 인디아스보다 부정적인 평가를 내릴 때 주로 등장하며 인디아스 사람들에 비해 기니 사람들은 피부색이 어둡고 언어가 너무 많아서 서로 이해할 수 없으며, 물은 오염되어 있는 등 자연이 퇴락한 상태라고 언급한다. "이 땅은 비옥하고, 추위와 더위가 극단적이지 않으며, 모두 전염병으로 오염된 기니의

강들과는 달리 맛있고 몸에 좋은 물이 풍부합니다."(11월 27일 일지)
위도에 따라 사람의 성향이나 외모를 규정하고 위계화하는 것 역시
고대 그리스에서 온 생각으로, 콜럼버스는 이에 근거해 위도와 피부
색의 상관관계를 말하고, 인디오들의 피부색을 기니나 스페인, 카나
리아 제도 사람들과 자주 비교한다.

　인디아스의 동식물을 묘사하는 데 있어서도 그곳이 완전히 새로운
땅임을 인지하지 못했기 때문에 그는 구대륙의 동식물을 이용해 설명
하며, 처음 보는 동식물들의 이름을 몰랐으므로 유럽의 어휘를 통해
이해하고 호명한다. 옥수수는 기장, 유카나 아헤는 얌, 이구아나는
아주 큰 뱀, 우티아는 인디아의 쥐, 정체불명의 열매는 인디아의 호두
로 기술되며, 유향, 계피, 침향나무 등 구대륙의 귀한 향신료나 식물
들이 있다는 판단을 내린다. 하지만 그곳에는 익숙한 바다 생물들과
개, 소나무, 호리병박 등 익숙한 구대륙의 동식물이 있기도 했고, 특
히 인디아에서 온 것으로 알려진 앵무새, 목화, 면직물이 흔한 것을 보
면서 그는 자신이 인디아에 있다고 생각했을 것이다. 처음 보는 식물
자원에 대해서는 상품화에 대해 과장된 전망을 내리기도 하고(고추)
상품화할 수 있는 특별한 가능성을 찾지 못한 것에 대해서는(담배) 대
수롭지 않게 기술하기도 한다. "또한 이곳에는 아히[고추]가 많으며,
이는 그들의 후추로서 후추보다 더 가치가 있다. 모든 사람들이 아히
없이는 식사를 하지 않고 이것이 매우 건강에 좋다고 생각하며, 에스
파뇰라섬에서 아히를 매년 카라벨선 50척에 실을 수 있을 것이다."(1
월 15일 일지) "남자와 여자들이 마을을 다니고 있었고 손에는 타고 있
는 나뭇조각을 들고 있었는데 이는 그들이 향을 피우곤 하던 풀이었

다."(11월 6일 일지) 담배로 추정되는 이 식물에 대한 기술은 이후 담배가 끼친 영향력이나 상업적 가치를 생각해 본다면 매우 무덤덤한 묘사라 하겠다.

중세적인 지리관과 기독교적인 세계관으로 무장한 그는 인디아스의 자연에 대해 찬탄을 거듭하다 종국에는 그곳이 동방의 끝에 있을 것이라고 여겨진 지상 천국일 것이라고 생각한다. "제독이 마무리하며 말하길, 거룩한 신학자들과 현명한 철학자들이 지상 천국은 기후가 더없이 온화한 곳으로서 동방의 끝에 있다고 했는데 그들의 말이 옳았다고 했다."(2월 21일 일지) 이처럼 콜럼버스는 물리적으로 처음 경험하는 미지의 세계를 서유럽의 관점과 정보로 해석해 나가고 있으며, 여기에 자신이 경험이나 책, 풍문으로 알고 있던 세상에 대한 지식을 총동원해 새로운 곳을 하나씩 스페인과 기독교의 방식으로 인식하고 명명해 나간다. 이름을 붙인다는 것은 미지의 공간을 자신의 맥락 안으로 가져와서 이해한다는 것이며, 더 나아가 대상을 장악하고 소유하고자 하는 욕망의 발현이기도 하다. 콜럼버스의 이러한 욕망은 이후 인디아스를 정복하고 식민지로 만든 스페인의 대응과도 바로 이어지게 된다.

한편, 그는 자신이 어디에 있는지 확신하며 가능한 모든 정보를 동원하지만 도저히 이해할 수 없는 현상, 알아들을 수 없는 언어, 압도적인 자연 앞에서 '경이롭다'(maravilloso)는 말을 반복하는데, 경이로움은 해독해내기 힘든 새로운 현실 앞에서 콜럼버스가 느끼는 '알 수 없음'과 경탄의 감정이며, 그의 글을 읽게 될 두 왕에게 항해의 수익성과 인디아스의 가치를 부각시키기 위한 과장법이기도 하다.

4. 《항해일지》로 본 1차 항해의 의미

1) 카리브해 세계에 대한 최초의 기록

(1) 타이노인과 카리브인

11세기에 바이킹족이 지금의 북아메리카 지역에 도착한 전례가 있으므로 콜럼버스는 아메리카 대륙에 도달한 최초의 유럽인은 아니다. 하지만 콜럼버스의 행적과 《항해일지》는 카리브해 세계, 더 나아가서는 아메리카 대륙에 대한 최초의 탐사와 기록으로서 가치를 지니며, 카리브해 섬 지역에 거주한 인간을 타이노인/카리브인으로 대별하는 시각을 처음으로 제시했다.

안틸리스 제도의 인간 이주는 기원전 5000년 전부터 오랜 기간 동안 중앙아메리카와 남아메리카에서 여러 차례 이루어졌다. 타이노인들은 남아메리카에서 이주해온 아라왁(arahuaco)인들로서 이 둘을 구분하기 위해 카리브해의 아라왁인들은 점차 타이노인들이라고 불리게 되었다. 이들은 콜럼버스가 왔을 당시 바하마 제도, 대안틸리스 제도 대부분, 소안틸리스 제도 일부 지역에 정착한 상태였고, 남아메리카에서 언어와 농사, 직조, 토기 제작술을 가져와 활용하였다. 즉, 타이노인들은 어느 곳에나 땅을 잘 개간하여 여러 종류의 농작물을 심어두었고, 토기나 여러 생활용품을 만들고 카노아를 이용해 섬 사이를 오가며 교류와 물물교환을 하고 있었고 그들의 이러한 생활상은 《항해일지》에서 어느 정도 관찰되고 있다. 콜럼버스는 처음 접촉한 과나아니섬 원주민들의 이름을 루카요라고 기록하며 얼마 후 만나는 원주민들을 인디아(India)의 사람이라는 의미에서 인디오(indio)라고 부르기 시작한다. 이후 이 원주민들, 즉 타이노인들은 계속 인디오라고 통칭되고 있으며, 카리브섬의 사람들에 대해서는 직접 만날 기회가 없었으나 인디오들의 말을 해석하여 식인종으로 받아들인다. 카리브인들 역시 남아메리카에서 이주한 칼리나(kalina)인들로, 스페인인들이 오기 얼마 전인 1450년경부터 소안틸리스 제도로 진출해 승자로 자리매김한 종족이었다. 이들은 매우 소수이기는 하지만 소안틸리스 제도의 도미니카섬 등에 아직 살아가고 있으며, 남아메리카의 칼리나인들과 구분 짓기 위해 칼리나고(kalinago)라는 이름으로 불린다.

콜럼버스가 타이노인들에 대해 가졌던 관점을 보면, 그는 이들이 물질문화의 수준에서 빈약하며, 사용하는 언어도 동일하다고 보는데 이후에 이 견해를 약간 수정해 이들 사이에 언어가 조금씩 다르다는 것을 인정한다. 하지만 콜럼버스에게 인디오들은 차이를 구분하는 것이 무의미할 정도로 군사적, 문화적으로 쉽게 제압할 수 있는 인간 집단 정도의 의미였다. 다만 카리브인들에 대해서는 그들이 사람을 잡아먹거나 납치하는 등 포악하지만 적을 제압하는 무기와 전술을 갖고 있으므로 '인디오'보다 조금 더 수준이 높을 것이라 예측한다. 항해의 가장 중요한 목표인 금과 향신료를 원하는 만큼 얻지 못하자 그는 쉽게 제압할 수 있는 인디오들과 그들이 사는 풍요로운 땅을 항해와 탐사의 성과이자 미래의 수익원으로서 고려하는 모습을 보여주고 있다.

원주민들의 관습과 종교에 대해서는 언어가 통하지 않아 피상적일 수밖에 없지만 앞으로 이루어질 포교나 식민화와 연관되어 있으므로 자주 언급된다. 콜럼버스는 원주민들의 보디 페인팅, 왕을 중심으로 위계적으로 조직된 사회, 남성과 여성의 역할 구분 등을 관찰하며, 그들이 하늘에 신이 있다는 것을 믿지만 기독교나 이교를 알지 못하며 대체로 순종적인 것으로 보아 기독교를 전파하기가 매우 수월할 것으로 본다. 어느 집에서는 해골이 담긴 바구니를 발견하고는 신분이 높은 사람, 조상의 유해일 것이라며 이를 조상 숭배의 관습으로 추정하기도 한다. 인디오들의 종교적 심성에 대한 가장 흥미로운 기술은 원주민들이 스페인인들을 하늘에서 온 사람, 즉 지상의 인간이 아니라 신적인 차원으로 여기고 있다는 언급이다. 섬 주민들의 생활권이 안틸리스 제도에 한정되었기 때문에 다른 대륙에서 온 인간들의 실체를 파악하기 힘들었을 테지만[19] 그들이 스페인인들을 신적 존재로 받아들였다는 것은 콜럼버스의 일방적인 해석이다. 콜럼버스 이후 본격적으로 탐사와 정복이 시작되자 스페인 기록사가들은 아즈텍(aztec)인, 잉카(inca)인 등이 스페인인들을 신으로 받아들였다고 기록하였고, 스페인인들은 원주민들과 군사적으로 대치하며 자신들을 신이라고 생각한 이들의 믿음을 자기들에게 유리한 방향으로 활용하기도 했는데, 이 이야기의 원형을 콜럼버스의 1차 항해기록에서 이미

---

[19] 콜럼버스의 지시로 에스파뇰라섬에서 타이노족과 함께 생활하며 그들의 생활상을 기록한 라몬 파네(Ramón Pané) 수사의 기록에 의하면 타이노인들은 다른 땅에서 바다를 건너 섬에 정착한 기억이 없으며 자신들이 동굴에서 기원했다고 여긴다. Ramón Pané(2001), *Relación acerca de las antigüedades de los indios*, Mexico: SigloXXI, pp. 5~6. 타이노인들의 경우처럼 아메리카 여러 원주민들이 자신이 어디선가 도래한 사람들이라는 것을 잊어버리고 자기 부족과 땅을 세상의 중심으로 두는 경우는 흔하다.

발견할 수 있다는 점이 매우 흥미롭다. 원주민들이 스페인인들을 신격화한 것은 대륙 간 교류를 알지 못한 상태에서 이방인들을 보고 느꼈을 당혹감이나 놀라움 때문이었을 테지만 본격적으로 스페인인들과 접촉한 이후에는 자신들과 다름없는 인간임을 파악하게 되고 스스로를 지키기 위해 필요한 대응을 해나가게 된다.

(2) 자연세계에 대한 관찰

콜럼버스는 자신이 탐사하고 관찰한 곳의 자연환경과 그 안의 동식물들을 빠뜨리지 않고 기록한다. 그중에서도 항로와 지형, 배를 정박하는 데 필요한 정보는 보통의 독자가 읽기에는 지루하지만 항해록에서는 가장 필수적인 정보이다. 인디아스의 해안이 배를 정박하기에 좋은 조건을 갖추었다는 점은 과장될 정도로 반복되고 있는데, 이는 앞으로 이곳으로 오는 항해가 순조로울 것이며 교역에 필요한 배들도 충분히 수용할 수 있음을 강조하기 위한 것이다. "저는 23년간 바다를 항해했으며, 이렇다 할 정도로 오랜 기간 동안 바다를 떠난 적이 없습니다. 저는 모든 동쪽과 서쪽을 다 돌아보았으며, 북쪽, 즉 잉글랜드로도 갔고, 기니도 가보았습니다만 그 모든 항해에서 이토록 완벽한 항구들은 없었습니다."(12월 21일 일지) 카리브해의 작은 섬에 위치한 자연 항구들을 보고 제노바나 베니스 같은 교역 도시를 상상하고 대칸의 제국에 있는 번화한 도시들과 교역을 기대하는 모습은 독자들로 하여금 그가 얼마나 큰 착각 속에 있었는지를 계속 상기시키고 있다.

동식물에 대한 기록과 묘사는 식량으로 쓸 만한 것과 교역할 수 있는 자원을 살핀다는 측면이 크다. 우선 그는 유카(카사바)를 접하며 아프리카에서 본 얌에 빗대어 이를 설명하고, 유카 외에 여러 종류의 덩이뿌리를 얌이나 인디오들로부터 습득한 단어 '아헤'로 지칭하고 있다. 유카는 갈아서 즙을 제거한 뒤 납작하게 펴서 굽고 이를 햇빛에 건조하면 오래 보관이 가능한 카사베 빵을 만들 수 있는데, 이는 카리브해 사람들의 주식이었다. 콜럼버스 역시 이 카사베를 여러 차례 맛보았으며 스페인으로 돌아가는 항해에는 아헤를 식량으로 가져가기도 하였다. "제독은 먹을 것이 빵과 포도주, 인디아스의 아헤밖에 없었기 때문에 그것이 꼭 필요했다고 말하고 있다."(1월 25일 일지) 이외에도 앞으로 수세기 동안 아메리카에서 세계로 퍼져나갈 옥수수, 담배, 고추를 언급하고 있으나 이런 작물들이 무엇인지 잘 몰랐으므로 그에 대한 기술은 잘못되었거나 피상적이다. 항해의 주목적이기도 했던 아시아의 향신료나 약용식물들도 언급되지만 진짜 인디아에서야 구할 수 있는 것들이므로 모두 잘못된 정보였다.

식물 중에서 흥미로운 품목은 목화이다. 원주민들은 벌거벗은 상태로 면직물로 만든 천을 사용해 성기 정도만 가린 상태였고, 콜럼버스는 여러 곳에서 목화가 아주 잘 자라고 있는 모습을 목격한다. 그는 실제 인디아에서 수입되던 면천에 대해 이미 잘 알고 있었을 것이고 목화는 구대륙의 식물상과 겹치는 것이라 이를 바로 알아보았으며, 인디아스의 목화와 목면의 상업적 가치를 높게 평가하고 있다.

동물들은 육지 생물에 비해 유럽 동물들과 외형적인 차이가 크지 않은 새나 물고기들이 꽤 있었고, 구대륙과 온전히 겹치는 것으로 개가 있었다. 콜럼버스는 유럽종 개나 애완용 개가 있다고 말하며 짖지 않는 개에 대해서도 두 번이나 언급하는데, 아메리카 대륙에는 베링 해를 통해 초기 인간 이주가 이루어졌을 때 개도 함께 들어와 지금까지도 몇몇 토착종 개들이 남아있으므로 개에 대한 그의 말은 신빙성이 있다. 하지만 다른 낯선 동물들에 대해서는 그 이름이나 정체를 알 수 없었고, 외양도 처음 보는 것이어서 옥수수를 기장이라고 한 것처럼 자신이 알고 있는 것 중 가장 유사한 것을 가져와 설명하고 있다. 그가 보았다는 인어는 카리브해 지역에 서식하는 매너티였을 것이다. 당시 유럽에서는 괴물이나 반인반수, 상상동물을 부정하지 않았으므로 인어가 존재한다는 언급을 지금의 관점에서 재단하기 어렵다. "제독은 그 전날 황금의 강에 갔을 때 물 위로 상당히 높이 뛰어오른 인어 3마리를 보았다고 했으며〔…〕."(1월 9일 일지) 인디아의 새로 익히 알려진 앵무새의 존재는 마치 목화처럼 콜럼버스로 하여금 자신이 인디아에 있다고 믿게 했을 것이다. 그는 선물로 받은 앵무새를 납치한 인디오들과 함께 돌아가는 배에 실었고, 살아남은 40마리가량의 앵무새와 6명의 인디오는 콜럼버스의 귀환을 지켜본 스페인인들에게 이국의 신기한 볼거리가 되었다.

(3) 원주민 어휘

한편, 콜럼버스가 타이노 원주민들의 어휘를 최초로 기록하고, 이것이 스페인어 안으로 들어오게 된 것도 《항해일지》가 가진 큰 의미 중의 하나이다. 가장 먼저 언급되는 타이노 어휘는 그들이 타는 통나무 배인 카노아(canoa)이다. 콜럼버스는 처음에는 아랍어에서 온 알마나케(almanaque)라는 스페인어로 이 배를 부르더니 어느 순간 그들로부터 배운 어휘인 카노아를 계속 사용하고 있다. 이후 왕이나 수장을 뜻하는 카시케(cacique), 면으로 만든 그물 침대인 아마카(hamaca, 해먹), 유카로 만든 발효하지 않은 빵인 카사비(cazabí), 고추를 뜻하는 아히(ají) 등의 단어가 《항해일지》를 통해 최초로 기록되고 있으며, 이 어휘들은 지금까지도 스페인어로 살아남았다. 그 외에도 여러 원주민 지명들도 기록되었으며, 바네케, 야마예 등 현재로서는 그 위치가 어딘지 알 수 없는 곳들도 있지만 쿠바(콜바) 등 몇몇 지명은 지금도 그대로 사용되고 있다. 콜럼버스는 인디오들로부터 카리브(Carib) 섬에 대한 이야기를 전해듣고 그들이 식인종이라고 생각했으며, 이후 이 단어에서 식인종, 식인주의를 뜻하는 단어 카니발(caníbal), 카니발리즘(canibalismo)이 만들어지게 된다. 유럽에는 고대 그리스에서 온 식인의 개념과 관련 어휘들이 이미 존재했지만 완전히 다른 공간과 맥락에서 수 세기 동안 인디오라는 타자를 규정할 가장 강력한 신조어가 탄생하게 된 것이다.

이처럼 콜럼버스가 인디아스를 탐사하며 인간, 자연, 동식물에 대해 기록하고 어휘를 남긴 것은 체계적으로 이루어지거나 명확한 의도를 가진 것은 아니었으나 카리브해, 더 나아가서는 아메리카 대륙의 자연, 인간, 풍경에 대한 최초의 기록으로서 중요한 의미를 갖는다. 이러한 기록은 콜럼버스가 가진 제한된 정보와 경험, 그로 인한 자의적인 해석으로 상당히 왜곡되어 있으나 시간이 지나며 일부는 실제 현실을 만들어내는 힘을 가진다는 점을 생각해볼 수 있다. 콜럼버스가 카리브인들을 직접 만나기도 전에 그들을 식인종이라고 언급한 이후 수 세기 동안 그들에 대한 식인종 낙인은 사라지지 않았으며, 이에 근거해 유순한 타이노인과 포악한 카리브인이라는 의심스런 이분법이 생겨났다. 또한 황금과 풍요로운 땅에 대한 열망 역시 지속되어 아메리카 대륙에서는 황금, 계피 등 귀한 향신료, 혹은 그런 산물들이 풍부한 땅을 찾기 위한 유럽인들의 탐사가 수 세기 동안 끊이지 않았고, 마티니노섬을 두고 생각한 것처럼 고대 전설에 등장하는 여성 종족인 아마존을 투사하여 브라질에서 아마조니아라는 실제 지역이 만들어지기도 한 것이 그 예이다.

2) 인디아스라는 이름

콜럼버스는 인디아에 가고자 대양으로 항해했고, 자신이 성공했다고 믿었다. 그곳에서 관찰한 것이 자기의 지식과 들어맞지 않았음에도 이를 정확히 판단할 수 있는 경험치나 근거가 없었고, 인디아에 대한 열망이 너무 강했기 때문이다. 그는 비록 대칸이 있는 본토나 지팡구에 도달하지 못했지만 인디아의 여러 섬들을 다녔다고 생각했으므로 자신이 있는 곳을 인디아스라고 표현한다. 인디아스(Indias)는 인디아(India)의 복수형으로서 항해의 맥락을 고려하면 '인디아의 여러 지역들', 혹은 '인디아의 여러 섬들'이라는 두 가지 뜻으로 해석된다. 그는 스페인으로 귀환하며 심한 폭풍우를 겪고 아소르스 제도의 산타마리아섬에 도착한 뒤 현지 행정관과 갈등을 겪는데 〈산타페 협약〉에 근거하여 스스로를 '스페인 국왕의 소유인 인디아스의 부왕'으로 소개한다. "또한 두 폐하가 제독에게 세상의 모든 군주와 수장들, 그 외의 사람들에게 보내는 추천장을 써 주었으므로 지휘관이 배 안으로 들어온다면 그것을 보여줄 것이며, 자신은 두 왕이 임명한 대양의 제독이자 이제 두 분의 소유인 인디아스의 부왕이라고 했다."(2월 19일 일지) 잠시 탐사하고 사람들을 만나본 지역을 이미 스페인의 소유로 두고, 자신을 그곳의 통치자라고 소개하는 것은 실체가 없는 말이었다. 하지만 그는 그곳 원주민들이 스페인의 무력 공격과 점령에 전혀 대항할 수 없는 수준이라는 것을 간파했고, 스페인 당국에서도 콜럼버스가 귀환을 하자마자 서둘러 그의 발견을 공식화하기 위해 콜럼버스가 쓴 〈발견을 알리는 편지〉를 인쇄하고, 이것이 라틴어로 번역되면서 콜럼버스가 '인디아스'에 다녀왔다는 것, 그곳의 소유와 통치권을 카스티야가 갖는다는 것이 기정사실화되도록 힘썼다. 이는 엄청나게 큰 땅에 대해 상속이나 전쟁을 통하지 않은 채 소유권을 먼저 천명하고 이후에 그것을 현실화해나간 특이한 경우이다. 이를 위해 스페인은 콜럼버스의 2차 항해(1493)를 서둘러 준비했으며, 교황을 통해 콜럼버스의 발견을 공식화하고 포르투갈과의 영토의 경계를 규정하는 여러 통의 교서를 발부받고 포르투갈과는 〈토르데시야스 조약〉(Tratado de Tordesillas, 1494)을 맺음으로써 인디아스를 스페인과 포르투갈이 나누어 식민화화고 통치하는 방향을 결정지었다.

스페인이 콜럼버스의 인디아스 항해 독점권을 폐지한 뒤 다른 이들이 항해를 시작하고 새로운 땅에 대한 정보들이 쌓이면서 그곳이 '인디아'가 아니라는 견해들이 제시되었고, 마젤란 탐사대(1519~1522)가 남아메리카 최남단을 지나 태평양으로 항해하면서 이는 물리적으로 증명된다. 하지만 스페인은 아메리카 대륙이라는 이름과는 별개

로 인디아스라는 이름을 버리지 않았고, 자신들이 만든 아메리카의
식민지를 인디아스 옥시덴탈레스(Indias Occidentales), 즉 서방의 인
디아스라는 이름으로 공식화하였다. 콜럼버스가 대양 항해를 시작했
을 때 인디아는 유럽 너머 동방을 지칭하던 모호한 이름이었는데, 항
해 이후 이는 스페인이 대서양의 아메리카 대륙에 구축한 식민지의
공식 이름으로 들어갔고, 유럽을 기준으로 동쪽과 서쪽에 위치한 각
각의 '인디아'는 대항해 시대 이후 서인도와 동인도로서 유럽의 팽창
과 식민주의 시기가 각인된 이름이자 실체로 오랫동안 존재하였다.

3) 식민지 세계의 예고

콜럼버스의 1차 항해와 그 기록은 비록 자신이 어디에 있는가에 대한
정확한 판단 하에 이루어진 것도 아니고, 스페인의 식민지 구축은 카
리브해를 시작으로 멕시코와 남아메리카 지역에 대한 실질적인 탐사
와 정복 과정을 거친 이후에야 시작되지만 콜럼버스가 첫 항해에서
보여준 태도, 특히 원주민을 납치하고 노예로 삼는 행위, 땅과 황금
에 대한 욕망, 기독교 세계의 확장에 대한 기대감은 앞으로 전개될 스
페인의 식민주의와 식민지 세계의 모습을 정확히 예고하고 있다.

그는 처음 도착한 과나아니섬에서 원주민을 강제로 차출하여 탐사
와 항해 내내 데리고 다니면서 현지인들과의 접촉이나 상황 이해를
위해 통역관으로 활용하며, 11월 12일 일지에도 자신들을 찾아온 원
주민들을 붙잡은 뒤 섬으로 가서 여성과 아이들도 납치하는 상황을
아무런 거리낌 없이 기록하고 있다. 가족과 친척이 납치된 한 남자가

다가와 자신도 같이 데려가 달라고 사정하는 모습은 대체로 덤덤한 어조의 《항해일지》 속에서 가장 비극적인 장면으로 다가온다. "그날 밤 데려온 여자들 중 1명의 남편이자 세 아이, 남자 아이 1명과 딸 아이 2명의 아버지인 자가 알마디아를 타고 와서 자기도 그들과 함께 갈 수 있도록 해달라고 제게 사정을 했습니다. 그는 배에 있던 모든 이들을 위로했고, 모두가 서로 친척인 듯합니다. 그는 이미 45세 정도가 되는 남자였습니다." 콜럼버스는 납치되는 상황에 저항할 수 없었던 인간들에 대해 냉혹하고 자기중심적인 태도로 일관한다. 그는 20명 이상의 원주민을 강제로 데리고 있었으며, 2차 항해로 에스파뇰라섬에 다시 돌아온 뒤 인디오들을 본격적으로 노예로 잡아 스페인으로 이송하기 시작했다.

스페인 일행은 이방인 방문자 집단으로서 소수의 인원에 불과하였으므로 탐사 내내 비교적 조심스런 태도를 유지하면서 체류하였고, 산타마리아호가 난파되었을 때는 현지에서 과카나가리 왕의 도움으로 무사히 위기를 극복하고 배 2척으로 귀환을 준비할 수 있었다. 이런 조심스런 상황에서도 스페인인들은 1월 13일에는 인디오들과 전투를 벌이게 되고, 이 소규모 전투는 앞으로 이곳에서 벌어질 일들을 예고하고 있다. 인디오들이 스페인인들을 신으로 여겼다는 콜럼버스의 발언과 달리 이들은 새로운 침입자에 저항했고, 나비다드 요새에 남은 스페인인들은 자신들끼리의 암투나 원주민의 공격으로 전원 사망하게 된다. 하지만 스페인인들과 본격적으로 전쟁을 치르기에는 원주민들은 전력이 너무 약했고, 이후 이들은 노예노동과 착취에 시달리며 급속히 절멸의 길을 갔다.

콜럼버스는 3월 15일 마지막 일지에서 자신의 발견이 기독교 세계에 부를 가져다주고 기독교 세계에서 최고의 영광이 되기를 바란다는 바람을 피력하는데, 이후 아메리카 대륙에서 스페인의 식민지가 운영되면서 아메리카의 엄청난 부와 다양한 산물들이 스페인으로 들어가고, 아메리카 대륙에 기독교가 이식되어 라틴 가톨리시즘의 보루가 되면서 이러한 그의 바람은 수백 년의 시간을 통해 상당 부분 실현되었다.

콜럼버스가 유럽인으로서는 실질적으로 아메리카 대륙을 처음으로 탐사했다는 점, 신대륙을 아시아의 어디쯤으로 착각하고 그곳을 기묘하게 인식해 나가는 방식과 그 기저에 깔린 욕망, 그리고 이후 아메리카 대륙이 세계와 만나 연동되는 역사의 전개로 인해 콜럼버스의 《항해일지》는 아메리카를 알아가기 위해 끝없이 되돌아가서 만나게 되는 시원적인 텍스트가 되었다.

참고문헌

1차 문헌

Arranz, Luis Ed. (2006). *Diario de a bordo*. Madrid: Biblioteca Edaf.

Dunn, Oliver & Kelly Jr., James E. Eds. and Trans. (1991). *The Diario of Christopher Columbus's First Voyage to America 1492-1493*. Oklahoma: University of Oklahoma Press.

Duverger, Christian Ed. (2016). *Diario de a bordo*. Madrid: Taurus.

Varela, Consuelo Ed. (1982). *Cristóbal Colón: Textos y documentos completos*. Madrid: Alianza Editorial.

"Carta de Colón al escribano de ración". https://es. wikisource. org/wiki/Carta
_de_Col%C3%B3n _al_escribano_de_raci%C3%B3n_(impreso)
"Carta de Colón al escribano de ración". https://es. wikisource. org/wiki/Carta
_de_Col%C3%B3n_al_escribano_de_raci%C3%B3n_(manuscrito)
"The Letter of Columbus to Luis De Sant Angel Announcing His Discovery",
Independence Hall Association. https://www. ushistory. org/documents
/columbus. htm

2차 문헌

강순구(2018). "《맨더빌 여행기》와 14세기 유럽의 아시아 인식 변화". 동국대학
교 대학원 석사학위 논문.
그래프턴, 앤서니(2000).《신대륙과 케케묵은 텍스트들》. 서성철 옮김. 서울:
일빛.
라스카사스, 바르톨로메 데 편저(2000).《콜럼버스 항해록》. 박광순 옮김. 파주:
범우사.
바렐라, 콘수엘로·마자라, 로베르토(2010).《크리스토퍼 콜럼버스: 세상의 발
견자 콜럼버스와 산타마리아호 종의 비밀》. 신윤경 옮김. 파주: 21세기
북스.
박병규·김선욱 편저(2017).《항해와 정복》. 파주: 동명사.
벤츠케, 안드레아스(1998).《콜럼버스》. 윤도중 옮김. 파주: 한길사.
성백용(2011). "'몽골의 평화' 시대의 여행기들을 통해서 본《맨드빌 여행기》의
새로움". 서양중세연구, 제28호, 197~229.
아부-루고드, 재닛(2006).《유럽 패권 이전》. 박홍식·이은정 옮김. 서울: 까치.
앙크칠, 자크(2007).《목화의 역사》. 최내경 옮김. 서울: 가람기획.
오도릭(2012).《오도릭의 동방기행》. 정수일 역주. 파주: 문학동네.
율, 헨리(2002).《중국으로 가는 길》. 정수일 역주. 파주: 사계절.
주경철(2013).《크리스토퍼 콜럼버스: 종말론적 신비주의자》. 서울: 서울대학
교 출판문화원.
카르피니, 플라노·루브룩, 윌리엄(2015).《몽골제국기행: 마르코 폴로의 선구
자들》. 김호동 역주. 서울: 까치.
카탈라 드 세베락, 요르다누스(2020).《신기한 것에 관한 서술》. 박용진 옮김·

주해. 서울: 서울대학교출판문화원.

폴로, 마르코(2000). 《동방견문록》. 김호동 옮김. 파주: 사계절.

홍금수(2018). "《맨더빌 여행기》와 동·서양의 재발견: 오리엔트의 거울에 비친 서구 자화상의 성찰과 '위반'의 수행". 대한지리학회지, 제53권, 제4호, 523~547.

Arechalde, Soler & Ángeles, María(1993). "El Diario de Colón. Aspectos comunicativos y lingüísticos del primer contacto entre europeos y americanos". Estudios de Cultura Náhuatl, No. 23, 143~154.

Arens, William(1978). *The Man-Eating Myth*. New York: Oxford University Press.

Barreto, Maxcarenhas & Brown, Reginald A(1992). *The Portuguese Columbus: Secret Agent of King John II*. New York: Palgrave Macmillan.

Borello, Rodolfo(1993). "Los diarios de Colón y el padre Las Casas". *Cuadernos Hispanoamericanos* 512, 7~22.

Colón, Hernando(1984). *Historia del Almirante*. Ed. Arranz, Luis. trans. Ulloa, Alfonso. Madrid: Historia 16.

Greenblatt, Stephen(1992). *Marvelous Possessions*. Chicago: The University of Chicago Press.

Higuera de Frutos, Santiago(2019). "Aspectos científicos del viaje del Descubrimiento", *Pensamiento Matemático*, Vol. 9, No. 2, 63~89.

Larner, John(1999). *Marco Polo and the Discovery of the World*. New Haven: Yale University Press.

Las Casas, Bartolomé de(1986). *Historia de las Indias I*. Spain: Biblioteca Ayacucho.

Magasich, Jorge & De Beer, Jean-Marc(2001). *América Mágica: Mitos y creencias en tiempos del descubrimiento del Nuevo Mundo*. Santiago de Chile: Lom Ediciones.

Mira Caballos, Esteban(2004). "Caciques guatiaos en los inicios de la colonización: el caso del indio Diego Colón". *Iberoamericana*, Vol. 4, No. 16, 7~16.

Nebrija, Antonio de (1951). *Vocabulario español-latino*. Madrid: Real Academia Española. https://www.cervantesvirtual.com/nd/ark:/59851/bmcvm466

Pané, Ramón (2001). *Relación acerca de las antigüedades de los indios*. Mexico: Siglo XXI.

Ruhstaller, Stefan (1992). "Bartolomé de las Casas y su copia del *Diario de a bordo* de Colón. Tipología de las apostillas". *Revista Internacional de Filología, Comunicación y sus Didácticas*, No. 14-15, 615-637.

Rumeu de Armas, Antonio (1970). *Hernando Colón, Historiador de América*. Madrid: Diana.

Serna, Mercedes Ed. (2002). *Crónicas de Indias: Antología*. Madrid: Ediciones Cátedra.

_____ (2012). *La conquista del Nuevo Mundo*. Barcelona: Edhasa.

Zamora, Margarita (1993). *Reading Columbus*. Berkeley: University of California Press.

지은이 · 편저자 · 옮긴이 소개

지은이_**크리스토퍼 콜럼버스** (Christopher Columbus, 1451~1506)

이탈리아 제노바 출신의 항해가이다. 포르투갈과 스페인이 대서양으로 진출하던 시기, 서쪽으로 항해하여 동방에 간다는 계획을 세우고 1492년에 스페인의 지원을 받아 이를 실행하였다. 콜럼버스는 부유한 아시아의 지역으로 가려 했으나 실제 그가 다녀온 곳은 카리브해의 크고 작은 섬들이었다. 콜럼버스는 이곳으로 총 네 차례 항해했으며, 그를 시작점으로 해서 신대륙을 향한 유럽인들의 항해가 이어졌다. 콜럼버스를 '아메리카 대륙의 발견자'로 부르는 관행은 이제 거의 사라졌지만 그의 이름과 탐사의 일화들은 아메리카 대륙에 위치한 여러 나라의 지명과 국명, 고유명사에 견고히 남아 있다.

편저자_**바르톨로메 데라스카사스**
(Bartolomé de las Casas, 1474 혹은 1484~1566)

1474년 혹은 1484년 스페인 세비야에서 태어났다. 1502년 에스파뇰라섬으로 이주하여 식민자로 살았으나 1510년 도미니코회에서 사제 서품을 받고 원주민을 보호하는 활동을 하고, 스페인에서 이를 법제화할 수 있도록 노력했다. 《인디아스의 역사》, 《인디아스 파괴에 대한 간략한 보고서》, 《호교론적 역사 요약》 등 신학과 인디아스가 결합된 내용으로 방대한 저술을 남겼으며, 콜럼버스의 1차 항해일지는 그가 요약편집한 필사본을 통해 오늘날까지 전해질 수 있었다. 콜럼버스가 3차 항해 보고서로서 가톨릭 양왕에게 쓴 편지 또한 그의 전사를 통해 전해진다.

옮긴이_**정승희**

고려대 서어서문학과를 졸업하였고, 서울대와 칠레 국립대에서 중남미 문학을 전공하였다. 고려대 서어서문학과에서 콜럼버스의 《항해일지》로 박사학위 논문을 준비 중이다. 번역서로는 《쓸모없는 노력의 박물관》, 《금지된 정열》, 《저개발의 기억》, 《아옌데의 시간》 등이 있다.